WITHDRAWN
From Toronto Public Library

L'épicerie Sansoucy

Catalogage avant publication de Bibliothèque et Archives nationales du Québec et Bibliothèque et Archives Canada

Gougeon, Richard, 1947-
L'épicerie Sansoucy
Sommaire : t. 1. Le p'tit bonheur.
ISBN 978-2-89585-501-9 (vol. 1)
I. Gougeon, Richard, 1947- . P'tit bonheur. II. Titre.
III. Titre : Le p'tit bonheur.
PS8613.O85E64 2014   C843'.6   C2014-941121-9
PS9613.O85E64 2014

© 2014 Les Éditeurs réunis (LÉR).
Image de couverture : Annie Boulanger

Les Éditeurs réunis bénéficient du soutien financier de la SODEC
et du Programme de crédits d'impôt du gouvernement du Québec.

Nous remercions le Conseil des Arts du Canada
de l'aide accordée à notre programme de publication.

Nous reconnaissons l'aide financière du gouvernement du Canada
par l'entremise du Fonds du livre du Canada pour nos activités d'édition.

Édition :
LES ÉDITEURS RÉUNIS
www.lesediteursreunis.com

Distribution au Canada :   Distribution en Europe :
PROLOGUE   DNM
www.prologue.ca   www.librairieduquebec.fr

Suivez Les Éditeurs réunis sur Facebook.

Imprimé au Canada
Dépôt légal : 2014
Bibliothèque et Archives nationales du Québec
Bibliothèque nationale du Canada
Bibliothèque nationale de France

RICHARD GOUGEON

L'épicerie Sansoucy

★

Le p'tit bonheur

LES ÉDITEURS RÉUNIS

Du même auteur
aux Éditeurs réunis

Le roman de Laura Secord, tome 1 – La naissance d'une héroïne, 2010.

Le roman de Laura Secord, tome 2 – À la défense du pays, 2011.

Les femmes de Maisonneuve – Jeanne Mance, 2012.

Les femmes de Maisonneuve – Marguerite Bourgeoys, 2013.

*Quel bonheur de faire revivre
le quartier d'enfance de mon père !*

Chapitre 1

Samedi soir, six heures moins le quart. Postée derrière la caisse de l'épicerie-boucherie, Émilienne Sansoucy exhalait de grands soupirs d'affaissement ; elle avait la désagréable sensation de disparaître dans le plancher. Ses jambes lui arrachaient des grimaces qu'elle s'efforçait tant bien que mal de réprimer. Tout près, à côté d'un étalage de boîtes de tomates rondes Heinz en solde, son fils Léandre poussait avec ardeur sa large brosse en pensant à la soirée qui venait. Deux clientes devisant entre elles se présentèrent enfin au comptoir pour des achats de dernière minute.

— Vous avez l'air ben fatiguée, madame Sansoucy ! commenta l'une, en déposant sa pinte de lait sur le comptoir.

— C'est ben simple, mes jambes me rentrent dans le corps ! exprima l'épicière.

Depuis des années, chaque vendredi et chaque samedi que le bon Dieu amenait, Émilienne Sansoucy assistait son mari au magasin. Lorsque Léandre était occupé dans les étalages et qu'elle avait une minute à la caisse, elle prenait les commandes au téléphone. Elle connaissait les prix par cœur. Et l'épicière avait l'œil. Pas un produit n'échappait à sa vigilance : tous les articles qui sortaient du commerce devaient passer devant elle. Lorsque le client ne payait pas sur-le-champ, elle agrippait un livret placé à côté de la caisse enregistreuse et là, appuyant sa poitrine tombante sur le comptoir, de sa main appliquée, elle rédigeait la facture avec tous les détails. Après, elle s'absorbait dans la colonne de chiffres et effectuait sans se tromper l'addition avant de vérifier le total avec sa grosse machine à calculer. Vaillante comme deux, elle était reconnue pour sa gaieté naturelle. Sans que son mari l'admette, son efficacité, son dévouement entier et son sourire bienveillant contribuaient sans l'ombre d'un doute au succès de l'entreprise familiale.

La seconde cliente jeta sur le comptoir les pièces de monnaie pour son petit paquet de viande. Émilienne fit crépiter une dernière fois le tiroir-caisse, en retira tout l'argent qu'elle compta vitement. Puis elle engloutit la somme dans un sac en tissu qu'elle enfouit dans la poche de son tablier.

— Je vas monter, Théo, s'écria-t-elle à son mari à l'arrière du magasin.

L'épicière s'excusa auprès de ses deux clientes et remonta au logis pour voir aux derniers préparatifs du souper.

Derrière son étal, comme s'il ressentait tout d'un coup le poids de sa semaine, le boucher ventripotent s'épongea le front avec son mouchoir, s'essuya les mains sur son tablier sale maculé de rouge et s'amena à l'avant du commerce. Une dame fit grelotter la clochette, une longue liste à la main. Léandre crispa les lèvres en consultant l'horloge de ses grands yeux charbonneux.

— Nous fermons, madame Bazinet, regimba-t-il.

— Tu ne devrais pas lever le nez sur la clientèle, c'est elle qui vous fait vivre, riposta la dame en s'avançant gaillardement.

Sansoucy ajusta sa cravate en retrouvant soudainement une humeur plus joyeuse.

— Vous avez cent fois raison, madame, acquiesça-t-il, prenez le temps de faire votre *grocery*. D'ailleurs, si Marcel n'est pas revenu de livrer les «ordres», Léandre se fera un plaisir d'apporter votre commande. N'est-ce pas, Léandre?

Affichant un petit air glorieux, ses yeux brillant de gratitude, Rolande Bazinet tendit son papier au fils du propriétaire qu'elle devança à la boucherie du magasin.

— Taboire! marmonna Léandre. On va finir tard à soir, le père...

Le fils Sansoucy grommela de vagues paroles de protestation et termina son mécontentement par un juron étouffé. Puis il remisa la liste d'épicerie de madame Bazinet dans la poche de son tablier, retroussa ses manches de chemise et s'empara sans ménagement d'un sac pour y glisser le petit morceau de viande de mademoiselle Lamouche.

— Arrête de limoner, batèche, ça sert à rien de bardasser, tu vas le faire pareil, commenta l'épicier.

Une jeune fille écourtichée entra en catastrophe, laissa la porte entrouverte et se précipita à l'étalage des paquets de gommes à bulles, en prit un qu'elle déballa rapidement, engouffrant quatre bonnes mâchées.

— Dépêche-toi, ma Simone, tu vas être en retard au restaurant! proféra son père.

Simone rumina sa chique en bavardant deux minutes avec son frère et frôla l'épicier en lui donnant une bise sonore avant de faire éclater une immense bulle et de sortir en faisant claquer la porte.

Madame Robidoux se pencha vers sa compagne en empruntant un petit air mesquin. La minijupe grise à plis pressés surmontée d'un chandail d'un rouge flamboyant qui retombait mollement sur les hanches de l'adolescente de seize ans l'avait scandalisée.

— Lui avez-vous vu le rase-trou, mademoiselle Lamouche? mentionna-t-elle.

— Qu'est-ce que vous dites, madame Robidoux? réagit l'épicier, subodorant une remarque offensante à l'égard de sa fille.

— Je dis que c'est pas une heure pour commencer son épicerie, commenta la dame. Il y a du monde comme la Bazinet qui sait pas vivre.

— À part de ça, elle reste dans un troisième sur Orléans, au nord de Rouen, renchérit Léandre.

— Un beau jeune homme comme vous a sûrement autre chose à faire le samedi soir que d'attendre que la dernière cliente de la semaine passe la porte, ajouta madame Robidoux, en donnant un coup de coude à sa compagne.

— Justement, j'ai hâte d'en finir, répondit le commis, esquissant un sourire poli.

Madame Robidoux et mademoiselle Lamouche quittèrent le magasin. L'angélus du soir sonna. Et Marcel n'avait pas terminé les livraisons. Léandre acheva de balayer le petit coin qui lui restait. D'autres traînards pourraient surgir à l'épicerie. L'idée d'éteindre quelques ampoules lui traversa l'esprit, mais cela s'avérait inconvenant : madame Bazinet était encore à la boucherie. Papier à la main, il entreprit de remplir la commande en rêvassant aux petits plaisirs que lui et Paulette se permettaient le samedi soir.

Trois quarts d'heure plus tard, le visage rayonnant, Sansoucy accompagnait madame Bazinet à la caisse et lui apportait gentiment les quatre petits paquets de viande bien ficelés avec une corde qui rejoignaient sur le comptoir les conserves que Léandre y avait déposées.

— J'aime ben ça quand vous me faites du *baloney* tranché mince, puis du bœuf haché vraiment maigre, dit la retardataire. Pouvez-vous me faire une facture, monsieur Sansoucy ?

— Vous savez ben que oui ! répondit le commerçant, avec une amabilité pleine de charme.

Il mouilla le bout de son crayon et commença à écrire la date en détachant les syllabes à voix haute :

— Samedi 7 septembre 1935, madame Rolande Bazinet…

Sur ces entrefaites, casquette de travers et l'air exténué, Marcel ouvrit toute grande la porte vitrée pour ranger son triporteur en lieu sûr dans le magasin. Madame Bazinet sollicita du regard l'intervention de l'épicier en sa faveur.

— Espèce de gnochon! brama l'épicier. Tu vois pas qu'il y a encore une livraison?

— Vous voyez bien, le père, que Marcel est au coton! le défendit Léandre.

— C'est ben simple, t'as juste à la faire toi-même, cette livraison-là! décréta Sansoucy.

— Mon frère est pas un esclave. Je vas la faire, la livraison!

Rolande Bazinet avait suivi la scène avec délectation, heureuse d'avoir provoqué l'affrontement. Marcel sortit le triporteur du magasin et attendit son grand frère. Léandre le rejoignit avec la première boîte.

— C'est vrai que je suis à bout, j'ai une grosse journée dans le corps, se plaignit l'adolescent. Surtout d'avoir monté aux deuxièmes puis aux troisièmes étages au moins une dizaine de fois avec des boîtes pesantes et des cinquante livres de patates par-dessus.

— Tu peux rentrer à la maison, p'tit frère.

— Il faut que je fasse un crochet par le blanchisseur pour les chemises d'Édouard. Mais dis-moi, ta blonde, dans tout ça?

— Elle devra m'espérer un peu plus longtemps. T'apprendras, mon cher, que c'est pas mauvais de se laisser désirer par une femme. T'en fais pas, je vas me reprendre à soir, dit-il, plissant les lèvres d'un sourire entendu.

— Je te revaudrai ben ça, un de ces jours, conclut Marcel.

Après des remerciements à faire fondre l'épicier, la cliente engagea la conversation avec lui.

— Tu peux prendre les devants, Léandre, lui intima son père.

— Mon mari est à la maison pour recevoir la commande, précisa la femme.

Une bonne demi-heure plus tard, Léandre revenait de l'avenue d'Orléans. Il rentra avec le véhicule à trois roues dans le magasin. Madame Bazinet venait de quitter le commerce de la rue Adam en vitesse, ayant décidé de bifurquer par la ruelle pour éviter le fils Sansoucy. Crayon à la main, les copies de factures une à une embrochées sur la pique de fer, l'épicier tentait de s'absorber dans ses vérifications.

— Pas nécessaire de recompter, le père, vous savez ben que d'habitude, le vendredi puis le samedi, la mère calcule tout à la main puis vérifie avec la caisse enregistreuse. Pourquoi vous nous faites pas confiance ?

— On sait jamais, une erreur est si vite arrivée…

— C'est insultant pour la mère, ce que vous dites là. À part de ça, vous faites pas mal de finesses à Rolande Bazinet, insinua-t-il. Vous avez laissé monter la mère en sachant que votre cliente viendrait juste avant la fermeture.

— Mêle-toi de tes affaires, Léandre, c'est pas défendu de démontrer du savoir-vivre à sa clientèle !

— Dommage que ce soit pas la même chose pour vos employés ! En passant, vous trouvez pas que vous ambitionnez sur le pain bénit ? Vous faites travailler Marcel sans bon sens, tandis qu'Édouard vient à peine nous aider quelques heures par fin de semaine, puis encore. Une fois qu'il a vidé trois ou quatre boîtes et échafaudé son étalage de spéciaux, il va se cacher à l'arrière du magasin avec un livre ou *La Patrie*, puis il disparaît pour la journée. On voit ben que vous avez des préférences pour votre chouchou…

— Édouard travaille toute la semaine au cabinet du notaire Crochetière, je peux pas lui en demander trop, répliqua l'épicier. D'ailleurs, à partir d'asteure, il reviendra plus au magasin. À moins de circonstances très particulières…

— Marcel, lui ?

— Marcel a pas de talent, c'est pas pareil. Il ira jamais ben loin dans ses études.

— Puis moi là-dedans?

— Toi, c'est une autre histoire, tu manques pas de jarnigoine, mais t'as jamais voulu étudier.

Léandre bouillonna ; une écume blanchâtre moussait aux coins de ses lèvres.

— C'est vrai que j'aimais pas les études, mais vous m'avez tellement fait sentir que vous aviez besoin de moi au magasin, rétorqua-t-il. J'avais pas vraiment le choix ! À part de ça, vous sauviez de l'argent en me donnant seulement quelques piasses par semaine. Avec Irène et ses petits salaires de crève-faim à la manufacture, Placide au collège, Simone comme serveuse au *snack-bar* qui vous paye même pas de pension, et les trois matantes à la maison qui rapportent pas grand-chose, fallait bien que je fasse ma part. Je vous avertis : un beau jour, je vas sacrer mon camp puis vous allez me regretter…

— Tes matantes apportent leur contribution, tu sauras, mon garçon, précisa le commerçant. En tout cas, ça nuit pas…

L'entretien avait assez duré. Sansoucy avait feint l'indifférence, mais la remarque l'avait atteint. Il souleva le rond du poêle de fonte, secoua sa pipe, la bourra, l'alluma et replongea dans ses factures, tandis que son fils regagna le logement au-dessus du magasin, un air de frustration lui couvrant le visage.

* * *

Les Sansoucy s'entassaient à dix dans un six et demi. Cinq des enfants résidaient à la maison paternelle et le sixième, chez les religieux. En plus d'assister son mari au magasin les vendredis et samedis, Émilienne faisait son possible pour organiser toute la maisonnée qui regroupait à présent ses trois sœurs, des trésors non réclamés qui avaient récemment élu domicile chez leur beau-frère

Théodore après la vente du magasin de tissus et de coupons. Le ménage avait dû sacrifier le salon double, maintenant condamné : les battants de la porte vitrée séparant les deux pièces contiguës étaient fermés en permanence. L'aînée, la courte Alida, était affublée d'une déficience des jambes, de sorte qu'elle devait se mouvoir en y allant d'horribles contorsions, ce qui l'obligeait le plus souvent à se déplacer en fauteuil roulant ou en s'appuyant sur deux cannes quand l'embrasure se faisait trop étroite. Depuis qu'elle avait quitté le petit logis du rez-de-chaussée qu'elle occupait avec ses deux sœurs derrière le commerce de la rue Adam, elle n'était pas redescendue une seule fois sur le plancher des vaches. Tout au plus prenait-elle l'air sur la galerie d'en arrière ou sur le balcon d'en avant. Très habile de ses doigts, elle passait le plus clair de son temps à démêler de la laine ou à tricoter des bas pour les missions étrangères. Malheureusement, l'exiguïté de la maison ne lui avait pas donné l'occasion de déployer les ailes de sa machine à coudre. La suivante, la grasse Alphonsine, n'avait pas cessé de travailler à son ancien magasin. Du jour au lendemain, elle était passée de propriétaire à employée, et ne voyait pas l'heure de prendre sa retraite. Quant à la dernière, la maigrelette Héloïse, elle avait quitté depuis peu la Canadian Spool Cotton. La benjamine avait un fâcheux ascendant sur ses sœurs et elle avait la désagréable manie de s'immiscer dans les affaires internes de la famille d'Émilienne, qu'elle trouvait un peu mollassonne, d'ailleurs. Pour tout dire, rien ne semblait lui échapper…

— T'as ben l'air bougon, constata la mère, en voyant apparaître son fils Léandre au logement.

— Tu sais ben qu'il doit sortir à soir, Émilienne, intervint Héloïse.

— C'est pas juste ça, la mère ! Le père puis moi, on s'est encore pognés. Cette fois-ci, c'est à cause de la bonne femme Bazinet : elle est arrivée à la fermeture, taboire ! Et pour ménager Marcel qui avait la langue à terre, j'ai fait la livraison sur Orléans. D'ailleurs, il lui fait pas mal de façon, à la Bazinet, je trouve. Vous devriez surveiller vos intérêts, la mère.

— Est-ce que ton père est à la veille de monter? demanda Émilienne, le front plissé d'inquiétude.

— S'il peut arrêter de toujours repasser en arrière de nous autres avec les vérifications de factures, peut-être.

— Théo est pas mal choquant, des fois, commenta l'épicière. Changement de propos, Irène est en train de mettre la table, Édouard écoute son opéra, puis Simone est au *snack-bar*. On va manger, ça sera pas long.

— Marcel, lui?

— Comme d'habitude le samedi soir, il est allé à la blanchisserie Lee Sing pour Édouard. Après il a ciré les chaussures de ton père puis celles d'Édouard; faut ben que ça se fasse depuis que Simone refuse de le faire. Il va sortir de la salle de bain d'une minute à l'autre.

Le benjamin referma la porte de la salle de toilette. Léandre l'apostropha.

— J'espère que t'as pas laissé de cernes autour de la baignoire, si tu vois ce que je veux dire, lui murmura-t-il.

Le visage de Marcel se colora de gêne. Léandre consulta l'horloge de la cuisine accrochée au grand mur derrière la table et amorça un mouvement vers le couloir qui menait à sa chambre. Sa mère l'interpella:

— Éloigne-toi pas, c'est prêt dans une minute!

— Je prends mon bain, puis je m'arrête au *snack-bar* avant d'aller voir Paulette.

— Tu manges pas avec nous autres!

— Il est assez grand pour se débrouiller tout seul, Mili, lança Héloïse. Laisse-le donc faire…

Le visage d'Émilienne prit les traits de la déception. La mère s'approcha de son fils.

— Tu sais que j'aime pas ça quand tu te chicanes avec ton père ; vous allez me faire mourir, vous deux, soupira-t-elle.

Léandre embrassa tendrement le front de sa mère, dont le visage s'illumina d'un sourire.

***

Léandre dévala l'escalier juste à temps pour éviter de croiser son père. Une fois dehors, il s'alluma une Turret, dont il exhala longuement la fumée avec délectation.

Il avait quitté le logis de la rue Adam et il remontait à présent l'avenue Bourbonnière d'un pas soulagé, avec le sentiment de grande liberté que lui procurait chacun de ses samedis soir. Il éprouvait un plaisir indicible à déambuler le long des alignements d'immeubles étagés auxquels s'agrippaient avec élégance des escaliers entortillés. Sûr de lui, il se savait doté d'une certaine joliesse, capable de détourner le regard des passants ou des locataires qui se berçaient sur leur balcon. «Un maudit frais chié, le fils Sansoucy!» disaient les maris qui voyaient leurs femmes se pâmer pour ce blanc-bec.

L'air était bon, et septembre, d'une douceur à faire rêver, comme si l'été, se faisant imposteur, avait décidé d'empiéter sur l'automne. Mine de rien, le fils de l'épicier prendrait un petit souper au cassecroûte et il se rendrait ensuite chez son amoureuse. Il atteignit la rue Ontario dans laquelle il s'engagea vers l'ouest et s'engouffra dans l'*Ontario's Snack-bar*, sorte de boui-boui où se rassemblaient les fainéants du samedi. D'ailleurs, souvent, c'était la seule sortie de la semaine qu'ils pouvaient s'offrir. Plusieurs d'entre eux étaient englués sur leur banquette recouverte de moleskine rouge pour palabrer, ou chauffaient leur tabouret de cuirette des soirées de temps, le coude appuyé à la longue table de similimarbre en fumant des cigarettes. Il faut dire que les serveuses fardées, aux paupières avivées de khôl et aux tenues affriolantes, excitaient l'appétit des hommes, qui ne fréquentaient pas seulement la gargote pour siroter leur Coke, leur orangeade, leur Cream soda ou leur bière d'épinette. Une seule fois, Simone s'était laissé séduire par un de ces coquins qui l'avait emmenée au cinéma et qui avait voulu se faire rembourser en promenant sa main baladeuse sur son corsage. La serveuse, insultée, l'avait plaqué avant la fin de la représentation.

Le restaurant était bondé, et l'air qui entrait par la porte grande ouverte combattait la fumée de cigarette, l'odeur du graillon, les relents de vinaigre et les effluves musqués qui se dégageaient du genre humain.

Le tiroir-caisse crépita. Un gros moustachu pivota et se leva pesamment de son petit siège capitonné, puis il tira sur son fond de culotte humide pour le décoller et céda sa place à Léandre. Simone enleva la bouteille de Coca-Cola vide et passa un rapide coup de torchon.

— Tiens, le grand frère! s'exclama-t-elle. Je suis surprise de te voir à cette heure-ci.

— J'avais pas le goût de souper à la maison. Tu sais, le père puis moi…

— Qu'est-ce que je te sers? demanda-t-elle, en sortant une serviette de papier d'une boîte nickelée.

Léandre consulta le menu du jour affiché au mur derrière la serveuse.

— Un bon sandwich aux tomates *toasté*, salade, mayonnaise, une assiette de patates frites et un Seven-Up.

Simone n'avait jamais été portée sur les études. Elle avait triplé sa cinquième année à cause d'une «pisseuse qui lui aimait pas la face et qui cherchait toujours à la prendre en défaut», prétendait-elle.

Ce n'est pas qu'elle était dépourvue d'intelligence, mais avec ses atouts physiques naturels elle avait compris qu'elle pouvait gagner sa vie autrement qu'en se retirant du monde pour faire une religieuse. Elle savait aussi qu'un jour, peut-être, elle fonderait une famille. Contrairement à Léandre, elle bénéficiait d'un préjugé favorable auprès de son père, qui la considérait comme sa «petite perle». Elle ne l'affrontait jamais et parvenait presque toujours à l'amadouer avec ses phrases mielleuses et son petit air fripon, au grand dam de sa mère, qui était persuadée que sa fille jouait à un petit jeu manipulateur et qui trouvait son mari trop tolérant à son égard. «Théo, la p'tite vlimeuse te fait marcher!» lui répétait-elle. Pourtant, Émilienne aussi avait le don de fléchir, parfois.

Mais Léandre et Simone s'entendaient bien. Ils partageaient le même goût pour la joie de vivre et la liberté. En réalité, Léandre admirait sa sœur qui, jusqu'à un certain point, avait réussi à sortir du giron familial en refusant de travailler à l'épicerie. Les heures de Simone étaient souvent longues, cependant. Elle avait tout de même le temps de fréquenter son fabricant de cercueils, qui venait souvent la chercher au restaurant en fin de soirée. David, un Irlandais qui parlait le français avec un accent, avait pour son dire qu'il y avait de «l'avenir dans la mort» et qu'il marcherait sur les pas «funestes» de son père, fondateur de l'entreprise. Simone en était follement amoureuse. C'est bien ce que craignait Léandre, qui soupçonnait le jeune couple d'avoir «fait la chose». Lui-même était allé assez loin avec sa Paulette, mais il était un homme et savait que les mâles s'en tiraient toujours mieux, advenant une grossesse non désirée…

Des pensées lubriques vagabondèrent dans l'esprit de Léandre. Les yeux fixés sur la cafetière, il achevait de ruminer son sandwich quand il fut sorti de sa rêverie par les farces épaisses que débitaient les clients à l'égard de sa sœur. Un moment, il eut le réflexe d'intervenir, mais réprima sa réaction. Ne venait-il pas lui-même d'avoir de ces idées folichonnes qui lui avaient roulé dans la tête comme dans celle de tous les hommes normalement constitués et dignes de ce nom? Ce qui ne semblait d'ailleurs pas dans la nature de son frère Placide, qui sentait le rouge lui affluer au visage à la seule vue d'une jeune personne du sexe opposé. Il but le fond de sa bouteille, descendit de son tabouret, fouilla dans le fond de son pantalon et déposa la monnaie requise avec un bon pourboire sur le comptoir en saluant Simone.

Les mains dans les poches, il sortit en sifflotant un air dans la rue Ontario. L'heure du souper étant terminée, les résidants du quartier se dégourdissaient les jambes sur le trottoir ou se berçaient sur leur balcon pour regarder les passants circuler. Des fillettes sautaient à la corde ou jouaient à la marelle. De jeunes mamans poussaient leur landau avant de s'enfermer pour la nuit avec leur poupon. Il valait mieux ne pas s'allumer une autre cigarette. Paulette souffrait déjà la boucane de son père, qui fumait comme une cheminée. La maison était déjà enfumée, et elle n'aimait pas embrasser quelqu'un dont l'haleine empestait le tabac grillé. Léandre espérait ne pas s'attarder chez les parents de sa blonde. Véritable moulin à paroles, madame Landreville avait l'habitude de placoter un peu trop, ce qui finissait par exaspérer Léandre, qui se serait contenté de brèves salutations.

Le jeune homme marcha jusqu'à l'angle de la rue Nicolet. Il se rendit presque au tournant de la rue de Rouen, où demeurait la famille de Paulette, en se demandant comment, cette fois, il se dépêtrerait de l'emprise de madame Landreville. Devant l'immeuble, en bordure de la rue, une petite foule s'était massée autour d'une voiture bleu marine au capot ouvert. Paulette l'aperçut. Elle se dégagea du groupe et accourut vers lui en se jetant à son cou.

— Devine quoi, Léandre ?

— Comment veux-tu que je sache ? Vous êtes plein de monde après ce char-là !

— Figure-toi donc que c'est la machine de mon oncle Albert ! Et c'est pas tout : il nous a fait faire un tour et il m'a même proposé de nous déposer au parc La Fontaine si on voulait.

— Taboire! Il est en moyens, ton oncle Albert. On rit pas: une Ford modèle 29, si je me trompe pas.

— Mon oncle est mécanicien, il répare le char des autres. Le pauvre a jamais été capable de s'en payer un. Mais là…

Dans son état d'effervescence, Paulette prit la main de Léandre et l'entraîna vers la voiture. Le dos tourné, madame Landreville s'entretenait avec sa sœur, la femme de l'oncle Albert, alors que les autres se faisaient expliquer la mécanique de l'engin et que le plus jeune frère de Paulette était installé au volant en faisant semblant de conduire. Madame Landreville se retourna vivement:

— Mariette, je te présente Léandre Sansoucy, le prétendant de ma fille.

— Enchanté, madame.

— Le prétendant! Vous trouvez pas que vous y allez un peu fort? réagit l'amoureuse, sans conviction.

— Au train où vont les choses, ces deux-là vont se marier avant bien des années, assura Gilberte Landreville. Léandre est un bon parti pour ma fille, il a une bonne *job* à l'épicerie de son père. Puis il est pas laid pantoute! Qu'est-ce que t'en penses, Mariette?

— Une chose est sûre, ça va faire des beaux enfants! commenta la tante de Paulette.

Le fils Sansoucy esquissa un sourire timide et il inclina légèrement la tête.

— Bon, on y va! décréta l'oncle en refermant le capot.

— Apporte-toi une petite laine, au moins, Paulette, dit sa mère, ça sera pas chaud quand tu vas revenir.

Paulette alla vitement chercher un gilet et son sac à main, et la voiture disparut dans un léger nuage bleuté.

Le départ avait été brusque. Gilberte Landreville n'avait pas eu le temps de discuter avec le cavalier de sa fille. Ainsi, Léandre avait pu glisser entre les doigts de sa belle-famille et échapper aux nombreuses questions auxquelles le soumettait habituellement la mère de Paulette. Sitôt descendu de la voiture de l'oncle Albert, le petit couple ondula bras dessus, bras dessous dans les sentiers gravillonnés du parc La Fontaine, avant de se laisser choir sur un banc libre gravé de promesses de s'aimer toujours et de noms entourés de cœurs traversés par une flèche. Car d'autres couples aussi avaient décidé de profiter des derniers soubresauts de l'été que la nature leur offrait après avoir pagayé dans des canots loués, à présent amarrés sur la rive. Un peu partout, dispersés dans le parc, des amoureux s'enlaçaient, se bécotaient ou disparaissaient furtivement dans un bosquet touffu pour se caresser et assouvir leur concupiscence, à l'abri des regards inquisiteurs, prêts à aller plus loin qu'à de simples roucoulements d'oiseaux qui se font la cour. Mais le soir tombait et enfermait douillettement les amants dans un cocon tissé de mots doux, de déclarations, de gestes osés et de quêtes de sensations.

Paulette ôta ses souliers, descendit une pente herbeuse et marcha pieds nus en se réfugiant avec un petit ricanement derrière un buisson.

— M'aimes-tu? demanda Paulette, rejointe par son amant.

Léandre répondit affirmativement par un baiser et posa la main sur la poitrine de Paulette, qui manifesta son abandon par de petits gloussements de plaisir.

***

Chez les Sansoucy, on s'apprêtait à dîner après la grand-messe. L'atmosphère était lourde, comme si tout le monde avait traversé une mauvaise nuit. Dans sa chaise berçante en bois d'érable, Théodore épluchait son journal en grognant au sujet des actualités politiques. La gorge nouée, Émilienne venait de poser son bol de cretons maison sur la table, à côté du pain. Les matantes s'étaient attablées. Irène, l'aînée, était allée prévenir son frère Édouard de «lâcher» son livre et de s'approcher pour manger. Simone musardait dans son lit après une fin de soirée mouvementée avec son Irlandais. Et Léandre n'était pas rentré.

Marcel arriva enfin de la boulangerie avec un pot de fèves au lard qui avaient cuit sur la braise toute la nuit. Alphonsine se pencha vers Héloïse.

— La petite gueuse paresse encore au lit, murmura-t-elle.

— Si c'était rien que de moi, elle se lèverait d'une seule fripe, la petite courailleuse, ajouta Héloïse.

Édouard s'assit à sa place.

— Marcel a bien rapporté mes chemises de chez Lee Sing? demanda-t-il à sa mère.

— Tu sais ben que oui, il y en a pas de meilleur pour faire des commissions, répondit Émilienne, que la lourde atmosphère écrasait.

— Léandre n'est pas là? s'enquit Édouard, en promenant un regard circulaire autour de la table.

— Tourne pas le fer dans la plaie, intervint Irène. T'as pas remarqué que moman est pas dans son assiette? Léandre a passé la nuit sur la corde à linge en plus de Simone qui est pas levée, comme d'habitude.

— Je m'excuse, maman, je n'avais pas vu que vous étiez dans cet état, s'amenda Édouard.

— Irène, va arrêter la radio, j'ai pas envie d'écouter les nouvelles pendant qu'on dîne, ordonna la mère.

— À moins que je mette un *record* de La Bolduc, rétorqua l'aînée. Vous aimez ça entendre *La bastringue* ou ben *Ça va venir, découragez-vous pas…*

La mère se moula un air impatient. Irène obtempéra. Théodore Sansoucy déposa *La Patrie* sur le rebord de la fenêtre et prit sa place de chef de famille, face à sa belle-sœur Alida, qui trônait dans son fauteuil roulant à l'autre bout de la table. Il se racla la gorge, se signa et marmonna le bénédicité d'un ton sentencieux. Émilienne se releva en grimaçant de douleur.

— Assoyez-vous, moman, je vais servir à votre place, proposa Irène.

— C'est vos varices qui vous font souffrir, maman? s'enquit Édouard.

— Si c'était rien que ça, mon garçon…

Un silence alourdit l'ambiance déjà pesante de la salle à manger. Irène enleva le couvercle du pot de bines fumantes. Des pas montèrent dans l'escalier. La porte de la maison s'ouvrit. Léandre parut, les cheveux ébouriffés, l'air faussement penaud.

Sansoucy abaissa le poing sur la table.

— D'où c'est que tu viens, toi? Tu parles d'une heure pour rentrer…

— D'après ce que je peux voir, j'arrive juste à temps pour le dîner, exprima Léandre.

Le visage d'Émilienne se crispa. Elle sortit un mouchoir de son corsage et s'épongea les yeux.

— C'est pas le temps de faire des farces plates, Léandre, ta mère a de la peine, observa Sansoucy.

— Pas vous, ça m'a l'air…

— Fais pas ton effronté! intervint Héloïse.

— Toi, la belle-sœur, mêle-toi de tes affaires! rabroua prosaï-quement Théodore. Je vas m'arranger avec mes enfants, puis c'est moi qui mène ici dedans!

Émilienne se leva en pleurs et se dirigea vers sa chambre. Irène alla la rejoindre.

— Sers donc, Phonsine, avant que ça refroidisse trop, ordonna Théodore.

Après un long moment, Émilienne revint à la salle à manger, les bras de son aînée la conduisant à sa chaise. Pour faire diversion, Édouard avait entamé la conversation sur un sujet politique qui n'intéressait que lui et son père au logis.

— Regardez bien ce que je vous dis, papa, le gouvernement Taschereau va déclencher des élections cet automne, affirma-t-il.

— Avec tout ce qui se brasse dans la province, faudrait pas être surpris, approuva son père.

— Il me semble que Duplessis ferait un bon chef, mais c'est loin d'être sûr qu'il forme le prochain gouvernement. D'ailleurs, Maurice Duplessis est un avocat de carrière…

— Depuis quand les avocats et les notaires s'occupent-ils du vrai monde? coupa Léandre. Ça nous prendrait quelqu'un qui vient de la masse ouvrière.

— Qu'est-ce que tu connais là-dedans? s'insurgea Édouard.

— Je suis peut-être pas instruit comme toi, mais j'ai mes idées, tu sauras, répliqua sèchement Léandre.

— Voulez-vous ben? intervint la mère, avant de se dresser avec fracas et de disparaître vers sa chambre, sous les regards atterrés.

Simone fit irruption dans la cuisine en s'étirant les bras. Elle prit un air bourru.

— Il n'y a pas moyen de dormir tranquille, à matin? s'offusqua-t-elle.

— Il est grandement temps que tu te lèves! s'indigna la tante Héloïse. Tu devrais aller t'habiller tout de suite.

— Personne va obliger ma fille à aller s'habiller, la défendit Théodore, en tapant sur la table. Simone finit tard le samedi soir, elle a ben le droit de prendre ses aises le dimanche matin.

Réalisant qu'il s'était emporté pour des vétilles, le chef de famille se calma. Il enchaîna doucement:

— Bon, c'est assez! Va t'habiller comme du monde puis viens dîner avec nous autres. Je vas aller chercher votre mère. Comme ça, on sera tous réunis pour le repas du dimanche, mentionna-t-il.

— Je vas avoir l'air d'une vraie folle, p'pa.

— Tu prendras du temps pour t'arranger après le dîner, ma perle, répondit Théodore, d'un ton conciliant.

D'un geste rageur, Simone referma les pans de sa robe de chambre et obéit. Dix minutes plus tard, sous l'insistance de son mari, Émilienne avait consenti à revenir à la table, et sa fille avait rejoint le groupe avec sa tenue sexy et son chandail froissé de la veille.

Après un dîner paisible, Édouard mit un disque d'opéra, qui poussa Léandre à sortir se promener dans la rue Sainte-Catherine, et Marcel s'enferma dans sa chambre pour étudier en se mettant les mains sur les oreilles. Théodore regagna la cuisine et s'assit dans sa berçante devant la fenêtre qui donnait sur la cour arrière. Il alluma sa pipe et s'empara de *La Patrie*, qu'il parcourut distraitement. Émilienne et ses sœurs allèrent également dans la cuisine.

— Pendant qu'on dessert et qu'on brasse la vaisselle, tu devrais t'écraser sur la galerie d'en arrière, proposa sa femme. Je vois ben que tu t'endors, mon mari. T'as le temps de faire un bon somme avant que ton frère Romuald arrive.

La mine contrariée, le maître de la maison déposa *La Patrie* sur ses genoux et secoua sa pipe dans le cendrier trônant sur le rebord de la fenêtre. Puis il lança son journal sur la table en ronchonnant son agacement. Ensuite il se leva, appuya ses grosses mains sur la chaise berçante et fonça vers la porte-moustiquaire que lui ouvrait gentiment sa femme.

— Là, tu vas avoir la paix, mon mari, conclut-elle.

Voilà dix minutes que la tête lourde de l'épicier s'assoupissait sur la galerie arrière. Les gamins devaient être allés au parc, la ruelle était calme. De temps à autre, Émilienne contemplait le visage de son époux qui semblait émerger d'un autre monde en soulevant comiquement d'un air agacé ses moustaches blanches avant de retomber dans son sommeil léger.

— Monsieur Sansoucy! s'écria une voix plaintive.

L'homme se tira brusquement de sa rêverie. Une tête chapeau-tée apparaissait par-dessus la haute palissade grise qui ceinturait la cour.

— Ah, c'est vous, monsieur l'abbé Dussault! s'exclama le commerçant. Entrez donc, dit-il, sans enthousiasme.

Le vicaire poussa le portillon, et un énorme chien au poil cotonné et à la gueule baveuse se faufila près de lui le long de la clôture. Aussitôt, une guenilleuse bien en chair vêtue d'une robe à gros motifs imprimés collée sur le corps s'avança avec cinq enfants en haillons, dont le dernier, qui était le plus grand, tirait une voiturette bordée de ridelles. Le cortège s'immobilisa au pied de l'escalier.

«Baptême!» s'étonna l'épicier pour lui-même en s'appuyant sur la balustrade.

— Montez donc! capitula-t-il.

Une fois la visite rendue sur la galerie, Émilienne entrouvrit la porte-moustiquaire et la referma vitement quand elle aperçut l'animal.

— Je vous emmène une petite famille dans le besoin, madame Sansoucy, déclara l'homme d'Église de sa voix nasillarde.

— Les beaux enfants! s'exclama la femme. Entrez, j'ai de belles surprises pour vous. Mais le chien va rester dehors, exigea-t-elle.

L'aîné consulta sa mère du regard afin d'obtenir son consentement, et il entraîna ses frères et sa sœur derrière lui. Sansoucy céda sa chaise à la femme grasse qui s'assit pesamment et alla chercher deux autres sièges pendant que la visiteuse retenait sa bête par le cou.

— Je comprends que je viens d'arriver dans le quartier, mais comment se fait-il que vous demeuriez en dehors des limites de la paroisse du Très-Saint-Rédempteur, monsieur Sansoucy? s'enquit le prêtre.

— Ma femme est originaire de votre paroisse et elle refusait que nos garçons fréquentent une autre institution que l'école Baril dirigée par les Sainte-Croix. Autrement, ils se seraient ramassés avec des instituteurs laïcs à l'école Sainte-Jeanne-d'Arc.

— Ah, je vois, nasilla le pasteur. Vous savez, monsieur Sansoucy, pour en venir au fait, tout le monde n'a pas la même chance que vous de se sortir de la misère. Madame Pouliot est seule pour élever et nourrir sa progéniture…

— Mon mari nous a abandonnés, l'écœurant, pleurnicha l'indigente. Les armoires et la glacière sont presque vides, j'en finis plus de rapiécer et de raccommoder mon vieux linge et celui des enfants, puis j'ai déjà trois mois de retard dans mon loyer. J'en ai assez de tirer le diable par la queue…

Le commerçant se tourna vers le prêtre.

— La Saint-Vincent-de-Paul, ça existe, lui dit-il.

— C'est pas suffisant, rétorqua le vicaire.

— Prendriez-vous un bon thé Salada ou une savoureuse orangeade Crush ? demanda Émilienne, intervenant à travers le treillis de la porte.

Sans leur laisser le temps de répondre, elle alla à la cuisine et en rapporta un plateau.

— Tenez, dit-elle, en tendant un à un les gobelets. J'en ai servi aux enfants avec des bonbons pour leur sucrer un peu le bec. Ils font tellement pitié. Hein, Théo ?

— T'aurais pu leur servir du Coca-Cola, Mili. Le carton est à six bouteilles pour vingt-sept cents.

— C'est ça que j'achète d'habitude, déclara la dame, ça coûte moins cher que le lait à dix cents la pinte…

La mère nécessiteuse but sa boisson gazeuse d'un seul trait et retrouva une humeur plus gaie.

— Peut-être que madame Pouliot…, supposa l'épicier.

— J'ai encore soif, dit-elle, avant de remettre son verre à l'hôtesse et de pousser un rot retentissant.

— Je vais vous remplir ça, madame Pouliot, ça va vous faire du bien de vous laisser gâter un peu.

Émilienne disparut et rapporta un verre débordant de boisson et une assiette de biscuits.

— Des biscuits Village ! C'est ben là chez Viau que mon mari travaillait avant d'être *slaqué*. Vous auriez pas de quoi de moins déprimant à m'offrir et un petit quelque chose pour mon chien, madame Sansoucy ? demanda-t-elle avec un sans-gêne déconcertant.

La femme de l'épicier sembla un peu agacée par la dernière requête de la pauvresse.

— Je vous apporte des bons biscuits au chocolat, consentit-elle. C'est pas des Whippet, mais ils viennent de la biscuiterie Charbonneau. Ils sont un peu plus engraissants, mais tellement délicieux…

— Je peux pas refuser ça, répondit la femme obèse, parce qu'avant longtemps, si ça continue, il va juste me rester la peau et les os, ricana-t-elle.

Émilienne revint avec ce qu'elle avait promis et lança avec dégoût un os de soupe à la bête qui l'implorait de ses yeux chassieux dans le coin de la galerie. L'infortunée expliqua qu'elle avait été heureuse durant ses premières années de mariage, à quel point la crise qui sévissait avait découragé son mari et que, finalement seule et jetée dans l'indigence, elle était très malheureuse de quémander de l'aide. Le messager espérait une réaction de l'épicier, qui s'adressa enfin à lui :

— Qu'est-ce que vous attendez de moi exactement ? demanda le commerçant avec une certaine exaspération.

— Écoutez, monsieur Sansoucy, commença l'abbé, parlant toujours du nez. Monsieur le curé pense que vous pouvez faire un petit effort pour soutenir une famille de miséreux de la paroisse du Très-Saint-Rédempteur.

— Est-ce que monsieur le curé Verner peut s'imaginer ce que cela représente pour un épicier qui a aussi une famille nombreuse et dont la seule fortune visible est une bâtisse à trois étages à payer avec un locataire au troisième à qui il loue bon marché parce qu'il a une trâlée d'enfants ?

— Vous lui demanderez vous-même, rétorqua civilement l'abbé Dussault. Pour le moment, je compte sur vous pour soulager les Pouliot.

La fillette aux cheveux dorés surgit en enfonçant le nez et les mains dans la moustiquaire, la frimousse barbouillée et les doigts salis.

— Regardez, m'man, ce que nous a donné madame Sansoucy : des biscuits au chocolat.

— Vous êtes ben chanceux. Avez-vous dit un gros merci à la madame, au moins ?

Sansoucy se leva, repéra la voiturette en bas dans la cour et se retourna vers le prêtre.

— Bon, j'ai compris, monsieur l'abbé. Émilienne, s'écria-t-il, apporte-moi donc la clé de l'épicerie.

Sa femme lui tendit la clé qu'elle décrocha du clou à côté de la porte, et il descendit dans la cour, sous l'œil satisfait de madame Pouliot. Une demi-heure plus tard, il remontait sur la galerie.

— Je vous ai mis quelques bonnes tranches de jambon, un cinquante livres de patates, deux pains, quelques boîtes de conserve et une grosse bouteille de liqueur, débita-t-il.

— Est-ce que c'est de la bière d'épinette Christin ?

Le commerçant parut agacé. La quémandeuse s'en aperçut.

— Merci, monsieur Sansoucy, exprima la dame avec gratitude.

Puis madame Pouliot accola à son tour le nez dans la moustiquaire.

— Les enfants, faut partir maintenant, décida-t-elle. Dites un beau bonjour à la madame.

Dans la cuisine, débarbouillette en main, Émilienne et ses sœurs s'empressaient de laver les petits visages reconnaissants – qui souriaient de leurs dents gâtées – et les doigts de la marmaille qui se rassembla bientôt dans la cour avec le chien, pendant que le porte-parole du curé s'entretenait avec le généreux épicier sur la galerie.

— Batèche, monsieur l'abbé! Une fois en passant, ça peut aller, mais faudrait pas ambitionner sur le pain bénit.

Le patois de l'épicier fit sourciller le prêtre.

— Comme je vous l'ai dit, affirma-t-il, si vous avez des représentations à faire…

L'abbé Lionel Dussault rejoignit la famille Pouliot. Émilienne alla sur la galerie.

— C'est un ben beau geste que tu viens de faire là, Théodore, déclara-t-elle.

Sur ces entrefaites, Léandre sortit en coup de vent, dévala l'escalier et s'arrêta au bas des marches, l'air défiant.

— La mère de Paulette m'a invité à souper, lança-t-il.

— Reviens pas trop tard, tu travailles demain matin, le prévint sa mère.

— Torrieu, la mère, je le sais ben!

Sansoucy serra les dents et entra pour accrocher la clé de l'épicerie au cadrage de porte.

Chapitre 2

Fidèle à ses habitudes, Théodore Sansoucy descendit à son commerce au moins une demi-heure à l'avance. La veille, son frère Romuald était venu avec sa femme pour prendre le repas du dimanche soir et disputer quelques parties de cartes. Ce qui lui avait enlevé l'arrière-goût un peu saumâtre de l'arrivée à l'improviste de la nécessiteuse avec sa ribambelle de morveux et le vicaire Dussault. Il n'avait pas dit son dernier mot au représentant du curé Verner, et il entendait bien lui communiquer sa façon de penser dès le début de la semaine. Avec le temps, il avait appris que l'accumulation de ses tiraillements intérieurs lui causait des problèmes digestifs. Il avait passé le seuil de sa maison sans voir Léandre au déjeuner. Il consulta sa montre de poche : l'heure de l'ouverture était imminente et une irritation croissante s'emparait de lui. L'ouvrage ne pouvait attendre. Pour faire diminuer la pression, il prit une bonne inspiration et entreprit de faire le tour des tablettes et de noter ce qu'il devait commander aux fournisseurs. Il achevait le travail quand la clochette tinta joyeusement.

— Tu le fais exprès pour me mettre à bout, Léandre ! aboya Sansoucy, excédé.

— Pognez pas les nerfs, le père, je sais que je suis légèrement en retard, mais je vais la faire pareil, la *job* !

— T'as le don de faire monter ma *steam*, mon garçon. Des employés comme toi, ça se…

— Faites attention à ce que vous allez me dire, parce que vous allez vous retrouver le bec à l'eau, tout seul pour *runner* votre maudite *business*. C'est pas la première fois que je vous le dis…

Sansoucy changea de physionomie.

— Va donc voir dans la glacière s'il reste assez de glace pour conserver la viande, dit-il, soudainement radouci.

— Vous êtes pas allé hier après-midi quand la mère Pouliot est venue vous quêter du manger ? Vous auriez dû vous en apercevoir. Mais je vais y aller quand même, pour vous faire plaisir.

Le fils obtempéra et revint près de son père.

— On en a encore pour deux jours, deux jours et demi sans risquer de gaspillage, rapporta-t-il. Normalement, le livreur devrait passer aujourd'hui, et si c'est pas le cas, va falloir commander sans faute demain chez Brunelle. Asteure, je vas me charger des spéciaux de la semaine.

Léandre s'installa au comptoir avec papier et crayon.

— Le Kik de 30 onces est ben à 6 cents, le père ?

— Oui, oui ! s'impatienta le commerçant. Le grand format à 6 cents puis le petit de 7 onces à 3 cents. Trompe-toi pas.

La journée se déroula sans anicroche entre le père et le fils, chacun évitant l'autre, occupé à ses tâches, à répondre aux besoins de la clientèle ou à recevoir des fournisseurs. Comme les autres lundis, on ne s'était pas précipité au téléphone pour prendre les commandes, et, à son retour de l'école, Marcel suffirait à livrer les « ordres » à une heure raisonnable, afin d'accommoder les mères de famille pour le souper.

À la fin de l'après-midi, Sansoucy était décidé à se rendre au presbytère. Il avait remâché ses arguments pour affronter le curé Josaphat Verner, nouvellement arrivé en même temps que son vicaire Dussault, qui avait déjà acquis la réputation de ne pas céder facilement. Il marcha d'un pas résolu dans la rue Adam, vers l'ouest, traversa l'avenue Bourbonnière en saluant une cliente qui sortait de la pharmacie Désilets. Après l'avenue Valois, il se prit à sourire à l'église irlandaise Saint-Aloysius dont certains fidèles fréquentaient aussi son établissement. Comme il aurait aimé drainer toute cette colonie d'immigrés vers son épicerie-boucherie ! Il y avait justement un de ces fils de « rapportés » qui s'était infiltré dans sa famille, et qui voyait assidûment sa Simone préférée, et dont il aurait bien voulu qu'elle se débarrasse pour s'amouracher d'un petit Canadien français pure laine. Selon lui, les Irlandais étaient « de maudites têtes de cochon, des bagarreurs-nés et des buveurs invétérés ». Une vieille Dodge klaxonna alors qu'il allait poser le pied dans la rue Nicolet. Il s'arrêta net, regarda des deux côtés et repartit.

Parvenu à la hauteur de l'école Baril, il se rappela qu'à cette heure son gnochon de Marcel devait se triturer les méninges pour absorber la matière aride du frère Romulus, les notions algébriques que lui-même étant plus jeune avait pourtant eu de la difficulté à assimiler. Il croisa la rue Joliette et passa bientôt devant la majestueuse église en pierres grises flanquée de clochers massifs géminés verts surmontés d'une croix. Il s'immobilisa devant le trottoir du presbytère, prit une bonne respiration et s'engagea vers la résidence des prêtres.

— Monsieur Sansoucy ! l'interpella l'abbé Dussault, manifestement indisposé par la venue de l'épicier.

L'abbé déposa son bréviaire sur sa berceuse et alla vers le visiteur en lui tendant la main.

— Monsieur le curé est là ?

— Il est occupé avec un artiste pour la décoration de l'église et ne veut pas être dérangé sous aucun prétexte.

— Faites-moi pas niaiser, l'abbé, mon temps est précieux, s'emporta le commerçant. Vous me ferez pas accroire que le curé Verner peut pas laisser son artiste et m'accorder une minute.

— Bon, bon, énervez-vous pas, monsieur Sansoucy, je vais le prévenir que quelqu'un d'important a affaire à lui, dit-il d'une voix traînante.

L'abbé glissa nerveusement son doigt derrière son collet romain et disparut. Il revint au bout de quelques minutes.

— Monsieur le curé consent à vous recevoir, mais pas longtemps, transmit-il.

Sansoucy gravit avec empressement les marches pour accéder à la longue galerie et pénétra dans les pièces réservées aux prêtres avant d'être entraîné dans un corridor aux boiseries de chêne sombre qui menait à l'église. Le curé et un homme à la chevelure moutonnée vêtu d'un sarrau déboutonné devisaient entre eux en regardant un immense plan déroulé sur l'autel. L'abbé Lionel Dussault se retira au presbytère. Pour plus d'intimité, le prêtre se déporta vers la crédence avec l'épicier.

— Alors, Sansoucy, on lève le nez sur le petit monde, observa-t-il à voix basse.

— Ce n'est pas ça du tout, monsieur le curé, se défendit l'autre.

— Je suis monseigneur Verner, corrigea le prêtre.

— Monseigneur, enchaîna l'épicier, j'ai pas envie de voir apparaître tous les misérables de la paroisse à mon domicile pendant le jour du Seigneur et dévaliser mon épicerie.

— On ne vous en demande pas tant, Sansoucy.

— Au lieu de dépenser une fortune pour la parure de l'église avec des bariolages de toutes sortes et vos projets de vitraux, vous devriez prendre cet argent-là pour aider les plus démunis, s'indigna-t-il en haussant le ton.

L'artiste fixa ses grands yeux foncés vers l'épicier.

— Monsieur Nincheri n'est pas un artiste ordinaire, Sansoucy, argua le curé. Il se spécialise dans les bâtiments religieux et nous l'avons engagé pour la décoration.

— La décoration! C'est assez décoré de même, vous trouvez pas?

— Dormiez-vous quand j'ai annoncé en chaire une collecte de fonds pour l'ornementation de notre lieu saint? C'est pour ça, la deuxième quête de chaque dimanche…

— Batèche!

— Vous sacrez?

— J'ai seulement dit «batèche», c'est pas sacrer, ça, cibole!

— Tiens, encore un autre gros mot! Je n'ai pas le temps de vous faire passer au confessionnal, mais vous devrez vous en accuser, Sansoucy.

Voyant qu'il ne viendrait pas à bout de l'ecclésiastique, le paroissien tourna les talons et amorça un mouvement vers la grande allée.

— Psst! l'apostropha le prêtre.

Théodore Sansoucy se retourna. Le curé pointa le crucifix du menton. Le pénitent s'agenouilla prestement en se signant et fonça vers la porte de sortie.

* * *

Un énorme plat de saucisses baignant dans une sauce aux tomates et une chaudronnée de patates bouillies occupaient le centre de la table. Il ne manquait que Simone, qui souperait au casse-croûte après la période d'affluence. Sansoucy ressassait son entretien avec le curé Verner en espérant que le sujet ne surgisse pas à table. Mais Léandre avait vu revenir son père en rogne à l'épicerie et se doutait qu'il n'avait pas eu gain de cause. L'occasion de parler du tête-à-tête était trop belle.

— Et puis, le père? Votre démarche au presbytère, rapport à la mère Pouliot, vous m'en avez pas parlé…

— Tu sauras, mon garçon, que je me suis pas déplacé pour rien, mentit l'épicier. Je suis quand même pas mal respecté dans la paroisse. Madame Pouliot et tous ceux de sa race vont être obligés de se contenter de la Saint-Vincent-de-Paul, déclara-t-il péremptoirement.

— Vous devriez pas dénigrer le petit monde, le père. C'est lui qui nous fait vivre, comme le dirait madame Bazinet…

Sansoucy toussota pour cacher son embarras.

— Je suis d'accord avec Léandre, mon mari, intervint Émilienne. Un peu de charité n'a jamais appauvri personne…

— Si tu fais allusion à la décoration de l'église, je suis pas certain que ce soit une bonne affaire, rétorqua Sansoucy. C'est ça qui ruine le monde ordinaire…

— La décoration, ça favorise le recueillement des fidèles, c'est l'idée du curé, expliqua Héloïse.

Le maître de la maison leva un long regard désapprobateur vers sa belle-sœur qu'Alida et Alphonsine semblaient appuyer en opinant discrètement du bonnet.

— Guido Nincheri va faire du bon travail, commenta Édouard. Justement, c'est lui qui décore le château des Dufresne au coin de Pie-IX et Sherbrooke. Saviez-vous qu'il a son atelier sur Pie-IX, pas loin de chez l'un de mes camarades de collège?

— Bon, regarde le *smatte* qui parle encore avec ses beaux grands mots qui veulent rien dire, lança Léandre.

— Commence pas à l'étriver, tu vas sortir de table si ça continue, riposta Émilienne.

— Les gars, arrêtez tout de suite, recommanda Irène, parce que moman va se retirer dans sa chambre comme hier!

Le commerçant trempa un morceau de pain dans la sauce de son assiette, se racla la gorge et emprunta un ton autoritaire :

— Le mois de septembre avance, rappela-t-il. C'est déjà frais ici dedans. On est pas obligés d'attendre la fin de semaine de l'Action de grâce pour enlever les jalousies. J'ai pas le goût qu'on se fasse prendre les culottes à terre avec l'automne qui vient. Je vais faire remplir le réservoir d'huile, mais pour pas qu'on chauffe le dehors, va falloir boucher nos ouvertures comme du monde. La corvée des châssis doubles vous attend, Léandre et Marcel, dit-il, avant d'engloutir son pain imbibé de sauce aux tomates.

— Si ça pouvait être remis à la semaine prochaine, je serais pas contre, p'pa : j'ai un gros examen d'algèbre vendredi, rétorqua l'étudiant.

— Si t'étais moins sans-dessein aussi, tu les apprendrais plus vite, tes maudites mathématiques, commenta Sansoucy.

— Vous êtes encore sur son dos, le père, s'insurgea Léandre. C'est toujours la même histoire. Pourquoi vous demandez pas à votre notaire ?

Un lourd silence pesa sur la famille. Marcel s'était renfrogné. Consternées par la dernière remarque, les tantes avaient les yeux écarquillés et demeuraient bouche bée. Léandre s'aperçut que sa réplique cinglante avait eu un effet oppressant sur sa mère, qui restait écrasée sur sa chaise.

— Ça sent ben le chauffé tout d'un coup ! dit Alphonsine en reniflant l'air de ses grosses narines gourmandes.

— Bonyenne, Phonsine ! Notre gâteau aux épices, s'exclama Émilienne.

Plus alerte que sa tante Alphonsine, Irène se précipita au four avec ses mitaines posées sur le coin de la table, juste à temps pour éviter la catastrophe.

Après le dessert, les garçons disparurent. Édouard et Marcel avaient regagné leur chambre, et Léandre avait décidé de relâcher un peu de pression en se rendant sur l'avenue d'Orléans pour s'y balader. Les femmes débarrassèrent la table en sirotant leur thé, sauf Alida qui avait fait rouler son fauteuil près de l'évier, prête à essuyer les pièces qu'on lui fournirait. Irène alla secouer la nappe sur la galerie et rentra en frissonnant avant de s'installer au lavage de la vaisselle pendant que les quatre sœurs attendaient, un linge à la main. À la fenêtre, Sansoucy avait bourré sa bouffarde et regardait tomber le jour, en pensant aux prises de bec qui éclataient de plus en plus fréquemment avec son fils et à la présence envahissante de ses belles-sœurs.

Dans la chambre minuscule qu'il partageait avec Léandre, le front plissé au-dessus de son manuel des Frères des écoles chrétiennes, Marcel se broyait le cerveau à essayer de résoudre les problèmes d'algèbre à une inconnue que le frère Romulus avait suggérés pour mieux se préparer à l'examen de vendredi. D'ailleurs, l'étudiant ne voyait pas comment il affronterait, l'année suivante, les rebutants systèmes d'équations à deux inconnues que le frère avait laissé pendre au-dessus de sa tête comme une épée de Damoclès. Un coup de sonnette fêlée retentit dans l'appartement.

— C'est encore cet énergumène d'Irlandais, commenta Sansoucy. Édouard doit écouter sa musique dans sa chambre, Marcel va sûrement répondre.

— David doit ben savoir qu'à cette heure Simone est pas revenue de travailler, précisa Émilienne.

Le son du timbre se fit de nouveau entendre avec insistance, cette fois.

« Pas de danger qu'Édouard se dérange, maudite marde ! » pensa Marcel. Il se rendit à la porte, le crayon sur l'oreille.

— Simone est pas là ! déclara-t-il sèchement.

— Quand est-ce que tu vas lâcher tes maudits livres d'école ? lança l'Irlandais, avec son léger accent anglais. Avec les notes que t'as, tu serais pas mieux de te trouver une *job* pour aider tes parents plutôt que de perdre ton temps à piocher de même ?

Enivré de colère, Marcel décocha un solide coup de poing au plexus du visiteur, qui s'inclina légèrement en poussant un petit cri de douleur. Insulté, l'Irlandais s'élança et asséna un coup au visage de son assaillant, qui tomba à la renverse sur le chemin de tapis du vestibule en accrochant une potiche au passage, qui, elle, moins chanceuse, éclata en mille morceaux sur le parquet.

— Toi, mon enfant de chienne, tu vas me le payer cher ! s'écria Marcel en se relevant.

Trop tard, l'Irlandais était sorti sur le balcon et dévalait l'escalier en tire-bouchon.

— Théo ! s'exclama Émilienne, va donc voir ci qui se passe en avant.

L'air perplexe, Sansoucy déposa sa pipe dans le cendrier et consentit à se lever de sa berceuse. La main sur son nez sanguinolent, l'étudiant se dirigeait vers la salle de toilette. Son père surgit dans l'entrée et remarqua les débris qui jonchaient le parquet.

— Bon, je devine que tu t'es fait tabasser par l'Irlandais. Ta mère va être contente de voir son vase mis en pièces…

— Si je l'attrape, lui, il va en manger toute une, répondit Marcel.

— T'as même pas été capable de te défendre, cibole, tu parles d'une femmelette.

— Oui, mais, p'pa, je l'ai pas vu venir, se justifia l'adolescent. Il m'a sacré un bon coup sur le nez, je me suis étampé sur le plancher, puis ce que j'ai su, c'est qu'il était déjà reparti, l'enfant de nanane.

— Bon, bon, ça t'apprendra qu'il faut te méfier des Irlandais. Des maudits batailleurs, ces gars-là. C'est pas pour rien que j'aimerais que Simone se trouve quelqu'un de plus convenable. Asteure, tu devrais t'éponger le nez, ramasser le dégât, puis retourner étudier.

Intriguée, Émilienne se rendit à la salle de bain, un linge de vaisselle à la main.

— Marcel! Coudonc, t'es en train de beurrer ma débarbouillette.

— J'ai pas fait exprès, m'man. C'est le *chum* de Simone qui m'a écœuré, puis j'ai voulu lui montrer que j'étais pas pour me laisser faire.

La mère mit son linge sur son épaule.

— Donne-moi ça, que je t'aide, ordonna-t-elle, puis envoye ta tête par en arrière. Tornon! Ça pas de saint bon sens! siffla-t-elle. Théo, va falloir qu'on parle à Simone. Elle ne peut pas continuer à fréquenter un garçon de même. Un fils d'immigré, en plus.

— Ouais, fit Sansoucy, en se grattant la tête. Puis c'est pas tout: va donc voir ton vase à fleurs dans le corridor.

Émilienne délaissa son fils et se rendit sur le lieu où avait éclaté l'échauffourée.

— Mon Dieu Seigneur! s'écria-t-elle en se mettant la main au visage. Mon cadeau de noces…

Simone surgit dans l'appartement, l'air fâché.

— Pouvez-vous ben me dire, une fois pour toutes, qu'est-ce que David vous a fait, m'man? explosa-t-elle d'une voix criarde. Il vient de me rapporter ce qui s'est passé ici dedans. On dirait que vous l'aimez pas personne…

— J'ai jamais dit que je l'aimais pas, ton Irlandais, Simone.

— Non, mais ça paraît en maudit que vous l'aimez pas, par exemple, rétorqua vivement la serveuse.

Indiscrète, Héloïse s'amena à pas feutrés avec le balai et le porte-poussière.

— Ah non, Mili! s'époumona-t-elle. Le beau vase de Chine que je t'ai donné à ton mariage.

— Ben oui, Loïse, réagit Émilienne. À part de ça, il est bien trop magané pour recoller les morceaux.

La benjamine des trois pensionnaires commença à balayer le parquet. Émilienne avait l'air découragé.

— On dirait que la bataille entre Marcel et David vous a rien fait pantoute, tonna Simone. C'est le boutte! dit-elle avec exaspération, avant de déguerpir vers sa chambre.

Alphonsine, poussant Alida dans son fauteuil roulant, se pressa vers l'entrée. Tout penaud, Marcel apparut dans le corridor. Édouard avait entrouvert sa porte et surveillait d'un œil consterné ce qui se déroulait. Théodore Sansoucy surgit dans le couloir derrière sa «perle» enragée, qui transportait une petite valise brune cartonnée.

— Tu vas pas t'en aller de même, ma chouette! Attends qu'on s'explique, supplia l'épicier.

— Vous m'en avez assez fait endurer dans cette maison-là, dénonça Simone, l'œil furibond. Ça se passera pas comme ça, maudite marde!

— Où c'est que tu vas, emmanchée de même, Simone? s'inquiéta sa mère. Tu es quand même pas pour sacrer ton camp!

— Je m'en vas rester chez les parents de David, riposta l'adolescente, la lèvre haute. Monsieur et madame O'Hagan sont fins, eux autres. D'ailleurs, David m'attend sur le balcon, précisa-t-elle avant de sortir en catastrophe.

Sansoucy tira vers lui la porte et alla s'appuyer à la rambarde de la galerie.

— Simone! Reviens, ma Simone! implora le père. Tout va s'arranger…

Le mal était fait. David et sa fille adorée s'éloignaient sur le trottoir, sous le regard interloqué des voisins et des passants. Théodore comprit qu'il ne pouvait plus rien pour retenir sa fille. Il rentra.

Les belles-sœurs entouraient la femme effondrée de douleur, secouée par des sanglots convulsifs qui montaient de sa poitrine.

— Fais quelque chose, Théodore, proposa Héloïse sur un ton de supplication.

La gorge étranglée, Sansoucy dévisagea sa belle-sœur et reporta les yeux sur Émilienne.

— C'est ma faute, p'pa, j'aurais jamais dû fesser sur l'Irlandais, s'amenda Marcel.

— Toi, le morpion, disparais de ma face! proféra son père.

L'homme s'absorba un moment, comme s'il avait à prendre la décision la plus courageuse de sa vie. Et pour ne pas scandaliser les oreilles chastes qui attendaient ce qu'il s'apprêtait à formuler, il marmotta pour lui-même un chapelet de sacres et, malgré les yeux inquisiteurs qui étaient encore fixés sur sa porte, sans mot dire, il quitta prestement le logis de la rue Adam.

L'épicier fonça tout droit vers l'avenue Jeanne-d'Arc, en nourrissant sa hargne à l'endroit des Irlandais qui ne lui chiperaient pas sa fille. C'est tenaillé par un ulcère qui lui brûlait l'estomac qu'il fit résonner la sonnette de cuivre des O'Hagan.

Une lueur jaunâtre éclaira bientôt la porte vitrée. Un costaud à la figure hostile apparut.

— J'aimerais parler à ma fille, exprima l'épicier.

— Votre fille ? baragouina l'homme, avec un air égaré.

— Ben oui, baptême, celle qui fréquente votre fils David ! s'emporta Sansoucy.

— Pas dans la maison, répondit O'Hagan.

Peut-être les amoureux s'étaient-ils réfugiés dans la boutique de l'artisan ? Fermement résolu à ne pas s'en laisser imposer, l'épicier longea la façade de l'immeuble et s'engouffra par la porte cochère, qui menait au fond de la cour baignée dans la pénombre. Un moment, il pensa à voir surgir un grand chien aux yeux méchants s'élancer vers lui en aboyant au bout de sa chaîne, mais il n'en fut rien. Il avança prudemment. Une odeur de crottin de cheval l'assaillit. Le hennissement nerveux d'un cheval le fit sursauter et tourner les yeux vers la fabrique de cercueils qui jouxtait l'écurie. Il s'en approcha effrontément et sonda l'une des portes sur lesquelles dansaient des rayons de lune. Une chatte grise pourchassée par un matou cotonneux se faufila furtivement entre les empilages de planches dans l'appentis adossé à l'atelier. Sansoucy secoua de nouveau la porte, promena un regard circulaire dans la cour et sur le mur arrière de la maison. « Je ne suis toujours ben pas pour passer la nuit dehors, baptême ! » se dit-il. Il entreprit de regagner son domicile.

Léandre était rentré, et sa tante Héloïse l'avait intercepté pour le mettre au parfum des événements avant le retour de son père. Il en discutait avec Marcel dans leur chambre verrouillée à double tour. L'étudiant était à son bureau de travail et devisait avec son grand frère assis sur le bord du lit à deux étages.

— Qu'est-ce que tu veux que je te dise, Léandre? Ç'a été plus fort que moi, se défendit l'adolescent. Puis j'ai pas vargé dessus tant que ça, ajouta-t-il.

— Tu t'es mis dans de beaux draps avec cette histoire-là, commenta Léandre. D'une certaine manière, on est tous les deux dans le même sac. Déjà que le père et toi, vous avez un peu de misère à vous entendre…

— Et maman qui est au désespoir. Je sais pas ce qu'il faut faire maintenant.

— Je pense qu'il faut laisser retomber la poussière plutôt que de s'énerver comme le père.

Quelqu'un pénétra dans l'appartement en se raclant la gorge.

— Ah, il rentre, justement! annonça Léandre. Pour moi, le vieux est revenu bredouille…

Chapitre 3

Au déjeuner, il régnait une ambiance de salon funéraire au 3948 de la rue Adam. Chacun disséquait des pensées sur la disparue et personne n'osait prononcer son nom. Bourrelé de remords, Marcel n'avait pas fermé l'œil de la nuit et ne pouvait plus soutenir le regard accusateur de la tablée. Après une rôtie beurrée de marmelade d'oranges avalée tout rond, il avait ignoré la recommandation d'Héloïse de se brosser les dents et avait agrippé son sac, afin de se rendre à l'école avant l'ouverture. Tant pis, il lanternerait dans la cour de récréation! Léandre se désolait pour son frère, mais il se réjouissait secrètement de l'audace de sa petite sœur. Irène couvait sa mère d'un œil compatissant. Édouard semblait le moins affecté de tous: il dégustait tranquillement son café avant de regagner l'étude du notaire Crochetière et revoir sa fille. Habité par son échec de la veille, Théodore cherchait une manière de rapatrier sa perle au bercail et Émilienne noyait son chagrin dans le café qu'elle ne finissait plus de réchauffer.

— T'as rien pris de solide, Mili, observa Héloïse.

— En plus, tu vas être sur le gros nerf toute la journée, précisa Alphonsine.

— Tu devrais penser à ta santé, ajouta avec commisération l'impotente Alida.

Déterminé à régler la question le jour même, Sansoucy déclara à la cantonade:

— Si le bonhomme O'Hagan veut pas nous voir la face, va falloir prendre les grands moyens.

— C'est maintenant ou jamais qu'il faut la casser, la petite, sermonna Édouard.

Les trois tantes hochèrent la tête en signe d'assentiment.

Puis l'épicier, se tournant vers son employé :

— Aujourd'hui même, Léandre va aller au *Ontario's Snack-bar* pour parler à sa sœur.

— Y avez-vous pensé, le père ? Qu'est-ce que je vais raconter à Simone pour la convaincre ? Elle est bien avec son Irlandais et elle a choisi de vivre avec lui. Ça serait plutôt à vous de prendre vos responsabilités de père et d'aller au *snack-bar*. Dites-le donc que vous avez peur de faire un idiot de votre personne. Toute la rue vous a vu sortir sur le balcon hier soir…

— Justement ! rétorqua l'épicier, décontenancé par la répartie de son fils.

— Envoye donc, Léandre, larmoya Irène, tu vois bien que moman a de la peine. Tu as toujours été proche de ta petite sœur. Moi j'irais bien, mais elle ne m'écouterait pas, c'est bien simple. C'est à toi que popa le demande, il a confiance en toi…

— Parlons-en, de la confiance ! répliqua Léandre. Mais par amour pour la mère, dit-il, radouci, je vas aller la voir avant son *rush* du souper. Mais je promets rien.

À la fin de l'après-midi, Théodore Sansoucy regarda partir son garçon avec une reconnaissance dissimulée, son cœur de père palpitant d'espoir pour le retour de sa fille.

Léandre entra au *Ontario's Snack-bar* alors que Simone tenait une poignée d'ustensiles qu'elle disposait près des assiettes sur les tables en fredonnant *Fascination*, une chanson anglaise à la mode.

— Je savais ben que tu retontirais à mon travail, lança la serveuse en voyant son frère.

— Reviens donc à la maison, tout va s'arranger, exprima Léandre.

— Pas question ! David et moi, on va rester chez ses parents, le temps de se trouver un petit appartement pas cher dans le quartier.

— La mère va s'ennuyer en maudit, Simone.

Le patron jeta un regard réprobateur vers son employée.

— Essaye pas de m'avoir par les sentiments, Léandre, murmura Simone, l'air embarrassé. Ma décision est prise : j'ai plus vraiment besoin de vous autres, je suis capable de faire ma vie maintenant.

— Bon, s'offusqua Léandre, puisque c'est comme ça, je te souhaite bonne chance, ma petite sœur, dit-il, avant d'amorcer un mouvement vers la porte.

— Eille ! Va-t'en pas.

Le messager se retourna.

— Tu sais que j'ai aucun reproche à te faire, tu fais ce que p'pa t'a demandé. J'en ai même pas contre Marcel, si tu veux savoir. Au fond, ça faisait un certain temps que David et moi, on parlait de vivre ensemble, puis c'est ça qui a tout déclenché.

— C'est ton dernier mot ?

— Oui, répondit la serveuse, la voix empreinte d'émotion.

Léandre revint chez lui, partagé entre son admiration pour Simone et la désillusion de la voir s'accrocher à David O'Hagan.

Émilienne et Alphonsine avaient préparé sans entrain des galettes de bœuf haché et des pommes de terre rissolées, qui réchauffaient à présent sur le poêle. Tous les membres de la maisonnée s'étaient distribués autour de la table et attendaient dans un silence inquiet, les bras croisés, se tournant les pouces ou se grattant machinalement le cuir chevelu. La porte s'ouvrit lentement.

— C'est lui ! s'écria Marcel.

— Qui veux-tu que ce soit, imbécile ! cracha Édouard.

Les yeux se tournèrent vers Léandre, qui s'avança vers la table.

— Ça marche pas ! déduisit l'épicier, l'air déconfit.

— Je le savais, soupira sa femme, avec une résignation fataliste.

Irène se pencha vers sa mère et, lui prenant la main pour la consoler, lui dit :

— Faites-vous-en pas trop, moman. Simone va vous revenir tôt ou tard.

— Je le sais pas si elle va revenir, mais pour le moment je pense qu'il y a pas grand-chose pour la faire changer d'idée, déclara Léandre.

— Elle est butée, votre fille, lança Héloïse. C'est difficile de corriger une enfant qui a toujours fait ses quatre volontés, réprimanda-t-elle, jetant un regard accusateur à son beau-frère.

Plus que de piquer au vif le maître de la maison, la remarque avait eu sur lui l'effet d'un véritable assommoir. Théodore désigna muettement la place inoccupée à son fils et entama le bénédicité.

* * *

La veille, à son commerce, l'épicier n'avait prêté aucune attention aux allusions à sa sortie subite sur le balcon et il s'était efforcé de ne rien laisser paraître de sa déconvenue auprès du fabricant de cercueils. Mais aujourd'hui, sa mine attristée avait pris le pas sur sa comédie. Par ailleurs, le départ précipité de l'adolescente ne pouvait demeurer dans l'ombre plus longtemps. La nouvelle démangeait certaines clientes chez qui la compassion n'était pas la plus haute vertu. C'était au moins la troisième fois de la journée qu'une résidante du voisinage revenait sur le sujet. Sansoucy était à trier les pommes meurtries d'un tonneau à moitié vide. Le nom de sa fille avait fusé du petit groupe de dames qui s'attardaient dans un coin. Il se retourna.

— Je peux vous être utile, mesdames? s'enquit-il, feignant l'innocence.

Madame Robidoux s'adressa au commerçant:

— Ça doit pas être ben drôle de voir sa fille claquer la porte de l'appartement, dit-elle. Votre femme doit être dans tous ses états. Pauvre Émilienne! Mais consolez-vous, vous êtes pas les premiers à qui ça arrive, monsieur Sansoucy.

— C'était pas vraiment une dispute, mentit-il. Je connais ma Simone. Elle est partie sur un coup de tête; une simple toquade. Après deux ou trois jours, elle va s'ennuyer de sa mère. Non, non, détrompez-vous! Elle est encore bien jeune pour voler de ses propres ailes…

— C'est ben ça qui est scandaleux! s'indigna une autre dame. Vous devriez pas la laisser faire. Si j'étais à votre place…

Et l'épicier, la prenant au mot:

— Qu'est-ce que vous feriez si vous étiez à ma place, madame Thiboutot?

— Je sais pas, mais mon mari prétend que vous devriez mettre vos culottes. En tout cas, j'en parlerais au curé.

— Qu'est-ce que monseigneur Verner vient faire là-dedans? s'offusqua le commerçant.

— Ça va finir par une messe basse, cette histoire-là.

Le téléphone résonna. Plutôt que de laisser répondre Léandre, l'épicier s'excusa auprès des dames et s'accouda au comptoir pour noter la commande.

Théodore Sansoucy se sentait devenir la risée du quartier et il ne voyait pas comment empêcher les propos malsonnants de ses clients dans son commerce. En treize ans d'affaires, jamais il n'avait eu à affronter des commentaires aussi déplaisants à son égard. Même les frasques les plus saugrenues de Léandre à l'école et les amourettes de la délurée Simone avec des chenapans dans les recoins sombres des ruelles n'avaient pas eu autant de retentissement à son épicerie. Indéniablement, ces deux-là lui donnaient maintenant du fil à retordre et commençaient à ébranler sérieusement son autorité !

Après le souper, il ressentit le besoin de se retirer avec sa pipe dans le minuscule boudoir, le seul havre de paix qui lui restait ce jour-là. Édouard ayant été invité à souper chez maître Crochetière, aucune musique classique ne viendrait perturber sa solitude. Les quatre sœurs Grandbois jouaient aux cartes dans la cuisine, Irène ne menait jamais de train, Léandre était allé au théâtre Granada avec sa Paulette, et Marcel potassait son manuel de mathématiques pour affronter son examen. Il s'absorba ainsi dans le noir pendant deux bonnes heures, se surprenant lui-même de son attitude singulièrement silencieuse et de sa capacité de réclusion. À l'heure du coucher, Émilienne enfila sa robe de nuit et retira le couvre-lit de chenille blanc. Théodore éteignit la lumière du plafonnier et s'agenouilla aux côtés de sa femme, au pied de leur couche, pour réciter un *Notre Père*, un *Je vous salue, Marie* et un *Gloire soit au Père*, plus recueilli qu'à l'accoutumée, décidé à demander pardon au Créateur, si jamais il était coupable de quelque faute… Après la prière du soir, ils se mirent au lit et, frissonnante, Émilienne remonta les couvertures jusqu'à son cou.

— Il est vraiment temps qu'on pose les châssis doubles, Théo, marmonna-t-elle. T'as pas voulu allumer le poêle pour nous réchauffer ; on gelait dans la cuisine, on avait de la misère à se concentrer sur notre jeu.

— Vous êtes une bande de frileuses, les sœurs Grandbois.

— On t'a pas vu de la soirée, je le sais ce qui te chicote, Théo. Moi, au moins, j'ai pu me distraire avec mes sœurs. Une chance qu'elles sont là, elles.

— Veux-tu insinuer que je m'occupe pas de toi? Tu le dis toi-même: Lida, Phonsine et Loïse sont là pour te soutenir et te remonter le moral. Qui c'est qui prend soin de moi?

Émilienne poussa un profond soupir.

— C'est Simone qui a besoin de nous autres, pleurnicha-t-elle.

— Pense à tout ce qui va bien, Mili, minauda-t-il en se rapprochant de sa femme. Ça fait quelques jours que…

Émilienne s'évanouissait dans le sommeil. Persuadé que les rapports physiques demeuraient un excellent moyen de faire oublier les aléas de la vie quotidienne, Théodore cherchait pourtant à dormir, tracassé par les problèmes familiaux qui ressurgissaient à son esprit et les rebondissements possibles qu'il entrevoyait avec l'entêtement de sa Simone.

Un peu avant minuit, alors qu'il s'assoupissait lourdement, une sonnerie stridente interrompit son repos.

— C'est quoi, ça? s'écria Émilienne en se redressant dans son lit.

— Baptême, Mili, c'est l'alarme du magasin! rétorqua l'épicier en se découvrant et en se jetant prestement en bas du lit.

Le commerçant alla allumer le plafonnier, s'habilla en vitesse et, les bretelles de son pantalon lui battant aux flancs, il se précipita à la cuisine.

— Tu parles d'un réveil brutal! s'exclama Héloïse, refermant les pans de sa robe de chambre.

À quatre pattes, Sansoucy farfouilla le long des plinthes, cherchant à dénicher l'endroit où se trouvait le dispositif électrique à débrancher pour faire taire l'incessante sonnerie. Émilienne parut dans la pièce, replaçant sa coiffure.

— Sainte bénite, Théo, lança-t-elle à haute voix, tu te rappelles pas où ton frère Romuald avait installé le contact?

— Tu parles d'une affaire, commenta Héloïse, se mettant les poings sur les hanches.

Excédé, le commerçant s'empara de sa clé et descendit l'escalier qui donnait sur la cour. Visiblement, la porte de son épicerie avait été forcée. Les mains et la lippe tremblantes, il entra sur la pointe des pieds en progressant dans le noir et, à la faveur de la flamme d'un fanal qui luisait, s'approcha de son étal de boucher, empoigna fermement son plus long couteau et surgit dans la glacière en brandissant son arme.

— Ah, ah! Que c'est que tu fais là, toi, mon tabarnac? s'écria-t-il, enragé.

— Rien, rien pantoute, monsieur Sansoucy, bafouilla le voleur pauvrement attriqué qui remplissait un sac posé à côté du fanal.

— Coudonc, es-tu un inspecteur du gouvernement?

— Non, non, un citoyen ordinaire, monsieur Sansoucy.

— Parle, parce que tu vas finir en bœuf haché, lança le boucher, l'air farouchement menaçant.

Sur ces entrefaites, un bruit de pas empressés fit tourner la tête de l'épicier. Profitant du moment d'inattention, le cambrioleur se faufila entre le propriétaire et l'encadrement de la porte, et courut vers l'arrière.

— On l'a attrapé, p'pa! s'exclama Marcel en voyant son père surgir près de la sortie.

Les dents serrées, un bras encerclant le cou et l'autre retenant le bras tordu dans le dos du malfaiteur qui se débattait, Léandre s'impatientait.

— Faites-le cracher, le père! ordonna-t-il.

— C'est quoi ton nom, que je te dénonce à la police? demanda Sansoucy.

— Pou… Pouliot! articula-t-il d'une voix étouffée. J'ai une femme, cinq enfants et un gros chien à nourrir. Pitié, monsieur!

— Par hasard, tu serais pas le mari de celle qui est venue quêter des victuailles dimanche dernier? s'enquit l'épicier.

— …

— Avoue, espèce de sans-dessein, tu vois pas que t'es pogné? insista Marcel, jouissant de son intervention.

— Ben oui, c'est moi, admit-il en marmottant. Ma femme et moi, on s'était arrangés pour vous monter un bateau…

Léandre relâcha un peu son étreinte. Sansoucy eut un accès d'attendrissement et abaissa son arme le long de son corps.

— Je vas faire une chose avec toi, déclara-t-il. Tu sais qu'on est en train d'aménager un jardin botanique sur Sherbrooke…

— Ouou…i!

— Tu fais des démarches pour travailler là. Ça paye de trente à quarante cents par jour. C'est pas beaucoup, mais avec ce que je vais te donner chaque semaine, ça va peut-être te permettre de pas mourir de faim.

— Vous pouvez pas faire ça, le père, contesta Léandre. Vous savez ben que cette race de monde là, ça va vous siphonner jusqu'à la dernière cenne.

— Ç'a pas d'allure, l'appuya faiblement Marcel.

L'intrus promena alternativement des yeux inquiets du marchand à ses fils.

— Bon, c'est moi qui décide, décréta l'épicier. Écoutez-moi bien, Pouliot, poursuivit-il plus poliment. Vous enverrez votre femme le dimanche soir et je verrai ce que je peux faire pour vous aider, en attendant votre embauche au jardin botanique puis votre secours direct, un programme instauré en 1932 par le gouvernement pour soutenir les plus démunis, à la suite de la crise économique. Mais gare à vous si vous ambitionnez sur le pain bénit, comme je l'ai dit à l'abbé Dussault.

— Ah ben, ça parle au diable, le père ! Nous autres, on se morfond à travailler pour vous comme des forçats ! Puis qui c'est qui va la réparer, cette maudite porte-là ? demanda Léandre, montrant du doigt le chambranle endommagé.

— C'est moi, répondit le voleur, conciliant. Je suis pas mal débrouillard quand je le veux.

— OK, allez vous recoucher, les gars, je vas rester avec monsieur Pouliot avant de remonter à l'appartement. Essayez donc de débrancher l'alarme quelque part dans la maison.

— Je l'ai vite déconnectée avant de descendre, mentionna Marcel.

Dépités, Léandre et son frère regagnèrent le logement. Une tasse de thé à la main, toutes les femmes de la maisonnée étaient rassemblées autour du poêle qu'Émilienne avait allumé. Elles semblaient combattre un insupportable qui-vive tandis qu'Édouard dormait sur ses deux oreilles.

— Puis, les garçons ? s'enquit la mère de famille.

— Rien de grave, répondit évasivement Léandre, ça va s'arranger.

— Comment ça? rétorqua Émilienne.

— Prends-nous pas pour des épaisses, coupa Héloïse, il y avait un voleur ou c'est juste l'alarme bricolée par votre oncle Romuald qui s'est déclenchée pour rien?

Émilienne offrit un thé bouillant à ses fils, qui rapportèrent les détails de l'affaire. Somme toute, l'incident s'était soldé par une espèce d'entente avec le mari de madame Pouliot.

— Pas madame Pouliot, celle qui est venue avec sa marmaille et l'abbé Dussault? s'indigna Émilienne.

— En plein ça, m'man, approuva Marcel.

— On est pas en sécurité dans cette maison-là, s'inquiéta Alida. J'étais ben mieux quand je restais en arrière de mon magasin de coupons. S'il avait fallu qu'on évacue le logis en vitesse…

— T'en fais pas, Alida, la rassura Alphonsine, Léandre et Marcel auraient été là pour te transporter, affirma-t-elle, sollicitant des yeux l'approbation des garçons.

— Pas de saint danger qu'Édouard se garroche pour vous porter secours, lança Léandre. Mais on a ben vu que Marcel et moi, on est assez de deux…

— Bon, à cette heure, vous devriez tous aller vous coucher, décréta Émilienne, je vas attendre mon Théo.

— C'est pas de refus, soupira Marcel, qui tombait littéralement de fatigue.

— J'attends avec vous, moman, décida Irène.

***

L'infraction de Pouliot avait causé toute une commotion dans la famille de l'épicier, et la semaine s'était déroulée sans que

Simone ait donné signe de vie. Émilienne avait tenté de survivre en s'appuyant sur ses sœurs et l'aînée de ses enfants, qui avait toujours le fin mot pour consoler et faire la part des choses. Théodore vivait dans l'espérance de jours meilleurs, et rien ne pouvait l'accabler davantage que la disparition de sa plus jeune fille. L'incontournable vendredi arriva pour l'étudiant, qui avait quitté l'appartement de ses parents en déambulant sur le trottoir de la rue Adam comme un veau qui s'en va à l'abattoir. Il revenait de son examen, la mine défaite, en songeant à son travail de livreur à l'épicerie-boucherie et à la corvée des châssis doubles qui lui pesait tant. Étonnamment, Émilienne se trouvait au logis.

— Ç'a pas bien été, mon homme, constata la mère, essorant sa serpillière au-dessus de son seau.

— Vous pouvez ben le dire, m'man, répondit-il, la tête baissée. Je vais encore pocher. Qu'est-ce que vous voulez, c'est pas d'hier que je suis une cruche en mathématiques ! Si ça continue, je finirai pas mon année, bonyenne.

Le regard de l'étudiant erra sur le plancher de linoléum et se leva vers les deux femmes qui se tenaient devant lui. Sa mère portait une robe vieillotte, elle avait la tête enturbannée d'une sorte de fichu bleu mauve qui lui conférait un air rajeuni, et la tante Héloïse avait relevé les manches de sa robe défraîchie qui flottait au-dessus de bas beigeâtres ravalés sur des chaussures qui ressemblaient à de vulgaires sabots. Puis il remarqua les contre-fenêtres réinstallées dans les ouvertures de la cuisine.

— Coudonc ! s'exclama-t-il, vous avez enlevé les moustiquaires et les jalousies, et posé les châssis doubles.

— Tu peux remercier ta tante Héloïse, mon Marcel, c'est elle qui m'a poussée dans le dos, sinon je serais à l'épicerie comme à l'accoutumée le vendredi après-midi. Avec tout ce qui nous arrive, ajouta-t-elle, accablée.

— Merci, matante, dit l'adolescent ; ça me soulage en grand.

— Tu vis des moments difficiles ces temps-ci, Marcel, c'est un peu normal que je participe à ma manière pour t'aider, expliqua Héloïse. Même si j'ai pris ma retraite de la Canadian Spool Cotton, je suis capable d'être encore serviable.

— Je peux te demander un petit service, mon homme, avant que tu descendes à l'épicerie ? dit la mère. J'aimerais que tu ranges les moustiquaires et les persiennes dans le hangar. Héloïse savait pas trop où les remiser, elle les a déposées sur la galerie.

— OK, m'man.

Chapitre 4

Le dimanche soir, assistée de son plus vieux tirant sa voiturette, madame Pouliot était allée réclamer «son dû» à l'épicier pendant qu'il jouait au Cinq cents avec son frère Romuald et que des équipes de relève attendaient autour de la table. Sansoucy avait éprouvé une gêne perceptible à expliquer à sa visite le motif de la quémandeuse. Héloïse ne voulait pas rater l'occasion de mettre son grain de sel. Elle s'adressa aux deux frères Sansoucy:

— Votre système d'alarme est pas très au point, messieurs, affirma-t-elle impérieusement. Du vrai bricolage d'amateur! Vous devriez vous arranger pour éviter d'alerter toute la maisonnée.

Le gros nez de Romuald Sansoucy fut atteint d'un léger frémissement. Il tendit sa bouteille de Molson vide à Irène, qui en rapporta aussitôt une pleine.

— Vous saurez, mademoiselle Grandbois, qu'on peut pas exiger d'un chauffeur de tramway de tout connaître, répondit-il. J'ai fait mon possible pour dépanner Théodore. Que voulez-vous, quand on veut sauver de l'argent…

— Il y a des limites à vouloir ménager, répliqua Héloïse.

— Bon, ça fera, la belle-sœur, même si on gagne, Romuald et moi, on va finir cette partie-là, puis on va regarder ça de près, réagit Théodore.

Héloïse et Alida prirent bientôt la place des deux hommes pour affronter Alphonsine et Émilienne. Édouard parut dans la cuisine, un large sourire irradiant son visage, jusqu'à ce qu'il aperçoive son père et son oncle à quatre pattes près de la porte.

— Que fait donc papa avec oncle Romuald?

— Ils sont en train de fignoler leur système d'alarme pour le commerce, l'informa sa mère.

— Ils tentent de trouver un dispositif plus ingénieux qui se déclencherait seulement dans la chambre à coucher de tes parents, précisa Héloïse. L'autre nuit, c'était un vrai branle-bas de combat ici dedans. Faut pas que ça dérange toute la maisonnée! J'en connais qui dorment ben dur sur leurs deux oreilles, le nargua-t-elle.

— Ah bon! lui dit-il. Que voulez-vous, moi je dors du sommeil du juste…

Puis, se tournant vers sa mère :

— Maintenant que ça fait plusieurs fois que je suis reçu à souper chez le notaire Crochetière, vous ne pensez pas, maman, que ça conviendrait qu'on reçoive Colombine à notre tour ?

— On aimerait bien rencontrer ta blonde, mon garçon, on l'a jamais vue. Ça fait bien des fois que t'en parles, mais on la connaît pas plus que ça. Et je sais pas comment elle va réagir en débarquant chez le petit monde comme nous autres.

— Dimanche prochain, ça serait justement une belle occasion de faire sa connaissance, rétorqua-t-il. Et puis, ne vous inquiétez pas, maman, il y a toutes sortes de gens qui se présentent chez le notaire Crochetière : quand il s'agit de régler des successions, ça va parfois des gueux aux notables, en passant par le monde ordinaire.

— C'est fin pour ta mère, ça encore! commenta Héloïse. Que je sache, Léandre nous a jamais amené sa Paulette à souper.

— On l'a déjà rencontrée, elle, au moins, rappela Alphonsine.

— Colombine et moi, on s'aime beaucoup.

— Léandre, lui? protesta Émilienne. Moi je pense que ces deux-là vont nous annoncer quelque chose avant bien des lunes.

— Quoi qu'il en soit, maman, c'est oui ou c'est non ? questionna-t-il. Décidez-vous, sinon je vais en parler à papa.

— OK d'abord, mais attends-toi pas à un festin, acquiesça la mère.

— Oh, maman, que vous êtes donc fine ! Je vais en faire part à Colombine dès demain, déclara-t-il, avant de s'enfermer dans la salle de bain que Marcel quittait à l'instant.

Satisfait du raffinement apporté à son savant dispositif, le conducteur de tramway et sa femme rentrèrent à leur logis de la rue La Fontaine. Avant de regagner sa chambre pour la nuit, Marcel avait fait sa toilette et tout entendu de l'entretien entre son frère Édouard, sa mère et ses tantes. Il souhaitait à présent l'arrivée de Léandre à qui il raconterait tout. Il avait éteint le plafonnier et grimpé à l'étage des lits superposés et, les mains sous la nuque, commença à rêvasser à une jeune fille qui faisait des commissions pour sa mère à l'épicerie. De ses beaux grands yeux noirs et ronds comme des billes, Amandine Desruisseaux lui jetait parfois de ces regards énamourés qu'il avait toujours déclinés en se disant qu'il était trop jeune pour entreprendre des fréquentations. Le corps gracile de la jolie Amandine lui revint. Une petite pyramide se forma, soulevant son drap, et lui procura un plaisir indicible qui rejaillit dans son caleçon. Léandre entra dans la chambre.

— Dors-tu ? demanda-t-il.

— Je pensais à lâcher l'école. Je suis un peu tanné d'accumuler les échecs.

— Je voudrais ben t'aider, frérot, mais les mathématiques et moi, on faisait pas très bon ménage. Tu pourrais consulter le frère Romulus pour te donner un coup de main, ricana Léandre.

— Tu veux rire avec ton allusion à double sens. D'abord, ça supposerait que je reste parfois après la classe, et ensuite, p'pa ne m'accorderait pas la permission parce qu'il a besoin de moi pour les livraisons. D'ailleurs, j'en connais d'autres qui sont dans la mire du frère Romulus. Ils réussissent bien, eux autres. Quant à me faire aider de même, j'aime mieux passer pour une cruche et pocher, maudite marde !

— En tout cas, j'ai eu une sacrée belle soirée avec Paulette. Ça te ferait du bien, toi aussi, d'avoir une blonde à tripoter…

— Vois-tu, Léandre, je suis un peu jeune pour penser à ces choses-là…

— Essaye pas de me faire des accroires, Marcel ! À ton âge, c'est normal d'avoir des idées en rêvant aux filles. Je dirais peut-être pas la même chose de notre frère Placide, par exemple. Lui, il est aussi bien chez les religieux, l'innocent.

— Tu sais pas quoi, Léandre ?

— Non, mais je sens que je vais le savoir assez vite…

— M'man va recevoir la blonde d'Édouard à souper dimanche prochain.

— Tiens donc ! J'ai envie de lui demander si Paulette peut venir, elle aussi. En tout cas, j'ai ben hâte de la connaître, celle-là. Je vas te gager que c'est une péteuse-plus-haut-que-le-trou.

— J'en sais rien, Léandre, mais c'est une fille de la haute, ça c'est certain.

* * *

Émilienne avait consenti à ce que Paulette Landreville partage la même table que Colombine Crochetière au souper du dimanche qui venait. Cependant, Sansoucy avait manifesté certaines réticences. « On est déjà assez de monde dans la maison », avait-il rétorqué à sa femme, qui avait fait valoir que Léandre n'était pas « un coton ». Il n'en demeurait pas moins que, dans les jours qui suivirent, Émilienne se faisait du mauvais sang à la pensée de recevoir la fille du notaire à souper. Elle qui conduisait une voiture de l'année, qui s'habillait dans les magasins chics, et qui devait se sustenter de mets raffinés… « Tu devrais pas t'énerver avec ça, prétendaient ses sœurs, t'as juste à faire ton gros possible, puis on va être là pour mettre la main à la pâte. »

Plus les jours s'égrenaient, plus la cuisinière sentait que sa poitrine l'oppressait. Malgré ses deux dernières journées normalement consacrées à son travail d'épicière, elle avait pris son vendredi après-midi pour exécuter un beau ménage avec Héloïse. Le linoléum du plancher de cuisine lavé, ciré et poli avec la plus grande application dans les moindres recoins de l'appartement, elle alla une dernière fois sur la galerie pour agiter sa vadrouille sur la rambarde et rentra, à bout de souffle.

— Referme pas la porte tout de suite, Mili, intervint Héloïse. Je vas me sortir le bras pour secouer ma guenille.

La femme de l'épicier alla accrocher son balai frangé dans le placard du couloir. Sa sœur revint à la maison.

— Mosus ! J'ai oublié le dessus de la glacière, dit-elle.

Héloïse se déporta et ôta la paperasse qui séjournait sur le meuble, en s'étirant pour atteindre convenablement le dessus. Émilienne s'installa à table avec un calepin écorné et jauni.

— Il est temps que je m'assois, soupira-t-elle. Quelle recette on ferait ben pour le souper de dimanche ?

— Ah ! C'est le vieux calepin de maman ! Penses-tu qu'on va trouver quelque chose là-dedans qui puisse satisfaire les papilles de la fille du notaire, Mili ?

— Maman était une bonne cuisinière, Loïse.

— On sait ben, mais c'est pas tout d'avoir une bonne recette, faut être capable de la suivre.

— Maman suivait jamais ses recettes à la lettre, tu sauras. C'est une question d'expérience et de jugement…

— En tout cas, c'est à toi de choisir, Mili.

Émilienne tournait les pages du petit cahier avec une moue dubitative et son doigt s'arrêta.

— C'est la fin de semaine de l'Action de grâce qui s'en vient. On pourrait faire du jambon à l'ananas, réfléchit-elle.

— Ça fait trop ordinaire, protesta Héloïse.

— On est toujours ben pas pour préparer du gigot d'agneau à la menthe.

— Pourquoi pas du *roast-beef* ou un bon poulet rôti ? Tout le monde aime ça, du poulet rôti.

— Oui, mais on connaît pas les goûts de mademoiselle…

— T'as juste à demander à Édouard, il va te le dire, lui. Surtout qu'il a déjà mangé chez maître Crochetière.

Émilienne referma son calepin sans ménagement. En s'aidant de ses grosses mains appuyées sur la table, elle tenta de se relever.

— Ouf, mes jambes ! se plaignit-elle. Héloïse, m'apporterais-tu les patates et les carottes pour le souper ? J'aime autant rester assise. Et puis oublie pas une couple de pages de gazette pour les épelures.

Installée au bout de la table, la ménagère se mit à peler les légumes dont les épluchures couvrirent bientôt le visage de Maurice Duplessis, qui, selon l'article, convoitait le poste de premier ministre de la province. Puis elle chiffonna les pages du journal en enveloppant les déchets, formant ainsi un petit balluchon qu'Héloïse jeta aux ordures. Ensuite, elle se releva, rinça sa chaudronnée qu'elle remplit d'eau aux trois quarts, ajouta une pincée de sel et activa le feu. Finalement, Héloïse sortit le poisson et la livre de beurre de la glacière, et Émilienne commença à faire frire sa morue dans le poêlon que sa sœur avait eu la gentillesse de poser sur le poêle.

Sansoucy était monté avec Marcel pour souper. Il avait confié l'épicerie à Léandre, qu'il valait mieux ne pas mettre en présence du jeune clerc. Irène avait déjà dressé la table. Sitôt qu'il ouvrit la porte de l'appartement, Édouard se mit à renifler l'odeur persistante :

— Ah non, pas encore du poisson, proféra-t-il avec un air dédaigneux.

— Tu le sais ben, Édouard, qu'il faut faire maigre le vendredi. Des fois, c'est de la galette ou des œufs cuits durs dans une sauce blanche, mais aujourd'hui, c'est du poisson.

— J'haïs ça, maman, l'odeur du poisson frit.

— Mais ça goûte pas ce que ça sent, bonyenne ! Parle-lui donc, Théo, j'ai une grosse journée d'ouvrage dans le corps…

Théodore était assis dans sa berçante et semblait chercher les pages absentes de son journal.

— Coudonc, Théo, je te parle…

— Il me manque des pages, moman ; elles sont tout de même pas disparues par enchantement.

Irène trouva un moyen de détourner la conversation pour atténuer la tension qui montait.

— Le poisson, c'est bon pour la santé, il paraît, mentionna-t-elle.

— J'espère que ce n'est pas ça que vous allez servir dimanche à Colombine, maman, lança Édouard.

— Arrête donc de faire le bec fin, réprimanda la tante Héloïse. Ta mère et moi, on s'est cassé la tête pour trouver de quoi mettre sur la table dimanche. Au fait, qu'est-ce que tu nous suggères ?

— Quelqu'un va-t-il enfin me répondre? brama Sansoucy. Voulez-vous ben me dire où est passée la photo de Maurice Duplessis?

— Je suis désolée, murmura Héloïse, repentante. C'est ma faute. J'ai pas choisi les bonnes pages de la gazette et je les ai données à Émilienne, qui a entortillé les pelures avec la face de ton politicien préféré.

— Au moins, si cela avait été celle d'Alexandre Taschereau, j'aurais rien eu à redire. Mais là…

— Tu te plains pour rien, mon mari, intervint Émilienne. C'est sûr qu'il doit t'en rester des exemplaires en bas.

— Oui, p'pa, je peux aller vous en chercher un tout de suite, proposa Marcel.

— Laisse faire, Marcel, le reprit sa mère. Je pense que ça peut attendre. Approchez-vous donc plutôt, avant que les légumes collent au fond du chaudron et que le poisson soit plus mangeable.

La ménagère avait réussi à faire asseoir son monde. Chacun raconta brièvement sa journée, mais il restait le choix du menu de dimanche à déterminer. Édouard revint sur le sujet.

— Je vais vous le dire, moi, ce que vous devriez servir, affirma solennellement Édouard: un coq au vin.

— Un coq au vin! Voyons donc, Édouard, ç'a pas d'allure, rétorqua Émilienne. Théo, qu'est-ce que t'en penses? Donne ton idée, pour une fois…

— Ben j'ai de bonnes côtelettes de porc, ça pourrait faire l'affaire, il me semble, dit-il.

— Vous auriez pas une viande un peu plus raffinée, papa? dit le clerc.

— Si ça continue, je vais régler ça avec un pâté chinois et un pouding chômeur, puis ça va finir là, bonyenne! se fâcha Émilienne.

***

La nuit suivante fut assez éprouvante pour Émilienne Sansoucy, tant la préparation du repas l'énervait. L'épicier n'ayant pu se procurer à temps la volaille désirée auprès de son grossiste en viande, il avait finalement cédé aux supplications de sa femme et était allé «prélever» le coq de la basse-cour d'un voisin, ancien fermier qui avait déserté son misérable coin de campagne rocailleux pour s'établir en ville en espérant échapper à la guigne qui s'était agrippée à lui. Le samedi soir, après la fermeture de son commerce, il revenait à la maison par la ruelle avec le volatile qui se débattait, malheureux d'avoir été arraché si abruptement à son harem de poulettes et subodorant la fin atroce qui l'attendait. Les femmes étaient à écouter une émission de radio. Émilienne baissa aussitôt le volume de l'appareil lorsqu'elle vit son mari apparaître dans le logement.

— C'est fait? s'enquit-elle.

— J'ai été obligé de payer le gros prix, ma femme. Tu aurais dû voir l'air débiné de monsieur Dandurand quand il a vu partir sa bête à deux pattes.

— C'est ben simple, il ne voulait pas s'en départir, dit Émilienne. J'imagine qu'on s'attache à ces oiseaux-là.

— À l'heure qu'il est, il doit être déjà plumé et prêt à cuire, commenta Héloïse.

— Comment ça se fait que tu l'as pas monté? On aurait pu le mettre tout de suite dans la glacière de la maison, s'étonna la ménagère.

— J'ai voulu lui laisser un dernier soir de vie, expliqua le marchand, regardant piteusement ses pieds. Pour le moment, je lui ai donné un peu d'eau dans un plat et il peut se déplacer librement dans la cour.

— T'es un boucher ou non? demanda Héloïse, acculant son beau-frère au pied du mur.

— Tu sais bien, ma sœur, que c'est pas notre beau-frère qui abat les animaux, tempéra Alida.

— Retenez bien ce que je vous dis, s'entêta Héloïse, ce coq-là va nous réveiller à quatre heures du matin. Ça sera pas mieux que son maudit système d'alarme de broche à foin qui se déclenche en pleine nuit.

— C'est pas pareil, ça, rétablit Alphonsine.

— Je crois que vous devriez pas attendre qu'il alerte tout le voisinage, popa, suggéra peinardement Irène.

Édouard était dans la salle à manger à choisir des photos qu'il montrerait à son amoureuse le lendemain. Il parut soudain dans la cuisine.

— À vous entendre, papa, vous me faites penser à un bourreau qui tergiverse avant d'exécuter son condamné à mort, affirma-t-il. Avait-il fait un testament? Vous lui avez demandé ses dernières volontés, je suppose? C'est carrément pathétique. Vous attendez l'aube ou quoi? ricana-t-il.

— C'est pas ça, Édouard, riposta Sansoucy.

— Pourquoi tu le fais pas, d'abord? coupa Héloïse.

Le boucher réalisait que la situation lui échappait, qu'il avait été poussé dans ses derniers retranchements. Il s'en irrita.

— S'il le faut, je me lèverai au premier chant du coq, décida-t-il péremptoirement. Mais cela m'étonnerait qu'il chante. Il est déjà tout déboussolé, le pauvre.

— Ainsi soit-il! blagua Édouard, qui avait l'habitude de dormir comme une bûche et qui ne voyait pas comment on pourrait contrarier le chef de famille.

Tout le monde se retira dans sa chambre.

Au petit matin, comme il fallait s'y attendre, le coq s'égosilla trois fois. Émilienne, réveillée avant son mari, lui asséna des coups de coude dans les côtes pour le tirer de son sommeil. Sansoucy sauta dans ses culottes et descendit promptement dans la cour. Déterminé à offrir l'oiseau aux convives du souper, il entreprit de l'attraper et de mettre fin à ses jours. Une fois l'animal saisi, il l'apporta dans son commerce, le posa sur son étal, sortit son coutelas le plus affûté, déglutit avec peine et lui sectionna le cou.

Le travail terminé, il regagna son logis avec la volaille prête à cuire qu'il rangea dans la glacière.

C'était presque l'heure de souper. Héloïse et Irène avaient allongé la table de la salle à manger en ajoutant le dernier panneau. Sansoucy avait mandaté Marcel pour aller prévenir l'oncle Romuald et sa femme qu'ils étaient aussi invités à se joindre aux convives. Léandre avait entraîné Paulette dans sa chambre. Le tablier bordé de dentelle noué à la taille, Émilienne, entourée de ses sœurs, s'affairait aux chaudrons. Bénéficiant des conseils de l'une et de l'autre, elle était persuadée que son plat serait une catastrophe culinaire.

— Allez donc voir, quelqu'un, si mademoiselle Crochetière arrive.

— Ce n'est pas nécessaire, Mili, dit Alphonsine, tu t'énerves pour rien. Édouard a l'œil sur la rue d'en avant. On va le savoir assez vite.

Une rutilante Oldsmobile noire se gara devant le 3946 de la rue Adam. Une élégante jeune femme coiffée d'un minuscule chapeau descendit de l'automobile et verrouilla la portière. Ses yeux sollicitèrent un instant des regards admiratifs. Pressant son sac à main contre son tailleur bois de rose, elle entreprit de gravir les degrés de l'escalier.

— Elle arrive ! s'écria Édouard.

Émilienne essuya ses mains sur son tablier, l'enleva rapidement.

— Donne-moi ça, Mili, je m'en occupe, va à ton affaire, souffla Héloïse.

— Théo, viens donc, je vais avoir l'air moins folle.

Théodore abandonna son journal sur le rebord de la fenêtre. La maîtresse de maison se replaça les cheveux devant le petit miroir suspendu au-dessus de l'évier, et le couple s'avança dans le couloir.

— Colombine, je te présente mes parents, dit Édouard.

— Enchantée, répondit la demoiselle, tendant sa main gantée.

La porte arrière s'ouvrit et se referma avec fracas, faisant sursauter les occupants.

— Salut la compagnie ! proféra à la cantonade une voix familière.

— C'est Romuald et Georgianna qui arrivent avec mon Marcel, expliqua Émilienne.

« Le butor ! pensa Édouard. Je ne savais pas qu'il était invité, celui-là. » Puis, se penchant à l'oreille de son père :

— Allez donc lui dire de baisser le volume et de sortir ses bonnes manières, s'il en est capable, murmura-t-il.

Sansoucy exécuta la supplique de son fils.

Léandre et Paulette parurent dans le vestibule, sous le regard indigné d'Émilienne. Dans sa modeste tenue B.V.D., Léandre venait de s'abandonner à des plaisirs interdits et Paulette, souriante, mais muette, était encore tout enivrée d'une délicieuse volupté. Édouard, qui n'avait pas réalisé la présence inconvenante du jeune couple, continua d'instruire son amie.

— À droite, c'est ma chambre, dit-il, désignant la pièce sans se préoccuper de son frère.

— Elle est vraiment petite, comment fais-tu pour dormir dans un endroit pareil? s'enquit la visiteuse.

— Plaignez-le pas, mademoiselle, vous avez pas vu ma chambre, intervint Léandre, avec un brin d'indignation. Marcel et moi, on est deux à coucher là-dedans. Regardez, lança-t-il en poussant d'une main la porte de la chambre voisine.

Colombine Crochetière s'étira le cou. Elle vit l'amoncellement de couvertures sur un des matelas du lit étagé et sembla scandalisée. Émilienne se sentit défaillir.

— Une belle place pour se taponner, par exemple, commenta Léandre.

— Léandre! soupira sa mère. Il y a des choses qui se disent pas. Bon! Approchez donc.

La fille du notaire tendit ses gants et son chapeau à la maîtresse de maison, qui les posa délicatement sur le gramophone. Sansoucy distribua les places dans la salle à manger et il alla quérir la bouteille de vin blanc dont la cuisinière avait retiré les deux tiers du contenu pour la cuisson. Avant de s'asseoir, malgré l'espace restreint, il amorça le tour de la table en répartissant mesquinement le reste du précieux liquide.

— Vous en avez sûrement d'autres, papa, sinon ça aurait l'air un peu pingre, fit remarquer Édouard.

— Batèche! Bien sûr que j'en ai d'autres en réserve, répondit l'épicier. Les femmes en prennent pas, d'habitude, on devrait en avoir assez, ajouta-t-il.

73

— Paulette et moi, on aime ça, du vin, le père, mentionna Léandre. Et puis mon oncle Romuald aussi.

— Je te le fais pas dire, mon neveu, approuva l'oncle, avant de s'esclaffer d'un rire tonitruant.

Sansoucy alla à son petit cabinet de boisson pauvrement garni, réapparut avec une autre bouteille et continua de remplir les coupes. Sitôt revenue, Irène apporta obséquieusement les plats.

— C'est du bon coq au vin, annonça fièrement Émilienne.

— Ah! Du coq au vin se sert habituellement avec du vin rouge et non du vin blanc, commenta Colombine.

— Ah bon! dit la cuisinière, un tantinet froissée. Mais vous savez que c'est mon mari qui a tué le coq de ses propres mains, expliqua-t-elle, la voix altérée.

— Le meilleur coq au vin se prépare avec des pilons ou des cuisses de poulet, madame Sansoucy, ajouta Colombine. Je vous fournirai la recette de notre domestique, si vous le désirez.

— Batèche! grommela le boucher. Avoir su...

Chacun suspectait le goût qui se dégagerait de ces quenelles de volaille qui flottaient parmi les carottes en dés, les tranches d'oignons et les feuilles de céleri. Comme il se doit, Irène servit Colombine en premier. Quand toutes les assiettes furent remplies, Sansoucy retrouva un semblant de bonne humeur.

— J'aimerais porter un toast à mademoiselle Crochetière, lança-t-il: bienvenue dans la famille, dit-il en levant sa coupe.

— C'est chaud comme de la pisse! exprima Léandre.

Tous s'étonnèrent du commentaire disgracieux, sauf l'oncle Romuald, qui appuya son neveu d'un rire insignifiant. Puis le repas débuta dans cette atmosphère périlleuse qui, selon Émilienne, ne devait rien avoir des ambiances compassées de la salle à manger des Crochetière.

— Je te prierais de retenir tes propos de nature scabreuse, Léandre, c'est tout à fait indélicat! affirma Édouard.

— C'est bon! déclara la gourmande Alphonsine, qui trouva les mots pour dévier la conversation.

À chaque bouchée, la mince mademoiselle Crochetière grignotait du bout des dents, déposait ses ustensiles et se tamponnait les lèvres avec sa serviette de table. Elle se tourna vers Édouard.

— Ne m'avais-tu pas dit que ta jeune sœur serait des nôtres? lui demanda-t-elle.

— Simone est partie sur un coup de tête, expliqua Héloïse.

— Mais je croyais qu'elle était revenue, bafouilla Édouard.

— Des fois, on dirait que tu vis pas avec nous autres, geignit la mère.

— Elle a vraiment le diable au corps, cette petite-là, affirma l'oncle Romuald.

— Romuald! s'exclama Georgianna, empruntant une moue réprobatrice.

Un silence empesé fut interrompu par un bruit provenant de la galerie. Entraîné aux petites commissions et d'un naturel serviable, Marcel se proposa.

— Dérangez-vous pas, dit-il, retirant sa chaise contre le mur.

L'adolescent se rendit à la porte arrière. Madame Pouliot était venue pour ses provisions. Marcel la fit entrer avec son aîné. L'air louche, le jeune Pouliot regardait avec convoitise les deux tartes qui refroidissaient sur des dessous de plats.

— Viarge! Ça sent bon ici dedans, s'exclama la grosse femme. Si je me retenais pas... Ta mère est là?

— On est en train de souper avec de la visite, expliqua Marcel.

— Je vais aller lui dire un petit bonjour, tant qu'à y être.

Le temps d'un sourcillement de Marcel, attirée par l'irrésistible odeur de mélasse, la femme obèse avait déjà traversé la cuisine et faisait irruption dans la salle à manger.

— Madame Pouliot! Qu'est-ce que vous faites là? Vous auriez pu m'attendre à la porte, s'indigna l'hôte.

— Je suis venue chercher mon dû, comme à l'accoutumée le dimanche soir, rétorqua-t-elle.

Colombine détaillait de ses grands yeux hébétés la souillonne qui avait envahi la pièce.

— Tire-lui donc une chaise, Théo, dit Émilienne. On va jaser deux minutes.

Les présentations faites, la dame expliqua qu'elle achevait de quémander, son mari ayant été engagé pour travailler bientôt au jardin botanique. La tablée devisa sur le projet du frère Marie-Victorin et la belle initiative du maire Camillien Houde pour soustraire des nécessiteux à la misère montréalaise.

— Vous prendrez ben un petit morceau de tarte à la farlouche avec nous, madame Pouliot, proposa Émilienne.

— Vous me le répéterez pas deux fois, madame Sansoucy, saliva-t-elle.

Marcel, qui était resté debout dans l'espoir de reconduire la sagouine à la porte, reprit sa place. Irène quitta la table pour apporter le dessert. Elle revint, l'air aux abois.

— Moman, le jeune Pouliot a dévoré les trois quarts d'une tarte, s'écria-t-elle.

La visiteuse se leva et rejoignit Irène, qui l'entraîna à la cuisine. Elle rappliqua peu après, tirant par le bras le malappris qui tenait gauchement le reste d'une tarte dans ses mains.

— Mais qu'est-ce que t'as pensé, maudit sans-dessein? brama-t-elle en lui administrant une taloche magistrale derrière la tête.

— Ben j'avais faim, m'man, j'ai pas pu résister, répondit l'enfant.

— Puis moi, là-dedans, tu vas me faire passer pour une grosse *sans-dessine* qui sait pas élever ses enfants, s'insurgea-t-elle.

Marcel posa un regard attendrissant sur le fils qui se faisait rabrouer devant des inconnus. Émilienne eut un mot pour la défense du garçon.

— À cet âge-là, ça a bon appétit, madame Pouliot, dit-elle. Des fois ça mange comme deux. Faites-vous-en pas, on va s'arranger, la rassura-t-elle. J'ai un reste de biscuits à la mélasse pour dépanner, puis l'épicerie est pleine, hein, Théo?

— Mais c'est jamais comme de la nourriture maison! précisa l'homme.

— Excusez-le, murmura la pauvresse.

Sansoucy se leva et accompagna la mère et son fils au magasin. La voiturette chargée, il regagna son logis. La fille du notaire était repartie dans son quartier, presque traumatisée par sa découverte de la famille Sansoucy.

Le dessert avait été consommé et la table, desservie. Dans la cuisine, Romuald et Georgianna affrontaient une autre équipe aux cartes. On pouvait désormais reprendre en toute quiétude les habitudes du dimanche soir.

Chapitre 5

Émilienne apposait un autre gros X sur le calendrier qui ornait le mur de la cuisine, juste sous le crucifix, en réfléchissant aux profondes afflictions qu'Il avait infligées à sa mère en acceptant de mourir sur la croix. Elle aussi ressentait de la douleur : celle d'avoir perdu sa Simone. « La petite gueuse n'a même pas daigné téléphoner ! » pensa-t-elle. Son martyr, elle le subissait à sa manière, chaque jour étant une épine de plus plantée dans son cœur de maman. Un coup de sonnette retentit violemment. Elle se rendit au vestibule d'entrée.

— Simone ! Théo, devine qui c'est qui est là ? s'écria-t-elle.

La jeune fille éclata en pleurs et laissa tomber sa valise renforcée de coins de métal en se jetant au cou de sa mère, dont les yeux s'étaient embués de larmes.

— Vous serez pas contente de moi, m'man.

— Bien au contraire, ma Simone.

— J'avais peur que vous me fermiez la porte au nez, exprima l'adolescente. Après ce que je vous ai fait subir, s'excusa-t-elle, empruntant une mine contrite.

— Tu le sais ben que tu as toujours ta place à la maison.

— Simone, ma fille ! s'exclama Sansoucy. Viens, que je t'embrasse, dit-il en ouvrant les bras.

Léandre, Marcel et Édouard parurent en pyjama. Irène sortit de la salle de bain. Bonnet de nuit sur la tête et robe de chambre sur le dos, les trois tantes chaussèrent leurs râteliers et leurs lunettes, et émergèrent subitement dans le corridor, Alida conduite dans son fauteuil roulant par Alphonsine. Peu enclin aux effusions de sentiments, Sansoucy empoigna la valise et alla vers la cuisine qui rassembla bientôt tout le monde debout autour de la table. Émilienne s'assit avec sa fille.

— Ça marche plus avec David? murmura Émilienne, avec une intonation interrogative.

— Non, c'est pas ça! Monsieur et madame O'Hagan m'ont foutue à la porte.

— Ici, tu es chez toi, personne ne te demandera de partir. Je suis si heureuse que tu sois revenue.

— Si vous connaissiez la raison de mon retour, vous seriez peut-être du même avis que les parents de David, livra-t-elle d'une voix défaite.

— Écoute bien ce qu'elle va nous sortir, la petite bougresse, chuchota Héloïse à l'oreille d'Alphonsine.

Léandre, perspicace, pressentait le pire. L'adolescente baissa ses yeux cillant de gêne, rentra en elle-même, puis releva la tête et s'exprima avec un serrement dans la gorge.

— Je suis en famille…

L'épicier sentit la moutarde lui monter au nez.

— Quoi? Ah ben sacrement! tonna-t-il en frappant d'une main ferme le dossier de la chaise sur lequel il s'appuyait. Il t'a fait ça, l'enfant de chienne! Ah! le maudit Irlandais. Je le savais donc que je le savais donc! Attends que je l'attrape par le chignon du cou, je vais l'enfermer dans un de ses cercueils puis clouer le couvert dessus avec des clous de six pouces. Avoir fait ça à ma fille, je lui pardonnerai jamais…

Émilienne se porta les mains à la figure, à la fois honteuse et consternée. Elle se découvrit le visage et regarda le crucifix.

— Mais qu'est-ce qu'on Vous a ben fait, mon Dieu, pour qu'un tel malheur s'abatte sur notre maison?

— Je le savais que vous réagiriez comme ça, dit la jeune fille d'une voix tremblante.

Les tantes semblèrent se mettre tacitement d'accord et déléguer Héloïse pour parler en leur nom.

— Le bon Dieu t'a punie, ma nièce, déclara-t-elle, sans réserve.

Irène, Édouard et Marcel se taisaient. Léandre, voyant s'envenimer la discussion, voulut déculpabiliser sa jeune sœur.

— C'est un accident, un pur accident, affirma-t-il.

Sansoucy avait les nerfs en boule.

— Il faut la marier! Au plus sacrant! décréta-t-il sur un ton qui n'admettait aucune réplique.

Dans les circonstances les plus épineuses qui ébranlaient la vie familiale, Irène savait se contenir et soumettre ses idées pragmatiques à la réflexion des autres.

— Avez-vous pensé, popa, mentionna-t-elle, que David devra donner son consentement? Et que, même s'ils se marient, ils devront bien demeurer quelque part?

— Les parents de David ne veulent pas entendre parler de mariage, exposa Simone. Du moins, pas pour le moment. Eux autres aussi ont mal pris la nouvelle, mais David pense que sa mère peut changer d'idée avec le temps.

— Je vas aller lui parler, moi, au faiseur de tombeaux, décida l'épicier. Ensuite j'irai voir monseigneur Verner pour faire les arrangements...

— Vous parlez comme si on allait célébrer des funérailles, railla Léandre.

— Non, non! poursuivit l'épicier avec le même emportement. Pour ce qui est du logement, on verra. Il est hors de question que je mette mon locataire à la rue pour loger une petite famille de trois dans un grand six et demi qui rapporte un peu, au moins. Par contre, le bonhomme O'Hagan devrait être capable de déterrer quelques piasses pour que son garçon s'établisse dans un logis, quitte à lui payer le tramway pour qu'il se rende à l'ouvrage. Après tout, c'est son fils, le coupable…

«Ben voyons donc, Théodore! le rabroua mentalement Héloïse. Tu es bien placé pour savoir que ta fille est une enjôleuse.»

— Regardez-moi ben aller! conclut le père de famille, les yeux exorbités, avant de s'emparer rageusement de *La Presse* qui traînait sur la table et de s'asseoir dans sa chaise berçante.

Irène et ses tantes s'étaient approchées de la mère éplorée.

— Je vais défaire votre lit, moman, dit l'aînée des Sansoucy.

Édouard avait exceptionnellement suivi la scène et regagnait avec ses frères leurs chambres respectives.

*** *** ***

En dépit des protestations de son cancre de fils, l'épicier avait obligé Marcel à s'absenter de l'école pour lui permettre d'effectuer les démarches nécessaires. Une leçon de moins avec le frère Romulus ne le mènerait pas à la débâcle scolaire, attendu qu'il était de toute manière irrémédiablement voué à l'échec. Le bonhomme O'Hagan saurait de quel bois il se chauffe, et le curé Verner n'aurait d'autre choix que d'accéder à sa demande. La tête engoncée dans le col de son manteau d'automne, il marchait vers l'avenue Jeanne-d'Arc, en songeant à l'extrême humiliation que sa famille subirait dans le quartier. Il se voyait déjà, à son corps défendant, pris à étouffer les rumeurs qui s'élèveraient contre sa réputation de père manqué et celle de sa dévergondée de fille qui entacheraient d'une façon inexorable la pérennité de son commerce. Il n'aurait surtout pas cru que sa «petite perle» – qu'il avait pourtant choyée depuis sa tendre enfance – deviendrait le mouton noir de ses six rejetons. Léandre, avec qui les atomes crochus n'avaient pas bonne prise, également gratifié par une nature généreuse comme sa sœur, semblait davantage prédisposé à des comportements dissolus, mais il s'était trompé sur son compte. Il n'était pas un si mauvais fils, finalement.

Le père de famille se présenta d'abord à la manufacture de cercueils. Il traversa la porte cochère et s'engagea vers l'arrière de l'immeuble. À travers les carreaux des portes vitrées, il crut reconnaître la silhouette de l'artisan, l'échine courbée au-dessus d'un caisson, et une autre, plus diffuse, tout au fond de la boutique. Il entra. Des parfums de bois de sapin, de chêne et de cyprès s'exhalaient dans l'air, dominant ainsi les effluves de fumier qui émanaient de l'écurie.

— Monsieur O'Hagan?

Le jeune amoureux cessa de poncer son ouvrage. Son père se déplia et envisagea l'importun.

— Que voulez-vous à moi, Sansoucy? articula-t-il, dans un français acceptable.

— Que votre fils marie ma fille, monsieur.

Stupéfait par la riposte énergique de l'épicier, O'Hagan répondit:

— David bien jeune pour se marier.

— Mais pas trop jeune pour engrosser ma fille, tabarnac! rétorqua l'épicier. Des fois, c'est ça qui arrive quand on tâte la marchandise avant de l'acheter. Il doit être responsable de ses actes, monsieur O'Hagan; son honneur est en jeu. S'il s'agit d'une question d'argent, je suis disposé à payer entièrement la noce. Et pour ce qui est du logement, on verra en temps et lieu…

O'Hagan changea de physionomie et continua de décorer l'intérieur d'un cercueil d'un lambrequin à franges de coton blanches.

— Dans notre pays, selon les coutumes, c'est le père de la fille qui paie, enchaîna l'épicier, regrettant aussitôt son affirmation. Toutefois, si vous désirez collaborer, je ne m'opposerai pas, dit-il, tendant une perche. Et j'aimerais que le mariage ait lieu le plus tôt possible. Ma femme et moi sommes des catholiques pratiquants, et il n'est nullement question que mon petit-fils naisse en dehors des liens sacrés du mariage.

David O'Hagan s'approcha des deux hommes comme un chiot pris en faute, l'arrière-train rabaissé et la queue entre les deux jambes.

— Toi, tu n'as rien à dire là-dedans, le rembarra Sansoucy. C'est moi qui décide.

— Vous êtes ben pressé qu'on se marie, objecta timidement l'amoureux.

— Il va falloir que t'assumes, mon jeune, décréta l'épicier. Il faut payer pour les erreurs de jeunesse et prendre ses responsabilités. En plus, j'ai pas encore tout dévoilé mes intentions à Simone, ajouta-t-il, fixant David d'un regard énigmatique. Bon, assez discutailler! Je vas voir le curé Verner de ce pas…

James O'Hagan parut satisfait. Les deux adultes se serrèrent la main. Ils venaient de conclure à l'amiable une entente profitable.

Fort de sa réussite, Sansoucy souriait sous ses moustaches blanches. La journée était un peu moche, mais son sens inné d'homme d'affaires brillait d'une fierté peu commune et lui faisait oublier la grisaille de l'automne. Sa Simone lui donnerait peut-être un petit-fils dont il imaginait déjà le minois. Certes, l'avorton porterait le nom de l'Irlandais, mais il hériterait de la beauté de sa mère et de la jarnigoine de son grand-père paternel. «Je devrais marcher plus souvent, se dit-il, chemin faisant. Cela fait vraiment du bien!»

Une certaine nervosité grandissait à mesure qu'il approchait de l'église du Très-Saint-Rédempteur. Peu à peu, sa confiance presque démesurée cédait le pas à une inquiétude. Plus le presbytère se dessinait, plus il s'encoublait dans les phrases avec lesquelles il jonglait. Que se produirait-il si l'ecclésiastique lui opposait une fin de non-recevoir? Des clientes de l'épicerie ne lui avaient-elles pas déjà rapporté que le prêtre s'était montré fort intransigeant avec la fille du voiturier, qui avait menti sur son état de femme enceinte et qui avait été réduite à frapper à la porte du presbytère d'une autre paroisse parce que monseigneur Verner avait l'œil exercé pour ces demandes saugrenues et qu'il avait deviné son état de grossesse? Avec un optimisme modéré, il cogna à la maison du curé. Cette fois, une aimable veuve à la figure parcheminée vint ouvrir.

— Puis-je parler à monsieur le curé, s'il vous plaît?

— Vous êtes en dehors des heures de bureau, mais je peux voir si monseigneur est disponible.

Josaphat Verner se présenta bientôt, avec un chapeau sur la tête.

— Pouvez-vous m'allouer quelques minutes, monsieur le curé?

— Monseigneur Verner, reprit-il, utilisant la même phrase narcissique qu'il lui avait déjà servie. J'étais sur mon départ. Vous tombez mal, Sansoucy, je suis attendu à l'évêché pour le dîner.

— J'aimerais que vous m'accordiez un entretien, il s'agit d'une affaire de la plus haute importance, monseigneur, dit l'épicier, presque avec vénération.

— Dans ce cas, d'ici à ce que le chauffeur de l'évêché se présente, dites-moi un peu ce qui vous tourmente. Car vous me paraissez bien troublé, Sansoucy. Et compte tenu du temps dont nous disposons, je vais vous faire grâce de ma collecte de fonds pour la décoration de notre lieu saint et de votre soutien alimentaire pour la famille Pouliot.

Le prêtre amorça une série d'allers-retours sur la galerie latérale, en jetant un coup d'œil furtif à la rue, pour surveiller l'arrivée de la voiture qui devait l'amener à son lieu de rendez-vous. Néanmoins, il avait saisi l'essentiel du message de son pénitent.

— Le Seigneur n'est pas tendre envers ceux qui commettent le péché de la chair, Sansoucy. Votre fille est fautive autant que votre futur gendre. Rappelez-vous : « L'œuvre de chair ne désireras qu'en mariage seulement. »

— Ma fille va connaître un long purgatoire, monseigneur. Cela devrait être suffisant pour expier sa faute. Elle ne le sait pas encore, mais elle aura son enfant à la campagne, loin d'ici. J'ai l'intention de la conduire chez mon beau-frère à Ange-Gardien, près de Saint-Grégoire et de Saint-Césaire, deux villages où le frère André a vécu. Justement, j'ai un fils chez les religieux au collège de Saint-Césaire et qui est en admiration devant le saint homme.

— Ah, le frère André, le petit portier de l'oratoire Saint-Joseph ! C'est un vieillard sans instruction, issu d'une famille modeste, vous savez. Mais je dois reconnaître qu'il fait beaucoup de bien. Venons-en au fait, Sansoucy.

Le prêtre et le commerçant bavardèrent encore quelques minutes. Ils n'eurent que le temps de convenir d'une date et du choix du célébrant. Une luxueuse voiture stationna en bordure de la rue.

* * *

Tout était décidé. Enfin, presque. Le reste relevait de certaines formalités. La mine victorieuse, Théodore Sansoucy était retourné à son commerce pour terminer sa matinée de travail, sans dévoiler à Léandre et à Marcel le fruit de ses démarches. « On en reparlera à la maison », leur avait-il signifié.

L'angélus sonna à toutes les églises du faubourg. Sansoucy confia l'épicerie à Marcel et monta avec Léandre pour le dîner. La table était mise. Il régnait une fébrilité inhabituelle au logis.

— C'est arrangé ! claironna-t-il en entrant dans son logement.

— Ben voyons, Théo ! dit Émilienne. La principale intéressée est pas là, Édouard et Marcel non plus. Tu devrais attendre au souper pour faire tes grandes proclamations.

Sansoucy s'inquiéta de l'absence de sa jeune fille.

— Coudonc, où c'est qu'elle est passée, ma Simone ?

— Elle est allée au *snack-bar* pour donner sa démission, répondit Héloïse. Son patron a dû la garder à dîner. Est-ce qu'on peut être informées, nous autres, à quand est fixé le mariage ?

Émilienne supplia son mari du regard.

— Pour l'heure, dit-il, il y a seulement Mili qui va le savoir. Vous autres, les belles-sœurs, vous patienterez jusqu'au souper.

— C'est ben normal que la mère le sache tout de suite, commenta Léandre. Mais on a hâte d'être au courant, nous autres aussi.

— Comme ça, on va aller aux noces bientôt ? s'enquit Alida. Phonsine et moi, on va se coudre une belle petite robe.

— Oui, Alida, on a du beau tissu au magasin pour se confectionner quelque chose de très convenable pour pas cher, acquiesça Alphonsine.

Sansoucy entraîna sa femme dans le vestibule et l'informa des détails convenus avec le curé. Après le repas où les hypothèses de la date de l'événement circulèrent abondamment, l'épicier regagna son commerce en élaborant une stratégie pour la suite des choses.

Tout le monde était rassemblé pour le souper. Sansoucy avait exigé qu'on sorte les coupes de vin, même si on était en pleine semaine et qu'une modeste nappe de toile cirée recouvrait la table. Émilienne n'avait pu garder le secret, qu'elle avait révélé à ses sœurs.

— Et puis, p'pa ? demanda Simone d'une voix doucereuse.

— Samedi de la semaine prochaine, sept heures ! Faut pas que ça traîne…

— J'ai rien à me mettre sur le dos, moi, lança Héloïse. Ça me donne pas grand temps pour m'habiller.

— Eille ! C'est pas toi qui se maries, la belle-sœur, s'emporta Sansoucy. Tu sors à peu près pas, tu te mettras ben ce que tu voudras sur le dos. C'est déjà beau que tu sois invitée au mariage. Tout le monde ici dedans sait que tu portes pas ma Simone dans ton cœur. Essaye pas de dire le contraire, Héloïse Grandbois.

La belle-sœur se tut. Une expression de profonde frustration se peignit sur son visage. En elle-même, Simone se réjouissait de la charge de son père contre sa tante. Irène, qui surveillait la fin de la cuisson du pain de viande, jugea que le moment était propice pour servir. Les portions dans les assiettes, le chef de famille leva sa coupe pour souligner le grand événement. Simone n'en revenait pas à quel point son père semblait fier d'elle. Elle vivrait les neuf prochains mois dans sa famille, entourée des siens jusqu'à son accouchement. Mais Émilienne pressentait le désenchantement de sa fille quand celle-ci connaîtrait les véritables intentions de son père. Vers la fin du repas, Théodore déclara à sa benjamine ce dont elle était loin de se douter.

— Imagine-toi pas, ma perle, que tu vas passer tout le temps de ta grossesse avec nous.

— Comment ça, p'pa ?

L'homme prit une voix persuasive.

— C'est pour ton bien, ma fille. Tu prendras l'air de la campagne chez ton oncle Elzéar et ta tante Florida.

— Pas ces vieux grincheux-là, p'pa! s'insurgea Simone. Vous n'y avez pas pensé une minute! Je vais virer complètement folle, toute seule avec deux croulants. Dans une ferme, en plus. J'ai jamais aimé ça, les senteurs de la campagne. Je suis une fille de la ville, moi.

— Leur en as-tu seulement glissé un mot, à Elzéar et à Florida? s'indigna Émilienne. Bien sûr que non. Je te connais, Théo. Tu es encore en train de nous manigancer quelque chose…

— Évidemment que j'ai pas communiqué avec eux, ils n'ont pas le téléphone. T'as juste à écrire un mot à ton frère pour dire que notre fille va prendre des vacances prolongées chez lui. Elzéar est pas une lumière, mais il devrait comprendre assez vite. Et c'est pas tout : si jamais il consent à venir aux noces, il pourrait emmener Placide et ramener Simone avec eux. Ça nous éviterait de prendre les p'tits chars de la Montreal Southern.

— Comment je vais faire pour vivre tout ce temps-là sans David? s'indigna-t-elle, la bouche amère. Lui en avez-vous parlé, de ce que vous me dites là? Et puis, vous devez ben savoir que l'Église n'accepte pas la séparation de corps. En restant ici, on pourrait se voir, au moins…

Simone se mit à sangloter comme une enfant.

* * *

Deux jours plus tard, pendant que Léandre était à la cave, la première cliente de la journée, une grassouillette portant un manteau de gros drap noirâtre usé et délavé, se présenta à l'épicerie. Elle se dirigea d'un pas hésitant vers les étalages et revint à la caisse avec un sac de farine Robin Hood. «Je gagerais ma chemise qu'elle est venue pour sentir, celle-là», se dit l'épicier.

— Avez-vous déjà utilisé toute la farine achetée hier, madame Gladu? s'enquit-il.

— Pas vraiment, mais il faut prévoir pour mon prochain chantier de tartes, répondit-elle de sa voix aigrelette. Coudonc, avez-vous envie de me dire que je mange trop de pâtisseries, monsieur Sansoucy?

— Il y a rien comme de planifier, ricana-t-il. Toutefois, il y a pas de soin, si jamais vous en manquez, vous demeurez à côté…

Une question consumait la dame. Elle désirait obtenir la primeur avant que ses compagnes ne la rejoignent.

— Dites-moi donc, votre Simone serait pas revenue à la maison, par hasard? Je l'ai vue hier soir sur le balcon, une cigarette au bec. D'ailleurs, fumer, pour une jeune fille de son âge, je trouve que ça fait pas mal commun.

— Simone est effectivement à la maison, madame Gladu.

— D'après ce que je peux voir, vous avez réussi à lui mettre le grappin dessus. Parce qu'il y a pas si longtemps, un bon soir après le souper, vous vous époumoniez à crier pour ne pas qu'elle s'en aille.

Trois autres clientes entrèrent, jacassant comme des pies. Léandre montait de la cave avec un empilage de caisses de conserves.

— Si c'est pas le beau Léandre, s'exclama madame Robidoux.

— Je me débarrasse de mes boîtes et je suis à vous dans un instant, mesdames, répondit le commis, affichant une timidité délicieuse.

Léandre s'affaira à ouvrir une caisse et à en disposer le contenu sur une tablette. Madame Robidoux s'adressa à celle qui l'avait précédée au magasin.

— Et puis, madame Gladu, on a pas rêvé ça? C'est ben ce qu'il vous a dit, monsieur Sansoucy, que sa fille était bel et bien à l'appartement? Pour une secousse, j'espère.

Le commis regardait son père. Le commerçant était de plus en plus embarrassé. Léandre se mêla à la conversation.

— Ma sœur entre au couvent, intervint-il. Je pense qu'elle recevra une bonne éducation chez les religieuses. L'autre jour quand elle a claqué la porte, c'est parce qu'elle était pas d'accord avec la décision de mes parents. Elle est allée réfléchir chez une amie, puis elle a finalement réalisé que la meilleure chose à faire pour elle, c'était de les écouter. Elle en a pour quelques jours à la maison, avant de rentrer chez les corneilles.

— Dans ce cas-là, elle est mieux d'en profiter pour fumer, d'abord, parce que, chez les nonnes, le règlement est strict, commenta naïvement madame Berthiaume.

Des sueurs froides coulèrent dans le dos de l'épicier. Soulagé, il desserra sa cravate. Son fils avait sauvé la situation. En même temps qu'il lui avait évité le déshonneur et rétabli son autorité, la réputation de Simone n'était pas ternie.

Les dames continuèrent d'échanger des banalités. Léandre acheva son travail et revint vers elles pour les servir.

— Je suis maintenant disponible, dit-il.

La nouvelle du retour de Simone avait fait boule de neige dans le voisinage. Mais plusieurs clientes avaient cru bon de s'enquérir à la source de la véracité du renseignement qui leur paraissait douteux. Et chaque fois le commerçant répétait la même réponse pour satisfaire la curiosité de sa clientèle: «Ma fille a besoin d'être redressée par les sœurs.»

À la fin de la journée, le boucher ôta son tablier et leva des yeux reconnaissants vers son fils.

— J'ai pas l'habitude de complimenter, Léandre, mais je dois reconnaître que tu es intervenu habilement pour m'empêcher de perdre la face.

Léandre fixa l'homme droit dans les yeux et déclara :

— Ce que j'ai fait là, le père, je l'ai pas fait pour vous ; je l'ai fait pour Simone.

* * *

Loin de s'apaiser, à quelques jours du mariage, les commérages autour de la fille de l'épicier s'amplifièrent. Elle devait avoir un sacré caractère et on plaignait sa mère, la molle Émilienne, qui ne méritait pas une enfant indocile qui devait lui en faire voir de toutes les couleurs, c'est certain. Damnée Simone ! Au pensionnat, les religieuses la redresseraient et lui mettraient du plomb dans la tête. Et c'était bien ainsi.

La tante Alida avait travaillé sans relâche, le dos arrondi sur sa machine à coudre Singer, à pédaler de sa jambe valide pour confectionner sa robe et celle d'Alphonsine, tandis qu'Héloïse, toquée, avait choisi de remettre un vêtement qu'elle enfilait à l'occasion d'enterrements. Le temps pressant, Émilienne décida qu'elle et Simone s'habilleraient chez Dupuis Frères, le magasin des Canadiens français. Émilienne sortait peu. Cette année, elle n'attendrait pas la période des fêtes pour faire une incursion au centre-ville. Pendant qu'elle se faisait secouer par un tramway bringuebalant, assise aux côtés de sa benjamine, le sac à main serré contre elle avec de l'argent qu'elle avait réussi à économiser dans sa boîte de fer-blanc, elle regardait l'enfilade de magasins de la rue Sainte-Catherine. Elle se rappelait les vitrines attrayantes garnies de lumières et de guirlandes, de lutins, d'anges et de Santa Claus qu'on pouvait naguère admirer. Hélas, tout cela remontait avant la crise ! Depuis le krach boursier de 1929, il fallait se rendre à l'ouest de la rue Amherst pour quitter les devantures empoussiérées et chichement décorées, et faire ressurgir les mêmes beaux souvenirs. Mais les années s'étaient écoulées, et Émilienne Sansoucy n'entraînait pas sa fille dans les boutiques pour les achats des fêtes ni à la parade du père Noël…

La longue promenade en tramway lui avait reposé les jambes. Mais il était à craindre que le piétinement du magasinage ne provoque le gonflement de ses varices et ne la fasse souffrir. Simone poussa les portes tournantes et chercha le rayon des vêtements féminins. Une femme mince, chaloupant de la croupe, se présenta dès qu'elles posèrent le pied à l'étage.

— Je veux pas avoir affaire à une vendeuse, m'man, confia Simone à sa mère.

— Bonjour, madame, dit l'employée. C'est pour vous ou votre jeune fille ?

— Pour les deux, répondit Émilienne.

— On voit que votre fille a un petit ventre et que vous êtes forte du siège, ça ne sera pas facile, mais j'ai quelque chose pour vous…

Simone se pencha à l'oreille de sa mère.

— Je vous le dis, m'man, je veux rien savoir de cette effrontée-là, marmotta-t-elle, les dents serrées.

Émilienne approuva sa fille d'un hochement de chapeau.

— On va s'arranger, mademoiselle, lui dit-elle.

Bien évidemment, le choix de la toilette de la mariée donna lieu à quelques obstinations. La mère et la fille se tenaient devant un miroir. Simone pestait contre la proposition incongrue.

— Je vais avoir l'air d'une vraie poche ! réagit-elle.

Émilienne relâcha le bas de la robe qu'elle pinçait du bout des doigts et se déplaça vers un autre présentoir.

— Ta robe de noces te servira tout le long de ta grossesse, ma fille, lui rétorqua-t-elle. J'aimerais mieux débourser pour te payer une laveuse que de mettre de l'argent sur un vêtement que tu vas porter une fois.

La mère mit la main sur une tenue sans décolleté, sombre et austère, qui rebuta sa fille.

— Ça ressemble à un costume de sœur. À part de ça, vous me ferez pas porter du brun, m'man, j'haïs le brun comme le verrat.

— Oublie pas que t'es en famille, Simone. Le blanc est signe de pureté. Et puis le brun fait classique, élégant.

Une moue d'impatience se dessina sur les lèvres d'Émilienne. Simone ravala. Elle crut que les jambes variqueuses de sa mère venaient de lui arracher une grimace de douleur.

— OK, m'man, concéda Simone. Mais c'est juste pour vous faire plaisir, et parce que je sais que la vôtre est pas encore choisie, que je plie de même.

De bonne heure en soirée, la jeune fille décrocha le téléphone avec empressement. Depuis que Simone avait quitté la résidence des O'Hagan, David se morfondait dans son atelier et dans son lit à penser à elle, et le soir il l'appelait régulièrement pour s'informer de sa journée. Mais elle continuait de lui masquer la vérité sur ce qu'il adviendrait après les noces, en l'entretenant de faux espoirs et en souhaitant que son père revienne sur sa décision de l'exiler à la campagne. Chaque fois qu'il lui téléphonait, le désir exsudait de tous les pores de sa peau, et chaque fois il élaborait des rêves pour leur vie commune. Après la période de sécheresse affective que le couple venait de traverser sans se voir, David ne put s'empêcher de lui rendre visite.

La sonnette carillonna dans l'appartement. Simone était à lisser de son peigne de corne jaune clair sa longue chevelure couleur de miel. Émilienne avait prévenu ses sœurs de s'abstenir d'écornifler. Marcel alla ouvrir, fit de brèves salutations polies à son futur beau-frère et se replia dans sa chambre. Les lèvres souriantes, sa jeune sœur s'amena avec grâce sur le chemin du corridor, comme une mariée sur le tapis rouge de l'église. Les amoureux s'enlacèrent, puis Simone l'entraîna vers le boudoir.

— Nous serons bientôt mari et femme, David.

— Si tu savais à quel point j'ai hâte qu'on se retrouve pour vivre ensemble dans notre chez-nous, le temps que le logis au-dessus de chez mes parents se libère.

— On serait locataires de tes parents ! Ils sont consentants ?

— Pas complètement, mais j'ai bon espoir que ma mère réussisse à gagner mon père. Penses-y, Simone, on peut pas demeurer ici indéfiniment. Et avec le bébé qui s'en vient, c'est pas tout à fait le petit nid d'amour que j'aurais souhaité…

— Nous vivrons ici le temps nécessaire, David, mentit-elle.

— Ta mère a sûrement prévu de nous céder la chambre d'Édouard, elle est assez grande pour trois. La tapisserie est laide, mais je me fermerai les yeux. Il y aura que toi et moi dans la pièce, et de la place pour le petit, si jamais on a pas déménagé avant sa naissance.

— Édouard va se marier avant bien des mois, mais Léandre et Marcel accepteront jamais de partager leur chambrette avec lui. T'as probablement déjà remarqué qu'Édouard et Léandre s'entendent comme chien et chat.

— C'est quoi d'abord la solution, Simone ? On est toujours ben pas pour habiter dans le hangar avec les moustiquaires et les persiennes et toutes les cochonneries que ton père ramasse. Pourquoi pas rester dans la cave de son épicerie, tant qu'à y être ?

— David, t'exagères…

Simone promena un regard obligé sur l'exiguïté de la pièce.

— Pas le boudoir, Simone, c'est ben trop petit pour…

Elle bâillonna sa bouche d'un baiser langoureux, en posant la main sur la cuisse chaude du garçon.

— Rappelle-toi les bons moments passés au boudoir, dans l'intimité de la porte close, lui susurra-t-elle.

* * *

Les formalités remplies au presbytère, malgré leurs appréhensions, David et Simone espéraient voluptueusement le grand jour. Pour l'heure, O'Hagan et Sansoucy demeuraient campés sur leurs positions. Les locataires de l'artisan n'avaient pas été avisés de la cessation de leur bail ni évincés de leur logis, et l'épicier avait gardé le dessein d'exiler sa fille à la campagne, d'autant plus que, la date du mariage étant imminente, l'oncle Elzéar avait répondu favorablement par téléphone du magasin général à la demande de sa sœur Émilienne.

Les linoléums avaient été lavés et cirés, les meubles, époussetés, et la salle à manger était prête pour la réception qui suivrait la cérémonie. Marcel avait déniché un tréteau et de vieilles planches au fond du hangar pour rallonger la table, quitte à déplacer le vaisselier dans le corridor. Au petit matin, toute la maisonnée s'apprêtait à partir pour l'église. Il faisait encore sombre, et une fine bruine automnale mouillait le temps avec indifférence. La main d'Émilienne laissa tomber le rideau, et la femme embrassa d'un regard ému son appartement qui ne s'animerait plus de sa Simone. Léandre et Marcel venaient de descendre Alida dans son fauteuil roulant.

— Il va falloir y aller, Émilienne, déclara Héloïse.

— Dire que c'est ma plus jeune fille que je marie en premier. Ça a pas de bon sens! dit Émilienne d'une voix altérée.

— Qu'est-ce que tu veux que je te dise, Mili? Quand on commet l'acte avant le mariage, c'est ça que ça donne, rétorqua platement sa sœur.

De toute évidence, Placide se rendrait directement à l'église avec l'oncle Elzéar. Impatient d'en finir, Sansoucy avait pris de l'avance dans la rue, comme s'il espérait éviter les yeux inquisiteurs de lève-tôt curieux, sans penser qu'un véritable cortège nuptial s'alignerait derrière lui. Suivaient, à la file indienne, Irène, Édouard et Colombine ainsi que Simone, le visage poudré caché sous une épaisse voilette, accrochée au bras de Léandre et de Paulette, Alida poussée par Alphonsine, Émilienne soutenue par Héloïse, et Marcel pour fermer la marche.

Un vieux Fargo était garé devant l'église du Très-Saint-Rédempteur. Sous le crachin tenace, le défilé s'immobilisa au pied des marches. Un homme et une femme précédés d'un grand échalas courbant l'échine descendirent de l'habitacle. Émilienne s'empressa vers son fils et l'embrassa sur les deux joues. Puis elle lui prit le menton en disant :

— Regarde moman, Placide, il me semble que tu as maigri.

— Vous vous faites des idées, maman, je suis bien nourri par la communauté, répondit-il en élevant vers sa mère sa physionomie béate.

Simone se détacha du peloton et alla vers le frère qu'elle voyait rarement.

— Ma pauvre petite sœur, tu es bien emmanchée maintenant. Papa et maman ne sont sûrement pas fiers de toi, moralisa le religieux.

— On a rien à se reprocher quand on est en amour, se défendit Simone, combattant l'insulte pour rester joyeuse.

Irène s'approcha du Sainte-Croix et lui baisa le front, avant que son père ne le gratifie d'une brève accolade.

Émilienne s'entretenait avec son frère et sa belle-sœur, qui avaient accepté avec gentillesse et grande générosité d'héberger leur fille. Romuald, qui s'était rendu directement au lieu de culte avec Georgianna, pompait une dernière cigarette en tenant la lourde porte ouverte et en balayant l'air de sa main libre pour accueillir le groupe indiscipliné.

Sansoucy scruta fiévreusement les alentours et mit sa main dans le dos d'Elzéar et de Florida en les entraînant vers le parvis.

— Pressons, pressons, les amis, nous allons nous mettre en retard, proféra-t-il.

Une inquiétude commença à s'emparer de Simone. Elle interpella son père :

— David, lui ? Je me marie pas toute seule, quand même, s'écria-t-elle à qui voulait l'entendre.

— Suis-nous, Simone, il finira ben par arriver, ton Irlandais, rétorqua son père.

Léandre et Marcel avaient empoigné la chaise de l'impotente et, gravissant les degrés qui soulignaient largement la façade de l'église, ils allèrent rejoindre les autres qui s'étaient rassemblés devant les portes. Seule en bordure de la rue, transie de froid dans ses escarpins vernis, Simone souleva son léger manteau et progressa vers l'entrée.

Il se mit à pleuvoir. On s'engouffra vitement sous le porche. Le bedeau, un homme au front bas et au nez épaté qui dégageait un air bonasse, invita les gens à le suivre à la sacristie. Regroupé autour du vicaire, chacun cherchait des explications au retard de la famille O'Hagan. L'abbé Lionel Dussault fouilla anxieusement sous son surplis dans le gousset de sa soutane, sortit sa montre, la consulta.

— Coudonc, il va nous faire niaiser longtemps ? demanda Héloïse.

— C'est aujourd'hui ou jamais ! déclara autoritairement Sansoucy.

— Il faut faire vite, nasilla le prêtre, j'ai un autre petit mariage de sacristie à célébrer ce matin.

La figure ruisselante de sueur et les mains moites, Sansoucy chuchotait des imprécations contre le peuple irlandais et le temps qui filait. Émilienne s'affaissa sur une chaise en se tamponnant le front d'un mouchoir de dentelle. À l'instar de son modèle de l'oratoire Saint-Joseph, Placide avait retenu la lourde porte de l'église pour laisser entrer les siens. Après, il n'avait pas eu le temps d'entreprendre un chemin de croix ; il s'était toutefois retiré à l'écart devant une statue de la Vierge et priait les mains jointes. Léandre et Paulette essayaient de soutenir Simone, et Colombine pestait contre les mariages de la populace. Des bruits de pas et des voix montèrent enfin de la nef. Marcel alla s'enquérir de la situation et revint le visage défait.

— C'est le groupe qui nous suit, je suppose, commenta Sansoucy.

— Non, p'pa, répondit Marcel. Mesdames Robidoux, Gladu, Grenon, Thiboutot et mademoiselle Lamouche sont là parmi d'autres que je ne connais pas.

— Ah, les maudites écornifleuses, cracha l'épicier, comment ça se fait qu'elles sont là ? Mettez-moi ça dehors, exigea-t-il à l'adresse du sacristain.

— À moins de motifs très valables, argua le célébrant, on ne peut raisonnablement expulser des chrétiens de leur temple, monsieur Sansoucy.

Le commerçant alla s'étirer le cou à la porte de la sacristie. Des gens s'attroupaient derrière l'église en secouant leur parapluie. Soudainement, les O'Hagan entrèrent et fendirent la petite foule qui s'agglomérait.

— Les voilà ! clama Sansoucy avec soulagement.

Lionel Dussault était assez jeune dans son ministère ; il n'avait jamais entendu parler d'un mariage célébré aussi rapidement dans les annales de l'église. Lui qui, parfois émotif, affectionnait les grands déploiements, la descente solennelle sur le tapis rouge de l'allée centrale au son de l'orgue ronflant à pleins tuyaux la marche nuptiale de Mendelssohn, avait dû expédier la cérémonie.

* * *

Sitôt débarrassés de leurs manteaux et de leurs chapeaux, les convives félicitèrent et embrassèrent les nouveaux mariés, certains avec effusion, d'autres par pure civilité. La maîtresse de maison défroissa brièvement sa robe olivâtre avec le plat de la main. Afin de dégourdir l'atmosphère et mettre la compagnie en appétit, Théodore Sansoucy se mit à distribuer de la bière et de l'alcool pendant qu'Émilienne souhaitait la bienvenue dans sa maison aux parents de David et à leur fille Deborah.

Vers la fin de l'avant-midi, la salle à manger et la cuisine étaient assiégées par les invités dispersés qui devisaient agréablement. Au grand plaisir de l'hôtesse, presque tout le monde semblait prendre part à la fête, même James O'Hagan qui s'amusait ferme aux côtés d'Alphonsine qu'un petit verre de fort avait passablement éméchée, jusqu'au moment où Émilienne s'aperçût que Placide et ceux qui l'avaient voituré depuis Saint-Césaire étaient invisibles. Héloïse réalisa que les yeux de sa sœur scrutaient parmi les invités qui allaient s'attabler à la demande de l'hôte de la maison.

— Si tu cherches Elzéar, tu vas sûrement le trouver au boudoir avec Florida, l'informa-t-elle. Je les ai envoyés à l'écart, parce qu'ils sentaient l'étable à plein nez, et Placide les a suivis. J'imagine qu'il s'est habitué à leur odeur en venant de la campagne.

Émilienne se rendit dans le boudoir. Son fils s'était effectivement retranché dans la petite pièce avec l'oncle Elzéar et la tante Florida.

— C'est le temps d'approcher, on va dîner, leur dit-elle, avant de retourner dans la salle à manger.

L'épicier s'énervait. Il voyait le temps lui échapper et les convives qui tardaient à s'installer. La veille, il avait griffonné une petite affiche portant l'inscription : « Fermé pour l'avant-midi pour cause de maladie », en souhaitant être à son commerce au plus tard en début d'après-midi.

— On va d'abord faire asseoir ceux qui viennent de loin, lança Émilienne.

Sous les regards suspicieux, Elzéar et Florida prirent place au milieu sur le côté. Les autres se distribuèrent en s'éloignant tant bien que mal des paysans.

Pendant le repas, Irène et Paulette assurèrent le service, sous la supervision d'Héloïse. Elles avaient déployé des efforts considérables pour se faire comprendre de madame O'Hagan, qui ne parlait pas un traître mot de français. Comme le veut la coutume, à maintes reprises, les conviés frappèrent bruyamment la table de leurs ustensiles pour obliger les jeunes époux à se lever pour s'embrasser. Colombine ne put s'empêcher de murmurer à l'oreille d'Édouard qu'il était hors de question de tolérer cette pratique de fort mauvais goût lors de leur mariage. Au dessert, Simone et David coupèrent le traditionnel gâteau, sous les applaudissements de la tablée.

Les boissons chaudes servies, Héloïse se rendit à la cuisine pour ouvrir la porte et la fenêtre afin d'évacuer un peu de fumée qui s'échappait des pipes, des cigares et des cigarettes, et de rafraîchir l'atmosphère empestée. Sansoucy songeait à gagner son commerce. Le samedi était sa journée la plus payante de la semaine et il ne voulait pas risquer de perdre une partie de sa clientèle au profit d'une autre épicerie du quartier. Il voyait sa Simone, la nouvelle madame O'Hagan, heureuse, la tête appuyée sur l'épaule de David, son propre gendre, et le geste irréparable que lui-même s'apprêtait à commettre. « C'est pour ton bien, ma Simone, que ton père a pris cette décision irrévocable », se répétait-il pour se convaincre. Et il entrevoyait les pleurs et les grincements de dents qui lui arracheraient le cœur et des larmes. Mais il fallait qu'il interrompe ce festin qui, d'ailleurs, lui avait déjà coûté un gros mois de bénéfices : son beau-frère l'habitant et sa grosse Florida s'étaient empiffrés comme des porcs à ses frais, Paulette ricanait une coupe à la main pour des insignifiances, et le buveur irlandais O'Hagan qui avait perdu son air de croque-mort et sentait la tonne, joyeux complice d'Alphonsine et de son frère Romuald, avait bien consommé avec eux un quarante onces de gin. Et le père de David qui n'avait pas mordu à l'hameçon pour partager les coûts de la noce. « Au diable la dépense ! » avait-il radoté dans son for intérieur. Cependant, à ce moment précis, il espéra que l'union anticipée d'Édouard ne vienne pas grever son budget.

On avait ôté le tréteau et remisé sans tarder les planches dans le hangar, rapetissé la longue table à panneaux, poussé le meuble dans un coin et placé les chaises près des murs. Émilienne et Alphonsine distribuaient des digestifs. L'oncle Elzéar avait sorti son violon, Deborah O'Hagan, son accordéon. Des couples formèrent un set carré. « Et swing la bacaisse dans le fond de la boîte à bois ! »

À la fin d'une gigue, après quelques danses qui n'avaient eu pour tout effet que d'exacerber ses frustrations, l'épicier se braqua au milieu de la salle à manger et déclara :

— La fête est finie, mes amis !

Des oh ! d'étonnement et des ah ! de déception se propagèrent.

— Voyons, le père, dit Léandre, qu'est-ce qui vous prend tout d'un coup ? Vous voyez ben qu'on s'amuse tout le monde ensemble. Il y a juste vous qui avez pas l'air de fêter.

— Votre oncle s'est levé tôt ce matin pour traire ses vaches et il doit avoir hâte de retourner à Ange-Gardien. N'est-ce pas, Elzéar ?

— C'est toi qui le dis, le beau-frère. Je pense que mon vieux *truck* va retracer son chemin même si je pars à la noirceur.

— Théo! Tu vas pas nous faire ça! s'indigna Émilienne. Tu as juste une fille qui se marie dans ta vie.

Irène jeta à sa mère un œil empreint de navrement.

— De toute façon, faut que je rentre à l'épicerie au plus sacrant, expliqua le commerçant.

Le regard implorant, Simone s'approcha tendrement de son père en tirant son époux par la main.

— C'est l'heure, ma Simone, va te changer, balbutia son père.

David se tourna ostensiblement vers son épouse, sa physionomie teintée d'incompréhension.

— Toi, le gendre, tu restes à Montréal. Coudonc, ta femme t'a pas mis au courant? Elle s'en va demeurer à Ange-Gardien…

— Non, p'pa, s'opposa Simone, s'accrochant au cou de son père. Je ne lui ai pas expliqué parce que je croyais que vous aviez plus de cœur et que vous pouviez encore changer d'idée. C'est votre petite Simone qui vous supplie, larmoya-t-elle.

— On va se faire tout petits dans le boudoir, Simone et moi, supplia David d'une voix étranglée. Puis on s'aime d'amour, vous pouvez pas nous séparer…

Le couperet était tombé. Émilienne s'écrasa sur une chaise, en proie à des sanglots convulsifs. Alida avait roulé jusqu'à elle pour la consoler. Le taciturne Placide et la douce Irène lui susurraient des mots de compassion.

Sansoucy suintait. Son teint bilieux lui conférait un air quasi cadavérique que perçut le fabricant de cercueils.

— Va faire ta valise, ma Simone, insista le maître de la maison, la voix tremblotante.

La jeune mariée obtempéra en entraînant son époux dans sa chambre, et Émilienne, hoquetant de douleur, alla les rejoindre. Placide suivit les pas de sa mère et se posta à la porte, prêt à la rouvrir le moment venu. Théodore Sansoucy n'était pas fier de lui, mais il ne pouvait censément faire volte-face devant l'assistance.

La consternation se lisait sur la plupart des visages. Le violoneux remisa son instrument et son archet dans son étui. Héloïse murmura méchamment à sa sœur Alphonsine :

— Ça va vraiment lui faire du bien, à la petite bougresse. J'en ai glissé un mot à Elzéar et à Florida pour qu'ils ne la traitent pas aux petits oignons. Comme je les connais, ils ne la ménageront pas, je t'en passe un papier, Phonsine.

Simone achevait de vider ses tiroirs et de dépendre ses robes, même celles qui ne conviendraient qu'un court laps de temps, ses larmes humectant les vêtements qu'elle s'efforçait de plier correctement sous les yeux de sa mère éplorée. Cette fois elle partait avec le mince espoir de revenir avant la fin de sa grossesse. Elle s'éloignait de son jeune époux fringant pour vivre sa maternité dans l'abstinence et accoucher à la campagne, probablement assistée d'une sage-femme qui avait élevé une douzaine de marmots dans la misère d'un patelin reculé. D'un geste emporté, elle referma sa valise, son mari empoigna les robes suspendues à des cintres et ils repassèrent dans la salle à manger avant de s'immobiliser dans le vestibule, au bord de la porte. Elle enfila le manteau que son époux avait jeté sur ses épaules, les cils de David perlant des gouttelettes d'une émotion intense dont il se gavait le cœur avant de se séparer de sa petite femme.

Ils étaient tous là, un verre à la main, regroupés derrière Émilienne et David, à voir descendre Simone dans la cage de l'escalier, impuissants à contrecarrer la décision de celui qui venait de prendre la clé pour aller ouvrir son commerce.

Chapitre 6

Elzéar avait sacré comme un charretier en lançant ses outils dans la boîte de son camion. Une fâcheuse crevaison l'avait obligé à s'arrêter en bordure du macadam, alors qu'il pleuvassait. Assis sur une couverture à carreaux sale et trouée, les passagers venaient de remonter dans le vieux Fargo, qui roulait à présent vers le village de Saint-Césaire. Enserrée avec Placide entre leur oncle qui conduisait et leur tante qui avait toujours chaud, Simone regardait distraitement de ses yeux rougis défiler la campagne en se demandant si son frère le religieux, l'être illuminé qui paraissait insensible aux malheurs d'autrui, pouvait être un peu touché par la souffrance qui déchirait sa petite sœur. Mais le visage de David se dessinait, encore plus beau que tout ce que la nature avait à offrir : son corps frétillant, ses yeux émeraude qui la désiraient, ses muscles gonflés qu'elle aimait ressentir sous sa chemise ouverte, sa main caressante qui se baladait sous son corsage. Et, de temps à autre, combattant un malaise, elle portait la main à sa poitrine en s'inclinant vers le tableau de bord.

— Ma foi du bonyeu, Elzéar, de l'air ! ordonna Florida. Tu vois pas que la petite a des nausées ?

La vitre de la portière abaissée allégea l'atmosphère et la rendait respirable. Simone se redressa et sembla renaître.

Elzéar Grandbois n'était pas si pressé de faire descendre son neveu. Sa grandeur d'âme allait être récompensée. Il avait relâché la pédale et jouissait des dernières minutes que le voyage lui offrait pour sentir la cuisse chaude de la jeune mariée contre la sienne. Sérieux comme un pape, les mains posées à plat sur sa soutane noire, Placide marmottait des oraisons les yeux fermés. Le conducteur s'inclina vers son passager taciturne.

— Tabarnouche, le neveu! Le temps s'est remis au beau. Tu pourrais en profiter pour admirer la belle nature du bon Dieu. Au cas où tu le saurais pas, on vient de traverser le Richelieu et on a une belle vue sur la montagne de Rougemont.

— Excusez-moi, mon oncle.

— T'as pas à t'excuser; c'est toi qui es le pire, là-dedans. Une bonne fois, il faudrait ben qu'on t'emmène à l'Oratoire pour voir le frère André, proposa le paysan.

— Oh! mon oncle, vous me feriez le plus grand bonheur, réagit le Sainte-Croix en se joignant les mains.

* * *

L'imposante église paroissiale de pierres grises parut. Le camion s'engagea en face, dans l'allée ombragée bordée de chênes partiellement dépouillés et dont la lumière filtrée entre les feuilles persistantes badigeonnait la brique ocre jaune du collège.

De son bras potelé, la grosse Florida, qui avait exagérément chaud, rassembla les cintres de robes posées sur elle, sortit de l'habitacle pour faire descendre le jeune homme, et le véhicule repartit aussitôt pour le rang Séraphine.

La maison des Grandbois était chapeautée d'un toit pentu, doublement enchâssée entre des cheminées en chicane. Elle était flanquée d'une longue galerie, avec colonnes et colonnettes, qui courait sur la façade et à laquelle on accédait par deux escaliers aux marches ajourées de losanges. L'un d'eux menait à la porte du salon et l'autre permettait d'atteindre la cuisine. La peinture blanche des murs, des pignons et des corniches et les volets rouges tout aussi squameux dénotaient une certaine négligence et procuraient à l'habitation délabrée un air un peu étrange. Un énorme chien efflanqué sur la galerie se leva et se mit à aboyer en s'élançant vers le camion.

— On est rendus! s'exclama inutilement l'oncle.

— J'ai une peur bleue des gros chiens, exprima la jeune fille.

— Il te mangera pas, rétorqua Elzéar, il n'est pas méchant pour deux cennes.

La tante Florida descendit avec les robes, Simone empoigna sa valise sous la banquette et Elzéar s'étira la main pour agripper son étui à violon, coincé entre le haut du dossier et la lunette arrière et qui lui avait masqué une partie de la vue pendant tout le voyage.

Simone progressait en se protégeant du quadrupède avec sa petite valise, pendant que Grandbois gravissait les marches, précédé de sa bête.

— Bon chien, Rex, bon chien! dit-il, se penchant pour le flatter. Tu vois, c'est un bon garçon, ajouta-t-il.

Simone se rasséréna en lissant la toison fauve de l'animal. Grandbois souleva le loquet et ouvrit la porte toute grande.

— Toi, Rex, tu restes dehors, ordonna-t-il.

Puis il s'inclina exagérément avec une politesse obséquieuse qui contrastait avec les manières rustres qu'il avait démontrées jusqu'alors.

— Vous êtes chez vous, mademoiselle, dit-il en balayant l'air de sa grosse main.

La gorge de l'adolescente se noua. Elle reconnaissait vague-ment les pièces de la grande maison où elle était venue plus petite avec sa famille. C'était au temps où pépère et mémère Grandbois habitaient la vieille demeure que l'aïeul avait bâtie de ses propres mains. Une dizaine d'années auparavant, les deux vieillards étaient morts, à trois mois d'intervalle, l'un dans sa chaise berçante, l'autre dans son lit. Elle se souvint confusément de l'intérieur bien tenu par sa grand-mère, des parquets cirés, des objets à leur place, du piano mécanique auquel Aurélie s'assoyait pour accompagner Odilon, d'un petit passage secret sous l'escalier, de l'eau qui goûtait les œufs pourris, et de la cave sombre et humide où elle était restée enfermée sous la trappe par un cousin malfaisant alors qu'ils jouaient à la cachette. À présent, des marques de goudron noir ressortaient par endroits sur le linoléum encrassé, un désordre régnait, et le comptoir recouvert de prélart était bondé de vaisselle sale. Une odeur de moisissure mêlée de cendre la dégoûta et l'indisposa.

— Va dégobiller dans le crachoir à pépère, lança Florida.

Simone déposa vitement sa valise et, la main sur la bouche, se précipita près de la berceuse pour vomir. Trois chats au poil laineux miaulèrent en avançant vers leur maîtresse. Florida se débarrassa de sa brassée de vêtements sur la table déjà encombrée et parsemée de miettes, ramassa les écuelles vides et les remplit d'eau à la pompe de l'évier avant de les offrir aux trois représentants de la race féline. Elzéar avait remisé son étui sur des empilages de cahiers de musique jaunis et empoussiérés qui garnissaient le piano droit ; en enfilant sa salopette avec un sourire concupiscent, il observait la jeune fille qui s'était écrasée sur la chaise berceuse, le visage livide, la tête dolente rejetée en arrière, la bouche béante, les cuisses ouvertes. La tante se tourna vers sa nièce.

— Si tu penses que tu es venue pour te faire torcher puis dorloter, ma fille, tu te trompes royalement ! hurla-t-elle. Va rincer le crachoir puis le vider dehors en arrière.

— Oui, matante, balbutia Simone en se levant.

La nièce obtempéra et revint déposer le crachoir près de la berçante, sous l'œil satisfait de la femme, qui se couvrait d'une longue chemise à carreaux.

— Ta tante Florida a coutume de faire le train, mentionna Elzéar, la lèvre tordue. Asteure que t'es là, tu vas nous aider dans la maison, décréta-t-il.

— On va manger de la galette de sarrasin pour souper, décida Florida. Tu dois te rappeler la trappe dans le plancher qui mène à la cave…

Simone eut un désagréable frisson qui lui parcourut le dos. Au poêle, Elzéar chiffonna des boulettes de papier, jeta quelques rondins, puis craqua une allumette sur la fesse de sa salopette et alluma le feu.

— C'est pas tout à fait comme chez ton père avec l'épicerie en dessous, railla le cultivateur.

— Les légumes sont conservés sous nos pieds, puis les œufs, le lard, le sucre et la farine, dans la laiterie, et la bouteille de sirop d'érable avec la mélasse, dans l'armoire, précisa Florida. Là, tu vas venir avec nous autres pour le lait, la farine et les œufs, et tu iras chercher le beurre au puits avant de rentrer dans la maison. Puis profites-en pour laver la vaisselle et mettre la table, ça rendrait service, ricana la femme en nouant un foulard sale sur ses cheveux.

Le regard de Simone contempla le comptoir bondé et se posa sur ses vêtements qui jonchaient la table.

— Après le souper, tu auras ben le temps de défaire ta valise et de serrer ton linge, ajouta Florida en s'emparant du pot de lait vide. D'ailleurs, tandis qu'on y est, tu prendras la chambre à gauche en haut de l'escalier.

« Maudite marde ! » maugréa Simone. Les craintes et les désagréments s'accumulaient. D'abord le chien à affronter, les tâches à exécuter et, éventuellement, la cave sombre à investir.

Sur la galerie, l'animal s'approcha de Simone, tremblante, qui se pressa contre sa tante. Elle flatta la croupe de la bête comme l'avait fait le maître, et sa peur se dissipa par enchantement.

— Rex, va chercher les vaches, ordonna son propriétaire.

L'animal parut décontenancé. L'heure du train de l'après-midi avait été devancée en raison de la première traite de la journée, plus matinale, et du voyage à Montréal.

— Grouille, mon Rex! insista le cultivateur.

En entrant dans l'étable, au moins une demi-douzaine de chats miaulaient en se faufilant entre les jambes de leurs hôtes.

— Pas si vite, les minous, lança Florida.

La fermière empoigna un bidon de lait, remplit les écuelles et le pot pour la cuisine. Elle le tendit à sa nièce.

— Asteure, viens on va te montrer notre installation, dit Elzéar.

— J'ai jamais aimé les étables, dit Simone, réticente. Quand j'étais petite…

L'homme parut contrarié.

— Une bonne fois, tu vas nous accompagner pour apprendre comment faire le train, laver les chaudières à lait, puis baratter le beurre, coupa le fermier. On sait jamais, tu pourrais avoir à remplacer l'un de nous deux, expliqua-t-il en terminant sa phrase d'un rire sarcastique.

La petite lui avait paru insolente. Sans se préoccuper du chien parti sur le chemin des vaches ramener les bêtes à l'étable, elle était retournée sur ses pas avec son pot de lait et se dirigeait vers le puits que son oncle lui avait indiqué en passant pour prendre le beurre.

Le tas de vaisselle l'écœurait souverainement. Et sa pile de robes abandonnées négligemment sur la table encore davantage. Elle empoigna sa valise cartonnée et embrassa sa flopée de vêtements avant de monter à sa chambre. En haut des marches, elle repoussa du pied la porte entrebâillée et laissa choir ses robes sur l'étroit lit de fer. Elle déposa sa valise et soupira.

«Je me rappelais pas que c'était aussi petit, là-dedans! Et c'est mauditement laid!» se dit-elle. La chambre qui tirait son jour du côté des bâtiments était ornée d'une tapisserie verdâtre parsemée de petites fleurs roses qui pendouillait par lambeaux, et le plâtre blanchâtre qui s'écaillait du plafond bas donnait à croire qu'il finirait ses jours au milieu du lit de fer. Un placard étroit et une commode vermoulue complétaient l'ameublement. L'endroit lui déplut. Les autres pièces étaient-elles plus convenables? Elle sortit dans le corridor et se buta à des portes closes et verrouillées. «Tant pis!» réfléchit-elle. Elle regagna la chambrette que le couple lui avait cédée.

Simone rageait. Elle avait plié devant son père pour lui obéir et on la traitait comme une moins que rien. «Pour son bien!» À mesure que ses robes s'entassaient dans la penderie, elle réalisait le ridicule d'avoir apporté tant de toilettes. «De toute façon, pensa-t-elle, j'en ai pas pour longtemps à vivre dans cette misérable maison de campagne.» Il y avait de quoi pleurer sur son sort, mais elle réprima les larmes qui affluèrent à ses yeux. Mieux valait garder son énergie pour planifier un retour à la ville. Elle végéterait quelques jours dociles dans une existence morne et tranquille pour démontrer sa bonne volonté. Mais après, elle ferait le nécessaire pour qu'on aille la reconduire ou pour qu'on vienne la chercher. Elle s'affala sur son lit pour en éprouver le confort et se mit à élaborer différents stratagèmes. Lasse de sa longue journée, elle s'assoupit en pensant à David.

Des craquements de pas dans l'escalier la tirèrent de sa rêverie.

— Comment? Paresseuse! Lève-toi au plus sacrant! tonna le fermier.

La recluse tressaillit de tout son corps et s'assit brusquement dans son lit.

— Je te l'avais ben dit, Elzéar, renchérit la mégère, l'œil furibond, notre nièce est une fainéante, une profiteuse.

— Ah! Je savais pas qu'il était si tard, se défendit la jeune fille.

Et Simone de se confondre en repentances, en regrets et autres demandes de pardon. L'air ingénu qu'avait emprunté la nièce décupla la fureur de la tante.

— En bas au plus vite, ça presse! insista-t-elle.

La nouvelle mariée rassembla ses idées et descendit à la suite des Grandbois. L'oncle ranima le feu, actionna les pédales du piano automatique et alla s'asseoir dans la berçante, confortablement adossé à la peau de carriole en chat sauvage. La tante remplit un chaudron qu'elle posa sur le poêle.

— Pendant que l'eau chauffe pour la vaisselle, tu peux commencer la préparation de la pâte, dit-elle.

— Je sais pas trop comment, tante Florida, admit Simone.

— Tu parles d'une enfant pourrie! s'emporta la paysanne. Ça vient de se marier puis ça sait même pas faire de la galette. T'es pas partie pour élever une grosse famille, ma noire…

— Au *snack-bar*, j'étais serveuse, pas cuisinière, matante, et à la maison, mon père a jamais voulu que je m'approche du poêle, exposa-t-elle.

Elzéar avait arrêté de se bercer. Un sourire lui durcissait les lèvres et il suivait la conversation avec un intérêt singulier.

— Avant de partir de Montréal, Héloïse m'avait ben avertie que tu serais pas d'une grande utilité, pesta Florida. Es-tu capable de faire la vaisselle, au moins?

— Pour ça, oui, matante, je la faisais quand le temps le permettait entre deux clients, répondit Simone, s'efforçant de plaire. Je vais faire mon gros possible pour pas être un poids dans la maison, je vous le jure.

Le couvert dressé, la jeune femme se rendit à l'armoire jaune à deux battants et en rapporta la bouteille de sirop d'érable qu'elle déposa fièrement sur la table.

— Je te l'ai dit tantôt, on va ménager le sirop et mettre de la mélasse sur nos galettes, dit sèchement Florida.

— Désolée, matante, j'ai beaucoup à apprendre et je suis pas familière avec…

— Tu sauras, ma fille, que c'est pas tous les cultivateurs qui ont une érablière, expliqua l'oncle. Le sirop, je suis obligé de le payer, puis on le garde pour les occasions spéciales.

— Je vas m'en rappeler, mon oncle.

Le souper se déroulait dans un silence oppressant qui pesa lourdement sur le cœur de Simone. Elle picorait plus qu'elle ne mangeait, se moulant un sourire forcé lorsque sa tante l'interrogeait du regard. Puis l'atmosphère se chargea d'une réprimande de la cuisinière.

— Tu l'aimes pas, mon manger? demanda-t-elle avec arrogance.

— C'est pas ça, matante Florida.

— Madame est habituée à se nourrir de gros *steaks* puis de côtelettes de lard parce que son père est boucher, peut-être? s'indigna la tante. Essaye donc d'apprécier la chance que t'as d'être logée avec nous autres. T'aurais ben pu te ramasser à la crèche de La Miséricorde à Montréal. Ç'aurait été ben pire, ma noire. Dis-toi que tes parents ont été ben charitables de t'obliger à te marier plutôt que d'échouer chez les religieuses, comme les jeunes filles enceintes qui ont fait l'acte avant le mariage. Arrête de farfiner, puis finis ton assiette!

— C'est vrai ce que dit ta tante, approuva Elzéar. En plus, t'aurais perdu ton enfant donné en adoption.

— Ce petit-là, je vas le garder et l'élever moi-même, vous saurez…

Des larmes silencieuses ruisselèrent sur les joues de Simone. Elle se leva lentement et, se moquant de la recommandation de sa tante, alla vider le reste de son assiette dans un plat destiné aux minous avant de la laver. Elle revint à la table pour offrir le thé qui chauffait sur le poêle. Après, sans en demander la permission, elle remonta l'escalier, épuisée par une journée qui se terminait abruptement.

Au matin, le miaulement des trois félins à sa porte la réveilla. Elle se tourna lascivement dans son lit, émergeant de son rêve, cherchant de sa main avide le corps de David. Elle venait de traverser sa nuit de noces et elle se retrouvait maintenant seule comme une veuve dont la mort, faucheuse et usurpatrice impénitente, avait ravi l'époux. Elle se tâta le ventre. « C'est un peu de lui qui est en moi », se dit-elle.

Un ronronnement de moteur l'attira à la fenêtre. « C'est dimanche, ils ont terminé la traite et doivent partir pour la messe », pensa-t-elle.

À travers le tissu délavé, elle n'eut que le temps de voir le vieux Fargo s'éloigner de la maison ; sa vue glissa sur le toit du hangar, sur les bâtiments et sur le cabinet de toilette, qui lui souleva le cœur. Elle laissa tomber le rideau et prit une grande respiration. Puis, reprenant contenance, elle alla se mirer dans le miroir terne suspendu au-dessus de la commode, sur laquelle trônaient une aiguière et un bassin vide. Ses cheveux en bataille lui déplurent, et elle sentit le besoin de se laver le visage. Il faisait frais dans la maison. De ses mains frissonnantes, elle se couvrit les épaules d'un châle dégoté dans le fond d'un tiroir et elle résolut de descendre pour remplir l'aiguière.

Elle jeta une bûche dans le poêle et mit à chauffer un peu d'eau pour sa toilette. « Pour me faire pardonner, je pourrais redescendre tout à l'heure afin de leur préparer le café et les rôties et déjeuner avec eux», se dit-elle, avant de remonter avec le vase rempli d'eau tiède.

Après sa toilette matinale, elle revêtit sa robe la plus ample et démêla ses cheveux couleur miel, en repensant au souper de la veille et à ce qu'elle ferait pour occuper sa journée. La température invitait à prendre l'air et elle ne pouvait censément s'enfermer entre les quatre murs de sa chambrette. Elle avait amadoué le chien, elle se promènerait dans la cour ou sur la route des vaches qui menait aux pâturages.

Les aboiements de Rex annoncèrent le retour des propriétaires. La chaleur de la cuisine était agréable, les couverts étaient dressés et le café exhalait son odeur enivrante, ce qui remémorait le travail au *snack-bar* de Simone. Elle avait remis le châle sur ses épaules et rapportait sur le comptoir le pain de la huche. Le couple parut.

— Dis donc, tu t'es forcée à matin, Simone, déclara le fermier en posant son missel sur le coin du piano.

La tante Florida flanqua un coup de coude dans les côtes de son mari.

— C'est normal qu'une fille de seize ans se déniaise dans une maison, commenta la tante.

— D'autant plus que je suis serveuse de métier, acquiesça Simone. Combien de tranches de pain à griller pour chacun?

— Trois tranches épaisses pour moi, deux plus minces pour ta tante, répondit l'oncle.

— Tu sortiras la graisse de rôti et la confiture de fraises, ordonna Florida. Coudonc, qu'est-ce que tu fais avec ce châle-là sur le dos?

— Je l'ai déniché dans un tiroir de ma commode, matante. Il a dû être oublié là.

Florida s'avança vers sa nièce.

— Ça vient de ta grand-mère Grandbois. Donne-moi-le que je le remette avec les autres morceaux dans le coffre de cèdre, dit-elle indélicatement en découvrant les épaules de la jeune fille.

D'un air résigné, Simone se mit à couper le pain pour le faire dorer sur le poêle et servit le café bouillant. La fermière reparut et s'assit à la table avec son mari.

— Tu as dû comprendre qu'on pouvait pas t'emmener à la messe à matin, expliqua Elzéar, répandant la graisse de rôti sur son pain grillé. Faut pas que tout le village sache qu'on héberge une dévergondée dans notre chaumière.

— Une fille de petite vertu! corrigea la tante avec complaisance.

— C'est du pareil au même, Florida. Ces filles-là sont toutes délurées. Ben plus que dans notre temps…

— Prétendez-vous que je suis une guidoune? coupa Simone. Au restaurant, j'ai souvent fait de l'œil à ben des garçons puis des hommes mariés, mais j'ai jamais couché avec personne d'autre que celui qui est maintenant mon mari, si vous voulez savoir. À part de ça, vous qui revenez de l'église, comment faites-vous pour loger une femme de mauvaise vie sous votre toit sans avoir des problèmes de conscience?

— T'es devenue la honte de ta famille et c'était impensable que tu vives avec elle, clama Grandbois, éludant la question. C'est rien d'autre que notre charité chrétienne qui justifie notre geste. Coudonc, dit-il en déposant son couteau avec fracas sur la table, veux-tu la faire mourir, ma sœur Émilienne? C'est ça que tu veux, hein, Simone?

— Pas plus tard qu'aujourd'hui, je vas me rendre à pied au magasin général du village pour téléphoner en ville, déclara la jeune fille.

— Tu iras pas au village, ma noire, l'interdit la tante Florida. Si tu te montres le moindrement le bout du nez à Ange-Gardien, tout le monde va déduire assez vite que t'es une fille venue dans la parenté pour accoucher d'un bâtard.

— Mon enfant sera pas un bâtard, matante! Combien de fois je devrai vous répéter que je suis mariée? Vous devriez le savoir puisque vous avez assisté au mariage, hier. En tout cas, si je peux pas aller au village, vous m'empêcherez quand même pas d'aller prendre l'air dans les champs!

— T'es ben mieux d'y aller à matin, parce qu'on va avoir de la visite après-midi, informa le fermier. La sœur de ta tante et son mari vont venir aux nouvelles. Ils veulent savoir comment s'est passé notre voyage à l'Oratoire, et ta présence dans la maison doit demeurer secrète…

— C'est du mensonge d'un bout à l'autre, mon oncle. Vous êtes même pas allés à l'Oratoire hier, même si vous étiez avec Placide.

Hors d'elle-même, Simone alla se poster à la fenêtre et regardait le chemin qui conduisait au village en se mordillant les lèvres.

— Tu boudes, ma noire? demanda la femme acariâtre.

— Trompe-toi pas, Florida, c'est son père qui fait du boudin, gouailla le cultivateur.

Simone se retourna brusquement.

— J'attends tout simplement que vous ayez fini de manger pour faire la vaisselle, rétorqua-t-elle.

Les fermiers achevèrent leur repas. Simone vida la table, récura la vaisselle.

— Asteure, ma noire, tu peux aller vider l'eau du plat au bout de la galerie, lui intima la tante.

La pensionnaire se couvrit de son manteau et passa le seuil. Sitôt qu'elle fut sur la galerie, surgissant entre l'écurie et le poulailler, Rex s'approcha d'elle, mendiant des caresses. Elle s'assit dans les marches de l'escalier et contempla le paysage bucolique des morceaux de terre en friche et des labours que les rayons bas du soleil d'automne chatouillaient avec une ardeur faiblissante. Le vent charria une puanteur de fumier qui l'incommoda. Elle se leva et, suivie par Rex qui lui collait aux fesses, elle emprunta le chemin des vaches en louvoyant entre les fondrières que la pluie avait creusées, jusqu'à ce qu'elle se sente loin de la maison, loin de son oncle et de sa tante, loin de ceux qui, pour la première fois de sa vie, la retenaient prisonnière. Dans un dernier effort, elle gravit la petite colline. Une légère brise lui caressant le visage lui remémora la douceur du souffle de David sur sa peau. Elle aurait aimé prolonger cet instant de bonheur, mais les entraves s'étaient posées sur sa voie et l'avaient empêchée de tisser son destin. Là-bas, derrière elle, on la considérait maintenant comme une servante et on la réclamerait. Elle reprit sa route et regagna la maison, un peu avant le dîner.

Après le repas, elle alla vider l'eau de la vaisselle au bout de la galerie et revint près de sa tante alors que son oncle chiquait du tabac dans sa berçante en écoutant une pièce du piano mécanique.

— Tu te rappelles ce qu'on t'a dit, ma noire ? s'enquit la fermière.

— Oui ! Je dois m'isoler et pas faire de bruit de tout l'après-midi. Je serai muette comme une tombe…

En soufflant ces derniers mots, elle se sourit à elle-même en pensant à David, le fabricant de cercueils.

— Auriez-vous du papier à lettres, ma tante ? demanda-t-elle.

— Pour quoi faire ?

— Tu sais ben que c'est pour écrire à son petit mari, Florida, mâchouilla le fermier, avant d'expectorer un formidable graillon de matières visqueuses à côté du crachoir.

Florida sembla soupeser la requête avant de répondre en fixant sa nièce d'un regard sardonique.

— On va dire que oui, acquiesça-t-elle finalement.

La tante apporta le nécessaire et la jeune fille monta à sa chambre. Le mobilier restreint ne comportant pas de secrétaire, elle ferait preuve de débrouillardise. Assise, sa petite valise cartonnée posée à plat sur ses cuisses, elle s'installa en s'appuyant le dos à la tête de son lit et commença à réfléchir.

En fait, Simone n'avait jamais écrit à personne. Tout au plus avait-elle rédigé quelques phrases à l'heure de la composition qu'elle avait tant exécrée à l'école. Contrairement à Marcel, qui devait se débattre avec les chiffres et les lettres de l'alphabet qui apparaissaient curieusement dans ses livres de mathématiques, elle n'avait jamais été douée pour le français. Elle le trouvait bien tenace de persévérer dans l'incompréhension des choses abstraites, elle qui n'avait pas dépassé le seuil du primaire avec les religieuses. Elle se souvenait d'ailleurs de ses moments d'indiscipline pendant la classe de français de sœur Zéphyrine du Calvaire qui l'avait séquestrée en pénitence, suffocante sous son bureau, et les instants de jouissance que la religieuse avait dû en retirer à la garder captive sous ses larges jupes. Elle débuta un peu pompeusement :

Mon très cher époux…

Puis elle souleva la plume, ne sachant quoi écrire, oubliant plutôt par où elle voulait commencer. Pourtant, elle avait tant à dire, tant à raconter depuis son départ de Montréal. Elle avait mis de l'ordre dans ses idées lors de sa promenade matinale. Tout semblait clair : les faits à relater, les souvenirs à évoquer, les sentiments à partager. Et cette rage qui lui était montée au cœur de se voir séparée de David et soumise à une autorité qui lui infligeait des brimades contre lesquelles elle savait si peu se défendre, finalement. Ses parents n'avaient vraiment jamais eu la main haute sur elle et les clients savaient à quoi s'en tenir avec Simone Sansoucy, qui avait la réplique facile et qui les éloignait lorsqu'ils s'approchaient un peu trop près de sa poitrine bien galbée…

«Wô! Catin, wô!» entendit Simone. Un hennissement prolongé suivit. Elle se rendit à la fenêtre. Debout dans un cabriolet, un homme maigre à la figure étirée enroulait les rênes de son cheval autour de la cravache plantée devant lui et s'apprêtait à descendre avec une petite femme au visage chafouin, le cou engoncé dans son col relevé. En bas, l'oncle Elzéar ouvrit. On entendit des mots de bienvenue. Simone alla entrebâiller sa porte.

Au début, la conversation sembla ennuyante. Simone se rassit en tailleur dans son lit et feuilleta un des catalogues périmés de Dupuis Frères abandonnés dans le fond du placard. Les vêtements démodés et les coiffures trop élégantes à son goût la firent pouffer de rires, qu'elle s'empressa d'étouffer de sa main. Mais son nom vint à son oreille et résonna comme une clochette à son cou. Florida relata le mariage intime célébré dans la sacristie et la noce plus qu'ordinaire qui avait suivi à la maison. Et après une journée de vie commune, elle transmettait à sa sœur Délima ses commentaires peu élogieux sur la fille de son beau-frère.

— Elle est pas facile à vivre, la gueuse, décréta la tante Florida. On a beau essayer de la redresser, on a du pain sur la planche, je vous jure. Parfois elle nous résiste, je comprends que ses parents voulaient pas la supporter tout le temps de sa grossesse. Ces enfants gâtés là sont habitués à se faire servir. Si on la laissait faire, elle ferait rien d'autre que de s'affaler toute la journée. Pensez-vous qu'on va la plaindre et faire ses quatre volontés? Détrompez-vous…

— T'exagères pas un peu, Florida? Elle est pas si difficile que ça, notre nièce, rétablit l'hôte.

— Si je t'écoutais, Elzéar, on céderait à ses caprices comme notre beau-frère Théodore. On dirait qu'il l'a en admiration, sa fille. Et puis je te trouve ben tolérant avec elle, des fois.

Rabattu par sa femme, Elzéar commença à parler de politique provinciale et des labours d'automne avec Gédéon.

— Je te souhaite la meilleure des chances avec elle, Florida, conclut la sœur.

— Asteure que je t'ai raconté ça, tiens ta langue, Délima. Sinon la nouvelle va se répandre comme une épidémie dans la paroisse.

* * *

Lundi matin, jour de lavage. La pensionnaire avait été prévenue de se vêtir de sa robe la plus vieillotte, de mettre un tablier et de relever ses cheveux en chignon. Une cuve d'eau chauffait sur le poêle. Les vêtements sales étaient séparés en tas sur le prélart de la cuisine et n'attendaient que le moment choisi par la ménagère pour être débarrassés de leur crasse.

— Tasse-toi, Simone, je vais rentrer la laveuse.

Une robe légère sur le dos, Florida sortit sur la galerie et fit rouler à l'intérieur la lourde machine à laver entreposée dehors durant la belle saison. L'engin, constitué d'une cuve en bois et d'un agitateur actionné manuellement par une manivelle, fut poussé à proximité du poêle. Puis la ménagère déposa dans la cuvette un carré de bleu à nettoyer.

— Asteure, tandis que t'es là, au lieu de me regarder faire, aide-moi donc à soulever la cuve d'eau chaude.

— Vous ne videz pas tout ? demanda candidement Simone.

— Ben non, innocente, il faut en garder pour le rinçage ! Pendant que je vais laver le blanc, tu vas frotter le linge trop sale avec mon pain de savon du pays.

Simone semblait désemparée devant la besogne à exécuter.

— Jamais je croirai que t'as pas vu faire ta mère ! s'exaspéra Florida. Regarde-moi ben…

La ménagère alla quérir la planche à laver et la plongea dans la cuve installée sur un banc, et, avec son morceau de savon, se mit à décrasser énergiquement le linge après l'avoir mouillé.

Simone passa une demi-heure à enlever les taches rebelles. En plus d'être éreintée, elle avait les jointures usées. La domestique songeait à la lettre qu'elle avait écrite d'un trait après le départ des visiteurs la veille. Elle s'arrêta, s'essuya les mains sur son tablier et sortit une enveloppe de son corsage qu'elle brandit devant sa tante.

— J'ai une petite faveur à vous demander, dit-elle, arborant un sourire gêné. Est-ce que mon oncle Elzéar pourra poster cette lettre aujourd'hui en allant au village ?

— As-tu de quoi payer la poste ? Ton père nous a promis de verser une petite pension pour nous dédommager, mais faudrait pas exagérer.

— J'ai apporté quelques sous pour mes petites dépenses, matante. Et comme je sors pas de la cour, il y a pas grand chance que je fasse des folies...

Florida déposa la lettre de sa nièce, bien en vue sur la table, et se mit à tendre deux cordes qui traversaient la cuisine au-dessus du poêle.

— Pendant que je vais faire ma deuxième brassée, tu vas étendre le blanc, ordonna-t-elle.

La corvée de la lessive terminée, la machine à laver avait été remisée sous l'escalier. Simone étendit la deuxième cordée en pensant que son David aurait bientôt de ses nouvelles. Cependant, elle mijotait une autre demande qui la mettait un peu dans l'embarras.

— Quand est-ce, matante, que je pourrai prendre mon bain ? Chez moi, c'était au moins trois fois par semaine...

— Ici, c'est pas pareil, ma noire, on a coutume de le prendre une fois par semaine, le samedi soir, de préférence. Mais là, on a dû le devancer d'une journée parce que ton oncle et moi, on est allés aux noces, figure-toi donc…

— Je peux ou je peux pas, décidez-vous, matante! lança impérieusement Simone.

— Tu me parleras pas sur ce ton-là, ma fille! s'emporta la ménagère.

À ce moment, le fermier entra. Il venait de soigner les poules.

— Vous m'avez l'air de deux coqs montés sur leurs ergots, dit-il.

— Madame O'Hagan veut prendre un bain, Elzéar.

— Puis, Florida, en quoi c'est un problème?

— On est toujours ben pas pour lui grimper de l'eau chaude dans sa chambre.

— C'est sûr que non, Florida. Faut juste placer la cuve de fer-blanc près du poêle comme d'habitude et installer un drap devant, c'est tout. De toute façon, que ce soit aujourd'hui ou samedi, faut quand même trouver une solution pour que notre nièce garde son intimité quand elle prend son bain.

Le mari avait eu raison. Mais sa femme avait sourcillé à la pensée qu'elle avait promis une visite de courtoisie à sa voisine en soirée. Les yeux d'Elzéar s'attardèrent sur le joli petit ventre maternel de sa nièce et sur sa silhouette désirable. Florida s'en aperçut.

— Simone, plutôt que d'attendre que ton linge te pète sur le dos, tu devrais prendre du temps pour t'ajuster une couple de robes.

Le regard d'Elzéar se déporta sur le coin de la table.

— C'est quoi, cette enveloppe-là? s'enquit-il.

Il s'empara de la lettre et balbutia des bribes de l'adresse:

— David O'Hagan, avenue Jeanne-d'Arc, Montréal.

La ménagère réalisa qu'elle devait saisir l'occasion pour instruire son mari à l'insu de sa nièce.

— Va donc chercher tes robes et le panier à ouvrage, Simone. Tant qu'à y être, descends aussi un peu d'argent pour acheter le timbre…

La jeune femme parut se douter d'une quelconque machination de sa tante. Néanmoins, elle obtempéra à sa proposition, mais elle se retourna en amorçant la montée de l'escalier. Florida entraînait son mari près de la porte de sortie, lui murmurant quelques paroles que la jeune fille ne put discerner. Dès lors, un grain de méfiance fut semé dans son esprit.

La faim tenaillait les estomacs de la maisonnée. Florida avait résolu que sa nièce avait suffisamment paressé dans sa chambre à l'ajustement de ses robes écourtichées d'aguicheuse et de serveuse de *snack-bar* pour la laisser fainéanter une minute de plus. Au cours de l'après-midi, son mari était allé au village et revenait de faire son train. Il rentra avec une terrine d'œufs frais. Elle réquisitionna sa nièce pour le souper.

— À soir, on mange une omelette, dit-elle en déposant six gros œufs sur le comptoir. Va donc me chercher un peu d'échalotes.

Simone se sentit défaillir. Elle redoutait cette descente dans les entrailles de la maison.

— Maman ne met pas d'échalotes dans son omelette, affirma-t-elle.

— Ben nous autres, on en met, ma noire!

Simone accusa sans autre réplique la répartie de sa tante. Elle alla au poêle pour allumer la lampe et progressa docilement vers l'escalier. Les chats de la maison la rejoignirent aussitôt. Les repoussant énergiquement du pied, elle souleva lentement la trappe en s'imaginant la grouillante vermine qui les dévorerait, elle et son enfant. Puis elle entreprit de s'engager à reculons, se retenant d'une main par les marches étroites.

Au pied des degrés, balayant l'air humide de sa lampe, elle repéra le carreau de légumes.

— Coudonc, Simone, arrives-tu ? s'écria la ménagère. J'ai envie de souper de bonne heure.

La jeune femme s'empara rapidement d'une botte d'échalotes qu'elle enserra à sa ceinture, remonta aussi vite qu'elle le put en effrayant les petits félins.

Le souffle court, Simone déposa la lampe et referma la trappe. Au comptoir, Florida avait cassé les œufs dans un grand bol et coupé des tranches de lard. D'un air impatient, elle fixa sa nièce.

— Lave-les, que je les épluche, ordonna-t-elle sèchement.

Dans sa chaise berçante, Elzéar surveillait la scène avec intérêt.

— Quand ben même que t'arriverais un quart d'heure en retard à ta rencontre de fermières, ils te mettront pas dehors, lança-t-il.

Florida commençait à couper une échalote en rondelles.

— Tu vois ça ? demanda la tante, indiquant avec son couteau le sac au bord de la porte.

Simone regarda le cabas en paille tressée de grande contenance.

— Il y a plein de retailles de toutes les couleurs là-dedans, expliqua sa tante sur un ton plus amène. Ta grand-mère Grandbois en avait accumulé dans les tiroirs d'une commode. J'ai décidé d'apprendre à faire des courtepointes. Je te cacherai pas que c'est ben plus pour sortir de la maison que j'ai accepté l'invitation de Délima.

Elzéar ne pouvait détacher son regard de l'aguichante jeune mariée. Bientôt il serait seul avec elle…

— Plutôt que de rien faire, mon mari, tu devrais voir à l'installation pour le bain, commenta Florida. Mais lave-toi les mains, avant de toucher à mon drap blanc.

L'homme se leva de sa berçante, fit un brin de toilette avec une brosse et le savon du pays posés sur le dosseret de l'évier de cuisine, et essuya ses mains épaisses sur une grosse serviette en toile de lin.

Florida avait mis un drap replié sur une chaise. Elzéar alla quérir un marteau et des clous qu'il gardait dans un coffre avec quelques outils dans le bas de l'armoire et, tirant une chaise dans un coin de la cuisine, se mit en frais d'installer une corde à des solives du plafond. Puis il suspendit la pièce de tissu, en la faisant tenir par des épingles à linge.

Pendant ce temps, la ménagère surveillait la cuisson de l'omelette et, pensive, Simone dressait la table en songeant à la lettre que lirait David dans quelques jours. Puis elle se prit à suspecter les véritables intentions de sa tante…

— On soupe! annonça la cuisinière.

Alors que sa femme taillait des portions d'omelette, Elzéar se déchirait un morceau de pain qu'il beurra généreusement.

— Le marchand a dû vous poser des questions au magasin général, mononcle, observa Simone.

— Quoi donc?

— T'as ben posté la lettre de ta nièce, Elzéar?

— Euh! Ben oui, voyons, répondit le fermier. Je suis pas allé au village juste pour ça, mais c'était la principale raison de mon déplacement, ricana-t-il nerveusement.

— Ta nièce veut savoir si on peut compter sur monsieur Cloutier, précisa Florida. Il a ben dû s'apercevoir qu'il connaissait pas l'adresse ni le destinataire de la lettre.

— Avec Cloutier, on est comme avec le prêtre : il y a rien qui sort du confessionnal, répondit-il, satisfait de sa lumineuse comparaison. Et puis, comme de raison, il a ben fallu que je lui dise que ça se pouvait qu'on reçoive du courrier inhabituel.

— Ben entendu, Elzéar, ça prend pas beaucoup de jarnigoine pour comprendre ça, commenta Florida, visiblement étonnée de la trouvaille de son mari.

Après le souper, pour ne pas retarder indûment sa femme, Elzéar offrit d'atteler la pouliche gris souris à la voiture. Quand il revint, la vaisselle achevait et de l'eau chauffait sur le poêle.

— Tes amies vont t'attendre, Florida, mentionna Elzéar.

Florida revêtit son manteau, empoigna son fourre-tout et traversa le seuil. Elzéar s'empressa à la fenêtre et, le front appuyé aux croisillons, regardait sa femme détacher les rênes de la rambarde de la galerie et monter dans la carriole.

— Il fait chaud ici dedans ! affirma l'oncle en glissant les pouces sous les larges bretelles rouges qui retenaient ses culottes.

— C'est normal avec ce qui chauffe sur le poêle, rétorqua Simone.

Les bretelles flottaient à présent sur les flancs du fermier. Le front en sueur, frémissant, il déboutonna sa chemise s'ouvrant sur le scapulaire – deux petits morceaux d'étoffe bénits réunis par des cordons – qui ornait sa camisole. Puis il agrippa un bassin d'eau chaude qui gargouillait à gros bouillons pour aller le transvider dans la cuve derrière le drap qui tenait lieu de cloison.

— Je vais vider l'autre et ensuite on mettra quelques bassines d'eau froide.

Une fois l'opération exécutée, l'oncle se tenait debout près de la cuvette, les mains sur les hanches.

— Pour le reste, je devrais pas avoir besoin de votre aide, mononcle, plaisanta Simone. Matante m'a donné tout ce qu'il faut pour me laver et m'essuyer. Il manque que ma robe de nuit.

Elzéar esquissa un sourire mi-figue, mi-raisin et, pour réprimer les pulsions sexuelles qui le démangeaient, il saisit le premier chat qui musardait dans les parages et alla s'asseoir dans sa berçante pour le flatter.

Quelques minutes plus tard, la pensionnaire descendit en jaquette, les cheveux relevés, s'achemina vers la salle de bain de fortune pour s'enfoncer dans la cuvette d'eau savonneuse.

Le fermier se berçait de plus en plus énergiquement. Il mâchouillait une énorme chique de tabac, en retenant sur lui la petite bête qui voulait se sauver. Derrière le paravent improvisé, Simone laissa couler à ses pieds sa robe de nuit le long de son corps et s'assit dans la cuve, heureuse de pouvoir se tremper dans une eau bienfaisante.

Elle frissonna. La chaleur du poêle diminuait et ne l'atteignait plus autant dans le coin de la cuisine. Elle s'empressa de se laver le buste et le visage.

Elzéar n'en pouvait plus de se retenir. Il songea à s'embusquer au bout du paravent, mais se ravisa. Ses doigts se crispaient sur l'animal dans ses efforts pour chasser le démon de la concupiscence. Soudain, le chat se débattit en poussant un miaulement plaintif et s'élança follement vers le rideau séparateur, qui décrocha brusquement du plafond.

— Ah ben, maudite marde! s'écria Simone, étirant la main pour saisir sa serviette.

Sur le coup, le fermier s'était levé de sa berçante et, les sens éperdus, cherchait la moindre parcelle de chair découverte à offrir à son œil avide. Mais sa nièce, le regard ahuri, pressait contre ses seins volumineux son linge taponné.

— De grâce, mononcle, revirez-vous de bord! supplia-t-elle d'une voix altérée.

— C'est la faute du chat, je n'y pouvais rien, ma nièce, se défendit mollement Elzéar en restant planté debout.

— Ben là, ça dépend pas du chat si vous me dévisagez de même. Faites donc ce que je vous demande, vieux vicieux!

— Elle est pas commode, la petite Simone…

— Si vous pensiez abuser de moi, détrompez-vous, protesta-t-elle.

Piqué au vif par sa cuisante déconvenue, le fermier se retourna, s'en fut à la porte et sortit pour se refroidir les sangs.

Le temps de le dire, Simone posa le pied sur le linoléum, s'essuya le corps et enfila sa jaquette avant de déguerpir de la cuisine et gravir les marches qui menaient à sa chambre.

Au bout de la galerie, le voyeur avait déboutonné sa braguette et se soulageait de ses tensions sexuelles.

* * *

Le lendemain, au déjeuner, Florida était d'excellente humeur. Son mari l'avait honorée avec une ardeur qu'elle ne lui avait pas connue depuis longtemps. Elle raconta à sa nièce sa soirée de la veille avec les fermières du rang. Elle avait appris les rudiments de la confection de courtepointes et les rumeurs qui se propageaient dans les chaumières. Cependant, rien n'avait émané du secret qu'elle partageait à présent avec Délima. Même s'il lui brûlait de répandre l'information, elle savait pertinemment que les paroissiens pourraient colporter faussement la nouvelle et qu'elle risquait ensuite d'avoir à éteindre le feu qu'elle aurait elle-même allumé.

— C'est aujourd'hui que tu m'accompagnes à l'étable, Simone, annonça l'oncle d'une voix impérieuse.

— Ah, non! Pas le train, rétorqua insolemment la jeune fille. Vos vaches devront se passer de moi. Et puis j'ai pas envie de sentir le fumier et je veux pas être obligée de prendre mon bain chaque jour.

— Veux-tu insinuer qu'on sent mauvais à la campagne? s'offusqua Florida.

— J'ai rien insinué, se défendit Simone.

L'air éminemment blessé par le commentaire méprisant de sa nièce, Florida déclara orageusement:

— Si je me retenais pas, t'en mangerais toute une, ma noire. Monte dans ta chambre, puis va réfléchir le reste de l'avant-midi.

— Je suis plus une enfant pour vous écouter, matante, mais je vais monter pareil, soutint Simone, avant de gravir l'escalier avec fracas.

La tante se leva prestement et s'avança au pied des marches. Puis, les poings sur les hanches, elle vociféra:

— C'est ça, va donc faire la baboune au deuxième, dit-elle, indignée. As-tu déjà vu ça?

Elzéar but d'un trait le reste de son café et déposa bruyamment sa tasse.

— Si c'était rien que de moi, Florida, je te reconduirais ça tout de suite à Montréal, décréta-t-il.

Il enfila sa salopette et partit pour l'étable pendant que sa femme ramassait la vaisselle sale en marmonnant des imprécations contre leur nièce.

Simone avait refermé sans ménagement la porte derrière elle et s'était jetée sur son lit. La rage trop forte avait endigué son flot de larmes, mais sa colère n'en était pas moins grande. Déjà elle n'avait pu éviter l'isolement à la campagne, loin de son mari, loin de sa famille ; elle devait à présent subir la contrainte de l'enfermement, en pénitence dans sa chambre. Elle regretta presque d'avoir désobéi à son oncle. Mais elle avait redouté ses regards lascifs et pleins de convoitise. Il l'avait détaillée avec des yeux dévorants et un air qui l'avait intimidée. Bien pire : elle avait eu le sentiment d'avoir été violée. Non, elle n'allait pas demeurer une heure de plus dans cette infâme prison, à se soumettre à la domination de ses geôliers ! « Au diable les qu'en-dira-t-on ! », Simone Sansoucy paraîtrait au village. Elle se leva et ouvrit la porte du placard.

La pensionnaire venait de larguer pêle-mêle ses vêtements dans sa valise et de les couvrir de ses paires de souliers. Il ne restait que quelques robes jetées sur le lit. Assise sur le couvercle de sa valise, elle allait boucler son bagage quand le temps s'assombrit. Elle se rendit à la fenêtre. « Je peux pas croire ! » s'exclama-t-elle. Une forte pluie poussée par le vent cinglait les carreaux et s'abattait avec violence sur les bâtiments. « Maudite marde ! Il pleut bien trop pour m'en aller à pied. Des plans pour attraper mon coup de mort ! »

La pluie battante était à présent zébrée d'éclairs et assourdie d'effroyables coups de tonnerre. La recluse avait déposé sa valise au bord de la porte et attendait que le ciel décolère. Elle s'alluma une Buckingham puis feuilleta machinalement un catalogue de Dupuis Frères, absorbée par des pensées brèves et fuyantes. Une fois rendue au magasin général, elle trouverait bien un fermier compatissant qui la conduirait à Saint-Césaire pour prendre le train. Elle créerait toute une surprise à ses parents, qui verraient la jeune mariée ressurgir du fond de sa campagne, fermement résolue à ne plus y retourner. Ils sauraient comment on la traitait, le peu de considération qu'on lui avait manifestée. Son père n'aurait d'autre choix que de revenir sur sa décision.

La matinée filait et ses chances de quitter la maison avant le dîner s'amenuisaient. Les nuages n'avaient pas cessé de déverser leurs trombes d'eau. Simone eut faim. Elle se posta à la fenêtre pour tromper son appétit. La vitre s'était embuée. Comme une enfant indocile à qui on avait maintes fois interdit de barbouiller les carreaux, elle esquissa un croquis de son index. Mais elle ne parvenait pas à dessiner les traits de David, beaucoup plus beau, infiniment plus séduisant. Déçue, elle passa la paume de sa main pour les faire disparaître. Elle allait regagner piteusement son lit quand Rex aboya et une lueur de phares balaya les murs des bâtiments. Des portes claquèrent et des pas se précipitèrent vers la maison. «David!» s'écria-t-elle. En un rien de temps, elle avait empoigné son bagage, franchi le seuil et dévalé l'escalier.

— David! s'exclama-t-elle en déposant sa valise. Comment ça se fait que t'es là?

Elle laissa tomber ses robes sur son bagage et se projeta vers lui. Autour des amoureux qui s'embrassaient dans une étreinte pleine d'effusion, Léandre souriait au bonheur retrouvé de sa sœur, Florida et son mari demeuraient la bouche béante d'hébétude.

— J'en pouvais plus, Simone, ces trois jours m'ont paru une éternité, exprima le jeune mari. Et ta valise est déjà prête…

— Je t'expliquerai…

Exultant, David entoura sa femme de ses bras d'artisan et la souleva avant de la déposer, complètement transportée.

Simone se tourna vers son frère.

— J'ai emprunté la machine de l'oncle Albert de Paulette, murmura-t-il avec ravissement.

— Puis t'as réussi à prendre congé, en pleine semaine de travail, commenta-t-elle.

— Le père a pas eu ben le choix quand je lui ai dit que rien ne m'empêcherait de venir chercher ma petite sœur à Ange-Gardien.

Insultée qu'on ait envahi sa maison sans même frapper à la porte, Florida intervint :

— Puis nous autres, on est pas des cotons ! T'aurais pu nous dire bonjour, Léandre Sansoucy.

— D'après ce que je peux voir, il est pas plus éduqué que sa sœur, renchérit sèchement Elzéar.

La pensionnaire jeta un œil réprobateur à son oncle.

— Je sais pas qui est le plus mal élevé de la gang ? lança la nièce, la lèvre tordue.

Une ombre d'embarras assombrit le front du fermier et lui cloua le bec. La jeune fille décocha un regard accusateur à ses hôtes et s'adressa à ceux qui venaient la chercher. Elle s'emporta :

— J'en ai assez de passer pour une dévergondée de la grande ville, une fille à dresser comme si j'étais un cheval sauvage, puis je suis tannée de les avoir sur le dos, ces deux-là, maudite marde ! débita-t-elle. Venez-vous-en, les gars, ordonna-t-elle, avant d'ouvrir énergiquement la porte.

Sur la galerie, sous l'œil inquiet de Rex, Simone attendait qu'on la rejoigne pour descendre les marches.

La valise au poing et les robes sur le bras, David sortit à la suite de Léandre. Sa femme se blottit contre lui. La pluie diluvienne mouillait les chaussures, incitant à reculer près du mur de la maison. Après un moment d'hésitation, sous les aboiements éperdus du chien, ils s'engouffrèrent vitement dans la Ford, qui exécuta un demi-tour et quitta promptement la propriété des Grandbois.

Ils n'étaient pas aussitôt parvenus au village que Simone voulut combler son besoin de fumer.

— Il faut absolument qu'on s'arrête pour acheter des cigarettes, les gars, déclara Simone. Et puis je veux savoir ce qui en est de la lettre que j'ai confiée à mon oncle.

— On peut pas s'arrêter ben ben longtemps, affirma Léandre. J'ai promis au père qu'on serait de retour pour le dîner.

— OK ! dit la jeune fille.

La Ford se gara devant le magasin général.

Escortée par les deux garçons, Simone entra dans le commerce enfumé. Dans un coin, cartes à la main, quatre fumeurs sexagénaires attablés se mirent à la reluquer. L'un d'eux, un gros homme chauve portant un tablier, se leva et se rendit derrière le comptoir. Puis il rabaissa la planche à bascule qui barrait maintenant le passage.

— Qu'est-ce qu'on peut faire pour vous, mademoiselle ? s'enquit-il.

— Un paquet de Buckingham, monsieur.

Léandre promena avec curiosité son regard sur la variété de produits de consommation offerts. On pouvait trouver des clous et du pétrole aussi bien que de la viande, des épices et des conserves. L'employé de l'épicerie Sansoucy remarqua l'échelle appuyée contre les hautes tablettes pour atteindre les denrées moins courantes et les nombreux barils qui jonchaient le plancher. Pour sa part, David se tenait un peu en retrait de sa femme et paraissait embarrassé par la question qu'elle allait poser au maître de poste.

Le marchand servit avec diligence sa nouvelle cliente, qui régla aussitôt.

— Vous êtes pas de la place, hein ?

— Je suis une fille de la ville venue faire un petit séjour chez son oncle, expliqua-t-elle, l'air intrigant.

Le nouveau mari parut gêné par la réponse de son épouse.

Repensant à la lettre qu'elle avait adressée à David, Simone s'assura qu'elle soutenait l'attention des joueurs de cartes.

— J'ai autre chose à vous demander, proféra Simone en fixant le courrier dans les casiers.

Les sourcils interrogatifs, le commerçant se redressa.

— Ma lettre est-elle partie pour Montréal, oui ou non? demanda sa cliente.

— De quoi parlez-vous, mademoiselle?

— Pas plus tard qu'hier, mon oncle Elzéar Grandbois devait maller une enveloppe pour David O'Hagan, mon mari.

— Votre oncle est bel et bien venu ici hier, mais il n'avait rien à expédier, répondit le maître de poste.

La jeune fille se retourna vers les siens.

— Je vous l'avais ben dit, les gars! s'emporta-t-elle. Je savais que je pouvais pas me fier à cet écœurant-là.

— Puis matante est pas plus fine, ajouta Léandre.

— Je pense même que ce doit être son idée, précisa Simone avant de franchir le seuil du commerce, entraînant Léandre et son mari.

Les spectateurs du magasin avaient suivi la scène sans trop comprendre les propos étranges de la jeune fille et la présence des deux jeunes hommes qui l'accompagnaient. D'ailleurs, l'un d'entre eux semblait être son conjoint. Mais chose certaine, les joueurs se promettaient de demander des éclaircissements au fermier du rang Séraphine.

Chemin faisant, le temps parut moins chagrin. Comme par enchantement, le soleil se ragaillardissait et déversait ses paillettes dorées sur les trois passagers de la Ford. C'était de bon augure. Entre des regards croisés et de chastes périodes d'embrassades avec son époux, la fugitive fredonnait «Blue Moon», sa chanson préférée. Puis elle s'arrêta, soudainement inquiétée par ce qui l'attendait. Elle s'enquit des dispositions de son père auprès du conducteur. L'épicier réaliserait que son retour à la maison n'était pas une simple escapade : elle revenait pour de bon. Et les parents de David n'étant pas prêts à accueillir le petit couple, la maisonnée des Sansoucy devrait le loger coûte que coûte.

Chapitre 7

Théodore Sansoucy était affairé à la fabrication de saucisses dans un recoin de sa boucherie. À tout moment, il délaissait son ouvrage en bougonnant et allait répondre au téléphone ou servir une cliente avant de reprendre ce qu'il avait entrepris. Dans une grande cuve, des tripes retournées à l'envers trempaient dans une eau tiède que le boucher devait changer jusqu'à ce qu'elle reste claire. L'opération nécessitait plusieurs étapes, mais les boyaux ainsi nettoyés permettraient d'envelopper la viande assaisonnée. La chair de saucisse était ensuite poussée dans les tripes attachées à un petit moulin à manivelle. À chaque six pouces, le charcutier tordait la tripe, qui s'ajoutait ainsi au long chapelet de saucisses.

Léandre avait déposé les jeunes mariés devant l'épicerie de la rue Adam et filait vers le garage de l'oncle Albert. Avant de regagner le logement, Simone résolut de saluer son père. David la suivit docilement, portant la brassée de linge repliée sur la valise de sa femme. Elle parut au comptoir des viandes, rayonnante de bonheur. Littéralement abasourdi de voir surgir sa fille dans son commerce, Sansoucy s'empressa d'en finir avec sa cliente.

— Tenez, madame Robidoux, votre paquet de *baloney*.

La cliente aperçut la jeune fille resplendissante dans son manteau de drap noir qui lui allait à mi-cuisses et le garçon embarrassé de bagages visiblement mal à l'aise.

— Tiens, une revenante d'outre-tombe avec son mari le fossoyeur ! s'exclama madame Robidoux.

— David n'est pas fossoyeur, vous devriez le savoir, rétorqua la mariée. Il est fabricant de cercueils, c'est pas pareil pantoute.

— En tout cas, le beau Léandre, ton frère, avait essayé de nous faire des accroires. Supposément que tu rentrais au couvent pour recevoir une bonne éducation chez les religieuses. Mais c'est pas vrai pantoute! Au cas où tu le saurais pas – parce que t'étais dans les nuages ce jour-là –, on était plusieurs voisines du quartier en arrière de l'église quand tu t'es mariée en cachette dans la sacristie samedi passé. Je gage que t'es allée rester dans la parenté quelque part dans un coin perdu.

— Ça m'étonne que vous ayez pas su où on m'a enfermée, madame Robidoux, cracha Simone. Ben je vais vous le dire.

La jeune épouse se tourna vers son père, prenant à témoin son mari qui la couvait silencieusement du regard.

— J'étais à la campagne chez mon oncle Elzéar – le frère de ma mère – pour le temps de ma grossesse, supposément, puis ça a mal tourné pour toutes sortes de raisons que vous saurez pas parce que c'est pas de vos maudites affaires, madame Robidoux!

— Ah! parce que madame est enceinte, asteure…

— Faites donc pas l'hypocrite, madame Robidoux! poursuivit Simone. À votre âge, vous devez ben savoir que les mariages de sacristie de bonne heure le matin, ça cache des gros mensonges. Faites pas l'innocente…

La cliente prit un air de vierge offensée et se tourna vers le boucher.

— Ben là, monsieur Sansoucy, dites quelque chose, ma foi du bon Dieu!

— Ça va faire, Simone, bredouilla son père. Va donc voir ta mère…

— Ah ben viarge, c'est le boutte! proféra l'adolescente, avant de pivoter sur elle-même et de quitter le commerce avec David.

Furieuse, la nouvelle mariée monta bruyamment les marches de l'escalier et parut dans l'appartement, en proie à une grande agitation. À un bout de la table, Alida épluchait des légumes et Héloïse activait le feu du poêle. Assise dans la berçante, un gros bol en grès posé sur elle, Émilienne touillait une pâte à gâteau.

— Simone! Ma petite! Viens ici que je t'embrasse, s'exclama-t-elle.

— Tu vois ben qu'elle est grimpée dans les rideaux, ta fille, intervint la tante Héloïse. C'est pas le temps de lui faire des mamours…

Outrepassant la recommandation de sa sœur, Émilienne se leva sur ses jambes variqueuses et s'approcha de sa fille.

— Qu'est-ce qui va pas, ma belle? demanda Émilienne avec une intonation douceâtre. Je pensais que tu serais heureuse de revenir à la maison.

Simone se dévêtit de son manteau et le jeta sur le dossier d'une chaise.

— Ben il s'adonne que j'ai fait un crochet à l'épicerie pour saluer p'pa en arrivant…

Une lueur narquoise brilla dans les yeux d'Héloïse.

— Puis il devait être content de te voir! commenta la sœur d'Émilienne.

— C'est pas ça, matante, répondit Simone. C'est la bonne femme Robidoux qui s'est mêlée de ce qui la regardait pas. Elle a commencé par me dire que j'étais une revenante d'outre-tombe qui ressourdait avec son mari le fossoyeur, que Léandre avait raconté des faussetés. Je vais avoir une belle réputation, asteure!

Héloïse toussota pour signifier la remarque inutile de sa nièce plutôt que d'émettre des paroles blessantes.

— Vous, là! réagit Simone, devinant la pensée de sa tante.

Sollicitant la confirmation de son mari qui hochait affirmativement la tête en l'écoutant, malgré la hargne qui l'habitait, elle rapporta avec une étonnante fidélité les propos échangés avec la cliente de l'épicerie.

— J'imagine que ton père a dû prendre ta défense, exprima Émilienne.

— Pantoute, m'man.

— Mets-toi à sa place, Mili : entre une cliente et sa fille, le choix était pas ben ben difficile à faire, énonça platement Héloïse.

— Vous, matante, vous pouvez ben parler, vous savez pas ce que c'est que de se faire insulter par une vieille chipie, puis revirer de bord par son père. En tout cas, p'pa va en entendre parler.

— De grâce, Simone, je veux pas de chicane dans ma maison, larmoya Émilienne.

— Faites-vous-en pas, m'man. J'ai pas l'habitude d'être à couteau tiré avec mon père, mais là il va savoir ce que je pense, maudite marde !

La mariée amorça le pas vers le boudoir.

— Tu pourrais me donner un bec, au moins, Simone, l'intercepta sa mère. Ça dépend pas de moi si t'es pas contente…

— Oui et non, m'man. Si vous aviez vraiment dit votre mot quand p'pa a voulu m'envoyer chez mononcle Elzéar et matante Florida, ça m'aurait évité un paquet de troubles. Ça, c'est une autre histoire ! On en reparlera…

La jeune fille embrassa du bout des lèvres une joue de sa mère et s'engouffra dans le boudoir.

* * *

David avait déposé les bagages de son épouse et il était reparti chez ses parents pour dîner. Il travaillerait à la fabrique de cercueils en après-midi, avant de retourner au logement de ses beaux-parents. Car après un éloignement imposé, une fois sa ville natale regagnée, Simone O'Hagan n'entendait pas vivre séparément de son mari.

Léandre était revenu à l'épicerie, au grand soulagement de son père. En effet, l'épicier avait pu achever à temps la commande de saucisses pour son client de la rue Ontario qui avait mandaté un de ses employés afin de récupérer la précieuse marchandise pour son restaurant. Voulant éviter de subir les foudres de Simone, Sansoucy n'avait pas quitté son commerce pour prendre le repas du midi avec les siens ; assis sur son tabouret, il avait grignoté quelque cochonnerie qui avait d'ailleurs excité son ulcère d'estomac qu'il avait apaisé avec un verre de Bromo Seltzer bienfaisant. Mais il savait que l'entretien avec sa fille n'était que partie remise. Sa Simone pouvait s'entêter aussi bien que lui. Elle avait hérité de son caractère revanchard, à la différence qu'elle n'avait pas ce petit côté soupe au lait qui le rendait parfois ridicule en certaines circonstances.

La jeune mariée s'était installée dans le boudoir avec ses affaires. Elle n'avait pas voulu imposer un déménagement à sa sœur Irène en reprenant sa chambre avec son mari. La pièce étroite et sans fenêtre était meublée d'un sofa-lit aux ressorts fatigués, dont l'incarnat du velours côtelé avait tellement pâli que la honte s'était un jour emparée d'Émilienne, qui l'avait recouvert d'un tissu à la verge rouge vif du magasin de coupons de ses sœurs. Une toile représentant pépère et mémère Grandbois ornait la tapisserie. Une petite commode surmontée d'un miroir sans tain adossée au mur de la penderie complétait le mobilier.

Simone achevait de ranger ses effets dans les tiroirs. Mais plutôt que de poursuivre ce qu'elle avait commencé, elle empoigna l'album photo sur le meuble et s'affala sur le sofa. Elle aurait le temps de finir avant le souper. Mais elle n'avait pas tourné les trois premières pages quand elle s'endormit.

Les cloches des églises sonnèrent l'angélus. Plus tôt, Marcel était venu se délester de sa « gibecière » et prendre des galettes avec un verre de lait avant d'aller faire ses livraisons. Il allait remonter d'un moment à l'autre, avec Léandre et son père. Édouard était déjà revenu de son travail en même temps qu'Alphonsine, et Irène était sur le point de rentrer avec son sac à lunch après sa journée à la Canadian Spool Cotton. Héloïse avait assisté Émilienne à la préparation du repas et elle estimait qu'il fallait mettre la benjamine à l'ouvrage dès son retour à la maison paternelle.

— C'est le temps de dresser la table, Loïse, décréta Émilienne.

— Si ça te fait rien, Mili, je vais demander à Simone, exprima Héloïse.

— Elle a besoin de dormir. Je suis allée la voir tout à l'heure et elle s'était endormie avec l'album de famille tombé à côté du sofa. Pauvre petite, il faut qu'elle récupère ; son retour d'Ange-Gardien l'a complètement vannée.

— Faut pas qu'elle prenne de mauvais plis, celle-là, commenta Héloïse. Je m'en charge.

La tante Héloïse se rendit au boudoir d'un pas décidé. Elle entrouvrit doucement la porte. La longue chevelure blonde de sa nièce dissimulait les traits d'un visage à la physionomie trompeusement angélique.

— Simone, viens mettre la table ! déclara-t-elle.

— Quoi ? Quoi ?

— Viens donc nous aider au lieu de prendre tes aises comme une fainéante.

— J'ai ben le droit de me reposer un peu, je suis chez moi, après tout !

Simone rassembla son énergie et se leva.

— J'espère que tu passeras pas tes grandes journées à t'effoirer ; va falloir que tu fasses ta part, la petite. Ta mère…

— Ma mère a ben mal aux jambes, je le sais. Puis laissez-moi donc tranquille avec vos ordres, vous aussi !

La jeune femme s'en fut à la cuisine, ne se rappelant que trop bien son frais séjour à la campagne.

Héloïse venait de sortir une marmite du four et arrosait copieusement la viande.

— Du rôti de lard et des patates brunes ! lança Simone à la cantonade.

— Ton père a voulu te faire plaisir, dit Émilienne. Il a même demandé à ce qu'on soupe dans la salle à manger et qu'on sorte les coupes.

Une émotion s'empara confusément de Simone. Mais elle résolut de ne pas se laisser trop attendrir par celui qui avait décidé de son exil obligé.

— Asteure, mets la table, grogna Héloïse, à peine radoucie.

Simone dressa le couvert et tout le monde s'attabla avec le sentiment que, malgré les bonnes dispositions apparentes du maître de la maison, le repas de famille risquait d'être houleux. Après un signe de croix hâtif, l'épicier attaqua son rôti. Léandre avait rempli les coupes avant de s'asseoir et attendait avec une impatience fiévreuse le moment de souligner l'événement qui les rassemblait.

— À Simone !

Théodore, Édouard et les trois vieilles filles Grandbois levèrent mesurément leur verre.

— Je suis ben contente de me retrouver à la maison, déclara Simone d'une voix émue.

Puis sa physionomie s'altéra et elle changea subitement de registre.

— J'ai passé un mauvais quart d'heure à Ange-Gardien, par exemple. Je me sentais comme un oiseau dans une cage à qui on avait coupé les ailes. J'avais pas le droit de faire ce que je voulais, quand je voulais. Simone par-ci, ma noire par-là. Va chercher ci, va chercher ça. Puis mononcle, pas plus fin, la laissait faire. Et matante Florida qui me reprenait à tout bout de champ et qui me demandait de frotter le plancher éclaboussé par les gros crachats noirs de son mari qui faisait exprès pour s'enfarger dans sa spitoune. C'était pire qu'au *snack-bar* quand mon patron était pas de bonne humeur. Ah, mon oncle puis ses maudites tounes plates qui tournaient sur les vieux rouleaux du piano mécanique de mémère Grandbois! C'était pas vivable! En plus, j'ai écrit une lettre à David, mais j'ai su en arrêtant au magasin général que mon oncle Elzéar ne l'avait pas mallée. En tout cas, j'en avais tellement assez que ce matin j'avais préparé ma valise pour m'en revenir. C'est la température qui m'a empêchée de partir à pied pour me rendre au village. Je sais pas par quel miracle, ou si ça dépend de Placide qui a prié fort le frère André pour sa petite sœur qu'il voyait malheureuse de s'en aller vivre avec ces agrès-là ou ben…

— Simone! s'indigna sa mère, un peu de respect, s'il te plaît.

— J'ai des choses à dire, puis je vais continuer, m'man, rétorqua Simone. À part de ça, pensez-vous vraiment que toute la paroisse d'Ange-Gardien l'aurait pas su qu'une jeune fille s'était mariée enceinte d'un petit et qu'elle était venue cacher son péché à la campagne chez Elzéar et Florida Grandbois? Avant-midi, quand je suis allée dire bonjour à p'pa, il s'adonnait que la Robidoux était là puis je lui ai tout raconté pour qu'elle aille rapporter aux commères ce qui est arrivé à madame Simone O'Hagan. À l'heure qu'il est, tout le quartier doit le savoir. Ça me dérange pas une maudite miette ! Même que ça fait mon affaire ! déclara-t-elle.

L'épicier avait le visage comme un steak saignant. Tout le monde avait retenu son souffle, même Héloïse, qui n'osait évoquer la peine qui meurtrissait le cœur de sa sœur Émilienne.

— Puis savez-vous quoi ? poursuivit la jeune fille. En fait, il y a juste Léandre qui le sait, mais pour que vous le sachiez aussi, David déménage ses pénates dans l'appartement, pas plus tard qu'à soir !

— Ah ben, on aura tout vu ! s'écria Héloïse.

— Pensez-vous que j'ai bardassé tout l'après-midi dans le boudoir pour le *fun* ? Une personne de plus, ça vous fera pas mourir, clama Simone. David est un garçon ben tranquille. Et si ça peut vous rassurer, on devrait prendre le logis du locataire de monsieur O'Hagan au printemps, juste à temps pour la naissance du petit.

Marcel avait sourcillé à l'annonce de sa sœur. La venue de l'Irlandais ne le contrariait pas pour l'entassement supplémentaire qu'il provoquerait, mais pour les risques d'affrontement que la promiscuité des deux adversaires pourrait susciter. De toute façon, ses études le confinaient à la chambre qu'il partageait avec Léandre. Irène, plutôt que de se réjouir de se retrouver seule dans son grand lit, proposa un réaménagement de la maisonnée.

— Simone, toi et David pourriez vous installer dans ma chambre, suggéra-t-elle. C'est grand comme ma main, dans ce boudoir-là. Qu'est-ce que vous en pensez, moman ?

— Arrangez-vous, moi je m'en mêle pas, dit faiblement Émilienne, encore bouleversée par l'exposé de sa jeune fille.

— T'es ben fine, Irène. J'osais pas te le demander, mais si tu me l'offres, pourquoi pas ? acquiesça Simone.

Sansoucy avait senti peser sur lui les lourds reproches de sa Simone et il s'était muettement cantonné dans une humeur coupable. On entamait à présent le gâteau au chocolat, le dessert préféré de Simone. Quelqu'un frappa doucettement à la porte arrière.

— David ! s'exclama la jeune mariée.

— Reste assise, Simone, finis ton gâteau ; va donc voir, Marcel, ordonna l'épicier.

— Je vais y aller à ta place, intervint Léandre, qui se leva aussitôt avec son assiette en enfournant une énorme bouchée.

Sur la galerie, les bras chargés, le nouveau marié souriait timidement à son beau-frère. En bas, dans la cour, le portillon de la palissade était entrouvert sur monsieur O'Hagan, qui retenait son cheval par la bride.

Chapitre 8

La vie de famille s'accommodait assez bien d'une entente tacite de nature à écarter les sources d'éventuelles tensions. Pour cela, il fallait parfois marcher sur des œufs, retenir derrière ses dents un commentaire désobligeant ou esquisser un sourire indulgent. De fait, on s'évitait plus qu'on cherchait à construire des relations harmonieuses. Chacun faisait son affaire. On en était venu à connaître les limites à ne pas franchir et on avait appris à mettre de l'eau dans son vin. Simone avait même étonné ses tantes en se dissimulant habilement dans la maison ou en sortant le plus souvent possible pour prendre l'air, retourner au *snack-bar* ou flâner à l'épicerie en fumant des Buckingham ou des Sweet Caporal. Cependant, tous appréhendaient le moment déclencheur qui ferait s'écrouler le château de cartes des jours pleins de promesses.

Voilà quelques semaines que le couple de tourtereaux occupait l'ancienne chambre de Simone. Le fabricant de cercueils disparaissait tôt le matin avec sa boîte à lunch préparée la veille par son épouse attentionnée et ne revenait que pour le souper avant de s'enfermer dans sa chambre. Ce soir-là, sa petite femme venait de s'endormir après des échanges amoureux passionnés qui avaient pratiquement fait vibrer les murs de l'appartement. À tout le moins, c'est ce qu'avait prétendu Émilienne qui n'avait trouvé le sommeil qu'à une heure fort tardive, à cause, avait-elle mentionné à Théodore le lendemain matin, des ébats torrides de son gendre dans la chambre voisine.

Son corps repu de brûlantes jouissances, David s'était retourné sur son flanc, la tête sur l'oreiller, rêvassant à sa prochaine nuit de plaisir, quand il entendit des pas mêlés de chuchotements sur la galerie. Il se leva, contourna le pied du lit et se rendit à la fenêtre. Une charrette à bras chargée de lits rouillés, de matelas jaunis, de chaises à l'envers et de nombreuses boîtes atteignant le haut des ridelles était stationnée dans la cour. La main glissant lentement sur la rampe, une ribambelle d'enfants ensommeillés descendaient les marches de l'escalier. «Le locataire du troisième!» pensa David.

Au matin, l'artisan décida de retarder son départ. Il déjeunerait en même temps que l'épicier qu'il informerait des mouvements inusités de la nuit. Mais auparavant, il réveilla sa femme afin de la mettre au courant avant que toute la maisonnée prenne connaissance de l'incident. La tête ébouriffée, Simone se tourna lascivement vers lui pour recevoir son baiser matinal.

— J'ai quelque chose d'étonnant à t'apprendre, ma chérie, annonça-t-il.

— Quoi donc, mon amour? Que tu m'aimes! J'en doute pas un seul instant.

— La famille Laramée a pris la poudre d'escampette.

— Quoi? Quoi? Ça veut dire que le logement du troisième est libre…

Surexcitée, la jeune fille se leva debout dans le lit et se mit à sautiller et à lancer les oreillers comme une enfant turbulente.

— C'était inespéré, David! s'exclama-t-elle. On va pouvoir déménager plus tôt que prévu! Et pas dans le logis de tes parents…

Dans la cuisine, la tablée s'arrêta de manger son bol de gruau. Héloïse était à faire griller six tranches de pain blanc sur les ronds du poêle.

— Voulez-vous ben me dire qu'est-ce que c'est ce chahut-là? proféra-t-elle.

Léandre et Marcel pouffèrent de rire. Émilienne, Alphonsine et Alida semblaient scandalisées. Édouard fixait la porte de ses yeux agrandis. Émilienne jeta un regard inquiet à son mari, qui décida d'intervenir.

— Qu'est-ce qui se passe ici dedans ? dit-il en ouvrant la porte de la chambre.

Simone sauta en bas du lit et se croisa vitement les mains sur la poitrine.

— Je vais tout vous expliquer, lança David. Donnez-nous deux minutes…

Sansoucy referma et alla terminer son gruau d'avoine avec une rôtie.

Simone et David s'attablèrent.

— David a quelque chose à vous apprendre, dit Simone, encore sous l'effet de son excitation. Dis-leur, mon amour…

David se moula un air énigmatique.

— Ça a brassé pas mal fort la nuit passée, affirma-t-il.

— Je m'en suis rendu compte, mon gendre, dit Émilienne sur un ton de reproche.

— J'ai pas eu connaissance de ça, commenta l'épicier. Je devais dormir ben dur.

— Disons que ça se raconte pas à table, précisa Émilienne, à qui les scrupules religieux imposaient une grande retenue.

David et Simone se regardèrent, interdits. David s'adressa à son beau-père :

— Euh… Il s'agit plutôt de la famille Laramée qui a sacré son camp pendant la nuit, expliqua-t-il.

Le propriétaire abaissa violemment le poing sur la table et entra dans une terrible colère.

— Ah ben tabarnac ! fulmina-t-il. Tu me dis pas qu'ils ont ramassé leurs guenilles et qu'ils sont partis en douce, les pouilleux !

Ils ont déménagé à la cloche de bois! J'aurais dû m'en douter…
depuis que la bonne femme Laramée faisait marquer au magasin
et que les paiements de loyer en retard s'accumulaient. Puis toi,
l'Irlandais, t'aurais pas pu les retenir? Attends que je les attrape,
maudit verrat! dit-il en se levant.

— Tu sais ben qu'ils doivent être loin à l'heure qu'il est, fit
remarquer Émilienne. Ça va faire du bien de plus les entendre
faire leur boucan. Puis ça sert à rien de courir après ceux qui sont
dans la dèche. Il y a rien à faire, Théo. T'es ben mieux de te rasseoir sur ton steak puis de te calmer…

L'épicier acquiesça à la demande de sa femme.

— Il y a plus rien qui rentre, maugréa-t-il.

Irène s'approcha du poêle, prit la cafetière et alla réchauffer le
liquide ambré de son père avant de sortir la boîte à lunch en métal
noire de l'artisan de la glacière et de la déposer sur le comptoir.
Simone saisit la balle au bond.

— Pensez-vous qu'on pourrait déménager en haut, p'pa?
minauda-t-elle.

— Tu vois ben que c'est pas le temps d'aborder le sujet, intervint Héloïse qui s'assoyait avec une rôtie noircie.

— Vous, matante, on vous a rien demandé, rétorqua Simone.
Contentez-vous de croquer votre toast brûlée et d'avaler votre café.

— Simone, tu vas pas recommencer, commenta sa mère. Ça va
ben d'habitude…

Manifestement dérouté par la tournure inattendue de la discussion, David se retira de table, empoigna la boîte à lunch qu'Irène
lui tendait. Puis il se couvrit de son coupe-vent et se dirigea vers la
boutique de son père.

Théodore Sansoucy avait noué son tablier en maugréant contre la défilade de son locataire et faisait le total des factures en souffrance du fugitif. Mais il devrait se résigner. Évariste Laramée avait assurément été renvoyé de l'entreprise American Can. L'infortuné avait dû essayer de trouver un autre emploi dans le quartier, mais la crise de 1929 avait des conséquences que bien des ménages subissaient encore. C'est en ressassant ces considérations que le marchand renonça à poursuivre le pauvre homme pour se faire rembourser les comptes d'épicerie de la famille Laramée et les mensualités impayées qui s'étaient accumulées. D'ailleurs, les factures non réglées que les clientes payaient chaque mois représentaient une somme considérable qu'il avait pu supporter jusqu'à présent. Il en remerciait secrètement le ciel.

Léandre avait décelé l'humeur chagrine de son père qui s'était replié dans son arrière-boutique. Il s'approcha de lui, l'air compatissant. Le commerçant était absorbé devant ses piles de factures et devait penser au logis déserté. Son fils l'observa du coin de l'œil, remarquant le tic facial qui tirait les traits de son visage et soulevait ses moustaches.

— Voyons, le père, vous allez vous en remettre. C'est pas ça qui va nous mener à la faillite.

— C'est facile à dire, ça. On voit ben que c'est pas toi, le propriétaire.

— Pourquoi vous louez pas à Simone?

— C'est ben trop grand pour deux, ce logement-là, et l'Irlandais a pas une maudite cenne qui l'adore. Et puis, s'il fallait que la boutique de cercueils de son père passe au feu, comme ça vient de se produire à Bishopton. Tu regarderas dans le journal: 1 000 tombes ont flambé dans le temps de le dire comme des boîtes de carton. 11 000 piasses de dommages! Un vrai désastre! Sans compter que le montant des assurances est faible comparativement aux pertes...

— J'espère que son père est ben assuré. Puis vous, votre épicerie est couverte, au moins…

— Pour sûr, mon garçon ! Il faut pas jouer avec le feu. En tout cas, je te le répète, l'Irlandais doit pas être ben argenté…

— Pourquoi vous l'appelez pas David, votre gendre ? Il vous a rien fait, que je sache. Et que savez-vous de son compte à la caisse populaire ? Il en a peut-être plus de collé que vous pensez…

Léandre réalisa qu'il avait fait vibrer une corde sensible de son père, avec qui il avait, du reste, de rares conversations. Trop orgueilleux, l'épicier se refusait à admettre ouvertement qu'il n'acceptait pas que le fils d'un immigrant lui ait chipé sa fille. Et la perspicacité de son fils sur ses états d'âme commençait à l'agacer.

— Je préfère louer à quelqu'un qui pourra payer le coût du loyer au complet, livra-t-il, se cantonnant ainsi dans sa position. À part de ça, je pourrais ben aller le voir, ce logis-là. Depuis que les Labadie sont partis, j'ai jamais mis les pieds là.

— Vous feriez mieux d'aller y jeter un coup d'œil, le père.

Le niveau d'inquiétude du marchand augmenta d'un cran. Il desserra son tablier et l'abandonna sur ses piles de factures.

De son poste de vigie, Germaine Gladu avait une vue imprenable sur la fourmillante rue Adam. Elle détenait le privilège de surveiller les allées et venues à l'épicerie-boucherie Sansoucy. Depuis l'heure de l'ouverture du commerce, elle avait remarqué l'entrée d'une de ses amies. À tout moment, elle appuyait sa vadrouille dans un angle et se rendait à la fenêtre. Son petit sac à commission sous le bras, Dora Robidoux s'amenait. Elle alla la retrouver et commença à deviser avec elle. Après quelques minutes, Simone parut au magasin.

— Tiens, si c'est pas la petite madame O'Hagan ! s'exclama Dora Robidoux.

La jeune dame ignora la présence de la commère dont le degré d'excitation augmenta sensiblement en la voyant. Elle s'adressa à son frère.

— Où est p'pa, coudonc? s'enquit-elle, le sourcil relevé.

— Au logis des Laramée, répondit Léandre. Il devrait être de retour d'une minute à l'autre.

Germaine Gladu informa son amie de ce qui la démangeait.

— Justement, vous pouvez pas savoir ce qui est arrivé la nuit passée, madame Robidoux! dit-elle de sa voix haut perchée.

— Non, je suis au courant de rien. Mais je sens que je vais l'apprendre assez vite.

— Et je suis ben placée pour le savoir parce que je dormais pas à ce moment-là. En tout cas, je sais plus si c'est ça qui m'a réveillée ou si je dormais pas d'avance à cause de mes chaleurs puis de mon mari qui ronflait, mais j'ai eu connaissance du déménagement au troisième de l'immeuble. Figurez-vous donc que…

Germaine Gladu relata ce qui l'avait tenue en haleine la nuit précédente.

— Désirez-vous changer de logement, madame Gladu? demanda Léandre, un brin moqueur. C'est libre à compter d'asteure…

Simone donna un coup de coude dans les côtes de son frère. L'épicier entra, la mine décomposée. Les quatre se tournèrent vers lui.

— Maudit verrat! fulmina le propriétaire. Tu parles d'une gang de salauds. Au moins, s'ils avaient ramassé leurs vidanges, ces crottés-là. On va être obligés de faire le grand ménage là-dedans, si on veut être capables de louer à du vrai monde.

— Ben là, vous l'avez, le père, votre locataire idéale, annonça Léandre. Elle est droit devant vous, dit-il en désignant sa sœur.

Pris au dépourvu, Sansoucy sembla soumettre la proposition de son fils à son esprit calculateur.

— Envoyez donc, p'pa, tenta Simone.

— Si c'est sale comme dans une soue à cochons, t'as pas fini, ma petite fille, commenta Dora Robidoux.

— C'est non ! Je sais pas, on en reparlera…, ronchonna l'homme d'affaires.

— Merci, p'pa ! lança Simone, avant de donner un baiser sur le front de son père et de se diriger vers la sortie du magasin.

— J'ai pas dit oui ! cria l'épicier.

* * *

Théodore n'avait pas donné son consentement au projet de sa fille, mais l'après-midi même, à son insu, Émilienne, Héloïse et Simone investissaient le logement des Laramée avec de l'artillerie lourde pour les gros travaux ménagers et des boîtes de carton vides de l'épicerie pour les rebuts. L'escabeau, les balais, les brosses, les seaux, les guenilles, différents produits de nettoyage et de désinfection composaient l'équipement.

Une fois les vidanges débarrassées, un débarbouillage rudimentaire des vitres effectué, une première couche de poussière enlevée, un décrassage sommaire des planchers réalisé et les cernes disgracieux autour de l'emplacement des cadres disparus, Simone – qui s'était dépensée avec beaucoup d'intensité – laissa tomber le torchon, alla s'écraser dans un coin et s'alluma une Sweet Caporal.

— Te rends-tu compte que c'est pour toi qu'on fait ça ? commenta Héloïse. T'es donc pas persévérante, ma nièce.

Simone haussa les épaules et exhala une longue bouffée en basculant la tête par en arrière.

— Je suis pas aux travaux forcés, rétorqua-t-elle avec une légère inflexion dans la voix. Il y a assez de mononcle Elzéar et de matante Florida qui ont ambitionné sur moi.

Sa mère, qui frottait à quatre pattes pour ménager ses jambes, releva la tête.

— Faut pas oublier qu'elle est enceinte, notre petite madame, la défendit Émilienne. D'ailleurs, faudrait qu'elle aille à la pharmacie Désilets pour s'acheter des vitamines. Ça va la raplomber.

— Sûrement que Léandre et Paulette vont nous donner un coup de main, exprima Simone. Sinon on en viendra jamais à bout…

— C'est sale pas ordinaire ici dedans, acquiesça Émilienne. Puis les Laramée, c'est du monde qui se lavait pas au logis. Cet été encore, un jour pour les hommes, un jour pour les femmes, on les voyait descendre en caravane du troisième, la tête infestée de poux, le maillot enroulé dans une serviette, s'en aller à la queue leu leu se faire tremper au bain Maisonneuve. Mais je m'en fais pas pour la propreté du logis quand on aura nettoyé dans les moindres recoins. Irène va faire sa part aussi, j'en suis certaine. Elle est tellement serviable. Et même si Théodore n'a pas dit son dernier mot pour louer à sa fille et son gendre, faut que le décrottage de ce logement-là se fasse pareil.

— C'est sûr, opina Héloïse. Mais il va falloir boucher les trous dans les murs et refaire le plâtre à certains endroits. Puis c'est pas moi qui vas faire ça. Et comptez pas sur moi non plus pour enlever les tuyaux du poêle et de la fournaise. C'est vraiment de l'ouvrage d'homme, ça. J'en ai ben assez d'essayer de faire disparaître la suie des murs puis du plafond.

— T'en as déjà fait pas mal, Loïse.

— Toi, au moins, tu le reconnais, affirma Héloïse. Tu sais comme moi, Mili, que mon beau-frère est pas ben fort sur les compliments et les remerciements.

Après sa pause, Simone fut ranimée un peu de son ardeur, mais son élan de ferveur finit par retomber jusqu'à ce que sa mère et sa tante décident d'aller préparer le souper. Les jambes flageolantes, appuyée sur la rampe, elle descendit à leur suite et alla s'écraser sur son lit.

Au repas, on informa l'épicier du travail entrepris au logement déserté. L'homme se borna à ébaucher un sourire de complaisance en promenant ses yeux ironiques par-dessus ses lunettes. Sans le dire ouvertement, il avait placé une annonce à son commerce pour louer son cinq et demi. Ce qui avait mis Léandre en rogne, mais, en revanche, l'avait poussé à devancer ses projets avec Paulette. Pendant qu'Irène décrottait la salle de bain avec Alphonsine, il en causait avec David et Simone dans l'appartement vacant. Simone l'exhortait à se dépêcher d'en parler à son amoureuse.

— Oui, mais une décision comme celle-là, ça se prend pas à l'aveuglette puis dans le temps de le dire, Simone. D'abord, je sais pas si les parents de Paulette vont être d'accord. On est pas mariés, nous autres.

— On devrait jamais empêcher des gens qui s'aiment de rester ensemble, affirma David d'une voix étouffée en pensant à son expérience personnelle. Mais ça serait le *fun* qu'on vive à quatre, s'enthousiasma-t-il. En attendant l'arrivée du p'tit, ben sûr, précisa-t-il après l'œillade de sa femme. Après, on verra. À onze piastres par mois, c'est un peu cher, mais à deux pour payer, ça se prendrait ben. On pourrait s'acheter des meubles ensemble et partager le coût de la nourriture. Ensuite, c'est assez grandement ici dedans pour pas qu'on se pile sur les pieds…

***

Les journées suivantes, Simone, sa mère et sa tante poursuivirent leur besogne fastidieuse pour remettre l'appartement dans un état plus qu'acceptable. Émilienne et Héloïse avaient brandi leurs critères élevés de propreté devant la jeune femme pour s'assurer que le petit ne naîtrait pas dans un taudis. Pour sa part, Léandre avait amené Paulette à se joindre à l'équipe du soir, pour avancer les travaux. Avec son beau-frère, il avait sorti les tuyaux du poêle et de la fournaise pour les nettoyer dans la cour. Ensuite, ils avaient peint à la grandeur, remplacé les recouvrements usés et posé un tapis pour assourdir le son dans les chambres à coucher. Après quoi, l'équipe du jour avait pris la relève pour cirer les linoléums, laver les vitres et enlever les taches de peinture sur les boiseries. Et malgré les efforts déployés, Sansoucy maintenait son affiche en place dans son commerce.

Entre-temps, Paulette avait manifesté à ses parents son désir de s'installer avec Léandre. Ce à quoi les Landreville s'étaient vertement opposés, sous peine de reniement.

— Ma fille qui désire vivre en concubinage avec son *chum* et sa sœur qui s'est mariée obligée, jamais! avait aboyé Landreville.

— Ben pourquoi vous voulez pas que je me marie, d'abord? avait riposté sa fille.

— Parce que t'as encore la couche aux fesses, simonac!

Le mur de réticences ne s'était pas lézardé. Les Landreville étaient bardés des plus solides arguments: les considérations religieuses avaient force de loi dans la famille et on voulait éviter de «faire jaser». Du moins l'avaient-ils pensé jusqu'à ce que leur Paulette soit décidée à quitter le douillet nid familial.

Les chances de se faire ravir le bel appartement augmentaient graduellement pour les deux couples. Car le propriétaire ne démordait pas de sa position de ne pas louer à sa fille et à son gendre. Cependant, à cause des circonstances, Léandre fut contraint de porter un coup fatal au plan de son père.

Rolande Bazinet se présenta au commerce de Sansoucy avec une idée bien arrêtée. Le sac à main sous le bras, elle relisait pour la énième fois l'affichette que son épicier favori avait collée à l'intérieur de sa vitrine. Le marchand avait ajusté ses lunettes et considérait le corps désirable de sa cliente à en oublier ce qu'elle fixait en lui montrant le dos. La dame se retourna.

— J'en ai parlé à mon mari, dit-elle. Il est prêt à visiter ce soir après le souper.

— Comment, votre mari, vous dites? s'étonna Sansoucy. Visiter?

— Votre logis à louer. Il est toujours libre, je suppose?

— Ah! Mon logement… Non seulement il est disponible, mais vous pouvez pas trouver mieux dans le quartier. Naturellement, j'ai fait nettoyer les tuyaux du poêle et de la fournaise, changer les prélarts, poser des tapis, et j'ai fait peinturer au grand complet. Il est impeccable…

— Il est déjà presque loué! coupa Léandre.

— Ben non, Léandre.

— Enfin, disons qu'il est réservé, prétendit le fils du propriétaire. Quelqu'un est venu pendant que vous étiez dans votre paperasse en arrière, mentit-il. En plus, la personne en question a pris la peine de donner un dépôt parce qu'elle tient absolument à avoir le logement. Je lui ai donné rendez-vous à sept heures et demie ce soir.

— La personne a donné une avance sans avoir vu le logis! C'est pas comme ça que ça marche, mon garçon, s'emporta l'épicier. D'abord, comment ça se fait que tu m'en as pas parlé, maudit verrat? J'étais juste là, dans mon arrière-magasin. En tout cas, madame Bazinet, présentez-vous avec votre mari à sept heures devant l'épicerie.

Impressionnée par la force de caractère de Théodore Sansoucy, la cliente se retira avec la certitude qu'elle aurait la préséance sur l'inconnu qui l'avait devancée.

Afin de ne pas se faire damer le pion par la dame Bazinet, Léandre avait prévenu Paulette de se rendre le plus tôt possible à l'appartement libre.

Le propriétaire allait gravir les marches avec les visiteurs. Une musique assourdissante envahissait la cage de l'escalier et sortait par la porte grande ouverte du logis. Sansoucy pensa que sa fille était montée au troisième, comme elle le faisait à l'accoutumée après le souper. Il précéda le couple et parvint à l'étage, la bouche béante, la lippe pendante.

— Pour l'amour du saint ciel, baissez le son! s'époumona-t-il en se plaquant les mains sur les oreilles.

Simone et Paulette dansaient comme des déchaînées au rythme d'une musique endiablée crachée par un tourne-disque placé dans un coin du salon. Simone alla réduire l'intensité du volume et s'approcha de son père que les Bazinet avaient rejoint.

— Qu'est-ce que vous avez à vous émoustiller de même? demanda Sansoucy. Puis c'est quoi cette manière-là de recevoir du monde?

— Avoir su, p'pa, répondit Simone, faussement étonnée.

Monsieur Bazinet demeurait sur le seuil, mais sa femme s'était avancée et lorgnait déjà les pièces avec envie. L'épicier observait sa cliente avec un air satisfait.

— Il y a du linge dans une chambre! lança la dame, offusquée.

Le visage du propriétaire se déforma, interrogeant les deux jeunes femmes du regard.

— C'est à moi, admit candidement Paulette.

Sansoucy fusilla sa fille de ses yeux sombres en se croisant les bras. Des bruits parvinrent de l'escalier. Simone se rendit muettement à la porte demeurée ouverte.

— C'est Léandre et David qui montent avec un lit, déclarat-elle. Tassez-vous, monsieur Bazinet.

— Quel lit ? brama l'épicier.

— Voyons, p'pa ! Celui que mon mari a apporté de chez lui.

— Vous allez pas vous installer ici dedans, asteure ! rétorqua Sansoucy.

— Pourquoi pas ? Puis c'est pas tout : Léandre et Paulette vont prendre la chambre du fond, expliqua-t-elle.

Sansoucy braqua les yeux sur la blonde de son fils.

— Vous avez bien compris, le beau-père, affirma Paulette avec une impudence tranquille.

— Je suis pas encore ton beau-père, tu sauras, riposta-t-il. Un autre couple qui va fêter Pâques avant les Rameaux !

Les jeunes hommes entrèrent avec le sommier et allèrent l'appuyer sur un mur dans la chambre destinée au couple marié.

— Ben qu'est-ce qu'on fait ici nous autres, d'abord ? protesta Euclide Bazinet.

Les déménageurs reparurent au salon. Léandre sortit des billets de sa poche et quelques pièces de monnaie. Puis il les tendit au propriétaire.

— Tenez, le père ! V'là votre argent.

Une lueur ardente brilla dans les yeux agrandis de Théodore Sansoucy. Il évalua la menue monnaie qu'il déposa dans la poche de sa chemise. Puis il mouilla de sa salive le bout de son majeur et se mit à compter compulsivement les billets de banque. Léandre considéra son père avec une railleuse arrogance.

— Vous en avez pour payer la balance qui reste jusqu'à la fin d'octobre et pour les mois de novembre et de décembre, affirma le fils de l'épicier. Vérifiez, il manque pas une cenne noire…

L'argent comptant déversé séance tenante avait grisé Sansoucy, qui gardait les yeux fixés sur la petite liasse. Rolande Bazinet entraîna son mari vers les marches et s'immobilisa sur le seuil en s'adressant aux jeunes :

— Bande de…, maugréa-t-elle, avant de s'engager dans l'escalier.

Chapitre 9

De temps à autre, Philias Demers venait faire son tour à l'épicerie. Le veuf était établi en ville chez sa fille, place Jeanne-d'Arc, après avoir vendu sa ferme à Saint-Pierre-les-Becquets. Or Demers fréquentait la boutique d'Adélard Tousignant, fabricant de boîtes de carrosses tirées par des chevaux. Avec le temps, le voiturier était devenu carrossier : à présent, on construisait aussi des boîtes de camionnettes montées sur des châssis équipés de moteurs. Rongé par une maladie du rein et par l'hypertension, le fondateur était décédé, et l'entreprise était en vente pour payer les dettes contractées avec la caisse populaire.

Afin d'éviter que Demers ne tourne en rond dans la maison, sa fille l'envoyait à l'atelier «piquer une jasette» avec Gérard Tousignant et ses employés. Après quelques minutes à déranger les travailleurs avec ses propos oiseux et insignifiants, il aboutissait à l'épicerie Sansoucy pour échanger sur les potins du quartier ou les actualités. Mais en ce jour du 25 novembre, Demers dérogeait à son habitude de palabrer avec le commerçant.

— Le bonhomme Demers est pas là, ce matin ? s'enquit Léandre. Il doit être malade.

— C'est jour d'élections aujourd'hui au Québec, mon garçon. Tu devrais savoir ça, taboire ! Si tu lisais les journaux, aussi.

— Le journal, c'est bon pour les intellectuels comme Édouard. Des fois, je jette un œil sur les gros titres ; c'est déprimant ! Moi, ce qui se déroule de l'autre bord de l'océan et la guerre entre l'Italie puis l'Éthiopie, ça me touche pas ben fort.

— Ben là, ça se passe dans notre province, mon garçon. Puis il faut que tu saches qu'on a pas le droit de vendre de bière aujourd'hui.

— Comment ça ?

— Je viens de te le dire, taboire ! C'est un jour d'É-LEC-TIONS !

Léandre endossa les remarques de son père et s'en fut dresser l'inventaire des poches de patates de cinquante livres après la razzia du samedi.

Demers parut au magasin, plus exalté que jamais. Comme s'il entrait chez lui, il ôta son chapeau et repéra son ami. Son crâne luisant entouré d'une mince couronne de cheveux miroita un bref instant sous les ampoules allumées. Puis il se rendit directement au comptoir du boucher. Sansoucy essuya ses mains sur son tablier et s'approcha de lui.

— J'ai jamais vu autant de monde au bureau de scrutin, déclara Demers. Pour moi, ça va être un vote record, estima-t-il.

— Il est grandement temps qu'on mette Taschereau dehors, affirma Sansoucy. Il nous a assez fourrés de même. C'est la population qui exprime son écœurement, c'est tout !

— De toute manière, même si ton Duplessis l'emportait, ça serait pas mieux. Remarque ben ce que je te dis, Théodore !

— En tout cas, William Tremblay, c'est l'homme de la situation dans Maisonneuve. C'est un boucher de métier, en plus. C'est pas n'importe qui : monsieur a été le président de l'Association des bouchers de Montréal, s'il vous plaît !

Léandre se rappela les observations de son père et se mit à épier les deux hommes. Demers extirpa un petit flacon de la poche de son paletot et les compères en avalèrent chacun plusieurs bonnes lampées. Puis ils continuèrent à discuter sur les candidats qui se présentaient dans le comté et les chances de chacun de rafler la victoire.

— Les bureaux ferment à six heures, mais tu devrais aller voter avant le dîner, Théodore, recommanda Demers. À midi, ça va être pire encore.

Le fils se tourna vers le commerçant.

— Allez-y, le père, faites donc ce que monsieur Demers vous dit. Je vas le garder, moi, votre magasin : je vas m'arranger pour pas qu'il s'en aille…

L'air résolu, Sansoucy serra la viande au frais, se coiffa de son chapeau et revêtit en vitesse son paletot sans ôter son tablier.

— Regardez-vous un peu, le père, votre tablier dépasse. La mère vous dirait que vous êtes attriqué comme la chienne à Jacques.

Sansoucy marmonna un chapelet de jurons, enleva couvre-chef et manteau, se départit de son tablier, remit son manteau, se couvrit du chapeau qu'il avait raccroché au clou près de la porte arrière et traversa son commerce d'un pas hésitant.

— Asteure que mon père est plus là, vous pourriez retourner à l'atelier Tousignant, exprima Léandre.

Philias Demers s'approcha du fils de l'épicier.

— Vous seriez pas tentés par une voiture de livraison à cheval ? Tousignant pourrait vous faire un bon prix. Ton frère Marcel arrêterait de s'échiner sur son gros bicycle.

Léandre recula d'un pas, s'éloignant de la bouche pâteuse qui exhalait une forte odeur de boisson.

— Je le sais ben, monsieur Demers. J'en ai déjà discuté avec mon père, mais il veut rien entendre. Vous le connaissez : une tête dure ! Ça paraît que c'est pas lui qui pédale beau temps mauvais temps sur un bicycle à trois roues…

— Comme on a pas eu le temps de jaser ce matin, ton père puis moi, je devrais revenir avant la fin de la journée.

Mis à part les quelques individus qui s'étaient vu refuser l'achat de bouteilles de bière, le reste de la matinée s'était écoulé sans ambages. Léandre avait eu le temps de répondre au téléphone et de servir les clientes qui s'étaient présentées au magasin. Le crayon sur l'oreille, il se déplaçait en sifflotant dans le commerce, savourant, l'espace de quelques heures, le bonheur d'être le patron de l'établissement.

L'heure du dîner approchait et Théodore Sansoucy n'était toujours pas revenu du bureau de scrutin. Léandre alla rapidement aviser sa mère du retard et revint prestement au magasin.

De longues minutes s'écoulèrent, et la faim commença à le tenailler. Entre deux clientes, il grignota un peu de chocolat pour se soutenir. Et l'épicier qui n'arrivait pas.

Or, vers la fin de l'après-midi, la fille de madame Maillé surgit dans le magasin. Tristement fagotée de vêtements usés, elle portait un vieux manteau mauve qui avait habillé cinq de ses sœurs et qui avait survécu à bien des hivers, et sa tête légère arborait un béret brun mal assorti qui lui couvrait complètement l'œil gauche. Reconnue pour être dépourvue de mémoire et un peu sotte, elle avait en main une très courte liste dont elle commença l'énumération devant le fils de l'épicier.

— Ma mère veut un saucisson et un pot de moutarde, monsieur Sansoucy.

— Très bien, mademoiselle. C'est pour marquer ?

— Ma mère m'a dit qu'on avait pas d'argent pour payer.

— Donc, c'est pour porter à votre compte, conclut Léandre.

La jeune pauvresse ne lui inspirait que de la pitié. Léandre se rendit dans le coin boucherie du magasin. Dans son empressement à aller voter, et compte tenu de l'état second dans lequel il avait franchi le seuil de son commerce, son père avait omis un saucisson sur l'étal. Léandre hésita un moment, s'en empara et agrippa un pot de moutarde. Puis il enfouit le tout dans un sac.

— Tu diras à ta mère que c'est comme si c'était marqué.

— Oui, mais elle a dit que le monsieur me donnerait une FAC-TU-RE.

— Cette fois-ci, il y en aura pas, c'est un CA-DEAU.

L'enfant sourit de toutes ses dents gâtées et prit congé en remerciant le fils du marchand.

La fermeture des bureaux de vote approchait. Philias Demers revint à l'épicerie.

— Ton père est parti souper ? demanda-t-il. Dommage, j'avais quelque chose à lui proposer.

— Non, il est même pas venu dîner encore, répondit Léandre.

— Bon ben je vais aller le rejoindre au *poll*, puis on va aller à *La Patrie*. Ils sont supposés afficher les résultats sur un tableau géant devant l'édifice dans la rue Sainte-Catherine.

— Attendez une minute, monsieur Demers.

Léandre s'empara d'une tablette de chocolat qu'il remit à Demers.

Six heures sonnèrent aux clochers. Il ferma le commerce, alla aviser sa mère des récents développements.

— Tu parles d'une idée pas d'allure ! s'exclama Émilienne. C'est encore ce vieux Philias qui lui a mis ça dans la tête, j'imagine. D'abord, c'est-tu ben vrai ce que tu me dis là, Léandre Sansoucy ?

— Regardez dans le journal que je vous ai apporté. Je savais que vous me croiriez pas. Et puis, pour ce qui est de manger, j'ai pris sur moi de faire parvenir une tablette de chocolat au père. Changement de propos, comme vous diriez, je devrais peut-être garder ça pour moi, mais je les ai vus tous les deux prendre un petit coup ce matin.

— Écoute ben ça, Mili!

Héloïse s'était interposée. Elle avait arraché le journal des mains de Léandre et lut à la une de *La Patrie* du jour:

« *Le verdict du peuple*

En foule ce soir devant l'immeuble de La Patrie.

Les élections générales de la province de Québec suscitant un vif intérêt, La Patrie *annoncera les résultats dès ce soir, devant ses bureaux.*

Nous avons organisé un service d'information de tout premier ordre qui nous permettra d'afficher sur un écran lumineux, tendu en travers de la rue Sainte-Catherine, les rapports détaillés du scrutin, au fur et à mesure qu'ils sortiront des urnes.

Nous invitons cordialement le public à venir en foule, comme d'habitude, devant l'immeuble de La Patrie, *pour apprendre de source sûre et rapide le verdict des électeurs.*

Outre les chiffres du scrutin, les spectateurs verront défiler sur l'écran la galerie des candidats élus.

En foule donc ce soir en face de l'immeuble de La Patrie*!*

Le poste de radio CHLP, de La Patrie, *irradiera les résultats du scrutin dès qu'ils pourront être obtenus. On sait que la fermeture des* polls *a lieu à 6 heures p.m.* »

— D'abord on va souper, puis on va pouvoir commencer plus tôt notre tire Sainte-Catherine, décréta Émilienne.

Le repas terminé, la ménagère alla quérir son vieux cahier de recettes, Alphonsine sortit de la dépense la mélasse, le sucre blanc, la cassonade et le sirop de maïs Crown Brand. Héloïse remplit une demi-tasse d'eau pendant qu'Alida apportait le vinaigre et qu'Irène attrapait le beurre dans la glacière. Contente de voir s'animer les femmes dans sa cuisine, Émilienne déposa son cahier sur la table, en embrassant du regard l'ensemble des ingrédients, et déclara :

— Oh! Les filles, il manque le soda à pâte.

Émilienne avait décidé qu'elle supervisait le travail de la maisonnée. En maître d'œuvre, elle fit incorporer le sucre, la cassonade, la mélasse, le sirop de blé d'Inde, l'eau, le vinaigre et le beurre dans un chaudron à fond épais et à parois beurrées par les gros bras d'Alphonsine qui brassait maintenant avec ardeur. Ensuite, après une cuisson bien contrôlée qui permit l'obtention d'une boule dure dans l'eau froide, le plat fut retiré du feu pour ajouter le soda. Le mélange versé dans une lèchefrite enduite de gras pour le refroidir quelque peu, Émilienne réalisa qu'il était sept heures et quart.

— C'est l'heure du *Curé de village*! annonça-t-elle.

L'appareil de radio grésilla. Elle ajusta le poste à CKAC et revint.

— Après on suivra les élections à CHLP.

— Ça nous concerne pas! la rabroua Héloïse.

— Taisez-vous, qu'on écoute! s'écria Émilienne.

La populaire émission radiophonique terminée, Irène alla syntoniser le poste CHLP.

Dès 8 heures ce matin, tous les polls *de l'est de Montréal étaient envahis par les électeurs qui voulaient voter de bonne heure. On s'attend à ce qu'une participation record soit enregistrée au cours de la journée, étant donné la campagne très active qui a été menée et vu le temps clément d'aujourd'hui.*

L'animateur s'excusa soudainement d'interrompre le cours normal de l'émission en ondes. Il poursuivit :

On me signale à l'instant que des escarmouches viennent d'avoir lieu devant l'édifice de La Patrie *où se tient un grand rassemblement d'électeurs. Des esprits*

169

échauffés ont troublé la paix publique. Deux hommes âgés d'une cinquantaine d'années ont été appréhendés... Rappelons que la loi stipule qu'aucune boisson ne doit être vendue le jour de l'élection, mais elle ne s'applique pas dans les trois comtés où les candidats sont élus par acclamation...

Restez à l'écoute et nous vous livrerons les résultats du vote de quart d'heure en quart d'heure...

— Mili! Ce doit être ton Théo puis son ami Philias, s'écria Héloïse. À deux, ils sont ben capables de se mettre les pieds dans les plats.

— Voyons, Loïse! s'indigna Émilienne. Tu pousses un peu fort, je trouve.

Alphonsine prit à pleines mains le mélange tiédi de la lèchefrite et en tendit un bout à Alida.

Elles tirèrent chacune de leur côté. Cette période parut durer un temps interminable. Bientôt, inconfortable dans sa chaise d'impotente, Alida céda sa place à Héloïse, puis à Irène, avec des interventions ponctuelles d'Émilienne relayant Alphonsine qui commençait à souffrir de maux de dos.

La confiserie prit une teinte d'un beau jaune clair, à mesure qu'elle était tirée. Suivant le modèle du travail à la chaîne, les trois pensionnaires exécutaient chacune leur tâche : Alphonsine coupait la tire avec des ciseaux, Héloïse la roulait dans du sucre et, avec un air de candide ravissement, Alida l'enveloppait dans des morceaux de papier ciré qu'elle avait préalablement taillés pour former de belles papillotes.

La porte s'ouvrit toute grande. Un homme en uniforme salua civilement la compagnie. Sansoucy parut sur le seuil et tituba de quelques pas dans la cuisine.

— Théo! Pour l'amour du bon Dieu! proféra sa femme.

— Nous avons été obligés de ramener votre mari à la maison, madame. Lui et son compagnon ont eu une empoignade avec des manifestants devant l'immeuble de *La Patrie*.

Irène s'avança vers son père pour le soutenir et l'aider à s'asseoir.

— Merci, monsieur l'agent, exprima-t-elle, nous allons en prendre soin.

— William Tremblay l'a remportée dans Maisonneuve, bafouilla Sansoucy.

Le policier referma la porte. Marcel se montra le bout du nez dans la cuisine, ricana malicieusement et retourna dans sa chambre.

— T'en feras jamais d'autres, Théo! le blâma Émilienne. Tu t'es comporté comme un voyou. Si ç'a du bon sens…

— Tu peux pas comprendre, Mili, riposta l'épicier. Les femmes ne comprennent rien à la politique. C'est pour ça qu'elles n'ont pas le droit de vote.

— T'es pas mal insultant, le beau-frère! répliqua Héloïse. Justement, si on avait le droit de voter, on s'y intéresserait davantage, clama-t-elle.

La bouche empâtée et sèche, l'épicier rétorqua platement:

— Toi, la vieille fille, mêle-toi pas de notre conversation. Oh! De la bonne tire Sainte-Catherine, s'exclama-t-il en étirant le bras vers la table.

— Tut! Tut! T'en auras pas, Théo! l'interdit Émilienne. En tout cas, plains-toi pas si t'as la gueule de bois demain matin, le semonça la ménagère. D'ailleurs, tu devrais aller te coucher. Irène, aide donc ton père à se déshabiller, puis va lui passer une bonne serviette d'eau froide dans la figure. Ça va le dégriser un peu, le vieux schnock!

Au matin du lendemain, Sansoucy n'avait pu avaler quoi que ce soit de solide. L'estomac à l'envers, il avait siroté un quart de tasse de café puis s'en fut ouvrir son commerce. Avant de se rendre à l'école, Marcel avait rapporté à Léandre la scène qui l'avait fait bien rire et attristé à la fois. Sansoucy cherchait ses idées, et les quelques phrases courtes adressées à Léandre avaient été déployées avec de grands efforts et des empâtements qui traduisaient son état d'esprit dérangé. Tandis que son magasin respirait encore la tranquillité à cette heure, il s'était exilé dans son arrière-boutique pour éviter la clientèle et repassait avec amertume le film des événements de la veille.

Un client pénétra en trombe dans l'établissement. Il était élancé et son manteau paraissait flotter autour d'un corps trop maigre.

— Je veux absolument voir le patron! demanda-t-il à la cantonade.

— Attendez un peu, monsieur Maillé, dit Léandre. Je vas aller vérifier si mon père est disponible.

— Occupé ou pas, je veux le voir et ça presse.

Le commis se rendit à l'arrière du magasin. Son père semblait émerger lentement des limbes.

— Quelqu'un pour vous, le père. Il a l'air particulièrement fâché.

Sansoucy se déplia et se déporta comme un mollusque à l'avant du magasin.

— À cause de vous, mes enfants ont été malades toute la nuit.

— Attendez, attendez, monsieur Maillé. Je ne vois vraiment pas de quoi vous parlez.

— Hier, ma fille est venue acheter un saucisson et un pot de moutarde pour le souper, puis dans la soirée, mes enfants ont été malades. J'ai voulu faire venir le docteur à la maison, mais il a refusé de se déplacer parce que les chômeurs comme moi n'ont pas d'argent pour payer. J'ai dû hospitaliser mes enfants à Sainte-Justine. Je vas revenir contre vous, monsieur Sansoucy…

Léandre se racla la gorge. L'épicier se tourna vers son fils et l'interrogea d'un regard assassin.

— Tu y serais pas pour quelque chose, par hasard ?

— Hum ! De la moutarde, ça se conserve longtemps, voyons donc.

— Fais pas l'innocent, Léandre, on parle du saucisson, taboire !

— Il traînait sur votre étal de boucher, avoua piteusement Léandre. Quand j'ai vu la pauvre petite Maillé, je trouvais de valeur de la faire payer. Je lui ai donné le saucisson et le pot de moutarde.

— Ah ! Parce que monsieur a pris sur lui de donner gratis de la charcuterie et un pot de condiments. T'aurais pu faire une facture, batèche !

Maillé suivait avec un intérêt croissant l'échange peu banal qui se déroulait sous ses yeux. Un moment de lucidité éclaira le visage de Léandre.

— C'est vous, le père, qui aviez oublié de le ranger avant de partir, enchaîna Léandre. J'ai pensé que ça se conservait plus longtemps que ça, un saucisson. D'ailleurs, vous étiez peut-être pas tout à vous non plus. Je vous ai vu prendre quelques bonnes gorgées avec Philias Demers avant de quitter l'épicerie pour aller voter, puis vous vous êtes fait ramasser par la police parce que vous troubliez la paix publique ; venez pas dire le contraire…

— Ah ! Ah ! Le chat sort du sac ! Un cadeau empoisonné. Il me semblait aussi que vous étiez responsable, monsieur Sansoucy.

Ah ben, par exemple ! En tout cas, je vas vous traîner devant les tribunaux. À moins que vous vouliez régler ça à l'amiable…

Sansoucy, qui était subitement revenu de ses excès de la veille, se résigna à faire une proposition. Maillé avait les yeux ronds et attendait avec une impatience dévorante.

— Écoutez, Maillé, dit l'épicier, je vous donne cinq piasses, puis on n'en parle plus.

— Vous voulez rire, rétorqua le client.

— Je suis prêt à aller jusqu'à sept, mais pas une cenne de plus, argumenta l'épicier.

— Si vous me donnez pas vingt-cinq piasses en argent comptant, drette là devant moi, je sors d'ici puis je m'en vais immédiatement vous dénoncer à la justice.

Le marchand s'aperçut qu'il avait affaire à un redoutable adversaire ; il consentit à la demande de son client. La mâchoire serrée, il se rendit derrière son comptoir, ouvrit le tiroir-caisse qu'il vida pratiquement de son contenu, en grappillant des pièces de monnaie pour compléter les derniers dollars.

Sansoucy se tourna vers son client et compta deux fois plutôt qu'une les billets dont il éprouva l'épaisseur en les frottant entre le pouce et l'index.

Chapitre 10

Les élections québécoises avaient reporté au pouvoir le gouvernement libéral de Taschereau et relégué les chances de Maurice Duplessis d'accéder à la gouverne du Québec au prochain scrutin provincial. Sansoucy avait mal pris la défaite de son idole – qui avait d'ailleurs été le protégé de frère André lors de ses études au collège Notre-Dame. L'homme lui semblait capable de mettre de l'ordre dans les finances de la province et de diriger les destinées du peuple canadien-français mieux que quiconque. À certains moments, il s'identifiait au petit avocat de Trois-Rivières.

Les choses n'allaient pas aussi bien qu'il le souhaitait dans toutes ses entreprises. Il avait peut-être perdu madame Bazinet comme cliente – encore que cela restait à voir – et avait essuyé un formidable revers devant les nouveaux occupants du logis, mais il n'avait pas souffert trop longtemps de savoir son logement inoccupé. Tout compte fait, Léandre avait déboursé en avance pour deux mois de location. Théodore Sansoucy n'en avait jamais tant espéré, ce qui contrastait singulièrement avec les habitudes de payer en retard du ménage Laramée et de plusieurs clientes de son commerce.

La vie à quatre s'organisait. Léandre et Simone avaient soulagé la maison familiale de leurs effets personnels, et David avait rapatrié tout ce qu'il pouvait de chez lui. Quant à Paulette, ses parents l'avaient empêchée de retourner chez elle pour récupérer le reste de ses affaires. Son père avait braqué son gros visage carré devant la fenêtre de la porte d'entrée, manifestant ainsi la mise à exécution de ses menaces de reniement, pendant que sa mère versait silencieusement des larmes derrière son intraitable mari. Mais Paulette Landreville savait qu'un jour ou l'autre l'homme de la maison s'inquiéterait du bonheur de sa fille…

Émilienne exultait quand elle apprit la tournure des événements au sujet de l'appartement. Une fois de plus, Simone et Léandre avaient su tenir tête à leur père et, par le fait même, la mère Bazinet n'avait pas réussi à se rapprocher de son Théodore. À part Placide qui vivait au collège de Saint-Césaire, tous ses enfants logeaient à proximité. Elle pressentait le mariage imminent d'Édouard, mais elle se consolerait avec la fierté d'avoir un fils instruit qui faisait honneur à la famille en exerçant une profession plutôt qu'un métier. Quant à Marcel, moins doué, il finirait bien par se caser tout naturellement dans une manufacture du quartier. Cependant, une chose projetait une ombre au tableau de son bonheur. Et la noircissure ne faisait que commencer à s'étendre : Léandre et sa Paulette vivaient en dehors des règles sacrées de l'Église…

Alida, Alphonsine et Héloïse avaient éprouvé un ineffable contentement à voir partir Léandre et Simone. Comme la maison était grande à présent ! Les deux insoumis envolés, les trois célibataires Grandbois pourraient désormais respirer un peu mieux. D'autant plus qu'elles avaient hérité de l'ancienne chambre d'Irène et Simone. En effet, Irène avait refusé de reprendre la chambre abandonnée par les jeunes mariés afin de la céder définitivement à ses tantes. Elle s'était retranchée derrière un rideau avec son maigre « patrimoine » dans ce qu'elle appelait son alcôve. Le petit boudoir retrouvait ainsi sa fonction première, et il restait un espace encore très appréciable dans le salon double. Mais dans tout cela, Émilienne avait trouvé à redire à l'aînée. « Pauvre fille, il y a des limites à s'oublier ! lui avait-elle dit sur un ton de reproche. À force de vouloir t'effacer, tu vas te retrouver avec tes maigres pénates dans le hangar sur la galerie… »

Ses colocataires au travail, Simone avait trouvé le moyen de se rendre la vie facile et agréable. À sa défense, il faut dire qu'après le déménagement elle connaissait une période de fatigue dont elle essayait de se remettre en avalant sa dose quotidienne de vitamines achetées à la pharmacie Désilets. Léandre à l'épicerie, Paulette sur le chemin de la St. Lawrence Sugar et David ayant passé le seuil avec sa boîte à lunch le matin en échange d'un gros baiser d'amants passionnés, elle s'affalait sur le sofa à se brûler à des petits feux d'amour factices et éphémères en lisant des romans-feuilletons de quinze cents ou à écouter de la musique qui était plus de nature à l'étourdir qu'à l'apaiser. Ou bien, assise devant le miroir qui ne lui renvoyait que le haut de son corps rebondi, elle passait en revue tous les bijoux de son coffre, choisissait une épingle pour ses cheveux, se parait d'un bracelet qu'elle garderait toute la journée, ou s'enduisait les lèvres avec son bâton de rouge entre deux bouffées de cigarette.

Émilienne plaignait sa fille et la recevait pour le repas du midi qu'elle prenait avec les autres plutôt que dans la pesante solitude de son logis. Alors Simone dînait chez sa mère. Parfois elle préférait manger seule en ouvrant une boîte de conserve ou en se préparant un sandwich qu'elle grignotait en sirotant une orangeade ou un café. Après le dîner, elle allait s'exposer au commerce de son père, à poireauter les jambes croisées sur un tabouret, en fumant ses Sweet Caporal ou en polissant le bout de ses ongles avant de les enduire de *Cutex*, et en regardant de son air désinvolte les clientes faire leur épicerie. Puis elle remontait au logis juste à temps pour récurer la vaisselle du déjeuner et aider sa belle-sœur à préparer le souper.

L'épicier et son fils étaient venus dîner. Émilienne, Simone, Héloïse et Alida prolongeaient leur repas en prenant une seconde tasse de thé. Elles avaient parlé des fêtes qui approchaient, des cadeaux à acheter, du surplus de travail que les rencontres familiales imposaient. Les tantes avaient rassuré leur sœur, qui se faisait une montagne avec toutes ces festivités. Simone était sur le point de se retirer de table quand elle adressa une requête à sa mère:

— Il faudrait ben que je me décide, m'man. On est rendus à la fin de novembre et il y a pas encore de rideaux dans mon appartement. Viendriez-vous magasiner avec moi cet après-midi? Depuis le temps que Paulette et moi on s'est mises d'accord sur les tissus et les couleurs…

— C'est ben vrai! réagit Émilienne. Quand je suis allée visiter, tu venais de t'installer ; c'était normal. Mais là, ça commence à être nécessaire d'agrémenter tes fenêtres. Et puis c'est la moindre des choses qu'une mère accompagne sa fille au magasin, ma Simone. Surtout quand c'est demandé aussi gentiment. Dans ces cas-là, il y a pas grand-chose qu'une mère peut refuser à sa fille. À part de ça, Phonsine devrait être capable de te faire du bon, surtout qu'elle sait que, vous quatre, vous êtes pas tellement argentés.

— On est pas des guenilloux, m'man, s'offusqua Simone. J'haïs donc ça quand vous me prenez en pitié. David, Léandre et Paulette gagnent de bons gages. On est pas si mal pris que ça, vous savez. La preuve, c'est que je peux rester à la maison à rien faire…

— Bon, j'ai rien dit d'abord, soupira Émilienne.

Après la réaction qui avait suivi son épanchement de bons mots et de sentiments, Émilienne s'était tue. Alida prit sa dernière gorgée de thé et déposa sa tasse sur le coin de la table.

— Je vas les coudre, tes rideaux, si tu veux, proposa-t-elle.

— Ah! que vous êtes fine, matante! s'exclama Simone.

— Ça va me changer de mon tricot puis du démêlage de pelotes de laine, expliqua l'impotente. À vrai dire, à part les petites robes de noces que j'ai cousues pour Phonsine et moi, j'ai pas ouvert souvent ma machine à coudre depuis que je demeure ici. On était tellement tassés quand on était tout le monde ensemble…

Avec un gallon à mesurer et de quoi prendre des notes, la mère et la fille gravirent l'escalier qui menait au logement supérieur. Ce serait une affaire de rien pour Émilienne. Deux heures plus tard, après quelques désaccords sur le modèle de rideaux à installer, elles sortaient enfin du logis.

Émilienne éprouvait un malaise à se promener dans la rue Adam avec sa fille enceinte. Elle marchait d'un pas alerte comme si un froid d'hiver la piquait, la tête engoncée dans son collet comme si le vent glacial voulait lui cravacher le visage. Certains la verraient assurément se presser sur le trottoir contre sa fille et filer à l'angle de l'avenue d'Orléans où elle se rendait parfois. Elle entra au magasin de coupons.

Occupée à mesurer une étoffe choisie par une cliente, Alphonsine salua brièvement sa sœur et sa nièce. Madame Métivier, la nouvelle propriétaire du commerce, écarta de sa main tavelée le rideau qui servait de cloison et parut dans la boutique.

— Bonjour, madame Sansoucy, dit-elle de sa voix chevrotante. Vous aimeriez choisir un patron pour une petite robe des fêtes?

— Ça sera pas nécessaire, je suis allée aux noces cet automne. Je vas mettre le même linge.

La vendeuse était agitée d'un curieux remuement qui produisait un agaçant cliquettement des bracelets qu'elle portait à son bras. Elle détailla le manteau de drap gris à col de fourrure de la jeune fille et le ventre qui gonflait légèrement sa robe.

— J'ai des patrons qui sont faciles d'ajustement pour les petites dames enceintes, suggéra-t-elle.

— Comme vous l'avez sûrement appris par les racontars qui circulent, ma fille demeure depuis pas longtemps au-dessus de chez moi, exposa Émilienne. Elle a décidé d'habiller ses fenêtres. Elle ne connaît rien à la couture, mais elle a le chic pour les belles choses. Il va falloir qu'elle se modère…

— Voyons, m'man, protesta Simone, vous êtes en train de me faire passer pour une capricieuse. Je m'appelle pas Colombine, moi.

— Vous êtes bien tombées, j'ai un grand choix de textures et de couleurs, affirma la marchande de sa voix sautillante. Et en plus des patrons, des tissus à la verge, des coupons, des fils, des aiguilles et des boutons, j'ai décidé d'offrir des jouets pour les fêtes. Je me demande, madame Sansoucy, comment ça se fait que vos sœurs avaient pas pensé à ça?

Alphonsine se retourna et regarda à la dérobée la dame à qui elle et sa sœur Alida avaient vendu le commerce. L'attention de Simone se porta sur le petit coin aménagé qui présentait tout un assortiment pour amuser les enfants : poupées, landaus, voiturettes, toupies, tambours, soldats… Son regard se posa sur un objet en particulier.

— Regardez, m'man, s'extasia Simone.

— C'est le cheval de bois qui vous intéresse? demanda la vendeuse.

— On est pas venues acheter un cadeau pour le p'tit, intervint Émilienne. D'ailleurs, on sait même pas si c'est un garçon ou une fille.

— De la façon qu'elle le porte, c'est sûrement un garçon, je mettrais ma main au feu, prétendit la commerçante.

— En tout cas, aujourd'hui on va regarder pour les rideaux, puis on reviendra peut-être pour le cadeau du p'tit.

La mère et la fille se mirent à fouiller dans les présentoirs. Chaque fois qu'un rouleau était déroulé, madame Métivier allait se poster à la fenêtre, en affichant un large sourire, et laissait pendre l'étoffe pour en faire apprécier l'effet.

— Puis, qu'est-ce que vous en dites, mesdames? s'enquit-elle.

— T'as choisi du beau, ma fille, ça va te coûter une beurrée, commenta Émilienne.

Une heure à reluquer dans le beau, à admirer les couleurs chatoyantes des étoffes et à palper les tissus soyeux avait suffi à enlever toutes ses forces à la mère. Elle alla se hisser sur le haut tabouret qui avait servi à sa sœur Alida lorsqu'elle s'assoyait au comptoir pour servir les clients.

— J'en ai assez, souffla-t-elle. Tu serais ben mieux de te contenter de coupons, Simone, conseilla-t-elle. Si tu mets trop dans les rideaux, il vous restera plus rien pour manger puis pour payer votre loyer.

— OK d'abord, bougonna Simone.

Les sourcils froncés, elle s'approcha des étals et fourragea dans les morceaux disparates, sollicitant du regard l'avis de sa mère. Madame Métivier observait l'acheteuse de son visage satiné en souhaitant qu'elle ne trouve pas de pièces assez grandes. Après trois quarts d'heure de recherche et d'hésitation, Simone dégota quelque «bout de ligne» qui pourrait convenir et retourna aux rouleaux pour choisir une dentelle pour laquelle elle avait eu un coup de foudre.

— C'est pour ma chambre! annonça-t-elle.

— Penses-y à deux fois, Simone, t'as pigé dans le plus dispendieux, ma fille.

Puis, du haut de son tabouret, Émilienne interrogea la vendeuse.

— Vous allez lui faire du bon, j'espère, supplia-t-elle d'une voix altérée.

— Vous savez ben que je fais pas un gros profit là-dessus, répondit-elle.

Alphonsine, qui achevait de servir sa cliente, toussota pour signifier son désaccord. Mais persuadée qu'elle avait conquis le cœur de la jeune fille, madame Métivier alla vers une table. En proie à la hantise des échancrures et du matériel gaspillé, Émilienne surveillait, les mâchoires serrées, les gestes de la marchande à la main branlante. Puis la vendeuse étala fièrement le tissu ajouré, mesura la longueur nécessaire et, empoignant son instrument, coupa l'étoffe de sa main mal assurée dans un crissement de ciseaux qui sembla la griser.

Émilienne se souleva avec effort de son tabouret et sortit l'argent nécessaire de son gros sac à main.

— Qu'est-ce que vous faites là, m'man? s'enquit Simone. C'est moi qui étais supposée payer.

— Tut! Tut! J'ai ben le droit de te faire un cadeau, rétorqua sa mère. Pourvu que t'en parles pas à ton père…

— Je peux pas croire que vous êtes obligée de lui demander la permission pour dépenser, lança la jeune mariée.

Simone avait emprunté un air faussement indigné. Elle savait que ses parents n'étaient pas réduits à l'indigence et que sa mère éprouvait une fierté non dissimulée à contribuer, selon les moyens de sa bourse, à la santé financière des deux petits couples qui logeaient au-dessus de sa tête. Et elle ne serait pas étonnée que sa mère retourne magasiner un jouet pour son petit-fils…

Burette en main, Alida achevait d'huiler sa machine à coudre et attendait avec fébrilité le retour des femmes du magasin. Elle n'aimait pas particulièrement le caractère capricieux d'enfant gâtée de sa nièce, mais elle se faisait une petite gloire de l'aider modestement à sa manière. D'ailleurs, Simone n'avait-elle pas un petit côté attachant? Elle n'était pas comme Édouard, le suffisant personnage, un jeune homme tout confit de complaisance qui n'avait jamais levé le petit doigt pour la seconder dans ses déplacements avec sa chaise de paralytique. Et dans les secrets replis de son cœur, n'espérait-elle pas que l'enfant à naître ne soit pas accablé d'une infirmité comme celle qui la clouait la plupart du temps dans son fauteuil roulant?

Sitôt la porte de l'appartement refermée, dans un soupir exhalant une grande fatigue, Émilienne s'écrasa sur une chaise et Simone posa le gros sac de ses emplettes sur la table de cuisine.

Avec ravissement, Alida en fouilla le contenu qu'elle déversa lentement sur elle.

— T'as pas pris ce qu'il y a de plus beau, mais au moins ça va boucher tes vitres une bonne secousse avant que le soleil passe au travers, exprima-t-elle. La dentelle, c'est pas pour ta chambre, j'espère?

— Oui, matante.

— Qu'est-ce que t'as pensé, donc? répliqua Alida. Le jour vous êtes pas dans votre chambre puis le soir vous voyez pas dehors. En plus, ça va mal bloquer la lumière du matin. C'est comme de l'argent jeté à l'eau…

— En tout cas, on dirait que plus il y a de trous dans le tissu, plus ça coûte cher, plaisanta Émilienne.

— Faut croire que c'est plus difficile de fabriquer des trous que de les remplir, commenta Simone, pour ajouter à la remarque rigolote de sa mère.

— J'ai juste une petite faveur à te demander, dit la tante. J'aimerais voir l'allure de tes châssis une fois les rideaux installés.

— Léandre et David vont se faire un plaisir de vous grimper au troisième, matante, répondit Simone.

Paulette avait franchi le seuil de l'usine dès qu'elle eut présenté sa carte au pointeur. Elle ne s'était pas attardée à jaser avec des camarades pour sentir plus longtemps l'odeur de sucre qui lui soulevait le cœur à longueur de journée devant les sacs qu'elle remplissait à la St. Lawrence Sugar. Après une gorgée d'eau avalée d'un petit cône de carton, elle s'était acheminée d'un pas hésitant vers l'appartement. Le malaise qu'elle ressentait n'avait rien d'habituel et lui inspirait les pensées les plus inquiétantes. Au logis, Simone espérait sa « belle-sœur » dans une attente fiévreuse.

L'ouvrière parut enfin.

— J'ai acheté les tissus! déclara Simone. Si tu veux, on va aller voir chez ma mère avant de préparer le souper.

— Mmm!

— Qu'est-ce que t'as? On dirait que t'es pas de bonne humeur…

— C'est pas ça, Simone. Ça file pas ben ben. J'ai eu toutes les misères du monde à faire ma journée, puis ça a tout pris pour que je vomisse pas mes tripes sur le trottoir en revenant.

— Ben va t'étendre sur le sofa.

Simone alla chercher un plat et revint au salon. Paulette s'était affalée sur le divan et avait posé sa tête livide sur un coussin, la bouche béante, les yeux égarés. Une pensée effleura l'esprit avisé de Simone qui détaillait avec inquiétude sa colocataire, mais les mots ne franchirent pas ses lèvres.

— Je sais à quoi tu penses, murmura Paulette.

— Que je vas être obligée de préparer le souper toute seule, plaisanta Simone.

— Niaise donc pas. Tu crois que je suis enceinte, hein?

— Pour tout dire, c'est sûr que c'est la première idée qui m'est venue, Paulette. Va falloir que tu te fasses examiner…

— En tout cas, je veux pas le garder, ce petit-là, maugréa Paulette en soulevant la tête. À l'usine, je connais des filles qui ont fait passer leur bébé en prenant juste une demi-journée de congé. Léandre puis moi, on peut pas se permettre que je perde mon emploi.

— Faudrait d'abord que t'en parles à mon frère. Il est peut-être pas du même avis que toi.

— Pas question! Quand t'es tombée enceinte de ton p'tit, t'as décidé de le garder, ben pas moi.

— Premièrement, c'est même pas sûr que tu sois enceinte, Paulette. Si ça te fait rien, on en reparlera. On va manger de la galette pour le souper, décréta-t-elle.

— Mais on a pas de farine de sarrasin, Simone. Moi je vas me contenter d'une petite toast ben sèche. Je sens que je suis pas capable d'avaler grand-chose.

— Ça sera pas long, je vas aller chez ma mère.

Simone descendit d'un étage avec une tasse à mesurer. Le ronron de la machine à coudre l'attira. Alida cessa d'actionner la pédale. La tante avait déjà confectionné les rideaux des chambres et complétait les faufilures pour ceux du salon. La cuisinière remonta bientôt avec la farine et des conseils pour la cuisson des galettes. Elle entra à pas feutrés dans son logis. Paulette dormait. Sans faire de bruit, elle se mit à la préparation de la pâte. Spontanément, elle avait choisi une recette simple, celle que des mauvais souvenirs faisaient sourdement ressurgir dans sa mémoire : « Ça vient de se marier puis ça sait même pas faire de la galette ! T'es pas partie pour élever une grosse famille, ma noire… », avait platement proféré la tante Florida. Ce à quoi elle avait rétorqué pour se défendre : « Au *snack-bar*, j'étais serveuse, pas cuisinière, matante, et à la maison, mon père a jamais voulu que je m'approche du poêle. »

La pâte était prête. Cependant, les hommes n'étaient pas rentrés de leur travail. Simone avait tenté de chasser les réminiscences qui l'avaient ramenée à la campagne, au début de sa grossesse, mais l'état de sa belle-sœur la préoccupait. Elle se prit à rêver au petit neveu qui serait du même âge que son enfant, aux jeux qu'ils auraient en commun, à la gaieté bruyante qui emplirait le logis. Paulette dessilla les yeux et se redressa avec indolence.

— Il est temps que je me réveille, prononça-t-elle. Faut pas que Léandre me voie dans cet état-là.

— Voyons, t'as juste à dire que c'est un petit problème féminin. D'ailleurs, c'est ce que j'ai dit à matante Alida tout à l'heure pour expliquer que t'avais pas pu descendre avec moi pour voir ce que j'avais acheté avec ma mère.

— T'as ben raison, Simone. Après tout, ça va peut-être le tenir tranquille à soir. Faut dire que j'haïs pas ça pantoute moi non plus, ricana-t-elle.

— Écoute, Paulette, quand tu dormais, j'ai pensé à une serveuse qui travaillait au *snack-bar* avec moi. Elle pourrait me donner une adresse. Il faut faire ben attention aux charlatans qui font la *job* pour pas cher. Lise a été ben satisfaite, elle. En fin de semaine, si tu veux, on pourra aller prendre un Coke entre filles.

Simone avait réussi ses galettes de sarrasin en suivant le conseil de sa mère : les faire cuire pas trop épaisses et directement sur le poêle de fonte. Paulette avait manifesté le désir de passer une petite soirée tranquille, après un souper frugal qui lui avait arraché quelques haut-le-cœur en voyant ses amis répandre de la cassonade sur leurs crêpes salées. Les femmes avaient convenu que le sceau du secret serait apposé sur le soupçon de grossesse de Paulette. Elles achevaient la vaisselle pendant que les deux hommes en camisole dégustaient leur deuxième bière en racontant leur journée. À tout moment, ils s'esclaffaient. Rien de drôle ne se produisait à la fabrique de cercueils, mais la vie grouillante de l'épicerie regorgeait d'anecdotes savoureuses que Léandre relatait tous les soirs à son beau-frère.

La sonnerie de l'appartement se fit impérieusement entendre. Bouteille à la main, Léandre se leva et alla ouvrir en carrant les épaules. Trois personnes s'engageaient dans la cage de l'escalier.

— Ah ben taboire ! s'étonna-t-il. Les parents de Paulette avec monsieur le vicaire.

— Je vas m'enfermer dans ma chambre, déclara Paulette en amorçant un pas pour aller se cacher.

— Fais pas ça, l'interdit Léandre. Il fallait ben que ça arrive un jour ou l'autre, cette visite-là.

— Mosus de mosus ! dit Paulette. Je suis en robe de nuit, je vas scandaliser le vicaire…

— C'est aussi ben de même, commenta Simone. Comme ça, ils resteront pas très longtemps.

Conrad Landreville parut le premier au logis.

— Cette idée de nous faire monter au troisième, se plaignit-il. Vous pourriez pas habiter plus haut, enfant de nanane !

— Vous étiez pas obligé de retontir ici avec toute la paroisse, popa ! riposta Paulette.

Le père de Paulette était un homme dans la quarantaine avancé. Avec le temps, son travail sédentaire de commis comptable dans une entreprise du quartier l'avait appesanti d'un léger embonpoint. L'homme chauve au visage sanguin arborait des moustaches luxuriantes, et ses yeux mauvais lui conféraient un air grave dont il ne s'était jamais départi depuis le décès de son fils de faible constitution, que la mort avait fauché quelques années plus tôt par l'impitoyable tuberculose.

Gilberte Landreville montra la plume de son chapeau dans l'embrasure, promenant un regard circonspect dans la pièce.

— Vous êtes ben petitement, là-dedans, et quel dénuement ! observa-t-elle de sa voix de crécelle. Puis comme mobilier, ça fait un peu pitié !

— Je peux pas croire que vous êtes venue juste pour voir mon logement puis notre mobilier, moman, commenta Paulette. C'est pas si petit que ça, on a des meubles convenables. Pour ce qui est des rideaux, la tante Alida achève de les coudre.

Sa mère lui paraissait amaigrie et sa voix, d'un timbre franchement plus aigu qu'à l'accoutumée. Ses yeux cerclés de bistre et son teint blafard révélaient des nuits sans sommeil. La visiteuse déboutonna son manteau, fit quelques pas dans la pièce et s'effondra sur le sofa couvert de cretonne à grands ramages verts. Béret à la main, l'ecclésiastique hésitait sur le pas de la porte.

— Soyez pas aussi cérémonieux, monsieur l'abbé, faites comme chez vous, venez vous asseoir ! dit la dame.

Lionel Dussault hocha la tête et prit place. Sans se départir de sa bouteille, Léandre tira de l'autre main les chaises qui manquaient au salon.

— Prendriez-vous une Mol', monsieur Landreville ? hasarda-t-il.

— Tu pourrais en offrir une à l'abbé, tant qu'à faire, proposa Simone.

Un sourire tiède passa sur les lèvres du prêtre pour signifier son refus.

— Vous allez bien, madame O'Hagan ? s'enquit-il. C'est pour quand déjà cet enfant que vous attendez ?

— Au printemps, répondit Simone.

Monsieur Landreville avait rejoint sa femme et le pasteur sur le divan. Simone alla prendre son paquet de Sweet Caporal sur le dessus de la glacière et s'installa sur la chaise libre en se croisant les jambes. Puis elle s'alluma une cigarette et exhala avec insolence sa fumée vers les visiteurs. L'abbé Dussault était obnubilé par la tenue écourtée de la fumeuse et tortillait convulsivement son béret, puis il secoua ses pensées impudiques et tourna son visage pivelé en direction de la jeune fille en nuisette qu'il avait eu le mandat de ramener chez ses parents.

— Mademoiselle Landreville, vous causez beaucoup de peine à vos parents, vous savez, déclara-t-il d'un ton nasillard. Depuis que vous avez quitté, oserais-je dire, cavalièrement la maison familiale pour venir habiter avec le fils de ce brave épicier Sansoucy, il ne s'est pas écoulé une journée que le bon Dieu amène sans que l'un ou l'autre surgisse au presbytère pour me confier son chagrin. Mettez-vous à leur place, mademoiselle. Avez-vous imaginé un instant le déshonneur qui s'abattait sur votre famille ?

Paulette demeurait bouche bée, comme si elle accusait les remontrances pathétiques de la soutane, mais elle laissa plutôt couler sur elle la peine et la honte de ses parents qui se liquéfiaient par le plaidoyer larmoyant de l'homme d'Église.

— Il me semble que tu as changé, Paulette, livra madame Landreville, la voix brisée par l'émotion. Tu es plus aussi joyeuse qu'avant et j'ai pas l'impression que tu t'alimentes aussi bien. Manques-tu de quelque chose qu'on pourrait t'apporter ?…

— Je t'en prie, Gilberte, commence pas à céder, coupa Landreville avec irritation. C'était bien entendu qu'on venait ici avec l'idée de ramener notre fille à la maison. Pas avec celle de lui faire cadeau de paniers de provisions…

Simone observa que les parents de sa belle-sœur avaient mal préparé leur argumentation. Un sentiment de compassion s'empara confusément d'elle. Plutôt que de rester avachie dans une attitude provocante devant la brochette de visiteurs tendus sur le sofa, elle eut la décence de se lever et d'entraîner David dans l'enfoncement de la fenêtre. Le prêtre constata qu'il devait se porter à la rescousse du couple Landreville, qui avait fondé tous ses espoirs en lui. Il s'adressa à l'amoureux de Paulette.

— Et vous, Léandre, réalisez-vous que vous vivez dans le péché ? s'insurgea le représentant de Dieu. Monsieur et madame Sansoucy doivent être découragés d'avoir mis au monde deux renégats : vous et votre sœur Simone. Ils doivent bien se demander ce qu'ils ont fait au bon Dieu pour mériter un tel affront…

La fille de Sansoucy jeta au prêtre un regard assassin et le fils de l'épicier se cabra en raidissant les mâchoires. Il répondit avec véhémence :

— Eh bien, posez-leur vous-même la question, monsieur l'abbé. À les entendre à confesse, vous en serez peut-être étonné…

Conrad Landreville se leva comme si on l'avait insulté.

— Enfant de nanane ! s'emporta-t-il. Vous voyez ben qu'on perd notre temps…

Sa femme rassembla ses forces et imita le geste de son mari.

— En tout cas, arrange-toi pas pour tomber enceinte comme ta belle-sœur, lança-t-elle.

Le pasteur, s'apercevant que toute argumentation était devenue inutile, déclara forfait et alla rejoindre ceux qu'il accompagnait sur le seuil.

* * *

Simone et Paulette rajustèrent les plis froissés qui gonflaient laidement l'étoffe et allèrent se rasseoir sur le sofa. Elles contemplaient avec ravissement les rideaux du salon que leurs hommes venaient d'accrocher. La tante Alida avait consacré des heures de dévouement à se dépenser sur sa Singer. Ensuite, l'artisan et le jeune épicier n'avaient eu qu'à glisser les anneaux sur leurs tringles.

Une soudaine bouffée d'émotions s'empara de Paulette.

— J'aurais aimé que ma mère voit comme c'est beau avec les rideaux installés, mentionna-t-elle.

— Elle va ben retontir encore une fois, exprima Léandre, puis elle verra à ce moment-là.

— Ça va prendre une mèche avant que je l'invite à souper, en tout cas, souffla Paulette.

Simone consulta sa montre et se leva prestement.

— Asteure, les gars, on va aller fêter ça au théâtre. C'est un film avec Greta Garbo qui passe à soir. C'est comme si un grand nom d'Hollywood s'était déplacé pour venir nous voir. On peut pas manquer ça !

— J'ai pas ben le goût d'aller aux vues, dit Léandre. D'ailleurs, elle est pas si belle que ça, Greta Garbo, puis elle se prend pour une autre.

— Moi aussi je préfère rester à l'appartement, l'appuya David. Ça fait du bien de s'écraser de temps en temps le samedi soir.

— Ça tombe ben, les gars, parce qu'on avait pas l'idée de vous emmener, lança Simone. Ce soir, ça s'adonne qu'on sort entre filles, hein, Paulette ?

Quelques jours plus tôt, l'ancienne serveuse s'était rendue avec Paulette au *Ontario's Snack-bar* après une visite chez le médecin, qui avait confirmé la grossesse de sa belle-sœur. Elle avait obtenu de Lise le nom et l'adresse du monsieur qui l'avait délivrée. La sémillante brunette avait payé cher de son étourderie d'un soir avec un client butineur qui l'avait engrossée et qui était disparu au petit matin.

Dans le tram bondé qui les amenait au faubourg Saint-Henri, Simone avait laissé la seule place libre qui restait à sa belle-sœur. Assis à côté de Paulette, un jeune homme élégamment vêtu se leva de son siège et céda courtoisement le sien à la femme au ventre rebondi. Une main pendue à la courroie de cuir, le galant reluquait les belles-sœurs.

— Je pense qu'il tente sur toi, dit Paulette.

— Non, sur toi, rétorqua Simone. Moi, ça paraît que je suis enceinte.

Le tram émit son timbre éraillé et s'arrêta. Le jeune homme descendit avec regret.

— Il avait pas l'air d'un pauvre, celui-là, commenta Paulette. Ça explique pourquoi il est débarqué avant qu'on s'enfonce dans un quartier minable.

À l'arrêt du tramway, des flâneurs s'amusaient des passants et proféraient des discours dissolus en les montrant du doigt. Les deux femmes s'éloignèrent et rejoignirent des promeneurs qui s'engouffraient par grappes dans de petits débits. Puis elles longèrent le canal et s'aventurèrent dans une rue perpendiculaire entre des alignements de taudis de briques grises noircies par la suie que le halètement des hautes cheminées d'usines crachait dans le ciel. Elles déambulaient, aussi effrayées l'une que l'autre, affolées par l'obscurité, et plus encore par le sentiment qu'elles allaient commettre un geste irréversible.

— Pourquoi tu m'as emmenée dans un coin pareil, Simone?

— C'est encore le temps de revirer de bord. On dira à nos amoureux que le film était plate à mort… C'est là!

Simone avait repéré l'adresse clandestine, aussi secrète que l'interruption de grossesse qui se pratiquerait derrière la porte close. Du moins, le pensait-elle. Mais dans le voisinage on devinait les souffrances physiques et morales qui émergeraient du sous-sol de l'établissement. Une dizaine de pas, sur la gauche, on n'avait qu'à descendre quelques marches et sonner à la porte vermoulue. Hésitante, Paulette appuya le doigt sur la sonnette. Une large figure surmontée d'une épaisse chevelure parut dans l'encadrement. La dame esquissa un sourire bref et invita les jeunes femmes à s'asseoir près de l'entrée.

— Ça devrait pas être long, dit-elle.

Voilà une demi-heure que Simone s'était emparée d'un des illustrés jaunis que les doigts de centaines de patientes désespérées avaient dû feuilleter avant elle. De temps à autre, elle éloignait le magazine, et ses paupières s'abaissaient sur son ventre couvant le petit être qui grandissait dans ses entrailles. Pâle et frémissante de peur, Paulette ne cessait de regarder au-dehors. Le geste qu'elle s'apprêtait à faire l'enveloppait à présent dans une crainte insurmontable. Ses lèvres et ses mains tremblaient. Elle avait le front en sueur, et des idées de malheur tournoyaient dans sa tête. Elle aurait mal et elle serait combien de temps à repousser les avances sexuelles de Léandre ? Faisait-elle bien de se débarrasser d'un petit être qui ne demandait qu'à vivre et qui disparaîtrait sans même avoir poussé un cri ?

— Déboutonne-toi, au moins, recommanda son amie.

Simone jeta son illustré sur la table basse devant elle et aida sa belle-sœur à enlever son manteau.

— Comment ça se fait que ça prend du temps de même ? se lamenta Paulette. Donne-moi une cigarette, j'en peux plus.

Paulette, qui n'aimait pas que son Léandre l'embrasse après avoir fumé, portait maintenant la cigarette à ses lèvres avec une délectation qui semblait lui procurer une sensation d'étourdissement qu'elle ne dédaignait pas.

— On dirait que t'es habituée, commenta Simone.

De nombreux mégots écrasés dans le cendrier débordant exhalaient des remugles de tabac refroidi et la nervosité de Paulette avait atteint son paroxysme.

— La cigarette, c'est de la maudite cochonnerie ! lança-t-elle. Donne-moi de la gomme, Simone.

Paulette enfourna un demi-paquet et se mit à ruminer pour chasser le goût désagréable du tabac.

Mais l'énorme chique ne parvenait pas à dissiper les intolérables tourments qui l'agitaient. Un sentiment de culpabilité l'envahit, plus fort et plus tenace, et s'ajoutait à ses craintes. Elle cessa de triturer la bride de son sac, se leva, s'inclina et laissa tomber sa mâchée au milieu du cendrier qui s'éclaboussa de son contenu. Puis, le temps de se rasseoir, elle entendit d'effroyables hurlements retentir. Elle voulut se relever, mais la main de Simone entoura aussitôt son bras crispé et l'en empêcha.

— À l'heure qu'il est, la vue doit achever au théâtre Granada, argumenta Paulette. On devrait s'en aller.

— Asteure qu'on est rendues, on est ben mieux d'attendre. On retournera en taxi s'il le faut.

D'un geste enfiévré, Paulette sortit son poudrier, passa sa houppette sur ses joues blêmes et se mira dans le petit carré de glace qu'elle tenait nerveusement au bord de son sac à main. Après, elle s'enduit les lèvres avec son bâton de rouge. Quand elle eut fini de masquer sa pâleur, elle se releva brusquement.

— Je m'en vas prendre l'air deux minutes, Simone.

— T'es donc pas raisonnable, Paulette.

— Je voudrais ben te voir à ma place…

Et elle quitta les lieux.

L'hôtesse parut et s'adressa à Simone.

— Pendant que l'autre patiente se remet dans une salle, vous pouvez vous préparer dans une autre. Mademoiselle, je présume?

— Madame! Mais un moment, s'il vous plaît. Je suis seulement l'accompagnatrice…

Chapitre 11

Dans la Chevrolet jaune et noire qui les ramenait à l'appartement, la tête renversée sur le dossier de la banquette arrière, Paulette fixait le plafond de ses grands yeux effrayés. Simone tenait la main moite de sa belle-sœur, en regardant la pâleur exsangue qui lui donnait l'air d'une morte que l'éclairage des lampadaires de la rue Notre-Dame faisait luire sur le teint cireux de son visage. « J'ai l'impression de m'en aller en corbillard au cimetière », pensa Simone. Coiffé de sa casquette vernie, le chauffeur en livrée du taxi Vétéran tourna vers elle sa figure bouffie et ravinée.

— Ça fera pas des enfants forts, ça, madame ! commenta-t-il.

— Vous êtes pas ben ben encourageant, monsieur, rétorqua Simone. Il y a rien qui va empêcher ma belle-sœur de se reprendre. En passant, vous devez en voir des désespérées qui vont se faire avorter…

— À qui le dites-vous, ma chère dame ? J'ai vu des clientes qui sont retournées se faire charcuter une deuxième fois. En tout cas, vous, vous avez choisi de le garder, votre petit…

Paulette émergea de sa torpeur.

— On voit ben que vous avez le beau rôle, vous, les hommes ! regimba-t-elle.

Le chauffeur se mit à ergoter sur des thèmes éternels et à débiter des banalités. Mais l'ouvrière en usine et la serveuse de casse-croûte n'étaient pas dupes de ces paroles oiseuses qu'elles avaient maintes fois entendues de la bouche de libres penseurs qui se prenaient pour des philosophes.

La voiture-taxi s'immobilisa au coin d'Adam et de Bourbonnière. Paulette appuyée contre elle, Simone déboursa pour la course et referma la portière. Puis les passagères déambulèrent bras dessus bras dessous sur le trottoir ombragé que des yeux perçants embusqués dans la noirceur pouvaient apercevoir.

Paulette gravit péniblement les marches de l'escalier et Simone poussa piteusement la porte derrière elles.

Une rumeur joyeuse emplissait le salon. De part et d'autre de la table basse, cartes en main, David avait les fesses sur le bord du sofa et Léandre était assis à califourchon, les bras posés sur le dossier d'une chaise.

— C'était bon ? s'enquit Léandre, sans se retourner.

— Pas pire pantoute ! répondit laconiquement Simone.

Les arrivantes enlevèrent leur manteau et amorcèrent le pas en s'esquivant vers la salle de bain. Léandre se leva brusquement en abattant ses cartes sur la table.

— J'ai gagné ! s'écria-t-il en se tournant vers les femmes.

Paulette éclata en sanglots.

— La vue était triste, railla Léandre en s'approchant d'elle.

— On a ben fait de rester à l'appartement, commenta David.

Les larmes coulaient abondamment, entraînant le maquillage épais qui se délayait sur les joues enlaidies.

— Le film a mal fini, je suppose, l'amoureux de Greta Garbo s'est fait tuer dans un accident de la route, badina Léandre.

— Ah ! laissez-moi donc tranquille ! s'écria Paulette en se rendant à sa chambre.

Les pleurs demeuraient intarissables. Avec une sollicitude empressée, David apporta un mouchoir.

— Arrête de niaiser, Léandre, dit sa sœur en se dirigeant vers la chambre. Tu vois pas que Paulette est toute à l'envers?

Soudainement touché par l'affliction profonde qui semblait accabler sa compagne, Léandre suivit les femmes dans la pièce sombre.

Simone retira la courtepointe. Puis elle aida Paulette à se déshabiller, à enfiler sa robe de nuit et à s'ensevelir sous les draps.

— Qu'est-ce qui va pas, ma chérie? compatit Léandre d'une voix altérée.

Simone conduisit son frère au salon et expliqua en présence de David que Paulette venait de subir un avortement et qu'elle avait dû s'abriter derrière un prétexte et de petits mensonges.

— Elle aurait pu m'en parler, taboire!

— Oui, mais elle voulait pas risquer de perdre sa *job* aussi.

Décontenancé, Léandre s'adressa à son beau-frère en retenant des larmes qui perlaient à ses paupières.

— J'étais un père moi aussi, murmura-t-il.

David posa une main fraternelle sur l'épaule du jeune homme éploré.

Dans la chambre, Paulette ne dormait pas. L'intervention l'avait grandement affaiblie, mais elle ne parvenait pas à chasser les remords qui la tourmentaient. Tout conspirait à la jeter dans un tel état d'accablement: elle avait fait l'amour en dehors du mariage, elle avait fait le mal, elle n'était pas une bonne personne. Pire, elle avait délogé de son ventre un petit locataire qui avait signé un bail de neuf mois avec elle. Il s'était fait un nid en pensant qu'un jour il le quitterait parce qu'il ne pouvait censément envisager de passer toute sa vie entre les quatre murs d'une maison devenue trop étroite. Dehors il y avait tout un monde à découvrir, des gens à connaître et à aimer. Il aurait été le premier à lui rendre ses sourires, ses caresses, et à grandir pendant qu'elle lui tiendrait la main pour éviter qu'il ne trébuche et ne se fasse trop mal…

Et que diable faisait-elle dans un logis avec le fils de l'épicier, ce beau Léandre qui l'avait enjôlée et qui lui avait fait un enfant ? Elle, naguère si rieuse, si débordante d'énergie, maintenant réduite à un affaissement physique et moral. Elle pensa à sa mère, rongée d'inquiétude, amaigrie, qui était sans doute venue pour la supplier, mais qui avait battu en retraite avec ses exigences en constatant le bonheur de sa fille. Elle songea aussi à son père, vieilli, au regard chargé de sévérité, incapable de sortir un arsenal d'arguments comme celui qu'il déployait quand il s'enflammait pour défendre ses convictions politiques. Et l'émissaire dépêché par le curé Verner, nasillant d'abord les doléances de monsieur et madame Landreville avec une onction de la parole, livrant une missive cinglante à l'égard du fils de l'épicier.

Paulette se blottit contre l'oreiller de Léandre, comme si elle voulait le protéger des accusations injustes. Elle l'aimait et rien ne pouvait l'arracher à lui. Elle adorait tout de lui : la carrure de ses épaules, son regard envoûtant lorsqu'il abaissait ses paupières frangées de longs cils noirs, et la douceur de ses caresses autant que la fougue de ses dix-huit ans. Les jeunes filles du quartier avaient été nombreuses à offrir à leur mère de courir à l'épicerie-boucherie Sansoucy afin d'en rapporter un pain ou une pinte de lait en oubliant presque le but de leur course. Mais il l'avait choisie, elle, l'heureuse élue de son cœur.

***

Lundi matin, Léandre jeta un œil égaré aux chiffres lumineux du gros réveille-matin Westclock qui luisait dans la pénombre. Il se frotta les yeux et regarda le corps endormi de Paulette reposant sous les épaisseurs de couvertures. La veille, après la visite de sa mère et de la tante Alida qu'il avait grimpée à l'étage dans son fauteuil roulant avec David, Paulette s'était recouchée sans faire son lunch pour le lendemain. Elle avait demandé de la laisser récupérer encore une journée à la maison. Pour une fois, l'ouvrière ne se présenterait pas à l'usine, après des mois de loyaux services. Monsieur Boudrias, un patron de la St. Lawrence Sugar, devrait se passer d'elle. Ses compagnes de travail jaseraient. Chacune avancerait sa petite hypothèse pour expliquer l'absence anormale de l'employée. Elle n'était pas la première qui prolongeait sans raison valable sa fin de semaine. À moins que l'une d'entre elles ait décelé avec clairvoyance son indisposition du vendredi. Tant pis, elle irait demain et démontrerait qu'elle était capable de donner du rendement.

L'avant-midi s'écoula sans que le moindre roucoulement de cafetière vienne perturber le sommeil de la convalescente. Simone s'était levée en douce, avait erré comme une âme en peine dans l'appartement et avait pris le parti de se recoucher.

Midi sonnait dans tous les clochers des paroisses. Simone Sansoucy se leva, fit quelques ablutions, s'habilla et alla sonder la profondeur du repos de sa belle-sœur.

— Lève-toi, Paulette, on va aller dîner chez ma mère, dit-elle en voyant les paupières entrouvertes de sa colocataire.

La dormeuse marmonna quelques bribes indistinctes et offrit un visage défait à la faible lueur qui s'infiltrait dans la pièce. Ses yeux rencontrèrent ceux de Simone.

— Je vas aller prévenir ma mère que tu dînes avec nous ce midi, puis je remonte te chercher, dit la fille de l'épicier. Prépare-toi.

Du sang avait taché les draps. Avec la précision des gestes d'un somnambule, Paulette se remua avec lenteur, se mit debout et progressa vers la salle de bain.

Trois quarts d'heure plus tard, elle prenait place devant un bol de soupe fumante.

— Assis-toi, ma belle, puis mange, ordonna Émilienne. Il faut que tu reprennes des forces, ça pas de bon sens que t'ailles travailler dans un état pareil.

— Commence à manger, Léandre va monter d'une minute à l'autre, insista Simone.

Émilienne et Alida considéraient le visage décomposé de la jeune fille qui soufflait sur les cuillérées brûlantes avant de les porter à sa bouche.

— Pauvre fille, compatit Émilienne à la dérobée, on dirait qu'elle est pas mieux qu'hier quand on est allées voir les rideaux de son appartement.

— Il y a rien comme de s'envoyer de quoi dans le ventre pour se remettre sur le piton, commenta sa sœur.

Paulette jeta un drôle de regard à la femme en fauteuil roulant. Le mot « ventre » avait résonné dans sa tête comme une violente onde de choc.

— Elle est dans une mauvaise passe, elle va se rétablir, n'ayez pas peur, rassura Simone.

On parlait de Paulette comme d'une pure étrangère qu'on observait à distance. La commensale s'était emmurée dans un silence hostile et inquiétant. Elle sapait à présent son bouillon dans lequel elle trempait un quignon de pain beurré qu'elle ingurgitait aussitôt sa cuillérée avalée.

— Assoyez-vous donc, m'man, l'invita Simone.

— J'attends que ton frère arrive, puis je m'écraserai après l'avoir servi. Tiens, le voilà justement.

— Hé, ma petite femme adorée, à midi! lança-t-il.

Il l'embrassa sur le front et se lava les mains dans l'évier de la cuisine.

— Tu le sais que j'aime pas ça quand tu te savonnes les mains près du manger, Léandre. T'as juste à aller dans la salle de bain.

Léandre s'essuya les mains avec une serviette de lin qu'il chiffonna sur le comptoir et s'attabla. Émilienne se laissa choir sur sa chaise et s'adressa à son fils.

— Puis, content de ton avant-midi, mon garçon? s'enquit-elle.

— Ça paraît que les fêtes approchent. Le père a dû vous en parler, il y a des petites madames qui ont commencé à faire des provisions puis à acheter leur viande pour les tourtières. Vous allez le voir vous-même en allant à l'épicerie vendredi pour noter les comptes. Ça donne un surplus d'ouvrage, mais j'ai pas à me plaindre…

— J'en connais qui travaillent pas puis qui sont ben plus à plaindre, mon Léandre, commenta tout bonnement Alida.

— Exagérez pas, matante! rétorqua Léandre sur un ton de reproche. Paulette va prendre du mieux et demain, vous verrez, il ne restera aucune trace de son petit problème passager.

Léandre avait prononcé sans conviction des paroles lénifiantes destinées à apaiser sa mère et sa tante. Les traits contractés et la pâleur du visage fermé de son amoureuse lui donnaient à espérer que des couleurs renaissent sur ses joues. Seuls Simone et lui savaient que le mutisme de Paulette parlait avec éloquence de la douleur qu'elle ressentait.

On attaqua le rôti de bœuf. D'un hochement de tête, Paulette accepta la deuxième tranche que la mère de Simone lui servait. Elle mangeait avidement, les yeux dans son assiette, le corps meurtri essayant de se refaire, de réparer les dégâts internes causés par la brutale interruption de grossesse. Autour de la table, on avait compris qu'il fallait la laisser tranquille, ne pas la brusquer. On s'était remis à bavarder sur des sujets qui ne la touchaient pas, respectant ainsi les frontières qui dorénavant paraissaient infranchissables sans provoquer un affaissement plus profond. Déjà qu'elle ait accepté de partager avec eux ce repas était peut-être le signe d'un début de mieux-être.

Toutefois, Émilienne se demandait de quel mal souffrait la blonde de Léandre. Un simple malaise physique ne pouvait engendrer à lui seul un tel éloignement des êtres. Même le taciturne Placide, le plus renfermé de ses enfants, ne lui était jamais apparu aussi étrange, aussi impénétrable. Elle devait bien avoir quelque chose, cette jeune fille, qui la terrassait et qui la forçait à se barricader derrière les portes closes de son affliction. Car il y avait bel et bien un tourment qui l'accablait et qui l'empêchait de s'exprimer. Son expérience de mère avait enseigné à Émilienne que le silence était parfois pire que la parole blessante. Que les mots, même mal choisis et mal formulés, ne sont que des perches tendues au malheur de l'autre. Elle résolut de parler:

— Coudonc, Paulette, es-tu enceinte? demanda-t-elle.

La question imprima momentanément sur une pellicule les gestes immobiles des convives et les regards se tournèrent vers la fille muette.

— Ben non, la mère, vous savez ben que non! répondit Léandre.

— Prends-moi pas pour une épaisse, mon garçon, j'en ai déjà vu d'autres. Tu peux nous le dire, on comprendrait. Peut-être que ça fait pas son affaire d'avoir un enfant à son âge et que ça dérange vos plans. Si j'étais à sa place, j'irais consulter un médecin. Simone, tu pourrais accompagner ta belle-sœur.

Simone se leva pour servir la tarte aux pommes chaude.

— Je suis ben prête à le faire, acquiesça la fille de l'épicier, mais c'est à Paulette de décider, m'man.

Paulette esquissa un sourire et bredouilla d'une voix trébuchante :

— On va y aller, madame Sansoucy.

Une certaine sérénité se répandit sur les visages. Léandre engouffra un morceau, embrassa sa petite blonde et s'engagea vers la porte.

— Puis moi, je suis pas un coton, se lamenta Émilienne.

Le garçon se détourna et revint vers sa mère qu'il encercla de ses longs bras.

— Bon après-midi, m'man, et merci pour le repas, dit-il avant de décocher une œillade à sa sœur et de franchir le seuil du logis.

Sans mot dire, Paulette engloutit deux pointes de tarte et regagna l'appartement avec Simone. Elle pressentait qu'un examen chez le médecin ne lui apporterait aucune aide et aucun réconfort. Pour éviter des discussions inutiles, elle avait consenti à suivre la recommandation de sa belle-mère, mais il était facile de rapporter faussement les prescriptions du soignant sans le rencontrer.

Après un repas aussi copieux, une bonne promenade lui ferait vraisemblablement du bien. La porte venait de se refermer et elle hésitait à poser le pas sur le trottoir, évaluant de quel côté elle allait s'engager. Mais elle ne resterait pas là à supporter les yeux inquisiteurs des passants. Simone étudia le regard trouble de sa belle-sœur et décida.

— Suis-moi, dit-elle, l'enjoignant à lui emboîter le pas.

Elle appuya son bras sous le sien et elles s'éloignèrent rapidement de l'épicerie-boucherie.

Tout naturellement, Simone entraîna Paulette dans la rue Ontario, lui susurrant des mots de consolation auxquels elle réagissait par un air dépité. Elle trouvait que la vie était agréable, malgré les petits déboires qu'elle avait connus à la campagne. En définitive, son malheur n'avait été qu'une encoche en comparaison de l'entaille profonde creusée dans le présent de Paulette. Pour elle, tout était rentré dans l'ordre. À quoi servirait de ressasser les mauvais épisodes? C'était chose du passé, et on ne revenait pas sur les instants pénibles pour ne pas assombrir les plus joyeux moments qui venaient. Tout compte fait, le sentier de sa jeunesse n'avait été hérissé que de quelques épines qui ne s'étaient pas trop enfoncées dans la chair de son bonheur. Maintenant, et dans une certaine mesure, elle apprenait à vivre sa petite existence en affichant son indifférence aux commentaires. Elle aimait David, et David l'aimait. Et elle saurait comment devenir une bonne mère. C'était tout ce qui importait.

Paulette se cambra, obligeant sa compagne à s'arrêter. Simone réalisa qu'elles s'approchaient du bureau du médecin.

— N'aie pas peur, Paulette, c'est pas là que je t'emmène, promis! dit-elle.

Un faible sourire s'ébaucha sur les lèvres rétives de l'amoureuse de Léandre. Les belles-sœurs reprirent leur marche.

À voir la morosité de Paulette et l'état persistant de son désarroi, Simone se félicita d'avoir gardé son enfant. L'abattement démontrait-il une jalousie naissante ou le simple regret d'avoir effectué le mauvais choix ? Quoi qu'il en soit, la fille de l'épicier espérait se retremper dans son ancien milieu de travail, histoire de pavoiser un peu sur les indiscutables bienfaits de rester à la maison. Aussi se reposait-elle sur la force morale de Lise pour soulager la pauvre fille désemparée qui s'accrochait à son bras.

— Tiens, si c'est pas notre petite Simone qui s'ennuie de nous autres, lança le patron en voyant son ancienne employée. Je vous offre un Coke. Gratis !

— Si ça vous fait rien, je préfère ne pas me juquer sur un tabouret, répondit Simone. Ma petite bedaine commence à m'embarrasser drôlement.

Gédéon Plourde s'empressa à une table avec des serviettes de papier et deux bouteilles de cola bien enserrées entre ses gros doigts. Il s'assit en se croisant les bras.

— Vous prendrez ça à ma santé, dit-il. Puis, comment ça va, ma Simone ?

— J'ai le temps de penser à moi, à ma santé et à l'enfant que je porte. Franchement, j'ai pas le goût de revenir travailler de sitôt, monsieur Plourde.

— En tout cas, ma Simone, si tu veux reprendre du service après ton accouchement, tu as toujours ta place au *Ontario's Snackbar*, assura-t-il. Puis vous, mademoiselle ? dit-il, se tournant vers Paulette.

Lise empocha un pourboire ; une autre serveuse s'occuperait des derniers clients du dîner. Son patron se leva et elle se dépêcha de venir se glisser sur la banquette avant qu'il ne se rassoit à ses côtés.

— Et puis, comment ça s'est passé à Saint-Henri ? demanda platement la serveuse.

Les doigts de Paulette cessèrent de tambouriner convulsivement sur la table de similimarbre et elle avala une grande lampée de cola.

— Tu vois ben, Lise, que ma belle-sœur a pas le goût d'en parler.

— Monsieur Plourde est au courant de ce qui est arrivé à ta belle-sœur, Simone. Ça fait qu'il y a pas de gêne pantoute.

En disant cela, la serveuse avait pris la main de son patron, ce qui avait suscité l'étonnement de Simone.

— Faut pas te surprendre, Simone, on est ensemble asteure, expliqua-t-elle sans vergogne.

— Ah bon ! Je savais pas.

— T'es aussi ben de l'apprendre de moi que de n'importe qui. Asteure que la situation est claire entre nous, si tu me racontais ce qui t'emmène au *snack-bar*…

Simone considéra l'œil intéressé du restaurateur et relata les événements avec une certaine retenue. Lise donna son opinion en s'adressant à Paulette qui, méfiante, osait à peine regarder son interlocutrice :

— D'après ce que je peux voir, le problème, c'est que t'aurais voulu garder ton enfant alors que moi j'ai jamais regretté d'avoir fait passer le mien. Me verrais-tu aujourd'hui avec un *chum* de quarante ans puis un p'tit sur les bras ? ricana-t-elle.

Le restaurateur et sa serveuse s'échangèrent des regards énamourés. Les mots que Paulette venait d'entendre n'avaient que raviver son déchirement. Elle donna un coup de coude à sa voisine. Simone remercia Lise et son patron pour leur gentillesse, et les belles-sœurs prirent congé.

Au sortir du *snack-bar*, Paulette manifesta le désir de faire un crochet par la maison de ses parents. Elle souhaitait récupérer une photo de son enfance. Il était trop tôt en après-midi pour que son père soit rentré au foyer, et sa mère devait censément être partie au sous-sol de l'église pour les œuvres de la Saint-Vincent-de-Paul. Si elles se pressaient, avec un peu de chance, elles pourraient éviter de la croiser.

— Tu vas te faire du mal, commenta Simone.

— Non, non! Au contraire, ça va me faire du bien, assura Paulette d'une voix cassée.

Parvenue à l'immeuble, un doute plissant son front indécis, Paulette s'engagea sur le petit trottoir qui menait au logement. Sous un balcon de fer forgé qui assombrissait la porte, avec la fébrilité qui accompagne la première infraction d'un voleur, elle saisit la clé dans son sac et entra en se précipitant vers sa chambre. Là, elle s'empara de son butin, l'enfouit dans la poche de son manteau et revint vers sa belle-sœur demeurée dans le vestibule.

Les deux femmes avaient regagné leur logis. Une fois la porte fermée, Paulette s'était dirigée dans sa chambre pour épingler sa photo d'enfance au-dessus de la commode. Puis, sentant le besoin de calmer une faim soudaine, elle avait agrippé compulsivement une tablette de chocolat de la dépense que sa belle-sœur se réservait pour apaiser ses petites fringales. Simone avait accroché les manteaux, puis s'était efforcée de donner un coup de balai, de sortir les vidanges et de laver les draps maculés de sang qui séchaient au-dessus du poêle. Elle s'ingéniait maintenant à fricoter quelque fricassée de son cru pour le souper avec des restes qui trônaient dans la glacière, pendant que Paulette prenait ses aises sur le sofa en s'empiffrant de chocolat et en tournant d'un air ennuyé les pages d'un roman-feuilleton.

Les travailleurs rentreraient bientôt, et Simone s'agitait dans la cuisine en songeant qu'elle s'était suffisamment dévouée pour sa belle-sœur durant la journée. D'un air décidé, elle alla la retrouver.

— Remue-toi un peu, Paulette, plutôt que de t'effoirer sur le divan, s'emporta-t-elle. J'ai goalé comme une maudite folle depuis qu'on est revenues de chez tes parents. On dirait que t'es en pension, ici dedans.

— Fallait que tu le dises, Simone! répliqua étonnamment Paulette, refermant mollement le magazine. Je récupérais. Je pensais que, pour une fois que j'étais malade, tu me laisserais tranquille. Mais non! As-tu oublié que d'habitude je me dépêche de revenir de la *shop* pour t'aider à préparer le souper?

— En tout cas, viens couper les patates puis les carottes en dés. C'est long en maudit!

L'attitude farouche de Simone avait secoué la léthargie de la convalescente. Elle s'achemina à la cuisine et assista silencieusement sa belle-sœur.

Les hommes apparurent en même temps au logis. Simone quitta la cuisine et se rendit à l'entrée. David accrocha son manteau et suspendit sa casquette à l'un des quatre crochets fixés au mur derrière la porte et, prenant un air coquin, enlaça sa petite femme et la souleva.

— Fais pas le fou, David, pose-moi par terre! dit-elle en égrenant un rire.

Léandre considéra le beau couple d'amoureux. Sa gorge se noua. Du menton, il désigna la cuisine où devait s'affairer Paulette.

— Comment va-t-elle? chuchota-t-il.

— J'ai l'impression qu'elle ne fait pas d'effort pour se remettre, répondit sa sœur à voix basse.

208

Léandre marmotta quelques mots et s'accrocha. Puis il alla rejoindre la cuisinière et lui enserra les épaules en déposant un baiser dans son cou.

— Hum! Ça va être bon, ça, ce soir, murmura-t-il.

Elle se rebiffa, repoussant les bras du jeune homme.

— J'ai encore besoin de tranquillité, exprima-t-elle.

— C'est pas dans ce sens-là que je le disais, mon amour, s'insurgea-t-il.

Une lourde ambiance pesa pendant le repas, les sinistres blagues de David pour faire rire s'étant avérées inutiles. Léandre n'entendait pas à rire et Paulette tentait de chasser ses pensées morbides. Elle en était à sa troisième assiettée de fricassée et elle reluquait mentalement le reste de gâteau des anges que Simone servirait pour dessert.

À la fin du repas, quelqu'un frappa doucement à la porte. Léandre se leva de table en rogne et, l'œil méfiant, alla entrouvrir.

— Madame Landreville demande sa fille au téléphone, dit Marcel.

— Taboire que tu m'as fait peur! J'ai cru que c'était mes beaux-parents qui rappliquaient avec le vicaire Dussault.

Léandre se déporta auprès de Paulette qui avala un grand verre de lait avant de suivre Marcel dans l'escalier.

— Pourriez-vous m'aider à débarrasser la table et à essuyer la vaisselle, les gars? Paulette est pas ben ben serviable aujourd'hui…

À l'étage inférieur, Paulette avait étiré le fil du téléphone au maximum et se trouvait près de la chambre de l'épicier. Sansoucy arrêta de se bercer, prêt à saisir le moindre fragment de conversation qui filtrerait jusqu'à lui. Un linge de vaisselle à la main et l'oreille collée au mur mitoyen de la cuisine, les tantes essayaient de capter les bribes et les silences de Paulette, qui écoutait les litanies de récriminations de ses parents se relayant au cornet acoustique.

— On s'est aperçus que t'étais venue en cachette pour chercher la photo d'enfance sur ta commode, larmoya Gilberte Landreville. Viens surtout pas dire le contraire.

— Si tu reviens à la maison, on est prêts à te pardonner, à tout oublier, puis à recommencer à neuf, comme s'il ne s'était jamais rien passé, ajouta son mari.

Lasse d'entendre des lamentations qu'elle ne pouvait plus supporter, Paulette parut dans la cuisine et raccrocha. Sansoucy reprit à se bercer. Les trois tantes se dispersèrent aussitôt et se rapprochèrent de l'évier avec Émilienne, qui s'était écrasée sur une chaise pendant l'appel.

Remontée au logis, espérant échapper aux questions, Paulette disparut et se jeta sur son lit défait. Simone enleva le drap qui séchait sur une corde près du poêle, le plaça sous son bras et entra dans la chambre.

— Faudrait refaire ton lit avant que tu t'allonges pour la nuit, dit Simone.

Paulette se leva et sortit un drap plus chaud pour l'hiver qui venait, et toutes les deux l'installèrent. Ensuite, en plusieurs étapes, les deux jeunes femmes prirent les coins du drap d'été et s'éloignèrent l'une de l'autre pour le tendre entre elles, avant de se rapprocher pour le plier correctement. Puis Paulette monta sur une chaise et remisa la pièce de lingerie sur la plus haute tablette du placard.

Simone sortit de la chambre. Une bouteille de bière froide à la main, Léandre et David s'échangeaient des balivernes.

Chapitre 12

Léandre se retourna sur son flanc. Une autre nuit sans amour s'amorçait, aussi morne et glaciale que les précédentes. Leurs ébats passionnés, leurs corps enlacés jusqu'au petit matin lui semblaient bien loin derrière. Le sexe en berne, il se voyait maintenant privé des ineffables jouissances dont il était si friand. Certes, la détresse morale expliquait l'enfermement de Paulette, mais le désert dans lequel sa vie amoureuse s'enlisait l'obligerait à chercher ailleurs un moyen de satisfaire ses plus ardents désirs…

Depuis une heure, Léandre surveillait les chiffres phosphorescents du cadran pour éviter que la sonnerie ne secoue celle qui dormait à ses côtés. Abasourdi par de pénibles épisodes nocturnes, il s'étira la main pour neutraliser le dispositif de réveil. Sans faire de bruit, il agrippa ses souliers, prit ses vêtements sur son bras et, à pas étouffés, sortit de la chambre en pyjama, se rendit à la salle de toilette pour son rasage et ses ablutions matinales, et parut dans la cuisine.

Simone avait dressé quatre couverts et David était prêt à s'asseoir pour déjeuner.

— Paulette se lève pas ? demanda-t-elle.

— Ça sera pas d'aussi bonne heure, répondit Léandre. Si tu savais quelle nuit elle a traversée.

— Tu l'as pas ménagée, je suppose, s'enquit son beau-frère.

— Pas de farces plates à matin, David! La pauvre a fait des cauchemars toute la mosus de nuit. Une fois, il devait être trois heures, elle s'agitait dans son sommeil en disant qu'elle avait perdu tout son sang et qu'il fallait changer les draps. Un peu plus tard, alors que je croyais l'avoir rassurée en la serrant contre moi, elle avait rêvé qu'on portait son enfant en terre dans un petit cercueil blanc. Et chaque fois, elle se rendormait en ravalant des larmes.

— En tout cas, t'as l'air pas mal poqué, mon frère. Vas-tu être capable de faire ta journée à l'épicerie, toujours ? Assis-toi, je vas te préparer un bon bol de gruau comme m'man faisait avec des rôties sur le poêle.

— T'es pas mal fine, ma petite sœur.

— Ah ça, tu peux le dire, par exemple ! commenta David en donnant une claque affectueuse sur la fesse de sa femme.

Par ses gestes empreints de bonne volonté, Simone dénonçait l'apathie de sa belle-sœur qu'elle jugeait regrettable. Elle réalisait qu'elle ne pouvait plus se reposer sur Paulette, que des responsabilités nouvelles lui incombaient, qu'elle avait souvent été un peu lâche et qu'il était grandement temps que quelqu'un s'occupe de la maisonnée. Les hommes du logis pourraient dorénavant compter sur elle.

Un deuxième café corsé avalé, la main glissant sur la rampe, le fils de l'épicier quitta son appartement en descendant pensivement les degrés de l'escalier.

Un homme distingué à l'air affable s'entretenait avec le commerçant. Il était revêtu d'un pardessus marron et tenait respectueusement son chapeau à la main, comme s'il venait d'entrer dans une église. Sa figure était ronde, sans flétrissure, ses lèvres cousues d'un délicat fil rouge ne présentaient aucune sinuosité, et son crâne dégarni luisait sous les ampoules du magasin.

— Te voilà, toi, dit Sansoucy.

— Brassez-moi pas trop à matin, le père ! Je suis pas d'humeur à me faire bousculer…

— Monsieur Boudrias est *foreman* à la St. Lawrence Sugar ; il est venu pour te voir au sujet de Paulette.

L'homme s'inclina poliment.

— Un peu frisquet, ce matin, n'est-ce pas ? Pour tout vous dire, commença l'homme, une secrétaire de la manufacture a d'abord appelé hier chez monsieur Landreville pour parler à mademoiselle Paulette. Sa femme a dit que leur fille ne demeurait plus dans la rue Nicolet et qu'elle habitait avec le fils de l'épicier Sansoucy. Comme je passais par là ce matin, j'ai pensé que c'était une affaire de rien de m'arrêter pour m'informer.

— Hum ! fit Léandre. C'est que, voyez-vous, Paulette n'est pas en état de reprendre le travail actuellement.

— Mademoiselle Landreville n'est pas irremplaçable, vous savez, répondit Boudrias. Les emplois disponibles sont rares, et il y a une manne de chômeurs qui seraient prêts à briguer son poste.

— C'est une faveur que monsieur Boudrias lui fait, intervint Sansoucy à l'adresse de son fils. Réalises-tu, continua-t-il, que c'est pas n'importe quel *foreman* qui prendrait la peine de se déplacer pour sauver la *job* d'une de ses employées ? D'après ce que j'ai cru comprendre quand Paulette est venue pour parler à ses parents hier soir au téléphone, on peut se demander si... Il ne faut pas laisser filer un emploi pareil à cinquante cents par jour pour un pur caprice...

— Qui a dit que c'était un simple caprice, le père ? Je trouve que vous la jugez un peu vite, ma blonde, s'indigna Léandre.

Monsieur Boudrias considéra gravement le fils de l'épicier.

— En tout cas, déclara-t-il, je suis obligé de vous dire que si mademoiselle Landreville ne se présente pas à la manufacture à huit heures demain matin, son nom va être rayé de la liste des employés.

— C'est entendu, monsieur Boudrias, réagit Léandre. Elle va être là, je vous le garantis...

Le patron de l'usine remit son chapeau et salua civilement l'épicier et son fils.

L'avant-midi de Léandre s'écoula avec des préoccupations plein la tête. Le jeune homme entrevoyait l'heure du dîner avec appréhension. Un moment, il soupçonna Paulette de vouloir profiter de son état de convalescente pour se faire vivre par lui. Elle n'était pourtant pas dans la même condition que Simone pour espérer demeurer comme elle au logis. De temps à autre, il se prenait à penser à ce qui surviendrait si une dispute éclatait. Jamais la moindre discorde n'avait jeté une ombre sur leur amour. Tout au plus un malentendu, une incompréhension passagère qui se résorbait par des éclats de rire.

Son père revenait de dîner, le pas lourd et la panse bourrée.

— Ta Paulette vient de descendre, dit-il. Elle a encore l'air pas mal affamée. Ta mère l'a même servie avant que tu montes. Si ça continue, elle va nous coûter cher en batèche tout à l'heure, celle-là !

Léandre jeta un regard de désolation et gagna le logement de ses parents. Paulette était assise à côté de Simone et n'avait levé que des yeux furtifs avant que sa bouche ne se repaisse du potage de sa belle-mère. La tante Héloïse n'avait rien manqué des subtilités de comportement et elle anticipait la réaction de son neveu.

— Comme ça, rapporta-t-elle, le patron de la St. Lawrence est venu aux sources à matin.

— On peut rien vous cacher, matante, persifla le fils de l'épicier.

— Toujours est-il qu'il va falloir qu'elle se décide, ta blonde, avisa Héloïse.

— Ah ben taboire ! s'insurgea Léandre, ça, ça vous regarde pas pantoute, par exemple.

— Mon doux Seigneur, on peut rien dire asteure, ça monte tout de suite sur ses grands chevaux ! s'indigna Émilienne, se portant à la défense de sa sœur.

— Non, mais ça vient fatigant de toujours avoir tout le monde sur le dos, affirma Simone. Ce qui se passe entre Paulette et la St. Lawrence Sugar vous concerne pas pantoute.

— Oui, mais quand on veut aider…, avança gentiment Alida.

Léandre mit la main sur le bras de sa blonde et s'adressa à la tablée :

— Je sais pas si le père vous l'a dit, mais Paulette va retourner à la *shop* demain sans faute. Hein, Paulette ?

La jeune fille se moula un sourire fugace et continua de manger. Léandre avala son potage avec de grandes lampées et dévora sa portion de pâté.

De tout l'après-midi, Léandre essaya de décolérer. Un blâme jeté sur son père – qui avait malencontreusement rapporté au dîner la visite de Boudrias au commerce – n'aurait qu'envenimé la situation déjà tendue et tisonné les braises de vieilles querelles jamais éteintes. Il se consacra plutôt à contenir ses bouillonnements intérieurs et à développer des arguments pour persuader Paulette de se réintégrer dans son emploi.

Simone avait résolu de ne pas s'arrêter à l'épicerie. Il serait plus sage de prendre une bonne bolée d'air frais afin de se soustraire à l'humeur massacrante de sa belle-sœur. Elle pensait confusément que l'ambiance oppressante dans laquelle elle évoluait au voisinage de Paulette pouvait engendrer des effets négatifs sur l'enfant qu'elle portait. D'ailleurs, sans trop se l'avouer, elle n'entrevoyait pas le rétablissement prochain de son amie ; le cas lui semblait trop sérieux. Au dîner, elle lui avait paru si renfrognée, si hermétique, que Simone ne pouvait concevoir que la soirée qui venait lui permettrait d'émerger du marasme dans lequel elle s'était enfoncée. Au fil des mois, la vie à ses côtés deviendrait-elle intenable ? Autant pour Paulette elle-même que pour ceux qu'elle fréquentait ! Elle alla jusqu'à penser qu'il faudrait peut-être envisager le retour de Paulette chez ses parents. Ou même son propre déménagement dans le logis des O'Hagan, advenant le cas où il se libérerait. Mais on n'en était pas là. Du moins, pas encore…

Ses pas l'avaient menée dans la rue Ontario. Tout l'après-midi, elle s'était contentée de faire du lèche-vitrine, de contempler les décorations pour les fêtes, et elle était revenue à l'appartement les mains vides, avec le pressentiment que Paulette avait perdu son temps. Elle la trouva debout en face de la commode de sa chambre, figée devant sa photo dans un état second, comme si le fait de ramener sa propre enfance à sa mémoire était de nature à faire ressusciter l'enfant qu'elle avait jeté aux orties. Elle s'en approcha et admira quelques secondes le minois ravi de la jeune fille de la rue Nicolet posée au bas de l'escalier en colimaçon et tenant une poupée de chiffon dans ses bras potelés.

— Pourquoi me fuis-tu ? demanda Paulette sans se retourner. Je croyais que toi et moi on était de vraies amies.

— Ce n'est pas toi que je fuis, Paulette ; j'ai besoin d'air ces temps-ci. Vois-tu, j'étais tellement habituée à sortir de la maison et à rencontrer du monde au *snack-bar*. Je pensais que de rester ici à prendre mes aises toute la journée me rendrait heureuse. Cela fait un temps. J'avoue que je me suis trompée…

— Mais lorsque ton bébé sera là, il va prendre toute ton attention, tu seras comme toutes les petites mamans qui mettent leur poupon au centre de leur vie. Comme s'il y avait plus rien qui existait autour d'eux…

— Là, c'est toi qui as tort, Paulette. Rien ne t'assure que je serai une bonne mère. C'est certain que je vais me consacrer à mon enfant, mais il y a aussi mon mari, mes amies, la parenté, la maison…

— Au moins, tu as la chance d'être entourée par David, qui t'adore et qui serait prêt à donner sa vie pour toi…

Drapée depuis quelques jours d'un épais voile de mystères, Paulette s'exprimait à présent. D'une voix altérée, presque ténébreuse, elle parlait avec cohérence, mais ses propos étaient d'une telle gravité que Simone eut peur. Elle hasarda :

— Il faut te faire une raison, Paulette : l'enfant que tu portais n'est plus là. Je peux comprendre la souffrance que tu endures, les remords qui te rongent, peut-être. Et de me voir avec ma bedaine et le bébé qui pousse en dedans ne doit pas te laisser indifférente non plus. Des fois je me dis que j'aurais dû t'empêcher à tout prix de te faire avorter. Mais tu semblais si déterminée à t'en débarrasser que ça me donnait rien de m'opposer à ton projet. Avoir su…

Par le reflet du miroir qui ornait la haute commode, Simone étudiait la physionomie changeante de la jeune fille éprouvée. Les lèvres frémissantes, des trémulations de la voix, toute trace de son humeur folâtre de naguère était disparue. La figure oblongue de Paulette se contracta. Son front plissé pressa ses paupières. Ses yeux s'embuèrent derrière les cheveux épars qui sillonnaient son visage. Simone pensa qu'elle avait atteint la profondeur du mal, qu'un petit déversement de larmes ferait du bien. Elle poursuivit :

— En ce qui concerne Léandre, ce n'est pas qu'il soit malintentionné, il ne sait plus comment agir avec toi. Il ne te reconnaît plus, tout simplement. Mets-toi à sa place, Paulette : c'est comme si tu étais fâchée contre lui. Au fond de lui-même, mon frère t'aime, crois-moi. Et rien n'empêche qu'un jour vous puissiez vous reprendre et remplacer l'enfant qui devait naître…

Simone consulta sa montre.

— Les hommes vont bientôt rentrer. On va manger des sandwichs avec de la liqueur, déclara-t-elle. Du Cream soda, comme t'adores, à part de ça !

— Je vas t'aider, répondit Paulette avec un semblant de sourire.

L'heure du souper approchait. Un repas simple et vitement préparé s'imposait. David et Léandre comprendraient que les femmes de la maison vivaient chacune des moments particuliers et qu'ils ne pourraient exiger plus qu'elles n'étaient capables de donner.

David entra, accrocha son manteau et sa casquette, et s'élança vers la cuisine pour étreindre Simone, comme s'il revenait d'un chantier dans les bois après des mois d'éloignement.

— Léandre est pas arrivé ? s'enquit-il.

— Ça devrait pas tarder, mon amour, répondit Simone. Va te laver les mains dans la salle de bain. Tant qu'à faire, regarde-toi comme il faut dans le miroir. Tu t'es pas vu : enlève donc le bran de scie que t'as dans les cheveux. On dirait que tu travailles dans une boulangerie et que t'as la tête tout enfarinée.

Devant Paulette, l'épouse aurait souhaité moins d'exubérance de la part de son mari. « Quand on est malheureux, le bonheur des autres nous fait encore plus mal ! » pensa Simone.

Léandre avait renoncé à la colère qui l'habitait. Sa nature parfois impétueuse comme un volcan avait déjà fait échouer ses tentatives, qu'il avait ravalées avec d'amers regrets. Cette fois, il s'était ingénié à fignoler un petit scénario qui devait le conduire à un succès.

Sitôt la porte de l'appartement refermée, il décrocha le manteau de Paulette et s'écria :

— Viens ici, ma douce, j'ai une agréable surprise pour toi !

Paulette dégagea les cheveux qui lui masquaient un peu le visage et s'avança vers Léandre dans la robe qui lui plaisait le moins, la tête inclinée, les yeux relevés, comme pour exprimer en un instant tout le poids de son repentir.

— Je t'emmène au restaurant. Après on ira aux vues. Il y a un film avec Clark Gable au Granada, ce soir. C'est pas ton préféré, mais je sais que tu l'haïs pas pantoute. T'as juste à changer de robe et à mettre un peu d'ordre dans tes cheveux, puis tu vas être belle comme un cœur…

— Qu'est-ce qu'elle a, ma robe? riposta Paulette, détaillant les plis de son vêtement. Puis veux-tu dire que j'ai un voyage de foin sur la tête, coudonc?

Léandre parut décontenancé et s'aperçut que ses paroles pouvaient avoir blessé celle qui s'était enfoncée depuis quelques jours dans une profonde mélancolie.

— Ben non, voyons, Paulette! réagit-il. C'est pas ce que j'ai voulu dire, tu sais ben. Ça va être correct de même, affirma-t-il en lui ouvrant le manteau pour qu'elle s'en revête.

La jeune fille l'enfila, le boutonna. Puis elle se replaça les cheveux en se regardant dans le petit miroir près de la porte.

— Où c'est que tu m'emmènes, asteure? demanda-t-elle, intriguée.

Il lui plaça les doigts sur la bouche pour endiguer le flot probable de questions.

— Tu verras, répondit-il, laconique.

Sur le trottoir de la rue Adam, il amorça sa marche d'un pas leste en la traînant par la main. Au tournant de Bourbonnière, elle s'arrêta, essoufflée. Puis il repartit plus lentement, à la cadence imposée par la main crispée qui le retenait, avant de s'engager dans Sainte-Catherine et de s'engouffrer sous les clignotements d'une marquise lumineuse.

— Pas ici, Léandre, c'est ben trop cher pour nos moyens!

— On se ruinera pas pour un soir, quand même.

Un garçon en habit noir et plastron se présenta. Il avait les cheveux lisses et luisants sur sa tête plate comme le dessus d'un coffre, séparés sur la gauche par une raie qui faisait penser à une penture, et sa lèvre supérieure se levait sur deux incisives médianes largement distancées.

— Une réservation pour monsieur et madame Sansoucy, dit Léandre.

— Suivez-moi, je vous prie, zézaya le serveur.

Menu à la main, le garçon les conduisit à une table recouverte d'une nappe blanche. Avec une galanterie que Paulette ne lui reconnaissait pas, Léandre recula sa chaise, lui retira avec maladresse son manteau et alla s'asseoir.

— Tu manges ce que tu veux, ma chérie.

Sous la lumière tamisée, elle promena un regard ravi sur la salle avec ses décorations clinquantes, ses belles parures de rideaux et tout ce qui lui paraissait différent de ce qu'elle avait déjà vu. Puis, la faim la tenaillant, elle consulta la carte du menu en bosselures dorées. Les plats de bœuf, de poulet et de poisson portaient des noms bizarres qu'elle s'amusa à lire sans trop savoir ce qu'ils dégageaient d'odeurs inconnues et ce qu'ils recelaient de nouvelles saveurs. Le garçon s'approcha de la table.

— Je vas prendre le hachis parmentier, annonça fièrement Paulette.

— Avec un petit verre de vin ? suggéra le garçon.

Paulette fit semblant d'hésiter un moment.

— Pourquoi pas ? dit Léandre. Deux verres de vin rouge, s'il vous plaît.

— Et pour vous, monsieur ?

— Le bœuf, répondit Léandre en indiquant de son index le plat choisi.

Le garçon reprit les menus qu'il plia sous son bras et disparut. Paulette réalisa que la voix caressante d'un chanteur de charme américain l'enveloppait onctueusement. Gênée de se retrouver face à son amoureux, elle se mit à palper les fleurs de papier qui ornaient le centre de la table. Le serveur revint avec une corbeille de pain et le vin. Léandre leva sa coupe.

— À nos amours ! proclama-t-il.

La jeune fille esquissa un sourire et trempa ses lèvres. Après, elle étala une épaisse motte de beurre sur un petit pain qu'elle dévora comme une ogresse. Son compagnon la regardait d'un air un peu découragé, en ressassant les arguments qu'il invoquerait relativement à son retour au travail.

— Écoute, Paulette, commença-t-il, qu'est-ce que tu dirais si je t'emmenais au restaurant de temps en temps ? T'as l'air d'adorer ça…

Paulette avait la bouche pleine. Elle avait entamé un deuxième petit pain et bu la moitié de sa coupe.

— J'aime ben ça, puis ça fait changement. La prochaine fois, ça pourrait être au restaurant chinois. Il paraît que c'est ben bon, du chinois, et puis qu'il y a parfois des beaux petits messages d'amour renfermés dans des biscuits au dessert, qu'a dit une fille de la *shop*…

— Moi aussi j'aime ça aller au restaurant, mais ça prendrait un deuxième salaire qui rentre régulièrement…

Paulette eut un regard évasif et avala d'un trait le reste de sa coupe. Le garçon reparut.

— Votre plat s'en vient, ça sera pas long, zozota-t-il en déposant une corbeille pleine et la bouteille entamée par le couple.

Léandre réprima un geste de refus ; Paulette ne serait que plus disposée à consentir à sa demande.

— As-tu déjà imaginé qu'un jour j'achète le commerce de mon père ? tenta-t-il.

— Tu serais ton propre *boss*, articula joyeusement Paulette. Et ton père ne pourrait plus te faire suer…

— Oui, mais avec le petit salaire que le père me donne, j'y arriverai jamais tout seul.

— Les banques sont là pour aider ceux qui veulent se lancer en affaires. Il faut que tu sois capable de l'envisager, Léandre ; ton père peut claquer n'importe quand…

— Coudonc, c'est ben long, s'impatienta Léandre. Garçon !

Le serveur, un grand jeune homme à petites moustaches brunes qui semblait s'attarder avec des clients habituels, jeta un coup d'œil dans sa direction, se précipita à la cuisine et, une serviette pliée sur le bras, parut avec deux assiettes fumantes qu'il déposa devant eux.

— Excusez-moi, dit-il, j'étais en train de vous oublier. Vous prendrez une deuxième bouteille ?

— Non, non, dit Léandre, c'est déjà en masse.

Paulette attaqua son plat.

— C'est du pâté chinois, ça ! s'exclama-t-elle, la bouche pâteuse.

— Un peu comme si on était allés au restaurant chinois. Mais je suis pas sûr que t'auras ton petit biscuit avec une pensée, ricana Léandre.

Décidément, le hachis parmentier était moins savoureux que le pâté chinois de madame Landreville, mais Paulette avala toute son assiettée en se bourrant avec du pain. En attendant le dessert, la bouteille de vin presque vide et la réceptivité de Paulette se dégradant, Léandre crut le moment propice pour livrer son message.

— Il faut que tu rentres à l'ouvrage demain matin, risqua-t-il.

— On verra ben, bafouilla-t-elle.

Le temps avançait. Une impatience croissante s'était emparée de Léandre. Il saisit brusquement le poignet gauche de Paulette.

— Aïe ! Tu me fais mal, s'écria-t-elle en se dégageant.

— Je m'excuse, je voulais juste voir l'heure sur ta montre, dit-il. Je pense qu'on est mieux de partir avant longtemps, sinon on va être en retard au cinéma.

— Je veux prendre le dessert…

— On a pas le temps. Puis dans ton état, je me demande comment on va faire pour se rendre à pied au Granada.

Paulette grommela quelques mots d'insatisfaction. Léandre fit un signe au garçon, qui apporta sans tarder l'addition. La facture salée une fois réglée, sa blonde suspendue à son bras, il sortit dans la rue, héla un taxi Diamond en maraude.

Le couple s'engouffra dans la voiture qui les déposa devant l'entrée du théâtre Granada, faisant pester le chauffeur pour la course d'une durée insignifiante.

— Vous étiez quasiment rendus, grommela-t-il sous la visière de sa casquette. Je connais ça, des petits couples comme le vôtre : ça se prend pour des vedettes d'Hollywood puis ça veut jouer aux riches en arrivant aux vues en taxi.

— Tiens, prends ça puis ferme ta gueule, lança Léandre en tendant une pièce de monnaie qui couvrait largement le déplacement.

Dans la salle, un placeur en costume bleu à galon rouge les conduisit à leur siège. La démarche vacillante, Paulette se laissa choir dans un fauteuil et s'endormit après quelques minutes de projection, sa tête lourde posée sur l'épaule de son amoureux. Fort ennuyé par le film, Léandre attendit l'entracte pour réveiller Paulette et reprendre le chemin de son domicile en taxi.

* * *

Au matin, Paulette dormait d'un sommeil profond. La veille, elle avait regagné sa chambre de peine et de misère et s'était affaissée sur son lit. Léandre avait dû la déshabiller et s'était endormi en regrettant sa soirée. Il avait dépensé pour rien : le souper au restaurant, le cinéma, les courses en taxi, tout cela n'avait manifestement pas contribué à convaincre Paulette.

David et Simone prenaient leur déjeuner. Léandre apparut, dessillant les paupières à la lumière agressante du plafonnier.

— Vous êtes revenus avant la fin du film, émit Simone.

— On vous a entendus rentrer, mais on a fait semblant de dormir, mentionna David. Si tu vois ce que je veux dire…

— Paulette ronflait, expliqua Léandre. De toute façon, la vue était plate à mort. Moi puis les histoires d'amour à la Clark Gable…

— T'es pas supposé la réveiller à matin ? questionna Simone.

— Je l'ai brassée un peu, mais elle a pas l'air de vouloir se lever, se désola Léandre.

Il poussa un bâillement prodigieux, se fit craquer les doigts, se gratta le cuir chevelu.

— C'est vrai, poursuivit-il, j'avais promis à monsieur Boudrias qu'elle serait à l'ouvrage. C'est maintenant ou jamais !

Rassemblant son énergie, il alla à sa chambre et secoua la dormeuse. Quinze minutes plus tard, Paulette émergea dans la pièce, l'air éminemment contrarié. Elle se rendit à la salle de bain en se traînassant les pantoufles, retourna s'habiller et parut enfin dans la cuisine.

— Puis, t'as pris un bon repas au restaurant? s'enquit Simone.

— Tu parles! Du vulgaire pâté chinois! Il était ben ordinaire à part de ça, pas mal moins succulent que celui de ma mère…

Léandre serra les mâchoires. Il avait entamé sa deuxième rôtie enduite d'une bonne épaisseur de caramel. Il se leva afin de faire griller des tranches de pain pour Paulette. Au comptoir, près de l'évier, Simone mettait les sandwichs de son mari dans sa boîte à lunch.

— Veux-tu que je fasse le tien asteure, Paulette? proposa gentiment Simone. C'est des sandwichs au jambon avec de la moutarde, aujourd'hui.

— Fais-moi-z-en deux, puis oublie pas de mettre des Cream soda puis des petits gâteaux pour mon dessert et mes collations.

Chacun se préoccupait de la taille de Paulette qui enflait et de sa poitrine qui forçait son corsage. «À ce rythme-là, pensa Simone, elle va me rejoindre avant ben des lunes.» David embrassa son épouse avec ardeur et quitta le logis.

Le déjeuner terminé, Léandre s'empressa à la porte. Paulette repassa aux toilettes et s'approcha de lui avec la lenteur de l'escargot, avant de revêtir et de boutonner nonchalamment son manteau. Simone apporta son lunch dans un grand sac de papier brun qu'elle tendit à son frère.

— Bonne journée! dit-elle.

Léandre lui décocha une œillade et entraîna Paulette dans l'escalier.

Le fils de l'épicier se félicitait d'avoir arraché Paulette à son inertie. Une fois qu'elle serait à l'usine, tout rentrerait dans l'ordre. Les compagnes de travail, le bruit infernal mais rassurant des machines, le rendement à maintenir, les indispensables périodes de pause, tout concourait au rétablissement du cours ordinaire des choses. Il suffirait à Paulette de démontrer un peu de bon vouloir pour que la réalité soit comme elle était avant le choc terrible qui avait bouleversé sa vie.

Leur pas était lent, mais ils parviendraient à temps à l'usine. Le couple n'avait pas franchi le premier coin de rue ; Paulette s'arrêta net sur le trottoir.

— Tandis qu'on est pas trop loin de l'épicerie, tu devrais téléphoner pour faire venir un taxi, exprima-t-elle, capricieuse.

— Le temps de retourner, d'appeler, puis d'attendre, on est aussi ben de se rendre à pied à la St. Lawrence.

— C'est frais à matin, le vent est un peu frisquet, se plaignit-elle.

— On a juste à avancer plus vite, ça va nous réchauffer ; envoye, que je te dis ! s'exaspéra-t-il.

Le couple reprit sa marche d'un pas plus allègre et atteignit la manufacture. Le lunch sous le bras, des employés fonçaient tête baissée vers la porte étroite comme le fil retors qui s'apprête à passer avec résistance par le chas d'une aiguille.

Paulette s'arrêta, interdite devant le flot précipité des travailleurs, en proie à une indisposition grandissante. Elle attendit quelques instants, dans l'espoir que son malaise se dissipe.

Le ressort avait ramené la porte au chambranle dans un dernier fracas.

— L'odeur du sucre me soulève le cœur…, exprima l'ouvrière d'une voix étranglée.

— Taboire! Ça va pas recommencer! commenta Léandre.

Paulette saisit à deux mains le sac de papier brun que tenait Léandre, l'ouvrit, et, dans de grands arrachements, en éclaboussa le contenu d'une épaisse vomissure.

— Ah ben, tabarnac! tonna-t-il. On est ben avancés, asteure…

Le visage blême, la respiration entrecoupée de hoquets de pleurs, elle referma le sac. Il sortit un mouchoir de sa poche et le lui tendit. Elle s'en épongea les lèvres.

— Suis pas capable! émit-elle d'une voix faiblarde.

— Je vas au moins aller dire au *foreman* que t'es là. Comme ça, tu cours une chance de pas perdre ta *job*. Attends-moi!

L'employée alla s'écraser à l'extérieur sur un des bancs dépeinturés mis à la disposition des travailleurs de l'usine pour leur pause. Léandre entra dans l'établissement et demanda à la secrétaire s'il était possible de s'entretenir avec Boudrias. Elle lui signala que le patron de Paulette était sans doute occupé à la redistribution des tâches et à remettre en branle la production avec l'équipe de travail réduite, et qu'il ne pouvait censément lui parler. Léandre revint auprès de Paulette et la trouva affalée sur le banc, frissonnante, son sac de papier brun sur le sol; il s'adressa à elle d'une voix fâchée:

— Ah ben, c'est le boutte! Va falloir qu'on rentre en taxi, asteure.

La voiture garée devant la St. Lawrence Sugar, le chauffeur s'empressa d'ouvrir la portière. Le sac à lunch dégageant une odeur fétide sous le nez, le cœur au bord des lèvres, Paulette progressa en titubant vers le véhicule. Sous la visière de sa casquette, l'homme de la compagnie Diamond promena des yeux méfiants.

— Si c'est pas mon petit couple d'hier soir! s'exclama-t-il.

— En plein ça! acquiesça Léandre.

La malheureuse au teint hâve entreprit de se hisser à bord de l'automobile.

— Un instant, mademoiselle! explosa-t-il. J'ai pas envie de ramasser du vomi dans mon char!

Léandre fouilla dans le fond de sa poche, en sortit une pièce de monnaie qu'il fit luire aux yeux du chauffeur.

— OK d'abord, dit-il, mais faites ben attention pour pas salir mon char parce que ça va vous coûter toute une beurrée…

La malade se remettait lentement au fur et à mesure que le taxi s'éloignait de la St. Lawrence Sugar. Mais de plus en plus désemparé, Léandre sentait gronder en lui une sourde colère en songeant à l'emploi perdu. L'avenir lui parut moins rose. Quand Paulette serait-elle disposée à se chercher un autre emploi? Dans l'intervalle, comment ferait-il pour supporter celle qui vivrait à ses dépens, oisive et pensive, n'offrant qu'une humeur maussade à tous ceux qui la côtoyaient?

Le taxi s'immobilisa dans la rue Adam, devant l'immeuble abritant son logis. Théodore Sansoucy sortit en trombe, laissant la porte de son commerce grande ouverte. Il se planta debout, les jambes écartées, les poings sur les hanches, comme s'il attendait de pressantes justifications.

— Batèche! D'où c'est que tu viens, toi, à matin? As-tu passé la nuit à l'hôtel, coudonc?

— J'arrive, le père, puis j'ai pas de raisons à vous fournir…

— Ben va falloir que t'en donnes à ta belle-mère, mon garçon…

Léandre régla le montant de la course et entra dans le commerce. De son poste d'observation, Germaine Gladu avait suivi la scène. Elle voulut en savoir plus long sur l'arrivée incongrue du fils Sansoucy. Le manteau jeté sur les épaules, elle se rendit aux nouvelles. Entre-temps, madame Landreville faisait du sang de punaise sur la chaise que le commerçant avait galamment mis à sa disposition. Elle revenait de l'appartement des jeunes avec Simone, bouleversée. Elle se leva en apercevant le visage décomposé de sa fille.

— Veux-tu ben me dire…, murmura-t-elle, retenant des larmes.

Paulette s'assit sur la chaise, courba la tête sur son lunch. Réalisant que les nausées la reprenaient, Léandre lui donna un sac dont il doubla l'épaisseur, en expliquant à Simone ce qui était arrivé, avant de s'emparer du lunch qu'il alla jeter aux ordures, à l'extérieur du magasin.

— T'es pas en famille, j'espère! commença Gilberte Landreville. Me semble que t'as pris du poids, regarde-moi donc, pour voir…

La mère redressa le menton de sa fille, qui le rabaissa aussitôt. Elle poursuivit:

— Ce matin, ton père a téléphoné à la St. Lawrence pour savoir si t'étais rentrée au travail. En fait, la secrétaire qui avait appelé l'autre jour à la maison lui a dit que tu t'étais présentée en retard aujourd'hui, que tu filais un mauvais coton et que t'avais été obligée de retourner au logis. Étant donné que Conrad, lui, devait se rendre au bureau, je me suis dépêchée de venir sur place pour savoir ce qui en était. Je suis d'abord montée à l'appartement. Ta belle-sœur Simone m'a dit que t'étais bel et bien partie avec ton *chum* puis ton lunch ce matin, et que t'étais pas revenue encore. Là, je comprenais plus rien. C'est pour ça que j'ai décidé de venir attendre à l'épicerie…

La voisine, compatissante, profita du moment d'absence du fils de l'épicier pour livrer un commentaire.

— Vous devriez ramener votre fille à la maison, madame, intervint Germaine Gladu. Depuis quelques jours, ça a pas l'air d'aller pantoute…

— Votre fille aurait sûrement de meilleurs soins chez vous, madame Landreville, renchérit Théodore.

— On va aller chercher tes affaires, puis monsieur Sansoucy va avoir la gentillesse de *caller* un taxi pour nous autres. N'est-ce pas, monsieur Sansoucy?

— Ça va me faire plaisir, madame Landreville, acquiesça le marchand.

Entre les cheveux épars qui lui voilaient partiellement le visage, la malade suivait d'un œil inquiet ce qu'on décidait pour elle. Léandre revint.

— Asteure, t'es pas pour moisir dans le magasin le reste de l'avant-midi, Paulette, dit-il. Je vas te reconduire à l'appartement.

— Elle revient avec moi, c'est entendu! déclara Gilberte Landreville.

Paulette chiffonna le sac double qu'elle remit à Simone.

— NON! protesta-t-elle avec force. Je peux-tu dire mon mot ici dedans, une fois pour toutes? Je suis pas en famille, j'haïs ma *job* parce que je suis tannée de travailler à répéter toujours les mêmes gestes du matin au soir dans une *shop* sale et bruyante. Puis j'ai juste mal au cœur parce que je suis plus capable de sentir l'odeur de la St. Lawrence. C'est-tu assez clair, ça, maudit verrat? acheva-t-elle, avant de se lever et de franchir la porte de l'épicerie.

D'autres clientes étaient accourues au commerce, comme si la présence inusitée du taxi avait ameuté une partie du voisinage. Certaines avaient assisté au lancement de la diatribe et s'étaient agglutinées autour de Germaine Gladu pour en apprendre davantage.

* * *

Manifestement, Paulette avait tenu à regagner le logis. Plutôt que d'échouer chez ses parents, elle avait préféré se replier dans ses affaires. Elle se donnerait un certain temps pour se refaire une santé et ensuite se trouver un nouvel emploi. Mais pour ainsi dire, l'apitoiement de Léandre sur le sort de sa blonde avait déjà outrepassé les bornes de sa tolérance. Le soir de sa retentissante déconvenue à la St. Lawrence, après que Paulette eut avalé gloutonnement deux bonnes assiettées de lard et imposé par son silence une insupportable lourdeur au repas, le jeune homme se leva brusquement de table.

— Je vas prendre une marche, annonça-t-il. Viens-tu, David?

— Je veux ben, répondit son beau-frère.

Un peu embarrassé par la demande soudaine, David chercha dans les traits de sa femme une quelconque marque d'approbation.

— Dommage que vous restiez pas pour le dessert, les gars, commenta Simone. En tout cas, revenez pas trop tard.

L'accord donné avec tiédeur ressemblait à une timide supplication. Mais Léandre, conscient de la charge qu'il infligeait à sa sœur, était déterminé à se changer les idées.

Les deux jeunes hommes marchaient depuis une bonne demi-heure sur le trottoir de la rue Sainte-Catherine.

— Tu dois me trouver sans-cœur, s'enquit Léandre.

— Si tu savais comme je te comprends, répondit David. Paulette est pas endurable. Moi, à ta place…

— Qu'est-ce que tu veux dire?

Le malheureux avait entraîné son ami hors du quartier, loin de son domicile, loin du magasin de son père. Ils s'arrêtèrent devant un restaurant au nom pittoresque de *La Belle au bois dormant*, un établissement à la façade décrépie d'où filtrait la musique discordante d'un juke-box.

— On va rentrer là, décida Léandre en désignant la porte du commerce.

— Es-tu déjà venu? demanda David, incertain de pouvoir acquiescer à la proposition. C'est un trou pour les ivrognes, je suppose?

— Non, inquiète-toi pas, le beau-frère. C'est un restaurant pas comme les autres, je l'admets, mais amène-toi, personne va te manger là-dedans.

Ni l'un ni l'autre n'avaient jamais pénétré dans des débits de boissons louches ou dans des endroits mal famés de la ville, mais Léandre avait sa petite idée sur le genre de clientèle attirée par l'établissement. Ils avaient entendu parler des cabarets, des salles de cinéma et de spectacle, des maisons de jeux, et des bordels de la «Main», ce fameux boulevard Saint-Laurent qui traversait la ville du nord au sud et qui départageait l'est et l'ouest.

Les beaux-frères entrèrent dans les lieux enfumés et tapageurs, promenèrent un regard à travers la lumière glauque et repérèrent des places libres dans un coin. Puis ils ondoyèrent entre les clients attablés et s'assirent sur des chaises de bois rustiques autour d'une table carrée, au milieu de laquelle descendait une ampoule coiffée d'un abat-jour bon marché. Petit tablier à la taille et calepin à la main, une serveuse à la poitrine généreuse s'avança aussitôt vers eux.

— On prendrait un dessert, mademoiselle, dit Léandre.

— Juste ça? dit-elle d'une voix langoureuse.

— On va commencer par ce plat, puis on verra pour le reste, répondit Léandre.

— D'habitude, on finit par le dessert, ricana la serveuse.

David roula des yeux étonnés vers son beau-frère. La jeune femme se mit à énumérer ce qui s'offrait à déguster pour compléter un repas.

— Y a de la tarte aux pommes, de la tarte aux raisins, les deux avec ou sans crème glacée, de la *lemon pie* meringuée, puis du *banana custard pie* aussi, articula-t-elle de ses lèvres pulpeuses abondamment garnies d'un fard rouge criard.

— De la *lemon pie* meringuée et un grand verre de lait, dit Léandre.

— La même chose, dit David.

La serveuse nota les commandes et s'éloigna dans la pénombre en se dandinant. Des images sulfureuses défilèrent dans la tête de Léandre.

— J'aurais dû m'en douter, lança David. Tu m'as emmené dans un endroit peu recommandable, n'est-ce pas ?

— Toi-même tu m'as dit, pas plus tard que tout à l'heure, que Paulette était pas endurable, que toi à ma place…

— C'est pas tout à fait ce que je voulais dire. Je comprends ta situation d'homme insatisfait qui vit avec une femme malade et qui doit pas lui donner beaucoup de plaisir au lit. Mais de là à vouloir coucher avec une guidoune…

— On voit ben que t'es pas à ma place, répondit Léandre.

La serveuse apporta les consommations et les desserts en suscitant chez lui un goût de fruit défendu que David ne partageait pas.

— Moi, c'est Arlette, dit-elle, avant d'aller vers d'autres clients qui venaient de s'attabler.

— Tu vas pas te laisser prendre aux charmes de cette fille-là ! lança David.

— Oui, monsieur, rétorqua Léandre. Puis je pense que je lui fais de l'effet, à part de ça.

Un quinquagénaire passablement éméché les toisait de son œil vitreux. Il les interpella.

— Les gars, si vous attendez qu'elle change votre couche, vous perdez votre temps.

La physionomie de Léandre se contracta, mais il réprima son désir de répliquer. Éminemment offensé, David se leva prestement, prêt à bondir sur son interlocuteur.

— Laisse tomber! dit son beau-frère en le retenant par le bras. Le bonhomme est pas mal chaudasse. Il est pas ben ben dangereux…

De temps à autre, un client passait à la caisse et disparaissait derrière un rideau de brocart, entraîné par une employée du restaurant. Chaque fois que le petit scénario se reproduisait, David interrogeait son beau-frère du regard afin qu'il réfléchisse bien avant de faire un geste regrettable. En avalant sa dernière bouchée de tarte au citron, la décision de Léandre était prise. Il s'alluma une cigarette, en exhala de façon altière la fumée en levant la tête vers le plafond.

— Je suis prêt à passer à la caisse, annonça-t-il.

— Puis moi, qu'est-ce que je vas faire pendant ce temps-là? dit David.

— T'as le choix: tu m'attends à la table ou tu te payes un vrai dessert…

David demanda une cigarette à son beau-frère, qui lui offrit le reste du paquet. L'aguicheuse se présenta avec l'addition en invitant Léandre à la suivre…

Chapitre 13

Voilà des jours que Paulette vivait comme une larve rampante qui parasitait ses colocataires. Complètement désœuvrée dans sa chambre le matin, après un dîner copieux chez les Sansoucy, la jeune femme regagnait son appartement et trouvait un semblant d'occupation. Accoudée à la fenêtre du salon, l'animation de la rue Adam la gardait captive, à se ronger les ongles jusqu'à l'heure de la collation. À ce moment-là, elle se levait, se rendait dans la dépense et en ramenait une boîte de Laura Secord ou un sac de bonbons assortis qu'elle dégustait jusqu'à ce que Simone remonte de l'épicerie.

Le comportement de sa blonde démontrant peu de signes de rétablissement, Léandre était quelquefois retourné seul «prendre son dessert» à *La Belle au bois dormant*. De cette manière, il parvenait à conserver un certain équilibre. Mais la vie menace les petits bonheurs tranquilles et s'acharne parfois à les faire disparaître.

C'était un vendredi après-midi de décembre, un vendredi 13. La première neige était tombée et fondait sous le pas glissant des piétons. On aurait dit que tout le monde s'était concerté pour faire son épicerie en même temps, avant que le temps ne se gâte. Le commerce était bondé, les commandes téléphoniques affluaient, les boîtes s'accumulaient sur le plancher, et Marcel n'était pas revenu de l'école pour la livraison. Sansoucy avait demandé à sa fille de les aider à se désembourber. Malgré cela, Émilienne et Simone ne parvenaient pas à fournir les clientes qui s'agglutinaient au comptoir des viandes ou à la caisse. Le front en sueur, le visage vultueux, le boucher s'empressait de servir chacune avec tous les égards possibles. De temps en temps, il regardait par-dessus ses lunettes de broche embuées la file s'allonger devant sa femme et sa fille. Ses nerfs allaient flancher. Son fils venait de raccrocher le cornet acoustique. Il l'interpella:

— Viens ici une minute!

Léandre posa son crayon sur l'oreille et se pressa vers la boucherie.

— Qu'est-ce que vous voulez, le père?

— On est comme de vrais chiens fous. Va donc chercher ta Paulette, qu'elle se rende utile en nous dépannant.

— Vous savez ben que, par les temps qui courent, ma blonde est plus une ombre qu'autre chose. Elle serait pas d'une grande utilité…

— C'est vendredi 13! J'ai pas l'habitude d'être superstitieux, mais là je soupçonne que la malchance va s'abattre sur nous autres. Quant à ta Paulette, à bien y penser, elle est juste bonne pour manger, celle-là; ce serait une vraie nuisance, laisse donc faire, d'abord, se ravisa le commerçant.

Une étrangère fit tinter la clochette et s'immobilisa près de l'entrée. Elle secoua sa chevelure blonde sur ses épaules de neige et s'approcha de la caisse, sous les yeux étonnés de la clientèle.

— C'est ben ici que travaille Léandre Sansoucy? demanda-t-elle.

— Vous pouvez pas tomber mieux, répondit Émilienne. Il est avec mon mari à l'arrière.

L'inconnue se déporta au comptoir des viandes et s'adressa au fils de l'épicier sans s'excuser auprès des clientes qui l'avaient devancée.

— Je suis contente de connaître ton milieu de travail, Léandre. Je voulais juste te dire qu'à soir je serai pas à *La Belle au bois dormant*, l'informa-t-elle. Mais tu peux venir me retrouver à mon appartement.

Sansoucy regarda fondre son fils. Sa physionomie changea au point de paraître convulsée. L'étrangère se tourna vers lui.

— C'est toi, mon vieux snoreau! proféra-t-elle. Comme ça, t'es le père de mon beau Léandre, puis c'est ta femme qui est à la caisse. Je suis aussi ben de rien dire…

— Pas si fort et un peu de respect, mademoiselle, bredouilla l'épicier. D'abord, je ne vous connais même pas. Puis si vous voulez de la viande, va falloir faire la file comme les autres…

Léandre se pencha vers l'intrigante, déversa quelques mots à son oreille.

— En tout cas, je t'attends à soir! lui dit-elle avant de prendre congé.

La serveuse avait soufflé comme une tornade, et, sous la recommandation de Léandre, elle était passée muettement devant l'épicière éberluée et elle avait figé la clientèle dans un état d'ahurissement. Sansoucy baissa miteusement la tête et acheva d'emballer un paquet de côtelettes tandis que Léandre retourna remplir les commandes. Une faible rumeur parcourut le magasin, couvrant l'inconfortable silence de petits commentaires.

La patronne attendit d'être seule avec sa fille à la caisse. Car une question la démangeait.

— La connais-tu, toi, cette pitoune-là?

— Aucune idée, m'man, souffla Simone. Faudrait le demander à Léandre lui-même…

Secouée par la visite impromptue de la femme, Émilienne jeta un regard sombre vers la boucherie, se questionnant sur les motifs qui l'avaient amenée au magasin. Elle ne resterait pas sans savoir. Certainement pas…

Simone répondit au téléphone, et mademoiselle Lamouche se pressa au comptoir avec son petit paquet de viande maigre.

— Vous avez vu la traînée, madame Sansoucy ! déclara-t-elle. Si j'étais à votre place, je m'inquiéterais pour mon garçon.

— C'est difficile de l'avoir manquée, approuva Émilienne. Elle avait tout un genre.

Mademoiselle Lamouche sortit de l'épicerie et d'autres clientes se présentèrent au comptoir. La patronne les salua brièvement et se pencha aussitôt sur les produits qu'on venait de déposer devant elle. Un peu plus tard, dès qu'elle put respirer un brin, elle alla vers son fils dans le fond du magasin.

— Coudonc, Léandre, qui c'était la belle blonde qui est venue comme un coup de vent dans notre magasin ?

— Une simple serveuse de restaurant qui a un *kick* sur moi, la mère.

— Il me semble que c'est pas une fille pour toi, Léandre. Prends garde à tes fréquentations, mon garçon. Je pense que tu peux trouver mieux que ça…

— Faut pas juger trop vite, la mère ; c'est ce que vous nous avez toujours enseigné.

Émilienne esquissa un sourire d'acquiescement, mais elle continua de se ronger les sangs. Vers la fin de l'après-midi, après la grande bourrée, elle décida qu'il était temps de remonter au logis. Quelques minutes après, Marcel poussa lentement la porte de l'épicerie. Son regard erra sur le plancher et se posa sur l'amoncellement de commandes à livrer.

— Ça va pas ? demanda Simone.

— Pas vraiment, répondit-il. Je viens de pocher un autre examen, puis c'est pas celui qui me faisait le plus peur. Je suis ben à la veille de lâcher…

— En tout cas, c'est pas l'ouvrage qui manque ici. David me l'a déjà dit : ton frère perd son temps à user son fond de culotte sur les bancs de l'école…

— David ! David ! Il a une belle job chez son père, lui. Je veux ben croire que les gens arrêtent pas de manger pas plus qu'ils arrêtent de mourir, mais c'est pas pareil pantoute. Prends une journée comme aujourd'hui, par exemple : un vrai temps de chien ! Ben si tu penses que ça me tente de livrer les « ordres », de grimper aux étages dans des escaliers où je risque de me casser la gueule…

— Ça paraît toujours plus beau dans le jardin du voisin, comme dit p'pa. Tiens, le voilà, justement !

L'épicier traversa son commerce d'un pas rageur.

— Qu'est-ce que t'as à lambiner de même, Marcel ? Envoye, déguédine…

Le marchand disparut. Le fils se dirigea avec indolence vers la porte, à l'arrière du magasin, pour récupérer son triporteur, remisé sous la galerie de l'appartement. Léandre, qui avait assisté à la sommation adressée à son frère, s'en approcha et mit affectueusement la main sur son épaule.

— Laisse-moi te dire que l'père a une sacrée bonne raison d'être en maudit aujourd'hui, murmura-t-il.

— Je m'en fous pas mal, si tu veux savoir, rétorqua Marcel. C'est toujours pareil, il est encore sur mon dos.

Le livreur retraversa le commerce dans sa longueur aux côtés de son tricycle pour le mener à l'extérieur en s'excusant auprès des clientes. Puis, revenant près de la porte d'entrée, il poussa un soupir de découragement en pensant à la corvée qu'il entreprenait et chargea dans son panier les premières boîtes.

— Tu mets pas ta casquette, Marcel ? s'enquit Simone. Fais pas ton frais, la neige a recommencé à tomber, on dirait.

— Ah ! C'est juste des petits flocons, achale-moi pas.

— M'man serait pas contente de te voir partir de même, mon petit frère.

— Ben là, elle peut pas chialer, elle me voit pas. Elle vient de monter pour s'occuper du souper.

L'adolescent releva le collet de son coupe-vent, empoigna les guidons de son triporteur et le fit rouler de quelques pas en le conduisant au bord du trottoir avant de l'enfourcher.

Il faisait brun. Le vent s'était levé et se dépensait en petites bourrasques, charriant une giboulée qui rendait la vue difficile et la chaussée encore plus glissante. Les dents serrées, Marcel fonçait dans la tempête, bien déterminé à se débarrasser de toutes les commandes avant la grande noirceur. Il avait coulé son dernier examen, mais il prouverait qu'il n'était pas totalement un cancre. Même son père toujours insatisfait de lui reconnaîtrait sa volonté peu commune de s'acquitter de ses tâches.

Lorsque Marcel parvint à l'angle de l'avenue Bourbonnière, alors qu'il allait repartir après avoir ralenti quelque peu, une voiture grise surgit, klaxonna furieusement en freinant et le heurta de plein fouet.

Un journalier qui revenait de l'usine aperçut le véhicule immobilisé au milieu de la rue et l'adolescent inanimé qui gisait près de son triporteur. Il courut à la pharmacie Désilets pour appeler une ambulance.

Pendant ce temps, les éléments s'étaient apaisés. Le temps de le dire, des curieux rassemblés sur le trottoir commentaient l'accident. La main sur la porte entrouverte de son commerce, le pharmacien observait la scène avec désolation. Des coups de klaxon prolongés retentirent. Embusquée à la fenêtre, bien à l'abri dans son logement, Paulette se tira étonnamment de sa léthargie, s'habilla en vitesse et descendit à l'épicerie, fortement agitée.

— Voyons, ma Paulette, qu'est-ce que t'as à être énervée de même? demanda Léandre.

— Ton frère! Il a eu un accident au coin de l'avenue Bourbonnière, émit-elle d'une voix entrecoupée.

— Tabarnac! proféra Léandre, avant d'aller quérir son coupe-vent et de se précipiter dehors.

— Pas Marcel! s'exclama Simone.

Elle délaissa sa caisse et courut à la vitrine du magasin en se frayant un chemin entre les commandes. Une file de voitures partant de l'intersection s'allongeait à présent jusqu'à l'épicerie. On entendit la sirène hurlante d'un véhicule d'urgence décroître et s'arrêter. Sur les lieux, devant un conducteur sous le choc et les yeux horrifiés de Léandre, deux ambulanciers déposèrent la victime sur une civière avec grand ménagement. Le véhicule vert et noir repartit, Léandre revint avec la carcasse démantibulée du triporteur.

— Ils l'ont transporté à l'hôpital Notre-Dame, dit-il, profondément remué.

L'air mécontent, l'épicier s'amena à l'avant du magasin.

— Qu'est-ce qui se passe encore dans ce foutu commerce aujourd'hui? grogna-t-il.

— C'est votre garçon Marcel, répondit Paulette.

Sansoucy remarqua l'amas métallique tordu devant sa vitrine.

— Baptême! s'écria-t-il. Ça va prendre un autre bicycle de livraison.

— Puis Marcel, lui, vous pourriez vous en informer, le père! gronda Léandre.

— Ben oui, p'pa, s'indigna Simone, une ambulance l'a transporté à Notre-Dame. On sait pas trop ce qu'il a, mais il est pas mal
amoché.

— Qui c'est qui va les livrer, les « ordres », asteure ? se désola
l'épicier.

— Ça, ça s'arrange, le père ! s'emporta son fils. Je vous l'ai déjà
dit : vous puis votre maudite *business* ! Il y a rien que ça qui compte
pour vous. Ça, puis d'autres choses que je nommerai pas. La mère,
elle, va être toute virée à l'envers.

— Toi, Léandre, se défendit le commerçant, si j'étais à ta place,
avec la visite-surprise que t'as eue après-midi, je me la fermerais
ben dur, la margoulette !

Paulette suivait le dialogue avec intérêt. Elle voulut des précisions.

— Tu as des explications à me donner, Léandre ?

— Le père raconte n'importe quoi pour se justifier. C'est rien
qu'une histoire de cliente insatisfaite, mentit-il. Asteure, pour ben
faire, on devrait souper tout le monde ensemble avec la mère.
Ensuite, ceux qui le peuvent pourraient se rendre à l'hôpital…

— L'épicerie, qui c'est qui va s'en occuper ? s'inquiéta le
propriétaire.

— Les gens crèveront pas de faim si vous fermez le magasin
pendant une heure, taboire ! s'emporta son fils. Vendredi 13 ou
pas !

Sansoucy esquissa une moue contrariée, mais consentit à la
requête de Léandre, qui remisa les commandes contenant des
aliments périssables dans la glacière. Vingt-cinq minutes plus
tard, après avoir servi ses dernières clientes remplies de compassion pour son fils, il rejoignait les siens regroupés dans la cuisine.
Émilienne s'était effondrée dans la berçante, lamentablement
prostrée, haletante de pleurs douloureux, serrant contre elle son

tablier mouillé. Théodore se composa une physionomie attristée, s'approcha d'elle et posa sa grosse main sur le bras de la chaise. Elle sentit sa présence à ses côtés, épongea ses larmes avec un coin de son tablier.

— T'as de la peine, Mili! murmura-t-il. C'est ben de valeur ce qui est arrivé. Asteure, va falloir qu'on se retrousse les manches pour continuer.

— C'est tout ce que tu trouves à dire, Théo! s'indigna-t-elle. C'est notre garçon, pas n'importe quel livreur! Notre garçon!

— Quand je l'ai vu étendu dans la rue parmi les boîtes éventrées et les cannes de conserve, j'ai tout de suite pensé à vous, madame Sansoucy, exprima Paulette avec empathie.

— Moman! intervint Irène, Marcel, c'est du solide, il va s'en remettre.

— Le problème, c'est qu'on connaît pas la gravité de ses blessures, commenta Léandre.

Avec la discrétion des domestiques bien dressés, Alphonsine et Héloïse mettaient les couverts. Alida proposa de joindre Édouard, qui n'était pas revenu de l'étude de monsieur Crochetière. Il se rendrait directement à l'hôpital. Quant à Simone, elle était allée prévenir David qu'ils mangeraient avec la famille.

On soupa dans une ambiance quasi monastique, le ton des voix contenu par le sérieux de l'événement. Afin de ne pas s'attirer de reproches, l'épicier avait consenti à fermer boutique pour la soirée.

Après le repas, ils s'entassèrent à plusieurs dans un taxi qui les déposa devant l'imposante façade de briques flanquée de deux élégantes colonnes corinthiennes de chaque côté. Léandre gravit les quelques marches, poussa la lourde porte de fer forgé et alla s'informer au comptoir de renseignements.

Soutenue par ses deux filles et suivie d'un pas traînassant par son mari, Émilienne fut conduite à l'urgence. Léandre, qui les avait devancés avec Paulette et David au poste d'accueil, revint vers sa mère, l'air désappointé.

— Pour le moment, on est obligés de rester dans la salle d'attente, dit-il.

— Bon, regarde comment ce que c'est, observa le marchand. On va perdre combien de temps à poireauter ici avant d'avoir des nouvelles ? On aurait ben dû appeler, avant de se déplacer pour rien…

Léandre serra les dents pour réprimer les mots durs qui affluaient à son esprit. Irène réagit autrement.

— Dites pas ça, popa ! réprimanda l'aînée. Des malheurs semblables, ça peut arriver à n'importe qui. On est pas pires que les autres…

L'angoisse d'Émilienne augmentait. Sur la chaise de bois inconfortable, les pans de son manteau s'ouvrant sur sa robe fleurie, elle poussait des «Ah ! mon Dieu !» à tout moment et se remettait à pleurer en se portant les mains au visage. Théodore avait bourré sa pipe et conférait avec Édouard qui était venu les retrouver. De temps à autre, il jetait des regards déçus vers l'horloge. Les minutes s'écoulaient, ennuyeuses et improductives, lorsqu'il repensa au remplacement de Marcel et de son triporteur, et à la visite inopportune de la serveuse de *La Belle au bois dormant*. L'indélicate marchande d'amour l'avait écorché au passage, le faisant honteusement rougir devant tout le monde. Mais, au demeurant, l'incident serait sans conséquence. Autour de lui, personne n'avait vraiment compris le lien qui l'unissait à l'impertinente, sauf Léandre «qui s'arrangerait avec ses troubles», se dit-il.

Un médecin portant de grosses lunettes noires parut dans l'embrasure, le stéthoscope retombant sur sa chemise blanche déboutonnée. Ses yeux fouillèrent dans la salle d'attente. Émilienne cessa de respirer. Léandre se détacha des siens et s'empressa vers le soignant.

— Vous êtes de la famille du jeune livreur de commandes?

— Oui, comment va-t-il?

— Choc violent à la tête. Fort heureusement, une radiographie du crâne n'a pas décelé de fracture. Pour le moment, il est inconscient. Mais ses pupilles nous indiquent une activité cérébrale, c'est rassurant. En plus de ça, quelques ecchymoses. Je ne peux me prononcer sur le temps que ça prendra. Ça pourrait être long, mais il s'en tirera.

Simone et David s'approchèrent timidement. Léandre se retourna vers sa sœur.

— Ça a l'air grave! commenta-t-elle.

Léandre reprit les mots du médecin, qui ajouta quelques précisions. Puis il se déporta vers sa mère qui l'attendait, subodorant le drame, la bouche ouverte, les doigts crispés sur son sac à main.

— Il est en vie, au moins? demanda-t-elle d'une voix pleurante.

— Ils vont le sauver, la mère, assura Léandre.

Il fournit quelques détails en dissimulant la gravité de la situation.

— On peut le voir, toujours? dit Émilienne.

D'un geste de la main, Simone entraîna les autres derrière le médecin qui entra dans une salle commune où s'alignaient deux rangées de huit lits. Le soignant s'arrêta devant celui de la victime, confia les visiteurs à l'infirmière et prit congé. Le cœur d'Émilienne battait avec violence et elle se sentait oppressée. Complètement dévastée, elle contempla son fils, le visage pâle comme un spectre.

Des bandelettes maculées de rouge entouraient la tête de l'accidenté immobile qui semblait dormir d'un sommeil profond, et son bras était relié à un tube qui paraissait indispensable pour le garder en vie.

— Mon doux Seigneur! Il est ben mal arrangé, donc, murmura-t-elle.

— Ça a toujours l'air pire que c'est en réalité, moman! dit l'aînée.

— Au moins, il est pas dévisagé, se rassura la mère. Pourvu qu'il s'en tire…

— Les jeunes passent au travers de bien des épreuves, madame, hasarda l'infirmière.

Émilienne éclata en sanglots. Léandre lui tira une chaise.

— Garde, il va revenir à lui, j'espère? dit la mère d'une voix saccadée.

— Votre fils en a pour quelque temps à l'hôpital, c'est sûr, mais dites-vous que dans les circonstances il est chanceux d'être encore en vie…

Édouard se tenait à l'écart avec son père et semblait étranger au malheur qui s'abattait sur la famille. Perspicace, devinant les soucis mercantiles du marchand, David avait saisi la préoccupation première de son beau-père. Il en avisa Léandre, qui consentit à l'accompagner pour lui parler.

— Monsieur Sansoucy, demain et dimanche, c'est moi qui vas livrer les «ordres», décida-t-il.

— C'est ben beau, ça, mais qui c'est qui va le remplacer la semaine prochaine? répondit platement l'épicier. Puis faut d'abord que j'achète un autre bicycle…

— Commencez donc par accepter l'offre de votre gendre, le père, exprima Léandre. Profitez-en, parce que c'est pas votre notaire qui s'abaisserait à pédaler.

— Toi, le petit commis de la rue Adam! s'insurgea Édouard.

— Vous allez pas encore vous pogner, les gars? C'est pas la place, coupa Sansoucy.

Le ton avait monté. Par respect pour la victime et pour ceux qui s'apitoyaient sur son sort, Léandre changea de discours.

— Je pense que Paulette pourrait prendre ma place sur le plancher la semaine prochaine. Puis moi je livrerais les commandes. Je lui apprendrais la *job* dès demain. Ça fait drôle à dire, mais Paulette est plus la même depuis l'accident…

* * *

Animée par son inépuisable bienveillance, Irène avait résolu de demeurer au chevet de son frère le reste de la fin de semaine. Elle avait apporté un sac de papier brun qui renfermait de quoi faire sa toilette personnelle et quelques vêtements féminins intimes. Le dimanche après-midi, elle était retournée à la maison avec ses tantes Héloïse et Alphonsine, et avec sa mère qui avait tenu à voir son fils encore plongé dans l'abîme de l'inconscient. Sans se plaindre des inconforts de l'hôpital, Irène reprendrait son travail à la Canadian Spool Cotton.

Émilienne avait avisé l'école de l'absence indéterminée de son garçon dès le lundi matin. Elle avait écrit à Placide afin qu'il inscrive Marcel au cœur de ses prières. Aussi avait-elle songé à entreprendre un véritable pèlerinage pour sa guérison. Tous les deux jours, avant de se rendre à l'hôpital, elle irait à l'oratoire Saint-Joseph avec Héloïse dans l'espoir de rencontrer le frère André. Même à son âge vénérable, le vieux thaumaturge accordait quotidiennement encore une cinquantaine d'entretiens.

Elle avait pris le tramway assez tôt en après-midi et elle s'était postée derrière la file de croyants devant l'antre du faiseur de miracles. Voilà un long moment que des pèlerins comblés de bienfaits la croisaient avec un air de béatitude qui lui donnait à espérer. Mais au bout d'une heure à piétiner sur ses jambes variqueuses, elle avait envoyé Héloïse en éclaireur. « Tu leur diras que Placide est chez les Sainte-Croix ! » avait-elle précisé. Et la vieille fille Grandbois avait rapporté à sa sœur le commentaire d'un acolyte : « Mais, madame, tout le monde ici a de la parenté avec le frère André… » Et les deux sœurs avaient encore gelé pendant une heure et demie pour se buter à des portes closes : le bon religieux ne recevait plus ce jour-là !

— D'abord, je vas procéder autrement ! résolut Émilienne.

Elle expliqua qu'elle entreprendrait une neuvaine à Saint-Joseph. De cette manière, elle passerait par-dessus la tête du frère André et s'adresserait directement au patron du Canada en le pourchassant de ses supplications pendant neuf jours consécutifs.

— Je vas t'emmener au restaurant, et c'est moi qui paye ! décida Héloïse.

Les deux femmes se dirigèrent alors dans le secteur de l'hôpital Notre-Dame et s'arrêtèrent dans une gargote. Elles auraient amplement le temps de souper avant de retourner voir le comateux. Enfin écrasée sur une banquette, Émilienne scruta le menu et saliva à l'idée de déguster de bonnes galettes de bœuf haché accompagnées d'oignons et de patates pilées. Cependant, Héloïse avait aussi fait son choix en remarquant sa sœur qui s'attardait aux plats les plus dispendieux. Elle régla la question : « Ça sert à rien de se charger l'estomac avec de la viande, affirma-t-elle. Je vas nous *order* chacune une sandwich au fromage, salade, mayonnaise toastée avec un café noir. »

Le sac à main dissimulé sous leur manteau posé sur leurs bras croisés, les sœurs Grandbois progressaient dans le corridor de l'hôpital, sous les effluves de produits désinfectants qui affluaient agressivement à leurs narines. Les femmes entrèrent dans la salle dont l'éclairage avait été tamisé. Une infirmière se précipita aussitôt vers elles avec l'empressement d'un messager.

— Madame Sansoucy, dit-elle, votre fils s'est réveillé hier soir après votre départ.

Émilienne porta la main à son cœur.

— L'intercession du frère André a même pas été nécessaire, Héloïse. Je veux voir mon enfant! s'écria Émilienne.

— Baisse le ton, Mili, tu vas alerter l'hôpital, la rabroua Héloïse.

La mère se pressa vers le lit de son fils. Marcel était replongé dans un sommeil. Malgré le sang séché qui maculait le bandeau qui lui entourait la tête, il avait le visage serein d'un béatifié, et son bras avait été libéré de toute tubulure.

— Mais pourquoi pas avoir téléphoné à la maison? Vous avez notre numéro, que je sache…

— On ne voulait pas que toute la famille débarque à l'hôpital, madame. Et d'après ce que vous nous aviez dit, on savait que vous viendriez aujourd'hui. Il est très important de faire le calme autour d'un malade qui a subi un choc aussi violent, vous en conviendrez.

L'infirmière rapporta qu'après vingt-quatre heures le patient avait commencé à avoir de courtes périodes d'éveil. À sa dernière sortie de sommeil, il avait balbutié quelques mots décousus, mais sa tête semblait s'épuiser à chercher des noms enfouis dans sa mémoire, en essayant de comprendre ce qu'il faisait dans une grande chambre dont les murs blancs ne lui rappelaient aucun souvenir. Par la suite, il avait avalé un bouillon. Pendant la journée, on lui avait donné des compotes et quelque nourriture molle qu'il avait ingurgitées avec une extrême lenteur, comme s'il savourait enfin ce dont il avait été privé. Il avait encore besoin de dormir beaucoup pour reprendre des forces.

Émilienne leva les yeux vers le petit crucifix qui ornait la tête du lit et elle se signa avec ostentation. Le patient se réveilla doucement.

— Mon Marcel! s'exclama la mère en s'approchant.

Émilienne, débordante de joie, raconta à son fils les événements qui s'étaient déroulés à la maison, les préparatifs des fêtes, en insistant pour que le réveillon de cette fin d'année 1935 revête un aspect particulier.

***

Dans les jours qui suivirent, on se déplaça par petits groupes pour visiter Marcel. Toute la famille avait tenu à voir le ressuscité qui était maintenant capable de déambuler dans le corridor. De façon progressive, il avait recommencé à manger plus normalement. Même Alida avait exigé qu'on la transporte afin de constater le miracle. Manifestement, le patient séjournerait quelque temps à l'hôpital, mais il était permis d'espérer sa sortie de l'institution pour Noël.

Sansoucy avait rapidement dégoté un triporteur neuf pour un prix acceptable que le fabricant de cercueils avait étrenné dans les rues du voisinage et que Léandre avait enfourché à son tour après avoir habitué Paulette, secondée par Simone, aux commandes téléphoniques et aux rudiments de son métier. L'épicier parais-sait assez satisfait de la reprise de ses activités commerciales et bénissait le ciel de l'avoir ménagé dans ses malheurs. Un soir, au terme d'une autre longue journée, sa femme rentrait d'une visite à son fils, harassée de fatigue. Elle enfila sa robe de nuit en flanelle et s'agenouilla au pied de son lit. Son mari jeta un demi-seau de charbon dans la fournaise et vint la rejoindre. Après leurs prières, ils se glissèrent sous les couvertures.

— Comme ça, il va revenir bientôt? s'informa Théodore.

— Il faut lui laisser le temps, Théo. Comment veux-tu?

Chaque fois qu'il était question de la victime, on en parlait à la troisième personne. Comme si l'accidenté était un étranger sans conscience et sans avenir, un être irrémédiablement réduit à une existence végétative. La femme de l'épicier savait que son mari était hautement préoccupé par ses affaires, mais elle réussit toutefois à lui soutirer un aveu.

— Admets que si on avait pas David et Paulette pour nous dépanner, on aurait vraiment été dans le pétrin...

— Pour des rapportés, c'est pas si mal, Mili.

***

Le lendemain, vers la fin de l'après-midi, Paulette interpella Léandre alors qu'il revenait d'une livraison.

— Coudonc, Léandre, c'est la troisième fois en deux jours que cette Arlette Pomerleau appelle pour une commande. Non mais elle pourrait pas faire livrer tout en une seule fois ? En plus, elle fait marquer. Ton père m'a pourtant ben dit de pas faire crédit à n'importe qui...

Léandre parut s'étonner.

— Encore elle ! s'exclama-t-il, l'air espiègle. Si ça continue de même, on va charger pour les livraisons. En tout cas, ça va être ma dernière cliente aujourd'hui. Pour les autres, ça va attendre à demain.

Le livreur sentit l'ardeur de la concupiscence circuler dans ses veines. La petite boîte renfermait beaucoup plus que les quelques denrées que Paulette avait rassemblées. Elle recelait un appel, une invitation au plaisir que l'ancien client de *La Belle au bois dormant* ne pouvait décliner. Le fils de l'épicier s'empara de la commande et retraversa le seuil du commerce.

Léandre s'engagea sur le trottoir, de loin préférable à la rue, dangereuse avec ses conducteurs qui se réhabituaient aux hivers et ses abords périlleux souillés d'une fange épaisse où la circulation le rejetait sans vergogne en l'éclaboussant, parfois. Il pensa à Marcel que la malchance avait frappé et que le manque d'audace avait empêché de rouler sur les trottoirs réservés aux piétons. Mais le petit frère avait payé cher le trop grand respect des autres…

Depuis plusieurs jours, ses mollets endurcis le conduisaient un peu partout dans le quartier. Malgré le vent contraire qui fouettait sa figure burinée, il pédala avec empressement, embrasé par une passion incandescente, louvoyant entre les passants sur les trottoirs. Paulette ne l'intéressait plus ; les charmes de la serveuse l'avaient supplantée. La pauvre fille, naguère à la taille de guêpe, ébranlée par son avortement, avait bien tenté un rapprochement, mais il l'avait honorée en pensant à la plantureuse Arlette. Le nom de la rue Darling le fit sourire, il croisa Saint-Germain en s'excusant par avance de la faute qu'il allait commettre, et il se ragaillardit en lisant le nom de Dézéry, qui ne pouvait évoquer plus justement les délices de la chair.

Il stationna son triporteur au pied d'un escalier tirebouchonné qu'il escalada en tenant la rampe d'une main et sa caissette de l'autre. Une fois au deuxième étage, il pressa le bouton de la sonnerie, ouvrit une porte et gravit la seconde série de marches qui menaient au petit appartement. Arlette Pomerleau le reçut dans un déshabillé vaporeux.

— Viens t'affaiblir, mon beau ! lui susurra-t-elle de sa voix charmeuse et languissante.

Le livreur se débarrassa de la boîte à côté de la carpette, délaça ses bottes qu'il ôta ensuite habilement avec ses pieds, sans se pencher et en déboutonnant son coupe-vent. Une autre commande l'attendait : il allait se livrer lui-même aux intenses frissons de la volupté…

Les dernières lueurs du jour nimbaient les façades de briques rouges et les étoiles de neige scintillaient sur les pavés lumineux. En sifflotant, Léandre épousseta les flocons accumulés sur le siège de son triporteur, en rêvant à la prochaine fois, aux instants délectables qu'il se procurerait en étirant son parcours dans la rue Dézéry. Pour l'heure, Paulette le rappelait à ses engagements. Il s'alluma une cigarette. Un moment, il se crut marqué par les stigmates du vice, débauché, jeune adulte aux mœurs dissolues, sur la pente glissante de la dépravation. Mais il se rassura à la pensée que David avait aussi un goût avoué pour le sexe. Avec la différence que le mariage de son beau-frère lui avait accordé une sorte de permis derrière lequel il se retranchait. Une lampe éclaira la fenêtre. La serveuse rapprocha les pans de son déshabillé et lui souffla un baiser.

Il ne restait qu'une faible lumière dans l'arrière-boutique et la porte du magasin était verrouillée. Le livreur frappa de son poing. L'épicier sourcilla, déposa son crayon et, le regard soupçonneux, s'amena à l'avant de son commerce. Il retenait la porte pendant que son fils entrait avec son tricycle.

— Tu vas pas me commencer ce jeu-là, Léandre ? lança-t-il sur un ton un brin sarcastique. Je le sais ben que tu viens de livrer chez la Pomerleau. Pour la troisième fois en deux jours, d'après ce que m'a dit ta Paulette. D'ailleurs, c'est facile à voir ! J'ai seulement à regarder les factures. Allez porter des pinottes sur la rue Dézéry ; elle veut rire de nous autres, coudonc ? À partir d'asteure, je veux plus que tu livres chez elle. Je vas la barrer ben raide puis la mettre sur ma liste noire ! déclara-t-il en haussant prodigieusement la voix.

— Fâchez-vous pas de même, le père ! C'est pas bon pour votre cœur, vous le savez. Venez pas me dire qu'elle vous a pas donné des frissons, la Pomerleau, comme vous dites. Vous en avez profité le temps que ça faisait votre affaire, puis vous l'avez plantée là quand vous avez réalisé qu'elle mangeait votre argent et que vous étiez plus capable de la payer. Là vous avez commencé à farfiner sur le prix. Puis faites-moi pas accroire le contraire, c'est elle qui me l'a dit. Moi, elle me charge rien pantoute, si vous voulez savoir, se gaussa-t-il en se bombant le torse.

Le livreur rangea son véhicule en arrière du magasin pendant que l'épicier se saisit de la moppe pour essuyer le parquet sale et mouillé. Léandre revint sur ses pas.

— Le père! s'étonna-t-il en s'écriant.

Sansoucy s'était effondré sur le plancher, terrassé par un malaise. Il tenait la main à son cou, tentant de respirer, le visage crispé de douleur. Le fils desserra la cravate du malheureux, bondit sur le téléphone et appela une ambulance.

— Inquiétez-vous pas, le père, ils vont venir vous chercher, ça sera pas long! affirma-t-il. En attendant, je vas avertir les autres.

L'homme gémissait d'une voix faible. Léandre gagna le logis de ses parents. Assise sur le bord d'une chaise, les lunettes sur le bout du nez, Émilienne parcourait les grands titres à la une de *La Presse*. Elle se tourna vers son fils.

— Coudonc, mon garçon, viens-tu souper avec nous?

— C'est à cause du père, balbutia Léandre.

— Pas encore de la chicane…

— C'est pas ça, la mère, mentit-il. Le père a eu une attaque de cœur, je pense.

— Popa! s'exclama Irène.

Les traits d'Émilienne se convulsèrent. Elle haleta quelques soupirs et se mit à geindre.

— Théo! Pas mon Théo! Où c'est qu'il est?

— Il est sur le plancher du magasin en attendant que l'ambulance arrive.

— Mon doux Seigneur, pas un autre à l'hôpital! dit-elle en se prenant la tête à deux mains. Quelqu'un, donnez-moi mon manteau, que j'embarque avec lui…

— Je vas descendre à l'épicerie avec vous, la mère. Ensuite, j'appellerai un taxi pour ceux qui veulent monter ensemble. Matante Héloïse, si vous pouviez essayer de joindre Édouard…

Émilienne chaussa ses bottes et enfila le manteau qu'Alphonsine lui tendait.

***

À l'urgence, l'épicier reposait dans un état de fatigue extrême. Sa femme veillait à son chevet, couvée du regard par Irène et Édouard. Émilienne lui tenait la main et lui susurrait des paroles de réconfort. Elle ne savait pas s'il l'entendait, mais le malade au visage crispé balbutiait des bribes de phrases décousues que personne ne parvenait à traduire.

L'infirmière de service ayant recommandé le plus grand calme auprès du quinquagénaire, Léandre, Paulette, Simone et David quittèrent l'urgence et se dirigèrent dans la chambre où on avait transporté le comateux. Un homme en robe noire était incliné au-dessus de la tête de Marcel et semblait le contempler. En entendant le chuintement des caoutchoucs sur le parquet, le religieux se retourna.

— Tiens, tiens, le frère Romulus! s'exclama Léandre.

— Tiens, un ancien de l'école Baril! Comment vas-tu?

— Franchement, ça pourrait aller mieux dans la famille, répondit froidement Léandre. Le père a fait une crise cardiaque; on revient justement de l'urgence. Puis Marcel qui dort encore, d'après ce que je peux voir…

— J'ai tenté de lui parler, mais il ne réagit pas, dit le Sainte-Croix. Il faut croire qu'il a besoin de beaucoup de repos avant de revenir à la maison.

— Vous venez souvent?

— Tous les jours, répondit le religieux. C'est bien dommage, mais Marcel pourra pas faire ses examens d'avant-Noël. Ses notes étaient déjà pas très fortes…

Des images évoquant la scène de l'accident se bousculaient dans la tête de la fragile Paulette. Elle éprouvait pour Marcel une compassion que seuls ceux qui ont vécu des épreuves très difficiles peuvent ressentir. Le Sainte-Croix promenait des yeux intéressés sur son interlocuteur et son beau-frère, dont le regard se mit à errer dans la pièce.

— Arrangé comme il est, ça m'étonnerait que Marcel retourne à l'école, déclara Léandre.

Incommodé par l'œil insistant de la soutane, David prit la main de Simone.

— Viens, j'en peux plus ; on sort d'ici…

Chapitre 14

Décidément, Théodore Sansoucy n'en menait pas large : il n'avait pas recouvré la moitié de ses forces. L'épicier-boucher avait obtenu son congé de l'hôpital en promettant à son médecin de se «tenir tranquille». Mais sitôt retourné à la maison, il était comme sur des charbons ardents : il arpentait le couloir ou s'enfermait dans sa chambre, l'esprit tourmenté par ce qui se passait sous son appartement. L'homme était persuadé que sans lui ses affaires périclitaient et que, sans son intervention, elles allaient tout droit à la faillite. Pourtant, Simone et Paulette abattaient un travail remarquable. Mais voilà deux jours que le triporteur était au rancart et que Léandre se débrouillait à la boucherie.

Le convalescent venait de faire sa sieste de l'après-midi. Les femmes achevaient la vaisselle dans un cliquetis d'ustensiles et un barbotement de poêlons. Torchon à la main, Héloïse aperçut son beau-frère qui se glissait furtivement vers la porte. Elle donna un coup de coude à sa sœur, qui se retourna vitement. Émilienne apostropha son mari :

— Théo ! Où c'est que tu vas de même ? demanda-t-elle.

— Ben, je vas voir en bas ! répondit-il en se tournant vers sa femme.

— Qu'est-ce que le docteur t'a dit ?

— Que je pourrais reprendre bientôt mes activités normales, murmura-t-il.

— Bientôt, c'est pas tout de suite ! T'es donc pas raisonnable, Théo ! T'as chipoté dans ton assiette, t'avais l'air pensif, puis t'as pratiquement pas dit un mot du dîner.

L'épicier bougonna son mécontentement et alla s'asseoir dans sa berçante avec *La Presse* ouverte sur ses genoux. Quelques minutes plus tard, il ronflait comme un orgue à tuyaux. Un impérieux coup de sonnette le tira de son sommeil. Émilienne venait de s'écraser avec son thé pour écrire à Placide et à Elzéar une seconde lettre en peu de temps. L'impotente amorça le roulement de son fauteuil vers la porte. Héloïse l'en empêcha :

— Laisse-moi répondre, l'interdit-elle en se déplaçant vers le seuil du logis. S'il fallait que tu tombes dans l'escalier. Montez, dit-elle, ça va lui faire plaisir !

— Qui c'est qui vient nous bâdrer de même ? demanda Sansoucy.

L'une des deux visiteuses tendit une petite boîte de métal enrubannée. Héloïse la remit à sa sœur Alida et s'occupa des manteaux.

— On sera pas longtemps, souffla madame Gladu en ôtant ses bottes. Madame Robidoux et moi, on voulait simplement vous rendre une petite visite de courtoisie.

— Venez donc vous asseoir une minute, murmura l'épicier.

« Les deux plus écornifleuses du quartier ! » pensa-t-il en prenant la boîte qu'Alida lui remettait.

— Vous lui avez apporté un cadeau, dit Émilienne, c'est trop ! Vous allez le gâter.

— Ah ! C'est juste une petite friandise qu'on a confectionnée ensemble, mon amie et moi.

— C'est du sucre à la crème, précisa l'opulente Dora Robidoux. Puis vous êtes pas obligés d'attendre à Noël pour en manger.

L'épicier enleva le ruban qui enjolivait la boîte de biscuits Viau, se servit d'un morceau et fit circuler le contenant.

— Délicieux! s'exclama-t-il. Il est dur à battre, votre sucre à la crème, mesdames.

Émilienne et ses sœurs se regardèrent, un brin froissées par le compliment adressé aux étrangères. Mais l'heure était aux convenances…

— Dites donc, monsieur Sansoucy, parlez-nous de votre santé, puis quand vous allez revenir, dit Germaine Gladu.

L'épicier s'était imaginé que toutes ses clientes s'étaient informées de lui et qu'elles l'espéraient fiévreusement. Madame Gladu avait glané quelques nouvelles auprès de Léandre, mais elle désirait voir le malade. Avec une bienveillante sollicitude et un débordement de compliments pour le métier qu'il exerçait si bien, elle écouta Sansoucy narrer le triste incident qui l'avait plongé dans une déplorable inactivité. Cependant, Émilienne pressentait que l'encens répandu par la voisine sur son mari dissimulait la proposition qu'elle ne devait pas tarder à entendre.

— Madame Gladu, consentit Sansoucy, dites à votre mari de se présenter demain matin à l'ouverture.

Les visiteuses se retirèrent du logis, laissant l'épicier un peu perplexe.

— Va falloir que tu fasses avaler ça à Léandre, Théo.

— Je m'en charge. Pour l'instant, j'appelle en bas pour faire mes invitations à souper après la fermeture de l'épicerie.

***

Simone et Paulette s'extasiaient devant «les petites pattes» que tricotait Alida pour le bébé. Irène était revenue de l'usine, Alphonsine, du magasin de coupons. Dans la salle de bain, David débarrassait sa chevelure rousse du bran de scie accumulé. Léandre tournait en rond dans la cuisine en mâchonnant une cigarette. Il était persuadé que la convocation de son père recelait une mauvaise surprise.

— Vas-tu ben arrêter de piloter de même, lui intima sa mère.

Il écrasa son mégot dans le cendrier qu'il déposa sur le dessus de la glacière. Il pivota vers le maître de la maison.

— C'est quoi ces cachotteries-là, le père?

— Ça sera pas long, Édouard va monter d'une minute à l'autre.

— En quoi ça le regarde, ce que vous avez à nous dire?

— T'es le premier à rouspéter parce que ton frère est jamais au courant de rien de ce qui se passe ici dedans. Ben là, il va le savoir. Puis en même temps que les autres, à part de ça…

— Théo! T'es encore en train de te crinquer, dit Émilienne, irritée.

Édouard entra. Une ambiance malsaine alourdissait l'appartement qui réunissait étonnamment presque tous les membres de la famille. Il accrocha son chapeau, ôta ses couvre-chaussures, suspendit son manteau à un cintre et embrassa sa mère.

— C'est le temps de s'attabler, dit Émilienne.

Sansoucy se signa et entama le bénédicité, bientôt récité d'une seule voix par tous les convives. Irène touilla la soupe aux nouilles et la servit. Comme à l'accoutumée, lorsqu'il avait une nouvelle à annoncer ou un sujet à discuter, l'épicier attendait le plat de résistance. Dans son esprit, l'un n'allait pas sans l'autre. Le repas commencé, comme il se doit, Léandre respectait la règle établie depuis longtemps par le patriarche, mais l'idée de la transgresser le tenaillait singulièrement. Son père avait-il décidé de vendre son commerce, auquel cas il se retrouverait sans emploi? Ou envisageait-il simplement une réorganisation des tâches?

Héloïse déposa une immense chaudronnée de bœuf aux légumes au centre de la table et Alphonsine faisait circuler les assiettes remplies.

— La viande est plus tendre que d'habitude, maman, commenta Édouard.

— Faudrait peut-être que tu saches que c'est moi qui s'occupe de la boucherie maintenant, railla Léandre.

— De la pure vantardise ! commenta Édouard.

— Vous deux ! s'indigna Émilienne, chicanez-vous pas. Il y a assez de votre père puis de Marcel qui me causent des soucis. Rajoutez-en pas, s'il vous plaît.

— C'est seulement une question de cuisson, expliqua Héloïse.

— Vous, matante, vous pourriez être de mon bord pour une fois ? répliqua Léandre.

— Bon ! intervint l'épicier avant que la bisbille pogne partout autour de la table, je vas vous dire ce que j'ai pensé au sujet de l'épicerie. Depuis que Marcel est pas avec nous autres et que j'ai fait un séjour à l'hôpital, j'ai dû revoir le rôle de chacun au commerce.

— Comme ça, vous vendez pas, le père, c'est déjà ça de gagné, exprima Léandre.

— Laisse-moi finir, coupa Sansoucy.

Ce dernier remonta ses lunettes, prit une grande inspiration et poursuivit :

— C'est sûr que, dans les épreuves qui nous sont tombées dessus comme la misère sur le pauvre monde, Simone et Paulette nous ont pas mal aidés, Émilienne et moi. Mais on est rendus à un point où il faut engager si on veut tenir le coup. C'est pour ça que monsieur Réal Gladu, le mari de ma cliente, va me remplacer à la boucherie, le temps de mon rétablissement.

— Taboire, le père, vous y allez pas de main morte! Le bonhomme Gladu travaille dans une *shop*, il est pas boucher pour deux cennes.

— Boucher, c'est son ancien métier. Puis là, il vient de se faire *slaquer* à la United Shoe Machinery pour l'hiver.

— Et moi là-dedans, vous me sacrez à la porte, coudonc? En avez-vous d'autres bonnes idées de même?

— Toi, tu vas continuer à livrer les «ordres». D'ailleurs, je pense que t'haïs pas ça pantoute…

— C'est pas une vie, ça, livrer des commandes, puis vous le savez! protesta Léandre avec véhémence.

Émilienne songeait à Marcel et ne voulait pas qu'un second fils serve en pâture à la rue.

— T'aurais pu lui en parler avant de prendre une décision pareille! s'opposa la pauvre mère.

L'épicier dodelina de la tête et abaissa son poing sur la table en se tordant la lèvre.

— C'est encore moi le *boss*, ici dedans! affirma-t-il.

— Théo!

— D'abord, si c'est de même que vous le prenez, vous allez vous chercher un autre livreur, déclara Léandre avec force. Une chance que vous êtes malade, vous, parce que…, ronchonna-t-il en sourdine.

Il repoussa sa chaise, se leva, se rendit à la glacière et s'empara d'un morceau de sucre à la crème de la boîte restée ouverte sans en connaître la provenance. Puis il regagna son logis, chaussa ses bottes, revêtit son coupe-vent et sortit de l'immeuble.

Il déambulait à présent dans la rue Sainte-Catherine, tête baissée, les mains dans les poches, la mine triste, les mâchoires crispées. Après quelques coins de rue, il réalisa que son errance le conduisait tout naturellement à *La Belle au bois dormant*.

Dans une des chambres attenantes au restaurant, après de brèves caresses, Léandre s'abandonna à l'enivrement du plaisir des sens. Après, il se redressa dans le lit, s'alluma une Turret.

— Faut que je me trouve une autre *job*, dit-il.

— Comment ça? s'étonna Arlette. Tu peux pas laisser l'épicerie de même, ça se fait pas!

— Comment ça, ça se fait pas? Si tu savais le coup de cochon que mon père m'a fait, tu réagirais pas ainsi, je t'assure.

Le fils de l'épicier rapporta le geste de son père, qu'il ressentait comme une injustice. La serveuse écoutait les doléances de son client. Elle demanda une cigarette à son partenaire, l'alluma avec le bout rougi qu'il lui présenta et elle exhala de lutines volutes de fumée vers le plafond.

— Tu vas me trouver méchante, mais c'est peut-être l'occasion que ton père attendait de te mettre à la porte, mon lapin.

— Ce serait un mauvais calcul de sa part: engager un boucher et accepter que je sois pas capable de payer mon logis. Non, je crois pas, Arlette; le père supporterait pas ça financièrement. Puis des plans pour qu'il pète au frette…

L'aguichante eut un sourire énigmatique.

— Qu'est-ce qui t'amuse? demanda Léandre.

— Rien, je pensais à mon patron.

— C'est fin pour moi. Qu'est-ce que ton patron vient faire dans notre chambre à coucher?

— C'est pas ce que tu crois, tu sais ben que t'es plus qu'un client pour moi…

De sa main leste, elle lui caressa la chevelure, le visage, déposa un baiser sur sa joue.

— Monsieur Quesnel cherche un acheteur pour son commerce. Tu serais pas intéressé, par hasard ?

— Peut-être, mais avec quoi ? L'argent pousse pas dans les arbres, tu dois savoir ça…

— Mon patron te ferait de bonnes conditions ; il est ben d'arrangement, d'habitude. Mais si t'es le moindrement intéressé, faudrait pas que tu niaises trop longtemps parce qu'il y a d'autres acheteurs qui vont se montrer le bout du nez…

Léandre parut réfléchir. Il consulta sa montre, se dressa prestement. Puis il éteignit sa cigarette et s'habilla.

— Quand est-ce que je pourrais le rencontrer, ton monsieur Quesnel ?

— Reviens pendant la journée demain, il devrait être là.

Le jeune homme quitta *La Belle au bois dormant* et regagna son logis. Ses colocataires l'avaient entendu gravir l'escalier. Paulette leva gravement les yeux vers la porte.

— Après ce qui est arrivé au souper, je pensais pas te voir d'aussi bonne humeur, dit-elle.

— Ça m'a fait du bien de prendre l'air, répondit Léandre en ôtant son coupe-vent et ses bottes.

— Qu'est-ce que tu vas faire, asteure ? s'enquit Simone.

— C'est pas toutes les épiceries qui ont un bon commis. Demain je vas entreprendre des démarches, déclara-t-il, sans conviction.

— P'pa était tout bouleversé, puis m'man aussi, évidemment.

— Qu'est-ce que tu veux que je te dise, Simone ? C'était à lui d'y penser avant. Es-tu rendue du bord du père, coudonc ?

— Non, mais Paulette puis moi on se désâme pour aider à l'épicerie. Même David, qui a commencé à livrer les « ordres » la fin de semaine. On veut ben faire des efforts pour sauver le commerce, mais il y a toujours ben des limites…

David ne voulait pas perdre l'amitié de son beau-frère et il hésitait à prendre position ouvertement.

— Toi, David, qu'est-ce que t'en penses ? s'enquit Léandre.

— Simone a raison, balbutia-t-il.

— Tout le monde est contre moi, par le temps qui court ! fulmina le fils de l'épicier.

— Faut pas que tu le prennes mal, tempéra David.

— Comme ça je devrais aller m'excuser auprès du père, lui dire que je me suis emporté pour rien, que je vas livrer les commandes jusqu'à ce que Marcel revienne ! Ben j'ai des petites nouvelles pour vous autres : c'est non sur toute la ligne…

Avec l'impétuosité d'un torrent, il rechaussa ses bottes, remit son coupe-vent et repassa la porte.

Sous la pluie de neige qui tombait lentement, il erra dans les rues du quartier de son enfance, à remâcher sa rancœur contre son père, à penser qu'il se retrouvait devant rien, à ressentir la douleur de la solitude. Sa gorge s'étrangla. Des larmes affleurèrent à ses yeux attristés. Il rebroussa chemin.

* * *

Le fils de l'épicier étreignit l'oreiller de Paulette en se rappelant les caresses de la serveuse. Puis il s'étira langoureusement. Il était rentré au petit matin, ivre de fatigue, mélancolique, perdu dans ses pensées. Le fabricant de cercueils avait quitté le logis la mort dans l'âme, et les deux jeunes femmes s'étaient fait un devoir de se lever et d'aller au commerce. Un sentiment de lâcheté l'envahit. Il n'avait qu'à déjeuner et rejoindre Paulette et Simone. Mais il risquait de croiser son père venu faire un tour à l'épicerie, et il ne supporterait pas de voir le mari de Germaine Gladu à la boucherie. Il résolut de se rendre à *La Belle au bois dormant*.

Il était environ dix heures trente. Le ciel s'était déchargé de ses lourds nuages. Les trottoirs étaient devenus moins praticables que pendant la nuit. Les flocons s'étaient accumulés dans les rues et entravaient le pas des chevaux et le roulement des voitures. Un moment, il pensa qu'il pouvait retourner au commerce, qu'une entente avec son père était encore possible. Le soleil aidant à la fonte de la neige, il pourrait reprendre ses livraisons, quitte à ralentir le rythme de ses déplacements. Lui aussi devait contribuer à sa manière à la survie de l'épicerie. Mais l'attrait exercé par *La Belle au bois dormant* était irrésistible…

L'heure du dîner approchait. Léandre s'arrêta devant la façade embuée du restaurant et colla son nez à la vitrine. Des masses informes occupaient déjà des tabourets. Probablement des livreurs et des chauffeurs de taxi qui avaient choisi d'éviter l'affluence des travailleurs. Il entra.

Le fils de l'épicier se présenta au comptoir, s'empara d'un exemplaire de *La Presse* de la veille et se dirigea à la même table que lorsqu'il était venu avec David. De là, il aurait une vue d'ensemble sur le restaurant et serait à même de juger de l'achalandage. Il déposa son journal et consulta le menu du midi en songeant à la belle Arlette qu'il ne verrait assurément pas à cette heure de la journée. Une serveuse au sourire engageant s'amena, une serviette de table et un verre d'eau à la main.

— Pour vous, cher monsieur ? demanda-t-elle.

— Je vas prendre votre spécial du jour : la soupe aux légumes et le cigare au chou. Puis un crayon, s'il vous plaît.

— Un crayon, dites-vous ?

— Oui, j'ai des calculs importants à faire. Puis une feuille de papier avec ça aussi, s'il vous plaît.

La jeune femme sortit un calepin de la poche de son tablier, en déchira une page, nota la commande et prêta son crayon. Léandre but quelques gorgées d'eau et entreprit de lire les grands titres à la une du journal. La politique ne l'intéressait guère, les mondanités le laissaient indifférent, les incendies le désolaient et les accidents le remuaient. Il eut une longue pensée pour Marcel qui croupissait à l'hôpital. Quant aux importants événements mondiaux rapportés par le quotidien, rien ne le touchait vraiment. Ce qui se passait dans les lointains pays ne l'atteignait pas.

La serveuse apporta son bol de soupe. Il replia le journal et demanda :

— Excusez-moi, mademoiselle, j'aimerais savoir si monsieur Quesnel est là ?

— Il est à la cuisine. Mais si vous désirez lui parler, faudra attendre après le *rush*.

Apparemment que l'heure du midi voyait défiler une clientèle différente de celle qui fréquentait *La Belle au bois dormant* le soir. Au dîner, les repas se prenaient en peu de temps, de sorte que rares étaient ceux qui s'attardaient sur une banquette ou un tabouret.

La serveuse lui apporta son assiette. Depuis quelques minutes, la porte s'ouvrait et des clients s'installaient aux tables. « Je suis arrivé à la bonne heure », pensa-t-il. Autour de lui, des gens parlaient fort et gesticulaient. Quelqu'un se leva et inséra une pièce de monnaie dans le juke-box. Bientôt l'atmosphère surchauffée devint enfumée et assourdissante. Léandre se mit à estimer le montant qu'il devrait débourser pour acquérir l'établissement, tout en alignant quelques chiffres. Un emprunt à la banque ou à la caisse populaire d'Hochelaga nécessiterait cependant un endosseur. Dans ce cas, son père lui mettrait des bâtons dans les roues. Mais il l'affronterait le moment venu.

La Belle au bois dormant avait régurgité la plupart de ses clients. Les serveuses achevaient de débarrasser les tables et allaient empiler avec fracas la vaisselle sale derrière le comptoir. Il ne restait que Léandre et un jeune homme en complet-cravate, qui semblait parcourir le journal en dégustant son café. L'inconnu avait jeté son paletot sur son dossier et avait déposé à ses pieds un porte-documents. De temps à autre, il levait des yeux inquisiteurs vers Léandre en se tamponnant les lèvres avec sa serviette.

— Ah ben, si c'est pas Sansoucy! s'exclama-t-il.

— Surprenant! Viens t'asseoir, qu'on jase un peu. Ça fait des lunes…

— Je me le disais aussi. Quand le restaurant s'est vidé, j'ai vu que c'était toi. Qu'est-ce que tu deviens, vieille branche?

Les deux anciens compagnons de classe se racontèrent ce qu'ils étaient devenus et ce qui les amenait dans le quartier. Après ses études à l'école Baril, le garçon de belle prestance avait occupé différents emplois secondaires et peu rémunérés, et il était agent d'assurances depuis quelques mois.

— Sans faire de jeu de mots, j'étais certain que ton avenir était assuré, affirma-t-il. Moi, si mon père avait eu une épicerie, tu peux être sûr que…

— C'est facile à dire, ça, Hubert. Mais le père puis moi, on est pas faits pour s'entendre, faut croire…

— Au lieu de te lancer en affaires, pourquoi tu viendrais pas travailler pour ma compagnie? Actuellement, c'est pas très payant, mais selon mon patron, les plus belles années sont en avant.

— Il y a de l'argent à faire avec un commerce. Si c'est bien administré, ben sûr ! Puis j'ai déjà une expérience non négligeable en affaires…

Le fils du marchand s'inclina vers son camarade et emprunta un ton de confidence :

— Faut que je te dise que *La Belle au bois dormant*, c'est pas juste une *business* ordinaire, murmura-t-il.

L'attitude de Léandre souleva l'intérêt de son interlocuteur.

— Qu'est-ce que tu entends par là ? demanda-t-il, fortement intrigué.

Un quinquagénaire bedonnant parut et se dirigea vers la table occupée par les deux clients. Il avait la mâchoire supérieure plantée de dents proéminentes, et un pan de sa chemise tombait en disgrâce sur un pantalon froissé qui exhibait une braguette déboutonnée.

— Lequel des deux veut me voir ? s'enquit-il.

— C'est moi, répondit Léandre. Vous êtes monsieur Quesnel ?

— Maximilien Quesnel. Lui-même en personne. Comme ça, vous êtes venu pour parler d'affaires…

— Va falloir que tu m'excuses, Hubert, dit Léandre, on se reverra.

L'agent d'assurances salua civilement son camarade, récupéra son paletot et son porte-documents. Léandre suivit les pas du restaurateur, qui l'entraîna à l'étage. Il traversa un couloir sombre, sourit en passant devant la chambre close où il se livrait à ses fantasmes avec Arlette. Puis l'homme s'immobilisa devant une petite fenêtre, chercha une clé du trousseau qui pendait à sa ceinture, et s'engouffra dans son bureau. Aussitôt entré, il s'avança et tira une corde qui actionna une ampoule accrochée au bout d'un fil. Une lumière ambrée enveloppa les lieux.

La pièce était minable : le plafond faisait de drôles de poches qui ballonnaient au-dessus des têtes, les murs jamais repeints depuis le début du siècle s'effritaient, des flocons de mousse remplissaient les interstices du plancher lamellé, et des piles de papier encombraient le secrétaire poussiéreux.

— Arlette m'a dit que vous seriez intéressé à vendre ?

— Pas à n'importe qui, répondit le restaurateur. Je suis pas mal tanné de gérer le restaurant puis le commerce des chambres. Mais je vous préviens, je suis prêt à attendre mon prix. Malgré les temps durs qui ont suivi la crise de 1929, je trouve que mon commerce survit assez bien. Les hommes ont toujours des besoins naturels à satisfaire, ricana-t-il. Cela dit, je trouve que t'es ben jeune pour brasser ce genre d'affaires...

— Vous devez connaître l'adage, monsieur Quesnel : si la jeunesse est un défaut, elle se corrige avec l'âge.

— Intelligent, le jeune homme ! Et comment penses-tu me payer ?

— Je vas faire un emprunt à la caisse populaire d'Hochelaga...

— Ça va te prendre un endosseur, mon garçon.

— Je sais, je sais, mais inquiétez-vous pas, dit Léandre, l'air présomptueux. Le plus difficile, c'est de s'entendre sur le prix que vous demandez.

L'homme d'affaires déclara son prix, s'empressa de fouiller dans un tiroir et d'ouvrir un grand livre sous les yeux de Léandre pour exposer les chiffres qu'il avait consignés avec minutie.

— Ça, c'est pour le restaurant, dit-il. Asteure, attends que je te montre autre chose.

Maximilien Quesnel sortit un calepin aux coins racornis de la poche arrière de son pantalon. Avec ostentation, il en tourna les pages humides farcies de lettres et de chiffres à demi effacés.

— Ça, mon petit garçon, c'est de l'argent net qui rentre sous la couverture, lança-t-il, avant de s'esclaffer de sa boutade.

— Taboire! s'exclama Léandre en écarquillant les yeux.

— En tout cas, penses-y comme il faut, puis tu reviendras me voir. Moi, ça me fait rien, mais si c'est pas toi qui achètes, ce sera un autre chanceux...

Sans perdre un instant, Léandre serra la main du restaurateur et prit congé.

Le soleil filtrait ses rayons à travers une résille de nuages grisonnants. Mains nues dans les poches, l'haleine givrée, le fils de l'épicier marchait d'un pas pressé vers le commerce de la rue Adam. Il atteignit l'épicerie-boucherie et entra en faisant fi des clientes.

— Où est le père? demanda-t-il à la cantonade.

— Commence par me dire bonjour, frérot, riposta Simone.

Elle tendit sa joue rose et il l'embrassa. Puis il s'inclina et déposa un baiser furtif sur le ventre rebondi de sa sœur, qui esquissa un sourire de ravissement en se caressant l'abdomen. Le regard envieux, Paulette s'approcha de lui.

— Dis-moi donc d'où c'est que tu viens? s'enquit-elle. On t'a pas vu la fraise pour le dîner. Ta mère était inquiète sans bon sens...

— Ça regarde personne d'autre que moi, répondit-il tout simplement.

Léandre amorça un mouvement vers la boucherie du magasin. Ses yeux rageurs dardèrent ceux de l'employé et il revint auprès de Simone.

— Correct d'abord, je le verrai ce soir, conclut-il avant de tourner les talons.

Léandre avait envoyé paître sa Paulette. Mais le souper à venir le plaçait devant l'inexorable perspective de fournir des explications sur ses occupations de la journée. Il se surprit lui-même à mentir avec élégance à ses colocataires et à réaliser la puissance de son pouvoir de conviction. C'est ainsi qu'il parla des pseudo-démarches auprès de commerçants pour trouver de l'emploi ; mais cela n'était que pure fabulation. Au moment opportun, il leur exposerait la situation. Auparavant, il se devait de tenter un rapprochement avec son père. Les circonstances semblaient le favoriser : les fréquentations d'Édouard étaient on ne peut plus sérieuses, et Émilienne se rendait à l'hôpital avec Alphonsine, Héloïse et Irène. Il ne restait que la tante Alida au logis. Et la surdité naissante de la vieille aiderait sa cause…

Sansoucy s'était endormi sur son journal, la tête penchée sur les grands titres, et Alida démêlait des pelotes de laine, son fauteuil d'impotente roulé près du poêle. Léandre frappa familièrement à la porte et entra. La sœur d'Émilienne l'avait à peine entendu.

— Chut ! Faut pas réveiller ton père. Il a encore besoin de récupérer.

— Faut absolument que je lui parle, matante.

— Va falloir que tu mettes tes gants blancs, mon garçon, parce qu'il est un peu malcommode ces temps-ci. Puis je pense que j'ai pas à te faire de dessin…

Léandre savait que la sœur de sa mère était un peu dure d'oreille, mais selon lui rien de ce qui allait être discuté ne devait transpirer de leur conversation. Il jeta un regard insistant vers elle.

— J'ai compris, exprima la vieille.

La tante serra les poings sur les roues de son fauteuil, le mit en branle à grands coups vers le couloir et alla s'isoler au salon.

— Le père, dit doucement Léandre en posant la main sur le bras de l'épicier.

Sansoucy grogna sourdement comme un chien et s'ébroua en se redressant.

— Que c'est que tu fais là ? s'insurgea-t-il.

— Faut absolument que je vous parle, le père…

Le visage du commerçant se rembrunit et il haussa le ton.

— Personne t'a vu de toute la journée, puis tout d'un coup tu viens me déranger dans mon sommeil. Moi qui comptais sur toi pour les livraisons, tu t'es même pas montré le bout du nez à l'épicerie. Va falloir que j'engage quelqu'un, asteure. Il y a déjà assez d'un engagé pour rogner nos profits.

— Parlons-en, de votre boucher, le père.

— C'est temporaire ! Aussitôt que je vas avoir repris mes forces, puis que Marcel va sortir de l'hôpital, tout va revenir comme avant.

— Savez-vous comment il est, votre Marcel, le père ? C'est vrai que je suis pas allé le voir souvent, mais je m'en informe, au moins. Vous, après son accident, vous l'avez vu une fois, juste avant que le docteur vous donne votre congé de l'hôpital. Puis à part de ça, quand il sera rétabli, pensez-vous qu'il aura le goût de remonter sur son bicycle de livraison ? De toute façon, j'ai décidé de me lancer dans d'autre chose de pas mal plus intéressant : je veux m'acheter une *business* !

— Pour me faire concurrence, je suppose ?

— Je ferais jamais ça à mon pauvre père, vous le savez ben. Non jamais, au grand jamais, j'ai trop pitié de vous !

Léandre jeta un œil dans le couloir. Alida semblait vraiment s'être éloignée de la cuisine. L'indiscrétion la démangeait. Toutefois, son neveu adopta le ton d'une confidence.

— *La Belle au bois dormant*, ça vous dit quelque chose ? demanda-t-il à son père.

— *La Belle au bois dormant !* Ah ben, cibole ! Tu veux pas acheter un commerce de même ? C'est pas très catholique, ce que tu t'apprêtes à faire là, mon garçon !

— Soit dit en passant, pour les recommandations, vous repasserez, le père, rétorqua narquoisement Léandre.

L'air absorbé, le fils amorça quelques pas dans la pièce, hésita un moment et revint vers l'épicier.

— J'ai besoin de votre signature, le père.

— Je te voyais venir, mon garçon. Si tu crois que je vas t'endosser puis risquer de nous mettre à la rue… On a toutes les misères du monde à joindre les deux bouts…

Le marchand se sentit oppressé. Il mit la main à sa poitrine.

— Vous pensez pas que vous exagérez, le père ? *La Belle au bois dormant* est un commerce florissant. Puis vous le savez aussi ben que moi. En tout cas, vous êtes mieux de m'endosser parce que la mère va savoir que vous avez fréquenté *La Belle au bois dormant*, puis pas juste pour aller boire un Coke…

— Tu me prends à la gorge, Léandre. J'aurais jamais cru qu'un de mes enfants serait aussi méchant. Avec son propre père, en plus…

— En tout cas, pensez-y sérieusement parce que, demain après-midi, je me présente à la caisse populaire d'Hochelaga.

— Ça marche pas de même, proféra l'épicier. La caisse voudra jamais te prêter.

Le fils se carra les épaules et affirma avec insolence :

— On verra ben lequel de nous deux va l'emporter, le père…

Chapitre 15

Après l'âpre discussion avec son père, Léandre avait regagné son logis, et ce, apparemment sans que la tante Alida puisse rapporter un traître mot à ses sœurs. Elle avait seulement signalé la visite impromptue de son neveu, ponctuée de quelques haussements de ton. Émilienne avait interprété le geste de son fils comme un désir de «raccordement» entre les deux hommes, qui s'étaient sans doute embrasés par leur caractère à l'emporte-pièce, tout en se désolant que Léandre ne retourne pas au commerce familial.

Le fils de l'épicier avait dîné seul à l'appartement, l'esprit assiégé par des chiffres, les yeux rivés sur sa feuille de papier. Il avait cent fois raturé, refait les mêmes calculs, cherchant à dégoter la moindre erreur qui aurait pu se soustraire à sa vigilance. Avec une étonnante mémoire, il se souvenait du grand livre de *La Belle au bois dormant* et surtout du petit calepin noir de son propriétaire, qui consignait des profits fort intéressants. Une vraie mine d'or à exploiter. Un gisement intarissable s'offrait à lui. Après un entretien avec un employé de la caisse populaire, les étapes suivantes ne seraient que pure formalité. D'un geste bref, il recula sa chaise, plia sa feuille qu'il mit dans la poche de sa chemise et alla déposer son assiette dans l'évier en l'arrosant d'un jet d'eau.

Il dévala les escaliers, amorça quelques pas dans la rue et s'immobilisa devant le commerce. Là, le cou engoncé dans le col de son coupe-vent resté ouvert, il s'alluma une Buckingham et jeta un coup d'œil à la vitrine. À cette heure, son père n'était pas descendu à l'épicerie. Par nécessité, le convalescent s'accordait de longues siestes après le dîner et viendrait faire son tour quelque part en après-midi. Léandre songea à l'absence de l'épicier et il l'imagina regardant son fils le narguer devant son magasin. Cela aurait décuplé sa force, fouetté sa détermination.

La caisse populaire d'Hochelaga n'avait pas encore pignon sur rue. Elle occupait un local de l'école Baril qu'elle partageait avec le Bureau de consultation de nourrissons et de vaccination, communément appelé la *Goutte de lait* – un organisme destiné à aider les mères dans les soins des enfants –, auquel il se rendait régulièrement pour ses transactions courantes. Cependant, chaque fois qu'il remettait les pieds dans l'institution, il repensait à ses études écourtées, aux cours longs et ennuyeux. Et invariablement, il en ressortait avec soulagement, en songeant au bon choix qu'il avait fait de les abandonner. Il entra dans l'école et alla prendre place près du local de la caisse, sur une des deux chaises disposées dans le corridor. Assis aux côtés d'une femme qui ne cessait de le reluquer, Léandre promena son regard sur les images de saints compassés affichées au mur, des modèles de vertu desquels il se sentait bien loin.

Une sombre tristesse ombragea sa physionomie. Il ferma les yeux pour mieux s'imaginer le visage de son frère Marcel, que la vie n'avait pas choyé, et qui, au surplus, traînait à ses basques le qualificatif de «gnochon» que lui donnait leur père. Il le revoyait immobile, comme un mort vivant, luttant pour vivre ou glissant inexorablement vers le néant. Pourtant, Marcel avait repris conscience et reviendrait sous peu à la maison paternelle. Puis il délaissa ses pensées chagrines et se remémora ses anciens camarades de classe, sa rencontre à *La Belle au bois dormant* avec Hubert Surprenant qui, à l'époque, se levait à l'heure des poules pour servir la messe de six heures et demie et qui, à présent, faisait carrière dans l'assurance.

La dame l'interpella :

— Si je me trompe pas, vous êtes le fils de l'épicier.

— Oui, madame.

— Je me le disais, aussi. Depuis tout à l'heure que je vous regarde en me demandant si je vous ai reconnu comme il faut. Parce que, voyez-vous, ça fait pas ben longtemps que j'ai changé d'épicerie. Je suis venue faire un petit emprunt pour les achats des fêtes. Ça fait drôle d'attendre dans le passage plutôt qu'en ligne pour aller au guichet. Et vous ?

— Moi, c'est pareil. Que voulez-vous, quand on veut faire plaisir aux autres, faut prendre les moyens ?

— Ça a l'air que votre frère Marcel est encore en convalescence à l'hôpital puis que votre pauvre père a engagé quelqu'un à la boucherie pour le remplacer...

Le gérant parut dans le corridor. La dame s'excusa et lui emboîta le pas.

« Pas moyen d'aller quelque part dans le quartier sans avoir la paix ! » se dit Léandre.

Une demi-heure plus tard, le même petit homme reparut en se tenant derrière la cliente de l'épicerie, visiblement ravie d'avoir obtenu une réponse positive.

— Si vous voulez vous donner la peine de me suivre, dit-il.

Les mains jointes appuyées sur le secrétaire, le gérant écoutait Léandre exposer son projet. Il lui tendait l'oreille avec toute l'attention qu'il méritait, mais en tiquant de la moustache à chacune des fins de phrases de son interlocuteur. Puis, disjoignant les mains, il tira vers lui un formulaire.

— Votre demande me semble assez audacieuse, monsieur Sansoucy. Et elle nécessitera la signature d'un endosseur. Vous comprendrez qu'il nous faut des garanties. On ne prête pas à n'importe qui, vous savez...

— Ben sûr, je m'attendais à ça, acquiesça Léandre en retenant la répartie qui lui brûlait les lèvres.

Le document rempli, le gérant se leva et tendit la main en agitant une dernière fois sa moustache.

— La commission de crédit se réunit demain soir, affirma-t-il. Vous repasserez le lendemain pour connaître sa décision.

* * *

Bien sûr, Émilienne avait poursuivi ses visites à Marcel. Elle avait cependant abandonné ses pèlerinages à l'Oratoire, trop fatigants pour sa condition; elle avait plutôt entrepris une série de prières et commencé une neuvaine à Saint-Joseph, par la récitation du rosaire avec Irène et ses sœurs, pour demander qu'il ne subsiste aucune séquelle de la commotion.

La commission de crédit de l'institution bancaire devait se réunir le soir même. Attendri par l'amour que sa mère vouait à Marcel, sa banque d'indulgences pauvrement garnie, Léandre avait résolu de l'accompagner à l'hôpital pour faire pencher la décision de la caisse en sa faveur. Le lendemain, cependant, il repassait au bureau du gérant pour essuyer un refus signifié avec maladresse et regagnait son appartement humilié, mais, surtout, fort désenchanté. Et le soir, après un souper bien arrosé à *La Belle au bois dormant*, il se retrouvait dans la chambre de la prostituée, étendu sur le lit, complètement désemparé. Elle le déshabilla lentement, en lui susurrant des mots tendres.

— Laisse-toi faire, mon beau, je vais te requinquer le moral, dit-elle d'une voix traînante. C'est pas la fin du monde, ce qui s'est passé avec la caisse.

Il roula vers elle des yeux avinés qui la fixaient d'un regard stupide. Elle s'étendit sur lui en lui caressant le bas-ventre, réveillant ainsi l'indéfinissable plaisir du jeune homme.

Penchée au-dessus de lui, elle le contemplait dans son sommeil, exhalant son souffle sur la peau basanée de son bien-aimé. Elle adorait sa figure virile, son menton volontaire, sa bouche sensuelle ouverte sur de belles dents blanches, ses cheveux noir de jais qui lui barraient le front et lui cachaient les yeux, éteints, mais habituellement ardents comme des braises. Il sortit du sommeil et la regarda.

— *La Belle au bois dormant*, c'est vraiment toi! déclara-t-il. Mais j'aurais aimé mieux ne jamais me réveiller.

— Et ne jamais plus connaître l'amour… Tu dis des sottises, mon beau.

— L'amour ne règle pas tous les problèmes, Arlette. Je suis pas plus avancé que j'étais avec cette histoire de restaurant. Comme c'est là, je me retrouve le bec à l'eau, sans emploi comme des milliers de jeunes de mon âge, sans avenir, avec un loyer à payer, puis une blonde qui colle à moi comme une grosse mouche à marde, taboire!

Le ton de Léandre avait monté. La prostituée afficha un air pensif en se mordillant les lèvres.

— Je vas m'occuper de ça, mon beau. Écoute-moi ben…

Le jeune Sansoucy prit naïvement connaissance du plan proposé par l'employée de Quesnel. Persuadé que tout allait s'arranger, il rentra chez lui la tête haute, la mine confiante, mais sans trop savoir ce que lui réservait le propriétaire de l'établissement.

Le lendemain, après avoir répété à ses colocataires la même fausse ritournelle de recherche d'emploi, il se rendit à *La Belle au bois dormant* pour le dîner. Alors que Léandre étirait l'attente à siroter un thé refroidi, Quesnel parut dans sa tenue souillonne et, d'un signe de la main, l'invita à le suivre dans son antre.

— Arlette m'a téléphoné hier soir pour m'informer des derniers développements, dit l'homme. Dommage que la caisse populaire soit aussi bornée quand il s'agit du monde des affaires. Une chance qu'il existe des gens compréhensifs qui sont prêts à aider ceux qui ont des ambitions, ricana-t-il.

Léandre tentait de cacher sa nervosité. Ses mains tremblaient et il sentait un léger tressaillement des muscles de sa mâchoire. Un besoin irrépressible de fumer s'empara de lui. Il sortit son paquet de Buckingham.

— Vous permettez? demanda-t-il.

Quesnel pouffa de rire.

— Certainement! répondit-il. Si jamais le feu pognait dans le bureau, je me sauverais avec ce que j'ai de plus important, affirma-t-il en tirant le petit calepin noir de la fesse de son pantalon.

Mais l'homme redevint plus sérieux, regrettant sa plaisanterie.

— Blague à part, dit-il, je n'ai aucune assurance pour mon commerce. D'ailleurs, c'est une chose que j'ai mentionnée aux acheteurs qui sont venus récemment, mentit-il. Pour être honnête avec vous, ça fait une dépense de plus pour qui veut couvrir la valeur de l'immeuble, bien entendu.

— Quand il restera juste ça à payer…

— Bon, dans ce cas-là, voici ce que j'ai à te proposer, jeune homme…

Moins d'une heure plus tard, une solide poignée de main scellait l'entente entre les deux hommes, et Maximilien Quesnel redescendait au restaurant pour présenter son « associé » à son personnel. À la fin de la soirée, après s'être rompu au fonctionnement du commerce, Léandre gagnait son appartement.

— Salut les amis! dit-il en refermant précipitamment la porte.

Vêtu de son pyjama de flanelle rayé, David sortit de la chambre de Paulette et glissa dans ses chaussettes en laine vers son beau-frère. Une expression de navrement se lisait sur ses traits.

— Il commence à être temps que t'apparaisses, Léandre; Simone et moi, on sait plus quoi dire à ta blonde.

Sans se pencher, Léandre ôta ses bottes et accrocha son coupe-vent. Puis il se rendit à sa chambre, en laissant la porte ouverte. Simone venait de s'asseoir et contemplait la femme prosternée. Dans sa jaquette vieux rose, gravement assise au milieu du lit, Paulette leva des yeux inondés de pleurs.

— Tu me feras pas accroire que t'as passé toute la journée à chercher une *job*, lança-t-elle.

— Ben figure-toi donc que j'ai fait mieux que ça, répondit Léandre. Je suis devenu le copropriétaire d'un restaurant, si on peut dire…

— Comment ça, si on peut dire ? interrogea Paulette, larmoyante.

Léandre exposa les termes approximatifs de l'entente conclue avec Quesnel, le salaire qu'il en tirerait, les paiements prélevés pour rembourser l'emprunt consenti par l'homme d'affaires et le montant qu'il devrait débourser pour assumer les coûts de l'assurance.

— C'est quoi ça, au juste, ce restaurant-là ? demanda Paulette.

— C'est *La Belle au bois dormant*, sur Sainte-Catherine.

David toussota dans son poing.

— Tu connais ça, toi ? s'enquit Simone à l'adresse de son mari.

— De nom, seulement, dit David. Tous les gars de mon âge connaissent ça, précisa-t-il.

— David O'Hagan ! proféra Simone. Pas la place où les serveuses offrent autre chose que ce qui est dans le menu, toujours ? Ah ben, maudit verrat.

— C'est pas ce que tu penses, mon amour, se défendit David. En tout cas, moi, j'ai jamais tombé dans ce genre de piège. Que c'est que tu dis là ? Je t'aime trop pour ça, voyons donc…

Léandre fusilla son beau-frère du regard. Paulette se tourna vers son homme.

— Puis toi ? s'exclama-t-elle. T'es juste allé prendre une tasse de thé avec un morceau de tarte au citron meringué, je suppose ?

— Il a ben fallu que je fasse un petit tour le soir pour voir comment ça se passait dans la *business*. Je voulais pas m'impliquer à l'aveuglette. Quand même, je suis pas né de la dernière pluie ! Mais j'ai jamais goûté aux cochonneries dont tu parles, Paulette. Je te le jure…

La figure de Simone se crispa. Elle mit la main sur son abdomen.

— Ça va pas, Simone ? s'enquit Léandre.

— C'est le petit qui me donne des coups de pied. Je connais pas ben ça, mais ces temps-ci il est pas mal grouillant, le p'tit vlimeux. Que c'est que je disais, donc ? Ah oui ! Si jamais p'pa venait à savoir, ça pourrait nuire à son commerce, commenta-t-elle.

— C'est le moindre de mes soucis, ma sœur.

— Puis nous autres, là-dedans ? reprit Simone. Paulette et moi, on commençait à croire qu'on pourrait continuer à l'épicerie.

— Inquiétez-vous pas, les filles, si jamais ça tournait mal au magasin, je vous engagerais au restaurant. D'ailleurs, tu connais ça, la restauration, Simone. Puis Paulette apprendrait le métier de serveuse assez vite, c'est pas sorcier…

— Ouan ! répliqua faiblement Simone d'une voix résignée.

Léandre s'assit sur le lit près de Paulette et lui caressa complaisamment le dos. Puis, empruntant une voix doucereuse, il s'excusa en prétextant qu'il n'en avait que pour quelques minutes à la salle de bain avant de venir la rejoindre. Cependant, avant de se coucher, il avait un mot à dire à son beau-frère qu'il interpella alors que celui-ci se mettait au lit. David se résigna à quitter sa chambre et s'avança vers lui.

— T'es un beau *smatte*, toi, t'aurais pas pu te fermer la boîte? marmonna Léandre entre les dents.

— Un jour ou l'autre, le chat serait sorti du sac, le beau-frère. Tu le sais aussi ben que moi, des cachettes de même, ça finit toujours par se découvrir…

— Oui, mais j'étais pas prêt à en parler tout de suite. Asteure que c'est dit, on va s'arranger avec ça, livra-t-il avant de retourner auprès de Paulette.

* * *

L'associé de *La Belle au bois dormant* s'était mis en tête d'assurer le commerce au plus vite. Après un lever matinal, il s'empressa vers l'établissement pour déjeuner. Quesnel n'arriverait qu'un peu plus tard en avant-midi, une fois que le personnel eût servi le premier repas de la journée à sa clientèle du matin. Sa tasse de café près de lui, il téléphona à la Sun Life pour parler à Hubert Surprenant et lui expliquer brièvement de quoi il s'agissait. On lui répondit que l'agent ne se présentait jamais au bureau avant neuf heures, mais qu'il se ferait un plaisir de se rendre à *La Belle au bois dormant* le jour même.

Vers la fin de la période du dîner, Hubert Surprenant parut au restaurant, porte-documents au poing, le sourire fendu jusqu'aux oreilles. Léandre vint prendre la commande et Quesnel lui-même apporta une assiettée bondée de macaroni à la viande, que l'agent de la Sun Life avala en vitesse. Les deux associés allèrent ensuite s'asseoir avec le représentant de la compagnie. Une serveuse essuya la table et revint avec trois cafés.

Lorsque Surprenant eut exposé en long et en large les différentes protections possibles, Quesnel proposa à son associé de prendre une des meilleures couvertures. Au moment de remplir le formulaire, l'agent relut une dernière fois les clauses.

— Avez-vous des questions ? interrogea-t-il à la fin.

Quesnel salivait comme un chien devant sa pâtée.

— Tout me semble très clair, affirma-t-il.

— Pour moi aussi, consentit son associé.

Léandre signa le document qui l'engageait pour un an à payer les primes. Les hommes se donnèrent la main.

* * *

Quelques jours s'étaient écoulés depuis que Léandre s'était associé à Maximilien Quesnel. Bien que persuadé que son fils n'ait pas obtenu le prêt escompté de la caisse populaire, Sansoucy s'était informé auprès de Simone de ce qu'il était advenu de la transaction souhaitée. La situation avait évolué autrement et elle avait réveillé en lui ses instincts belliqueux : il ruminait silencieusement une petite leçon pour son fils renégat en lui préparant un coup d'éclat.

Émilienne poursuivait entre-temps sa neuvaine à Saint-Joseph et ses inlassables visites à Marcel, avec l'acharnement de ses convictions religieuses. Aveuglé par la noblesse de sa démarche chevaleresque et sans en déclarer un mot à sa femme, Théodore se présenta à *La Belle au bois dormant* avec l'abbé Lionel Dussault. Auparavant, il avait pris soin de se confesser et d'avouer ses écarts de conduite en bénéficiant à quelques reprises des faveurs de serveuses derrière les portes closes de l'établissement. Manifestement fort indisposé par les gestes de l'épicier, le prêtre en avait glissé un mot à son curé qui lui avait recommandé d'accompagner le pénitent au nom de la morale religieuse, même si le commerce clandestin se trouvait hors des limites territoriales de sa paroisse. « Jésus ne frayait-il pas avec les pécheurs ? » lui avait-il fait remarquer. « Rappelez-vous Marie-Madeleine ! » avait-il ajouté pour convaincre son jeune vicaire.

La main crispée sur la poignée de la porte, le chapeau de castor enfoncé jusqu'aux yeux, Théodore Sansoucy jeta un coup d'œil nerveux à l'intérieur du restaurant. Puis avec la célérité d'un domestique, il ouvrit pour faire passer le religieux devant lui.

— Vous d'abord, murmura le vicaire avant de suivre les pas de son compagnon.

Les choses s'étaient déroulées comme Sansoucy l'avait souhaité. Cependant, même si l'épicier l'avait prévenu en lui disant que la place n'avait rien de commun avec l'ambiance d'un presbytère, l'abbé Dussault avait la fâcheuse impression d'avoir été entraîné dans un abîme sans fond et regrettait déjà d'avoir accepté semblable mission. Le bourdonnement continuel, la vue de tous ces hommes à l'air désœuvré s'attardant devant leur consommation et de ces serveuses qui s'animaient de leur charme séducteur autour des tables, lui soulevèrent le cœur. Une chaleur l'enveloppa tout à coup et il déboutonna le col de son paletot.

Une demoiselle habillée d'une robe rouge d'une singularité provocante et juchée sur des talons hauts s'amena en tirant sur un fume-cigarette d'ambre.

— Je pensais jamais vous revoir ici, monsieur Sansoucy, dit-elle, esquissant un sourire sardonique.

— Nous sommes pas venus pour ce que vous croyez, Arlette, dit l'épicier.

— Je désirerais m'entretenir avec votre patron, mademoiselle Pomerleau, nasilla le prêtre.

— Il est dans son bureau et il aime pas qu'on le dérange à cette heure-ci, monsieur l'abbé.

— Comment ça, monsieur l'abbé? demanda le saint homme d'une voix altérée.

— Votre collet romain vous dénonce, expliqua Sansoucy.

Le visage de Lionel Dussault se colora du rouge de la gêne et le prêtre reboutonna prestement son paletot. La serveuse saisit l'embarras de son interlocuteur et s'en amusa.

— Toutes les chambres sont occupées ce soir, monsieur l'abbé. Faudrait que vous repassiez.

Sansoucy abaissa violemment le poing sur la table et se leva, attirant vers lui tous les regards.

— Arrête de niaiser, Arlette Pomerleau, s'écria-t-il. Venez, Dussault, suivez-moi qu'on en finisse avec cette histoire.

Le prêtre recula sa chaise et emboîta le pas à l'épicier qui traversa le restaurant avant d'écarter le rideau crasseux et de gravir rageusement l'escalier qui menait à l'étage. Exténué, le râle sibilant, Sansoucy s'immobilisa en haut des marches.

— Mais où donc me conduisez-vous? interrogea le vicaire, interdit.

— Vous le savez ben, ce qu'on est venus faire ici, Dussault! Faites-moi pas choquer, bonyeu!

Des ricanements étouffés et de curieux halètements suintèrent des murs. Un imperceptible sourire plissa les lèvres de Sansoucy et les deux visiteurs s'engagèrent dans le corridor avant d'atteindre le bureau de l'administration. L'épicier donna trois coups brefs sur le chambranle et entra. Une jeune femme piètrement vêtue assise sur les genoux de son patron se pencha pour ramasser son soutien-gorge et se releva subitement en cachant ses seins dénudés.

— Ah ben, ça parle au verrat! s'exclama Léandre.

— C'est bien moi, mon garçon! souffla Sansoucy.

— Je vas m'en aller, dit la prostituée, avant de disparaître de la pièce.

— Taboire, le père! poursuivit Léandre, vous avez du front tout le tour de la tête pour venir me relancer dans mon restaurant.

— Parlons-en, de ton restaurant, mon garçon. C'est un vrai bordel!

— ... que vous avez fréquenté, rappela le fils.

— C'est fini, ces cochonneries-là! se défendit l'épicier.

— Dites-moi donc ce que vous êtes venu faire ici, d'abord? interrogea le jeune proxénète. Avec un envoyé du ciel, en plus...

Le messager du curé Verner jugea le moment opportun pour intervenir.

— Ne vous moquez surtout pas de moi, Léandre, exprima-t-il de sa voix aux forts accents nasillards. Écoutez-moi bien: non seulement vous menez une vie de dépravé et courez à votre perte en évoluant dans une entreprise aux mœurs douteuses, mais vous provoquez le naufrage des âmes qui côtoient votre milieu. Vous avez une lourde responsabilité, Léandre. Comme le disait monseigneur Verner, avez-vous seulement pensé au nombre de foyers brisés, à tout l'argent dépensé inutilement, à toutes les mères de famille qui viennent frapper à la porte du presbytère pour réclamer aide et soutien parce que leurs maris fréquentent de semblables établissements?

Pendant que le représentant de l'Église avait communiqué sa dépêche, le souteneur avait glorieusement posé ses pieds sur le bureau et grillait une cigarette en rejetant la fumée sans l'aspirer.

— Vous trouvez pas que vous en mettez un peu trop, l'abbé? rétorqua-t-il, l'air désinvolte. Un peu plus et vous me teniez responsable de tous les péchés de la paroisse...

Il écrasa sa Buckingham dans le cendrier et se releva.

— Allez donc dire à votre curé de garder ses sermons pour son église, lança-t-il.

Indigné par les paroles de son fils, l'épicier s'adressa au vicaire :

— Venez, Dussault, on a plus rien à faire ici dedans ! dit-il en amorçant un mouvement vers le couloir.

Léandre darda un regard incendiaire en voyant s'éloigner les visiteurs.

— Puis vous, le père, si vous m'aviez pas forcé à partir de l'épicerie, on en serait pas là, aussi, s'époumona-t-il.

Des portes s'entrouvrirent sur le corridor et se refermèrent après le passage des deux visiteurs. Léandre s'enferma dans son bureau en faisant claquer la sienne.

Le messager du curé Verner quitta l'établissement de la rue Sainte-Catherine avec le douloureux sentiment de s'être échappé de la fosse aux lions. Il venait de subir un dur revers et expliquerait à son supérieur qu'il n'avait pas l'autorité morale d'un monseigneur pour accomplir une mission aussi périlleuse et que, dorénavant, il se verrait dans l'obligation de refuser un ministère voué à un échec aussi humiliant. Quant à Sansoucy, la rebuffade qu'il venait d'encaisser le rejetait aux orties. La force de persuasion de celui qu'il raccompagnait au presbytère du Très-Saint-Rédempteur l'avait grandement déçu. Désormais il devrait prendre d'autres moyens pour faire entendre raison à son fils. L'arme suprême demeurait peut-être la blonde de Léandre. « Mais non, pensa-t-il, par les temps qui courent, Paulette est indispensable ! C'est pas le temps de mettre de la discorde dans le couple. »

Alida posa son ouvrage sur le coin de la table quand elle vit entrer son beau-frère au logis. Il avait accroché son chapeau et son manteau, et avait tiré vers lui une chaise sur laquelle il s'était écrasé pour enlever ses bottes.

— Voyons, Théodore, t'es pas malade, toujours? s'inquiéta l'impotente.

— Juste un peu fatigué, c'est tout.

— C'est Léandre qui te cause des soucis, hein?

— Comment peux-tu savoir ça, la belle-sœur?

— Je suis handicapée des jambes, mais le bon Dieu m'a donné des yeux pour voir et des oreilles pour entendre. Des fois, je fais semblant de pas comprendre. Je suis un peu dure de la feuille, comme on dit, mais j'enregistre à peu près tout ce qui se dit. Tu te rappelles la conversation que t'as eue l'autre soir avec Léandre? Mes trois sœurs étaient parties à l'hôpital avec Irène, et ton fils t'a parlé d'un commerce «pas très catholique» qu'il voulait acheter…

— Puis après? s'étonna l'épicier.

Sansoucy écouta attentivement ce qu'Alida avait retenu de l'entretien qu'il avait eu avec Léandre et des propos à peine voilés échangés par Simone et Paulette aux repas du midi.

— Émilienne, dans tout ça? s'enquit-il. Elle m'a rien dit au sujet de *La Belle au bois dormant*…

— Émilienne en sait peut-être plus qu'on pense. Tu la connais aussi bien que moi: elle préfère souffrir en silence. Il y a assez de Marcel qui la met toute de travers parce que sa convalescence s'éternise à l'hôpital. Ça va tout prendre pour qu'il soit avec nous autres à Noël, si ça continue.

L'impotente réalisa qu'elle avait dilaté le cœur de son beau-frère et qu'il avait besoin de repos.

— Tu devrais te mettre au lit, Théodore, je vas attendre les autres avant de me coucher.

Les yeux tombant de fatigue, l'épicier jeta un demi-seau de charbon dans la fournaise et se rendit à la salle de bain pour ses dernières ablutions de la journée. Puis il se retira dans sa chambre.

* * *

La lourde Émilienne s'était alitée en repoussant son compagnon sur son côté de lit et en désentortillant vers elle les couvertures dans lesquelles il s'était enroulé. Théodore avait rêvé à une horde de démons cornus qui avaient surgi de derrière autant de portes closes en le pourchassant dans un couloir des pointes de leur fourche avant de sombrer dans un sommeil tourmenté qui l'avait maintenu dans un état second jusqu'à l'aurore.

Une forte envie d'uriner le força à se lever. Il se drapa dans sa robe de chambre et se précipita aux toilettes. Puis il alla à la fenêtre de la cuisine. La lumière irisée du matin perçait le jour sur la cour arrière des immeubles qui tournaient le dos à la ruelle. Il cligna des yeux, alla chausser ses lunettes remisées sur la glacière et revint sur ses pas. Une bordée de neige encombrait la galerie et ornait d'un joli feston le faîte des clôtures. «Batèche! marmonna-t-il, c'est pas trop bon pour les affaires, un temps de même!» Plutôt que de se recoucher, il déjeuna, s'habilla discrètement et descendit à son magasin.

Quelques silhouettes matinales glissaient le long de la rue Adam. Le trottoir s'était épaissi d'une bourre de laine blanche qui atteignait le haut de ses bottes. «Taboire! pensa-t-il, il faut dégager le devant si je veux que les clients rentrent dans mon magasin. Dommage que Marcel soit pas là pour déblayer. Ce gnochon-là aurait pas pu faire attention, aussi, au lieu de s'aventurer en pleine rue pendant la tempête du vendredi 13!» ragea-t-il. Il souleva les pieds, progressa laborieusement sur la devanture de son commerce. Là, il déverrouilla la porte qu'il tira vers lui en labourant la neige folle, entra pour empoigner la pelle appuyée sur la vitrine et ressortit.

Naguère, avant que ses enfants ne soient d'âge à désencombrer les marches de l'escalier arrière et la façade de son épicerie-boucherie, il se serait levé de bon matin et il aurait pelleté devant l'immeuble avec une ardeur furieuse et obstinée à la largeur du trottoir. Et cela, sans que son muscle cardiaque ne s'emballe trop. Mais à présent, il se contenterait de pratiquer un petit couloir qui faciliterait la circulation piétonne avant le passage de certains travailleurs matinaux. Ainsi il éviterait la formation de ces croûtes durcies qui se transforment en glace traîtresse. «Dans ma famille, on meurt pas du cœur, se dit-il, et je vois pas pourquoi je flancherais à l'aube de la cinquantaine.»

Cette pensée qu'il se répétait comme un encouragement à poursuivre la corvée entreprise le conduisit jusqu'à la porte de la bâtisse voisine qui donnait accès au logis de Réal Gladu. Le boucher récemment embauché interpréterait ce petit bénéfice marginal comme une marque de reconnaissance pour ses services. Mais l'engagé lui coûtait cher, terriblement cher, et les commentaires glanés auprès de clientes insatisfaites le forçaient à prendre une grande décision. L'idée de renvoyer Gladu la journée même lui traversa l'esprit. Après tout, s'il se sentait capable de nettoyer le trottoir, il pouvait envisager de reprendre ses couteaux sur son étal.

Quelqu'un frappa à une vitre. Sansoucy releva la tête et vit sa femme se pencher vers les trois petites bouches d'aération au bas de la fenêtre du salon.

— Arrête-moi ça tout de suite, Théo, puis viens te reposer! s'écria-t-elle.

«Il a même pas mis ses mitaines, en plus: des plans pour se geler les mains!» se dit-elle pour elle-même.

La voix sourde d'Émilienne soufflée par un des trous du châssis double l'avait saisi comme la sirène d'un bateau qui passait sur le fleuve. Mais qu'à cela ne tienne, l'épicier ne voulait rien entendre de celle qui le rappelait à la raison. Il plaça ses mains nues en porte-voix.

— Je vas rester en bas, asteure que la *job* est faite ! lança-t-il en sa direction.

Émilienne resserra le cordon de sa robe de chambre en articulant muettement quelques paroles de mauvaise humeur. Son mari se secoua les pieds et réintégra son commerce.

Des larmes de givre coulaient dans la morne vitrine et mouillaient le bois vermoulu des fenêtres. Sansoucy se frotta vigoureusement les mains et traversa son magasin d'un pas alerte. Du haut de l'escalier, il se donna de la lumière et descendit à la cave pour jeter quelques pelletées de charbon dans la fournaise, et remonta au rez-de-chaussée. Puis il mit quelques bonnes bûches dans le poêle. Après avoir accroché son manteau, il se laissa choir sur sa chaise et expira bruyamment en se fermant les yeux quelques instants.

La lampe assaillie par l'atmosphère humide grésilla aussitôt allumée. Le commerçant plongea la main dans le fond d'un tiroir et en ressortit un petit flacon de gin dont il prit vitement trois gorgées avant de s'étouffer. Puis il reboucha la bouteille, s'essuya les moustaches du revers de la main et se mit à songer à l'achalandage de son épicerie-boucherie qui avait diminué et aux dépenses qu'il devait affronter. Mais la fatigue l'avait lentement gagné et le sommeil l'avait engourdi.

Quelqu'un entra. Guidé par la lumière de la lampe qui jetait des lueurs intermittentes, Réal Gladu s'approcha de son patron et pointa vers lui son menton en galoche.

— Vous êtes de bonne heure à matin ! s'écria l'engagé. Avez-vous passé la nuit dans votre magasin, coudonc ?

Le marchand se réveilla en sursaut, l'humeur mauvaise.

— Germaine m'a dit : « Va donc libérer le trottoir devant l'épicerie, affirma Gladu. C'est pas à un monsieur de cinquante-trois ans de faire ça. Un monsieur qui a des problèmes de santé, en plus. » Mais quand je me suis aperçu que c'était déjà fait, j'en revenais pas. Dites donc, vous en avez travaillé un coup, monsieur Sansoucy. Vous avez même dégagé devant ma porte, vous étiez pas obligé d'en faire autant. À l'heure qu'il est, j'aurais eu amplement le temps de nettoyer la façade avant l'ouverture du magasin…

— Je me suis levé de bonne heure ce matin, puis quand j'ai vu l'épaisseur de neige qui était tombée, je me suis dit qu'il fallait déblayer, mâchouilla l'épicier d'une voix dolente.

— Ah ben, puisque c'est comme ça! commenta-t-il. Mais à la prochaine bordée, je veux pas que vous touchiez pantoute à votre pelle.

— Il y en aura pas, de prochaine fois, Gladu, exprima gravement Sansoucy.

Le marchand se leva et considéra son employé.

— Qu'est-ce que vous voulez dire, monsieur Sansoucy? Vous êtes pas satisfait de mon travail?

— C'est pas ça, Gladu; enfin, pas juste ça. Je peux plus vous garder à l'épicerie…

Gladu sortit du bureau et se rendit à son espace de travail. Son employeur alla le rejoindre. Appuyé sur l'étal, l'homme engagé paraissait consterné.

— Vous pouvez pas me faire ça, monsieur Sansoucy! exprima-t-il avec irritation.

— Les affaires sont moins bonnes, Gladu. Puis il y a toujours des plaintes quand on tient un commerce. Il y en a qui m'ont dit que j'avais pas mon pareil pour les coupes de viande, livra l'épicier, imbu de sa supériorité. Là, je le sais pas, je fais juste vous rapporter ce que j'ai entendu. C'est surtout que les clients savent que depuis que Marcel est hospitalisé, on livre juste le samedi. Ça fait baisser les ventes, ça. La semaine, ils viennent acheter quelques articles puis s'en vont chez eux avec leur sac de papier brun dans les bras.

On est en train de se faire manger la laine sur le dos par les autres épiceries du coin, Gladu. Puis ça, je le prends pas…

— Je pensais finir l'année ici et passer une belle période des fêtes sans problème financier. Comment est-ce que je vas apprendre ça à Germaine, asteure ? En plein mois de décembre, à part de ça…

— Je vous avais pas promis mer et monde, Gladu. Rappelez-vous : je vous avais seulement embauché le temps de mon rétablissement. Puis vrai comme vous êtes là, je peux reprendre mon ouvrage.

— Pourquoi que vous trouvez pas un livreur, d'abord ? Vous pourriez faire revenir votre clientèle puis remonter votre chiffre d'affaires dans le temps de le dire. Léandre, votre gars, il serait pas intéressé, par hasard ?

— Justement, je comptais sur lui pour qu'il revienne, mais ça a ben l'air que je dois en faire mon deuil.

— Ma femme m'a appris qu'il trempait dans une drôle de *business*, rapporta malicieusement l'employé.

— Je sais pas où c'est qu'elle a pogné ça, Gladu, mais je pense que vous êtes ben mal renseigné.

— En tout cas, si j'étais capable de conduire un bicycle à deux roues, je pourrais peut-être…

— C'est pas un bicycle à deux roues, c'est un triporteur. Tout le monde peut conduire ces engins-là, même vous.

— La vérité, monsieur Sansoucy, c'est que j'ai toujours eu peur de monter sur une bécane, mais mon plus vieux, lui, il a peur de rien et il pourrait conduire votre triporteur. Germaine m'en parlait justement hier. «Pourquoi t'offres pas à monsieur Sansoucy que Junior fasse la livraison ?» Il vient d'avoir quatorze ans, il est maigre comme un clou, mais il a du nerf, le p'tit torrieu, acheva l'engagé dans un ricanement nerveux.

Chapitre 16

Réal Gladu était reparti la mine très basse, le sourire jaune, dissimulant mal son dépit. L'épicier était demeuré seul. Après une brève incursion dans sa glacière pour inventorier son stock de viande, il avait revêtu son tablier de boucher et il s'affairait maintenant à l'affûtage de ses couteaux. Le geste saccadé, mais précis, il repensait au congédiement du père de famille et aux conséquences de son propre retour au commerce. Rapidement ses ruminations bifurquèrent sur l'absence de Léandre, sur l'effondrement qui avait suivi son départ, sur ses affaires qui avaient drastiquement périclité depuis l'accident de Marcel.

Mais il n'allait pas se laisser abattre. Un sourire s'esquissa sous les poils drus de sa moustache ; il détenait une excellente idée. Comme en accord avec sa bonne humeur retrouvée, la clochette de son magasin tinta gaiement et deux jeunes femmes s'avancèrent vers lui. L'épicier posa son couteau sur son étal et parut sur le plancher.

— Tenez, p'pa, m'man nous a apostrophées en descendant, dit Simone en tendant une tasse de café à son père. Elle a pensé à vous, comme vous voyez.

— Qu'elle est donc fine, ma Mili ! répondit le marchand en empoignant la tasse. Je la remplacerais pas pour tout l'or du monde, mon Émilienne.

— Madame Sansoucy fait dire de pas vous échiner à l'ouvrage, puis de prendre le temps de vous écraser un peu avant le dîner, ajouta Paulette.

Le commerçant renifla les effluves de la boisson chaude.

— Hum ! Que ça sent bon, un café Maxwell House, exprima-t-il.

— Coudonc, p'pa, il paraît que c'est vous qui avez nettoyé le trottoir devant le magasin, puis dites-moi donc ce que vous faites déguisé en boucher ce matin, débita Simone.

— J'ai décidé de congédier Gladu, expliqua Sansoucy avant de prendre une gorgée bouillante du bout des lèvres. C'est ben de valeur pour lui puis sa famille, mais il faut que je redresse la situation financière de l'épicerie. Sinon on s'en va direct à la banqueroute…

— À ce point-là, monsieur Sansoucy!

— Ben, au train où vont les affaires, si ça continue de même, on est pas sortis du bois…

— Écoutez, p'pa. Paulette puis moi, on a eu une idée pour mettre de la vie dans votre magasin, lança Simone.

— Figure-toi donc que moi aussi j'ai jonglé à quelque chose pour rapatrier notre clientèle, renchérit l'épicier.

Le marchand attela Paulette à la tâche d'appeler systématiquement toutes les clientes qui avaient le téléphone en leur disant qu'il reprenait son travail de boucher et que, dès le lendemain, le service de livraison en semaine serait rétabli. Quant à Simone, elle pouvait se lancer dans la décoration de la vitrine durant les temps creux de la journée.

Ce qui fut dit fut fait. La blonde de Léandre s'était attaquée avec ardeur à la fastidieuse occupation, de sorte que tous les numéros de téléphone inscrits dans le bottin personnel du marchand furent composés durant l'heure qui suivit. Simone était allée à la cave pour récupérer les décorations. Elle en avait rapporté deux boîtes de carton poussiéreuses empilées sous l'escalier. Tout l'avant-midi, elle avait accroché des guirlandes à l'encadrement de la vitrine et disposé avec goût sur des caisses vides une crèche sur une nappe de cheveux d'ange. Elle achevait de disposer les personnages de l'étable lorsque son père s'approcha, les mains jointes sur le ventre de son tablier.

— Qu'est-ce que vous en pensez, p'pa? demanda-t-elle en s'éloignant de la vitrine. C'est beau comme toute, hein?

— C'est pas mal beau, ma Simone, mais c'est pas le temps de placer le p'tit Jésus tout de suite.

— Je sais qu'il manque encore quelques jours avant que la Sainte Vierge accouche, mais entre vous puis moi, on est certains de pas l'oublier si on le met dans son berceau.

— Fais comme tu veux, ma Simone. Tu sais, moi puis l'Enfant-Jésus… Avec tout ce qui nous arrive ces temps-ci… C'est plutôt à ton petit que je pense. Si tu savais comme j'ai hâte de lui voir la binette…

***

Réal Gladu junior revenait de l'école Baril avec un camarade de classe, le sac sur le dos, heureux d'avoir expédié un autre examen d'avant-Noël. Affublé d'un talent au-dessous de la moyenne, il avait l'habitude d'étudier suffisamment pour se maintenir juste au-dessus de la note de passage. Il rêvait aux vacances des fêtes, une période pendant laquelle il pourrait s'adonner à loisir à son sport préféré. Mais ses parents avaient un autre dessein pour lui. L'écolier monta au logis, déboutonna sa gabardine, ôta ses bottes sans précaution et amorça un mouvement. Germaine Gladu fit irruption dans l'entrée, les yeux farouches.

— Junior, ramasse tes bottes et place-les comme du monde sur le tapis! s'écria-t-elle.

— Ben je vas prendre une petite collation puis je ressors tout de suite, m'man.

— Enlève ton manteau, ajouta-t-elle.

Gladu parut dans la pièce et emprunta sa grosse voix impérieuse.

— Écoute ta mère, ordonna-t-il. T'es aussi ben de le savoir tout de suite : il y aura pas de hockey pour toi, Junior.

— Comment ça, pas de hockey ?

— Va d'abord accrocher ton manteau, reprit le père ; ta mère puis moi, on a affaire à te parler.

— Qu'est-ce que j'ai fait de pas correct ? demanda l'adolescent.

— Qu'est-ce que ton père a dit, Réal junior ? martela la mère.

— Puis mon hockey !

— J'ai dit !

De guerre lasse, devant deux opposants qui l'affrontaient simultanément, Junior céda. Ses parents le regardèrent s'exécuter et le suivirent à la cuisine. Il ouvrit une porte d'armoire, prit un verre et une assiette. Après il apporta le sac de pain, et sortit le beurre et le lait de la glacière. Puis il tira le sac de cassonade de la dépense et s'assit à la table en prenant des ustensiles au passage. Enfin, il beurra grassement sa tranche de pain blanc et répandit abondamment du sucre brun qu'il tapota avec le plat de sa main gauche.

— On est ben chanceux de manger à notre faim, nous autres, exprima la mère. Il y en a plein qui sont obligés de se serrer la ceinture.

— Allez-vous m'empêcher de collationner, asteure ? demanda l'adolescent.

— Si tu veux continuer à te nourrir comme ça, il va falloir que tu nous aides, mon garçon, déclara la mère.

— Mais qu'est-ce que vous avez à me regarder de même, tous les deux ? Je veux aller jouer au hockey, bon ! Roger va m'attendre dans la ruelle…

— Ben, il attendra ! tonna Gladu.

Junior prit une gigantesque mordée dans sa tartine sucrée et s'impatienta.

— Allez-vous finir par me dire ce que vous avez derrière la tête ?

— Ton père vient de perdre sa *job* à l'épicerie, déclara Germaine Gladu.

— Puis qu'est-ce que j'ai à voir là-dedans, moi ? ronchonna Junior.

Gladu exposa brièvement sa situation financière délicate. Après une courte période de vaches maigres qui avait suivi sa mise à pied de la United Shoe Machinery, il avait été embauché à l'épicerie. Les sous s'étaient remis à regarnir ses goussets, ce qui avait porté le couple à faire des achats pour les fêtes.

— C'est pas ma faute, p'pa, si vous avez perdu votre *job*, rétorqua Junior, qui frottait ses mains enduites de cassonade au-dessus de son assiette vide.

— Non, mais le bonhomme Sansoucy a besoin au plus sacrant de quelqu'un pour livrer les « ordres », puis je lui ai dit que tu ferais l'affaire. Tu sais, pour le commerce, c'est une grosse période de l'année, avec les commandes des fêtes puis la dinde de Noël.

Junior se leva et alla déposer brusquement son assiette dans le fond de l'évier.

— Bourrasse pas, Junior, ça donne rien, tu vas y aller pareil ! T'es rendu assez grand pour aider la maisonnée…

***

Le lendemain, à l'école, la nouvelle de l'engagement de Réal Gladu junior avait circulé parmi les élèves de son âge. «Il faut être un peu sans-dessein pour avoir accepté ça pour quelques cennes noires par soir!» lui avait dit son ami Roger. «C'est une *job* ben trop dure pour un ti-cul comme toi!» lui avait transmis un autre pour le dissuader. «Des plans pour aller rejoindre Marcel Sansoucy à l'hôpital!» avait lancé un troisième camarade. Mais les impératifs familiaux avaient préséance sur tous les commentaires de ses amis de classe.

Après l'école, comme convenu, Réal junior se présenta à l'épicerie-boucherie Sansoucy. Il avait quelquefois mis les pieds dans l'établissement pour éviter à sa mère de courir au magasin à la dernière minute avant le souper, mais sans plus. On le reconnaîtrait facilement. Il avait hérité du menton en galoche de son père et il séparait sa chevelure aplatie sur le crâne par une raie médiane qui avait l'air de lui scinder le front en deux. Il ôta sa tuque en scrutant les commandes accumulées sur le plancher, lissa ses cheveux et bouchonna son bonnet de laine dans la poche de sa gabardine.

— Mon père est à son comptoir, dit Simone, devinant le malaise du garçon.

Sur ces entrefaites, le boucher s'amena, un sourire soulevant ses moustaches blanches.

— Ton père m'a dit que t'étais ben travaillant, Junior. T'as vu les boîtes en avant? Bon ben, c'est pas compliqué, t'as juste à regarder sur la facture où ça doit être livré puis à les charger sur le triporteur. Observe les adresses comme il faut. Ça se peut que tu t'évites un voyage en prenant deux «ordres» en même temps. T'es capable de comprendre ça, Junior?

— Je suis pas un imbécile, monsieur Sansoucy. Je vas vous livrer ça, puis ça sera pas une traînerie, vous allez voir.

— Ah oui, j'oubliais, reprit le boucher, si la cliente a demandé une dinde pour Noël, prends-la dans la glacière.

— J'oublierai pas.

Le jeune Gladu s'en fut quérir le véhicule remisé dans un recoin du magasin.

— Je vas lui ouvrir, le beau-père, proposa fièrement Paulette.

Retenant la porte d'une main, l'épicier regardait le livreur qui rougissait en soulevant les caisses et en les transportant à son triporteur. Il remarqua que la chaussée était sillonnée d'ornières gelées, mais que les trottoirs étaient somme toute praticables. Junior Gladu se couvrit de sa tuque, enfourcha sa monture et quitta la devanture de l'établissement. Le marchand referma la porte, se croisa les bras et demeura un moment pensif.

— Je sais pas ce que ça va donner, dit-il, mais le jeune a l'air d'avoir du cœur au ventre.

— Personne peut faire mieux que Marcel, p'pa, déclara Simone d'une voix altérée. Même si vous le traitiez de gnochon, avec lui, c'est rare que vous aviez des problèmes, à ce que je sache. Vous pourrez jamais le remplacer, pas plus que Réal Gladu a pu prendre votre place…

Le commerçant accusa le commentaire de sa fille. Peut-être avait-il été intransigeant avec Marcel? Cette fois, il revit en pensée non pas le squelette de ferraille tordu et les denrées perdues, mais le corps de son fils inconscient recroquevillé de douleur sur la chaussée. Il s'empressa d'effacer les images qui l'avaient sournoisement assailli. La journée de travail achevait. Il pouvait commencer à nettoyer ses couteaux et son moulin pour hacher la viande.

Les appels téléphoniques de la blonde de Léandre avaient ramené plusieurs clientes au commerce de la rue Adam, alors que d'autres qu'on ne rejoignait pas par téléphone devaient encore se faire tirer l'oreille pour renouer avec leurs bonnes habitudes d'acheter chez Sansoucy. Cependant, les clientes qui disposaient du moyen de communication moderne pouvaient rappliquer promptement en cas d'insatisfaction.

Le téléphone résonna. Paulette avala une gorgée de liqueur, déposa vitement sa bouteille à côté de son sac de friandises et prit l'appareil pour écouter la cliente qui se mit à cracher ses doléances au bout du fil.

— Je l'attends d'une minute à l'autre, madame Thiboutot. Je vas informer monsieur Sansoucy, mais d'après moi, il va le retourner, ça sera pas ben long.

Paulette raccrocha, l'air désemparé. Elle n'eut pas le temps d'aviser son beau-père ; le boucher revenait vers celle qui grignotait encore ses revenus.

— Qu'est-ce qu'elle a, madame Thiboutot ? J'ai pas très bien entendu. Le petit Gladu a pas livré la bonne commande, coudonc ?

— En la vérifiant devant Junior, madame Thiboutot s'est aperçue que la moitié de la douzaine d'œufs était cassée.

— Qu'est-ce que tu veux qu'on fasse, Paulette ? s'enragea l'épicier. On est toujours ben pas pour ramasser le blanc, le jaune, puis lui recoller les morceaux de coquilles ensemble, batèche ! Ça doit être elle qui les a brisés en dépaquetant son épicerie, puis elle veut mettre ça sur le dos du petit Gladu parce qu'il a pas d'expérience.

— Pas rien que ça, monsieur Sansoucy : Junior aurait été impoli avec elle.

— Ah ben le p'tit verrat, par exemple ! proféra le boucher. Ça se passera pas comme ça, je vous le jure. Il va avoir de mes nouvelles, l'enfant de chienne…

— P'pa, faites-vous-en pas pour une petite affaire de même, ça doit pas être si grave que ça, tempéra Simone. Elle est pas mal chialeuse, des fois, la Thiboutot. Comme je la connais, elle a dû exagérer. Puis vous, traiter Junior d'enfant de chienne… Si sa mère vous entendait, elle pourrait vous faire passer par les trous de votre moulin à viande…

Paulette étouffa un rire. Le boucher se tourna vers elle.

— Toi, Paulette, ris pas !

Junior entra, fier de ses premières livraisons. Sansoucy surgit en rogne, en levant la main comme le maître qui allait rosser de coups de canne son domestique désobéissant.

— Te v'là, toi, sacripant ! Madame Thiboutot vient de rappeler. Sa douzaine d'œufs était pas en bon état.

— C'est des choses qui peuvent se produire, admit le livreur. On est pas en été, les trottoirs sont pleins de bosses à certains endroits, monsieur Sansoucy.

— Sais-tu combien ça coûte, une douzaine d'œufs, Junior ? Qui c'est qui va payer, tu penses ? Puis c'est pas tout, le pire c'est qu'il paraît que t'as insulté la madame.

— Elle m'a traité de gnochon…

— Puis après, qu'est-ce que ça peut faire ?

Le regard de Simone se posa sur son père.

— Comprenez-vous que Marcel aimait pas quand vous l'appeliez de même ? l'interrogea-t-elle.

— Marcel, c'est mon fils, puis j'ai ben le droit de le surnommer comme je veux, batèche ! s'emporta l'épicier. Mais il faut jamais insulter une cliente, jamais ! Même si elle nous traite de gnochon ou de sans-dessein. En tout cas, Junior, va retourner avec une douzaine d'œufs et des excuses chez madame Thiboutot.

— Jamais! s'écria le garçon en administrant un rude coup à une boîte qu'il éventra du pied droit.

La lèvre tordue, le livreur sortit en trombe de l'établissement et regagna dans l'immeuble voisin le logis de ses parents en gravissant les marches d'un pas lourd et martelé. Alertée par le bruit, Germaine Gladu se rendit à la porte.

— Pas déjà! se surprit-elle. Qu'est-ce qui est arrivé donc pour que tu sois marabout de même? Réal, viens voir ton gars…

Gladu était affairé dans la cuisine avec sa boîte de Vogue et son tabac. Il délaissa son plan de travail et s'amena en léchant le papier de la cigarette qu'il venait de rouler.

— Ben voyons donc, Junior, ça fait pas une heure que t'es revenu de l'école! commenta-t-il.

— Je m'en vas rejoindre des amis dans la ruelle, déclara l'adolescent.

— Minute! Prends le temps de t'expliquer, exigea la mère.

Junior relata le fil des événements, en insistant sur l'insulte proférée par la cliente du magasin. Néanmoins, il admit s'être défendu en lançant un «Allez donc au diable, madame Thiboutot!» bien senti. Les dents serrées, Gladu se hérissa contre la bourde de son fils, mais il hésita à réagir. Sa femme ne tarda pas à s'imposer.

— Va falloir que tu mettes tes culottes, Réal. Descends avec Junior, puis va régler cette affaire-là pendant que je prépare le souper.

Résigné, Gladu raccompagna son fils au magasin. Sansoucy vit apparaître le livreur insoumis avec son père.

— Ah! s'exclama-t-il. Parlez-moi d'un homme qui sait se faire écouter par son garçon.

— Mets-toi à genoux devant monsieur Sansoucy, Junior! intima Gladu.

— C'est pas lui que j'ai insulté! protesta le jeune.

— T'avais juste à suivre ses directives, c'est lui, le patron, envoye! ordonna le père en tordant le bras de son fils.

La mine piteuse, le livreur s'agenouilla.

— Je vous demande pardon, monsieur Sansoucy, dit-il.

Junior se releva aussitôt.

— Asteure, tu sais ce qu'il te reste à faire, conclut Gladu.

L'épicier remercia son ex-employé en lui serrant la main.

— Faut savoir les dresser, ces jeunes-là, sinon ils vont nous mener par le bout du nez, déclara-t-il.

Avec la docilité des enfants bien éduqués, Junior chargea d'autres caisses à emporter et une douzaine d'œufs.

Les livraisons terminées après l'heure de fermeture, Sansoucy regarda son livreur traverser le seuil de son commerce, persuadé d'avoir fait œuvre d'éducation. Il poussa un soupir de soulagement en verrouillant la porte.

* * *

Samedi était enfin arrivé pour Junior Gladu. Il avait pu pratiquer son sport favori dans la ruelle, avec la bénédiction de ses parents. Simone avait rapporté à son mari le déplorable incident avec la cliente, et David, prenant le voisin en pitié, avait résolu de poursuivre son bénévolat de la fin de semaine. Du même coup, il avait soulagé Junior et avait soutenu son beau-père, qui avait tant besoin d'être aidé par ses proches.

Émilienne reçut un appel d'Ange-Gardien au commerce, en après-midi. Après avoir remercié mademoiselle Lamouche de sa fidélité de cliente, elle alla informer son mari de la visite de son frère Elzéar. Il apporterait son traditionnel sapin de Noël le lendemain et repartirait de bonne heure après le dîner.

— Pourquoi faire que t'as accepté qu'il vienne, ce fatigant-là, Mili?

— Parce que ça va faire du bien à tout le monde de mettre un brin de gaieté dans la maison, Théo. Ben sûr, Elzéar amènera pas Placide, ça va aller au jour de l'An, probablement.

Pendant le souper, avant de partir pour l'hôpital avec Irène et ses sœurs, Émilienne avisa ces dernières de la visite de leur frère, et elle ajouta à l'adresse de son mari:

— Puis une chose que tu sais pas, c'est que notre Édouard aura quelque chose à nous annoncer demain midi avec sa blonde.

— Mon notaire qui va se marier! dit Sansoucy.

— Il est temps qu'il se case, celui-là, affirma Héloïse.

— Un autre de mes fils qui va nous quitter, j'aurai plus de garçon dans la maison, larmoya Émilienne.

— Tu parles comme si Marcel avait disparu, commenta Alphonsine. Il est juste en train de se remettre; il va nous revenir, crains pas.

— C'est toi-même qui nous demandes d'espérer, dit l'impotente. Je peux pas croire qu'on sera pas exaucées avec toutes les démarches qu'on fait puis les prières qu'on récite! Il est conscient, il a recommencé à manger et à marcher normalement. Ils sont ben à la veille de nous le renvoyer à la maison. Garde confiance en Saint-Joseph!

— T'as saprément raison, Alida, acquiesça Émilienne. Changement de propos, dit-elle, Simone et David vont être là demain, puis j'ai invité Léandre à dîner aussi. Je pense que Paulette va réussir à nous l'amener.

— Elle aime tellement la mangeaille, celle-là, commenta Sansoucy, qu'elle va venir même sans Léandre s'il est occupé.

— Popa! le rabroua Irène. Plutôt que de lancer des paroles blessantes, admettez donc que Paulette est devenue indispensable dans votre magasin.

Sansoucy se ferma la trappe après le coup de semonce de l'aînée. Il se retira de table et alla bourrer sa pipe.

* * *

Des gémissements plaintifs émanant de la ruelle arrachèrent Sansoucy à la lecture de son journal. L'épicier se leva de sa berçante, s'étira sur le bout des pieds pour voir par-dessus la palissade en se collant le nez aux carreaux de la fenêtre.

— Je t'ai déjà dit que ça salit les vitres, t'es pire qu'un enfant, Théo.

— Elzéar s'est pris dans la neige. C'est ben lui avec son vieux Fargo puis notre sapin dans la boîte du camion. Avance, recule, avance, recule, il est pogné ben dur. Puis les petits innocents qui se contentent de faire les curieux. Je vas aller l'aider.

— Que je te voie, Théo, des plans pour crever là! implora sa femme.

N'en faisant qu'à sa tête, l'homme s'habilla et ouvrit la porte, qui grinça sur ses gonds gelés. Le bâton de hockey planté dans la neige à côté d'un rond de glace, Réal Gladu junior semblait s'amuser du spectacle avec ses amis. L'incident avec madame Thiboutot et son histoire de douzaine d'œufs n'avait pas provoqué de risée ni de malaise chez la clientèle, absente au moment de la montée de lait de l'épicier et de l'intervention de Gladu père au magasin ; cependant, elle avait fait naître chez le coupable un désir de vengeance…

L'épicier salua son beau-frère pour lui signifier sa présence et alla s'adosser à l'arrière du véhicule en s'agrippant fermement au pare-chocs. Malgré tous les efforts déployés, le camion n'avançait que d'un pied et retombait dans la petite fosse qu'il s'était creusée en faisant du surplace. La figure rouge comme une forçure, Sansoucy cria au livreur :

— Viens donc m'aider, au lieu de rester là avec tes amis à me regarder sans rien faire, taboire !

— Le *truck* est en train de nous *scraper* notre patinoire, ricana méchamment Junior.

Elzéar descendit du vieux Fargo et jeta un regard désabusé sur les spectateurs avant de rejoindre son beau-frère.

— Ces jeunes chenapans-là sont rien que bons pour rire du malheur des autres, commenta-t-il. Laisse faire, Théo, Florida va prendre le volant, puis on va se sortir du trou, tu vas voir.

Florida s'était glissée sur la banquette et elle avait abaissé la vitre de la portière pour bien entendre les directives de son mari. Mais la force des hommes ne suffisait pas. Les beaux-frères se déplacèrent à l'avant du camion, s'appuyèrent sur le capot et poussèrent de toutes leurs forces, sans résultat. C'est alors que, à la demande de Junior Gladu, les joueurs de hockey s'amenèrent et, grâce aux ordres parfaitement coordonnés du Gardangeois, le Fargo fut dégagé.

— Merci, les gars ! lança l'habitant d'Ange-Gardien.

Le véhicule avait roulé à une vingtaine de pieds plus loin, derrière l'immeuble des Gladu. Les hommes empoignèrent le sapin et emboîtèrent le pas à Florida, qui gravissait maintenant les marches de l'escalier.

Les femmes s'embrassèrent pendant que, les mains agrippées à la moppe, Irène essuyait les traces des hommes qui transportaient le sapin devant la fenêtre du salon. Ensuite, fier de lui, Sansoucy ôta ses bottes et son manteau, et alla à son cabinet de boisson en se frottant les mains.

— Un bon gin De Kuyper, Elzéar? Ça va nous requinquer le canayen, dit-il.

— Là, tu jases, mon Théo! dit le beau-frère. Ça se refuse pas, surtout pendant le temps des fêtes.

— Modérez-vous, les hommes, avertit l'hôtesse. On va avoir de la belle visite, tout à l'heure, arrangez-vous pas pour me faire honte.

— Je pensais que c'était nous autres, ta belle visite, Émilienne, s'exclama son frère.

— Mademoiselle Crochetière s'en vient avec Édouard, Elzéar. Je suis pas habituée à recevoir du grand monde. Avec elle, il faut toujours faire des cérémonies et mettre nos gants blancs. Coudonc, Elzéar, un vrai chicot, ton sapin! T'aurais pu en choisir un plus fourni.

— C'est vrai qu'il est pas ben beau, Mili, acquiesça l'épicier. Grouille pas, je vas le renipper, ce coton-là; ça me prend mon vilebrequin.

Sansoucy alla dans le hangar et en revint avec un outil. Puis il se mit en frais de couper des branches mal disposées et de percer des trous dans le tronc chétif pour les replacer autrement. Ainsi, le résineux serait mieux proportionné au goût de la ménagère.

Émilienne s'énervait. Mais il n'y avait pas que la fille guindée du notaire Crochetière qui l'indisposait. Elle appréhendait des tensions entre son mari et Léandre, qu'elle avait pourtant bien hâte de revoir. Ce fils qui menait à présent une drôle de vie et pour lequel elle ressentait une honte comme le vilain péché qui défigure la dignité d'une personne.

Une ambiance d'une austérité monacale régnait dans la salle à manger. Héloïse avait assigné les sièges et recomptait mentalement le nombre d'invités en regardant les chaises inoccupées. Il ne manquait que Léandre et sa blonde, dont le retard commençait à soulever des commentaires. «Ils vont passer en dessous de la table», lança l'oncle Elzéar. Édouard et Colombine occupaient pour ainsi dire la place d'honneur, comme ils le feraient le jour de leurs noces. Émilienne n'avait pas voulu que le couple soit coincé devant le vaisselier ou que mademoiselle Crochetière soit obligée de se contorsionner dans sa robe fourreau scintillante bleu azuré entre la table et le mur. La fille du notaire avait déjà tiraillé le bas de sa tenue moulante pour accéder à l'étage des Sansoucy. Sa chaise débordait un peu sur le couloir; mais enfin, on n'était pas dans la résidence cossue du notaire.

Dans le logis d'en haut, Paulette avait dépensé inutilement sa salive. Le coupe-vent sur le dos, la main sur la poignée de la porte, Léandre s'apprêtait à prendre une autre direction.

— Vas-y quand même, dit-il, ce monde-là m'intéresse pas pantoute, tu le sais ben.

— Tu pourrais te forcer, c'est dimanche. Il y a d'autres choses qui t'attirent à *La Belle au bois dormant*, admets-le donc. Je finirai ben par aller mettre mon nez là une de ces fois.

— Ça me tente pas de voir mononcle Elzéar et matante Florida, ni mon père ni mon frère avec sa péteuse de Westmount qui vont nous annoncer ce qu'on devine déjà, débita-t-il. Puis viens pas me dire que ma mère va être dans tous ses états ! Toi-même, depuis le temps que tu négliges la tienne, t'as pas de leçon à me donner.

— Oui, mais dans mon cas, c'est pas la même chose, Léandre : j'ai quitté mes parents pour être avec toi, murmura-t-elle, la voix étranglée. D'ailleurs, regarde où c'est qu'on est rendus, nous deux, asteure. C'est juste si tu me donnes un petit bec avant de te coucher lorsque t'arrives de ton maudit restaurant de cul !

Léandre changea de physionomie. Il baissa les yeux et sa main desserra la poignée du logis. Il n'avait rien dit, mais ses gestes traduisaient éloquemment son hésitation. Un sourire moula les lèvres de Paulette. Il raccrocha son coupe-vent, enleva ses couvre-chaussures, et le couple déserta l'appartement.

Émilienne s'était retirée dans sa chambre et pleurait doucement derrière la porte refermée. Irène frappa.

— Venez, moman, asteure qu'ils sont là, dit-elle, la voix joyeuse.

La mère épongea ses yeux embués. La porte s'ouvrit et elle alla rejoindre les autres.

Il lui semblait que son fils avait changé, qu'un air sérieux ternissait son visage et que ses yeux foncés avaient perdu de leur éclat. Elle aurait aimé lui sauter au cou, le soustraire à la tablée et s'informer longuement de lui, de ses amours avec Paulette. Elle était prête à fermer les yeux sur la vie qu'il menait, des affaires pas très orthodoxes qu'il brassait, pour le simple plaisir de l'écouter. Pendant le dîner, elle se bornerait à le couver du regard et à se réjouir béatement de sa présence.

Les assiettes étaient pleines et les coupes, remplies de Saint-Georges. Après le dernier signe de croix du bénédicité, Simone, fuyant les œillades enflammées de son oncle Elzéar, adressa un sourire à son mari pour souligner son bonheur d'être avec lui, Florida prit la main d'Elzéar sous la table, et Paulette tint ses paupières closes pour que le ciel épargne son union. Édouard se leva et prit une voix lente et solennelle.

— Colombine et moi avons quelque chose à vous communiquer, dit-il.

— Sors-la, ton annonce, qu'on trinque au couple du jour ! lança déplaisamment Léandre.

Paulette piqua un coup de coude dans les côtes de son *chum*.

— Ce n'est pas donné à tous les couples d'être heureux, Léandre, intervint platement la fille du notaire.

Une bruine froide se répandit sur les convives. Sansoucy regarda Léandre, qui avait perdu son air narquois. La respiration d'Émilienne devint saccadée.

— Colombine et moi allons nous fiancer à Noël et nous marier le lundi de Pâques, déclara Édouard.

Sansoucy, qui se réjouissait plus que les autres des événements annoncés, ne put retenir les mots qui franchirent avec maladresse le seuil de ses lèvres.

— Eh bien ! Portons un toast en l'honneur du plus beau petit couple que je connaisse, affirma-t-il.

Les yeux d'Émilienne se fermèrent et sa tête se mit à tourner.

— Voyons, Mili, tu te sens pas ben ? dit l'épicier.

Assise à côté de sa sœur, Alphonsine la secoua. Mais les paupières d'Émilienne refusaient de s'ouvrir et son corps s'affaissa sur sa chaise. Irène devint agitée, pensa à appeler l'ambulance dont on murmurait sinistrement le mot autour d'elle.

— Amenez-la dans sa chambre, ordonna-t-elle.

Elle devança les hommes qui intervenaient en allant voir si rien n'avait été oublié sur le lit de sa mère.

— On va la laisser se reposer, asteure, dit Irène.

Sansoucy et son beau-frère ainsi que Léandre et David allaient se retirer de la pièce. Émilienne ouvrit les yeux et balbutia quelques mots à l'oreille de son aînée, qui transmit la demande.

— Popa et Léandre, moman a quelque chose à vous dire, vous deux.

Le père et son fils s'approchèrent du lit en évitant de se regarder l'un et l'autre. Sa tête argentée enfoncée dans la taie blanche, la malheureuse semblait avoir repris un peu de vigueur, mais son teint était pâle, et on aurait dit qu'elle avait vieilli subitement.

— Comme c'est là, je pourrai pas aller voir Marcel, ce soir, exprima-t-elle, la voix empreinte d'émotion. En plus, c'est ben plate, mais ça va briser ma neuvaine. Je sais pas si Saint-Joseph va accepter que je prenne congé pour une fois, sinon va falloir que je recommence à zéro, puis ça me tente pas pantoute. Je sens que j'en aurais pas la force.

Le fils de l'épicier paraissait remué par la défaillance de sa mère. Sansoucy avait lu sur les lèvres tremblantes de sa femme et semblait ébranlé de la voir alitée en plein jour, apparemment sans souffrance, mais harassée de fatigue. Émilienne profita de l'effet qu'elle avait produit sur les deux hommes qui se penchaient à son chevet.

— Je vous demanderai pas de réciter le rosaire pour la guérison complète de Marcel, mais comme je peux pas le visiter, vous allez vous rendre tous les deux à l'hôpital à ma place après le souper. Je suis certaine que Marcel va apprécier votre présence et que ça va lui faire du bien. En tout cas, moi, ça va me faire beaucoup de bien de savoir que vous allez être auprès de lui.

Le père et le fils se toisèrent avec étonnement, soupesant les difficultés que leur sortie commune engendrerait.

— Je vas y aller, consentit Léandre.

— Puis toi, Théo, es-tu capable de marcher sur ton orgueil ou si c'est trop te demander ?

— On va y aller ensemble, Mili, acquiesça le mari.

Émilienne souleva légèrement la tête et fixa alternativement ses interlocuteurs.

— Vous avez besoin de filer doux, mes deux escogriffes, sinon vous allez avoir affaire à moi, blagua-t-elle.

Chapitre 17

L'atmosphère tempétueuse qui avait régné au début du repas s'était dissipée. Le dîner s'était achevé dans une ambiance polie. Si quelqu'un émettait une idée, il pouvait être assuré de ne pas rencontrer beaucoup d'opposition. Dans le cas d'une opinion contraire, tout au plus avançait-on des «Peut-être ben que oui!» ou des «J'ai jamais entendu parler de ça!» qui maintenaient la conversation dans un climat fort convenable, respectant la plus élémentaire bienséance, sans haussement de ton ou de paroles blessantes, sans l'ombre d'une allusion malveillante. C'est comme si chacun avait réalisé qu'on était allé trop loin, que ce n'était ni le moment ni l'endroit des règlements de compte et que, finalement, des moyens plus civilisés existaient pour laver son linge sale en famille.

Elzéar et Florida avaient quitté Montréal peu après le dîner. Ils s'enfonceraient dans leur campagne gardangeoise avant la noirceur qui sévissait tôt pendant ces jours qui avoisinaient le solstice d'hiver. La froide saison s'installait à demeure ; elle relâcherait son étreinte au printemps. Mais entre-temps, les Grandbois s'en retournaient avec la satisfaction d'avoir apporté un peu de gaieté dans le logis d'Émilienne. Ils reviendraient dans quelques jours, lors de circonstances un peu plus agréables. Du moins l'espéraient-ils.

Édouard était reçu chez le notaire Crochetière pour faire ses annonces à sa future belle-famille. Bien évidemment, dans l'esprit d'Émilienne, le repas du dimanche soir serait l'occasion pour monsieur et madame Crochetière d'étaler leur richesse aux yeux des nombreux invités. Simone, Paulette et David avaient regagné leur nichoir. Ils prendraient un souper à trois que leur fricoterait la fille de l'épicier et ils passeraient une soirée tranquille à jouer aux cartes dans l'expectative du retour de Léandre, qui relaterait son périple avec son père à l'établissement de santé. Et à l'étage inférieur, Irène et ses tantes assiégeaient la chambre d'Émilienne, qui ne s'était relevée que pour revêtir sa jaquette et assouvir des besoins primaires depuis son évanouissement. «On dirait que vous êtes venues prier le bon Dieu au corps!» leur avait-elle exprimé.

À la demande de la mère alitée, les femmes récitaient leur rosaire. Elles priaient avec une ferveur renouvelée, en insérant des invocations pour que la paix revienne entre Léandre et son père. Avant d'amorcer leur troisième chapelet, Alphonsine et Héloïse avaient pris soin d'adosser leur sœur à des oreillers supplémentaires. Mais à présent, Émilienne était lasse de prier dans son lit. Après un dernier signe de croix, elle embrassa son crucifix et dit:

— Asteure, je prendrais ben une bouchée.

— Il y a pas de danger que vous fassiez des plaies de lit, moman, exprima Irène. Reposez-vous encore. On peut vous apporter votre assiette…

Émilienne se leva, chancela légèrement, revêtit sa robe de chambre et se déporta dans la cuisine en glissant dans ses pantoufles sur le linoléum ciré.

— On va manger des cretons avec des rôties et boire un bon thé, décida Héloïse. Après le gros dîner qu'on a pris, ça va mieux se digérer.

— J'espère qu'on va avoir droit à une petite pointe de tarte aux raisins, plaida la grassette Alphonsine. Il en reste d'à midi.

La table vite mise, la théière qui chauffait, les femmes s'installèrent pour casser la croûte. Les tranches grillées sur un rond du poêle et tartinées de cretons maison redonnèrent de l'énergie aux ferventes.

— Ce soir, on va décorer notre sapin, décréta impérieusement Émilienne. Irène, habille-toi chaudement, puis va chercher les boîtes de décorations dans le hangar. Marcel avait dû les remiser pas ben loin des persiennes et des moustiquaires.

— Pendant ce temps-là, nous autres, on va s'occuper de la vaisselle, dit Alida sur un ton enjoué.

L'aînée revint de la galerie, le bout des doigts gelés, avec deux boîtes empilées qu'elle déposa sur le coin de la table.

— À te voir l'air, Irène, ça doit être en désordre sans bon sens là-dedans, lança Héloïse.

— Tais-toi donc, Héloïse, t'es pas chez vous ici dedans! la rabroua Alphonsine.

— Ça fait des mois que vous demeurez ici, mes chères sœurs, vous devez vous considérer comme chez vous, rétablit Émilienne. Mais j'y pense, depuis votre déménagement, c'est notre premier Noël dans mon logis, et ça me fait chaud au cœur de savoir qu'on va le passer ensemble, ajouta-t-elle, la voix altérée.

Les boîtes furent transportées au salon où trônait le sapin dans toute sa nudité naturelle, mais avec ses branches repiquées, toutefois. Alida, qui avait roulé derrière Irène, se pencha pour en ouvrir une, en retira une première boule étincelante qu'elle contempla avant de l'accrocher.

— Pas tout de suite, Alida, faut mettre les guirlandes d'abord, l'interdit Héloïse qui s'approchait.

— Eh! Que je suis donc tête de linotte! s'exclama l'impotente en remisant la petite sphère.

Héloïse posa la boîte de boules décoratives sur la table d'appoint et fouilla dans une autre.

— On va suspendre les guirlandes, accrocher les boules et finir par les glaçons, précisa-t-elle. Après, il restera plus que la crèche à installer sur la petite couverte molletonnée. Mais attendez que Mili arrive.

Émilienne parut dans la pièce et s'approcha de l'arbre.

— Toi, Mili, assis-toi puis regarde-nous faire! ordonna Héloïse.

Obéissante, Émilienne recula et se laissa choir dans le fauteuil. De là, elle avait une vue d'ensemble sur le chantier que la benjamine des sœurs Grandbois avait pris en main. Irène retourna quérir un escabeau dans le hangar et le déploya devant Alphonsine pour lui faciliter l'accès aux plus hautes branches.

— C'est de valeur qu'on mette pas de ces lumières multicolores comme on en voit dans les vitrines des grands magasins du centre-ville, se désola Alphonsine.

— J'aurais ben trop peur que le feu embrase le logis puis le pâté de maisons au grand complet, dit Émilienne. Imaginez-vous donc ce que ça ferait, des dizaines de familles sur le pavé! Ah! Je pense que je préférerais mourir que de me reloger dans un autre quartier.

— T'aimerais pas ça rester à Westmount dans une belle maison comme celle du notaire Crochetière? interrogea Alphonsine en descendant de l'escabeau.

Émilienne ferma les yeux un moment et elle se mit à rêvasser à la résidence des beaux-parents d'Édouard. La porte ornée de vitraux s'ouvrait sur un grand hall surplombé d'un candélabre grappé d'ampoules sur lequel donnait un escalier de bois de chêne vernis protégé par un chemin de tapis à motifs floraux. Elle se voyait suivant un domestique en livrée qui l'entraînait au salon éclairé de larges fenêtres encadrées de tentures de velours où crépitaient lentement dans l'âtre de grosses bûches d'érable. Devant la cheminée, des dames bien éduquées ne faisaient qu'effleurer un fauteuil sur le bout des fesses en prenant le digestif qu'une des servantes au bonnet de dentelle leur offrait après le gigot d'agneau à la menthe qu'elles venaient de déguster. Et ces collègues de la chambre des notaires qui péroraient un verre à la main sur la politique ou leurs placements à l'abri des aléas financiers et des vicissitudes de la vie quotidienne.

Les exclamations admiratives d'Alida la tirèrent de sa rêverie.

Émilienne s'ébroua légèrement en replaçant les pans de sa robe de chambre.

— T'étais dans la lune, Mili! lança Alida. Héloïse et Alphonsine, rappelez-vous les Noëls de notre enfance dans la maison paternelle à Ange-Gardien. Pendant que maman gardait Elzéar et Émilienne, papa attelait son gros percheron à la carriole et on allait à la messe de minuit. Devant l'église, on entendait le tintement des grelots attachés au collier des chevaux et on voyait arriver des attelages aux cuivres astiqués qui amenaient les paroissiens du fond des rangs! Puis quand on revenait, on découvrait des bas accrochés à la rampe de l'escalier avec des friandises et quelques morceaux de linge que maman avait confectionnés. Après, on mangeait de la tourtière et on s'empiffrait de sucreries jusqu'à en avoir mal au cœur. T'en souviens-tu, Phonsine?

La grasse Alphonsine esquissa un sourire approbateur. Elle se confessait de sa gourmandise et ne se rappelait que trop ces excès de table qui avaient toujours contribué à lui donner ses formes replètes.

— C'est sûrement pour ça que t'as jamais eu de prétendant, Phonsine, lança Héloïse.

— Tu peux ben parler, toi, rétorqua sèchement Alphonsine, t'es maigre comme un piquet de clôture! À part de ça, t'as pas trouvé à te marier toi non plus, ajouta-t-elle.

— Bon, vous allez pas vous disputer devant Mili, intervint Alida. Elle a pas besoin d'entendre en plus une chicane de ses sœurs dans sa propre maison.

— Ça me fait trop penser à Théo et Léandre, acquiesça Émilienne. Changement de propos, ils sont ben à la veille de revenir, ces deux-là.

Dès qu'elle avait senti l'accroissement de la tension, Irène avait saisi les deux boîtes vidées de leur contenu et les avait retournées dans le hangar. Mais lorsque la jeune femme revint au salon avec un balai et un porte-poussière pour ramasser les aiguilles de sapin qui parsemaient le parquet, Héloïse achevait d'installer la crèche devant Alphonsine qui ne s'était pas penchée pour l'aider. Depuis la répartie de sa sœur, elle préparait un retour dans l'arène. Elle se releva. Un froncement de sourcils ombragea son visage.

— T'as toujours été la préférée de nos parents, Phonsine, éclate-t-elle. Maman m'envoyait à l'étable et dans les champs pour les gros travaux, supposément parce que j'étais plus vigoureuse, pendant que toi tu distrayais notre pauvre sœur Alida dans la maison. Pour sauver les apparences, elle te faisait faire un peu d'entretien, vous montrait à tricoter et à tisser, puis moi je devais faire le ménage qui restait. C'est pour ça qu'Alida et toi avez décidé d'ouvrir votre magasin de coupons dans la rue Adam. Vous vous êtes toujours ben entendues ensemble. J'aurais jamais dû m'en venir en ville avec vous autres.

— Tu serais allée où d'abord si t'avais pas déménagé en ville avec nous autres ? répliqua Alphonsine. Nous, notre idée était faite, mais toi, tu voulais pas rester avec maman et papa dans la maison parce que Florida te faisait sentir que t'aurais été de trop quand elle a marié Elzéar. Florida est pas toujours commode, je suis d'accord, mais elle avait assez d'endurer nos vieux parents sans supporter une grincheuse comme toi pour lui dire quoi faire tout le temps. Compte-toi chanceuse qu'on t'ait acceptée dans notre logement parce qu'Alida et moi, on aurait pu s'arranger toutes seules. Puis comme tu pouvais pas ben ben nous bosser dans notre petit logis de la rue Adam, tu te reprends en tornon, asteure. Ben dis-toi qu'on pourrait s'en passer, de ton caractère de boss de bécosse, Héloïse Grandbois !

— Ça faisait mauditement votre affaire, par exemple, quand je revenais de la *shop* avec mon salaire puis des bobines volées ou quand j'achetais du fil de soie pas cher pour votre magasin. Ça, t'en parles pas, Phonsine Grandbois. As-tu déjà pensé à ce qui me serait arrivé si je m'étais fait prendre la main dans le sac ? D'abord j'aurais été renvoyée de la Canadian Spool Cotton, mon nom aurait été sur une liste noire, puis j'aurais eu de la misère comme tout à me trouver un autre emploi. Je sais pas ce que j'aurais fait, Phonsine ! Je me serais probablement retrouvée sur le secours direct, ou j'aurais été obligée de devenir la bonne d'un curé de campagne dans je sais pas quel village. Puis le pire, c'est que ça vous aurait rien fait pantoute…

La conversation animée avait soulevé l'indignation d'Émilienne et de sa fille.

— Voyons donc, ma petite Loïse, tu sais ben qu'on t'aurait pas laissée faire une chose semblable, affirma Émilienne : on t'aurait ramassée.

— Oui, mais à ce moment-là, t'avais toute ta trâlée dans l'appartement, l'épicerie était vraiment prospère, puis ton mari aurait jamais approuvé ça. À présent, c'est pas la même chose. Quand il a réalisé qu'Alida et Phonsine vendaient leur commerce et cédaient leur logis à la nouvelle propriétaire, il a sauté sur l'occasion. C'est pas par charité qu'il a accepté qu'on vienne toutes les trois !

La benjamine des sœurs Grandbois se tourna vers la crèche. Elle soupira.

— Malgré tout, il y a un bon Dieu pour moi, faut croire, murmura-t-elle.

Héloïse s'était apaisée. Émilienne avait été touchée par la voix éplorée et tremblotante de sa sœur. Désormais, elle comprenait la rage qui habitait Héloïse depuis si longtemps et qui avait forgé ce caractère parfois si déplaisant. Un moment, elle eut la tentation de la prendre en pitié, de lui dire devant Irène et ses sœurs combien elle appréciait sa présence secourable. Elle se leva et s'approcha d'elle, posant tendrement la main sur son bras.

* * *

Léandre avait proposé une course en taxi à son père, sachant qu'il éprouvait une grande aversion pour le transport en commun. «Je vas payer notre voyage aller-retour, lui avait-il dit d'un air fanfaron, asteure que je fais de l'argent comme de l'eau.» Les deux hommes s'étaient embarqués, l'un à l'avant, l'autre à l'arrière de la voiture qui les avait déposés à la porte de l'hôpital Notre-Dame. Puis Léandre avait pris les devants dans les couloirs, laissant trotti-ner son père derrière lui avant d'atteindre la salle publique. Il poussa la porte et entraperçut la silhouette gracile de la garde-malade penchée sur le convalescent que la lumière diffuse d'une lampe éclairait faiblement.

— Toujours aussi tranquille! commenta-t-il.

— Il a beaucoup marché dans le passage aujourd'hui, mentionna-t-elle. Il a sans doute besoin de récupérer. Mais je dois dire que je ne connais pas suffisamment ce genre de cas, ceux qui se remettent d'un choc violent à la tête. Je suis seulement une étudiante de deuxième année; j'en ai beaucoup à apprendre.

— En tout cas, mon cœur s'est mis à battre plus fort quand je vous ai aperçue, mademoiselle, exprima-t-il. On est à trois jours de Noël. Croyez-vous qu'il va sortir à temps?

— C'est possible, il y en a qui ressuscitent de leur état et qui mènent une vie normale ensuite, avait-elle expliqué en rosissant. Vous êtes de la famille?

— Je suis le frère de Marcel. Et vous, comment vous appelez-vous?

— Angélina.

Léandre avait été frappé par la beauté de la future infirmière, au point d'en oublier l'objet de sa visite. Elle avait senti qu'il la reluquait hardiment et voulut se soustraire à son regard inquisi-teur. Elle nota ses observations sur une feuille posée sur une table en acier au pied du lit.

— Je reviendrai plus tard, avait dit la soignante avant de quitter la pièce.

L'épicier était entré par la suite, la lippe molle, les épaules tombantes, le chapeau à la main et le paletot déboutonné. En s'approchant du lit, il avait constaté que Marcel dormait, et les deux hommes s'étaient livrés à un échange peu cordial.

— Ça vaut la peine de se déplacer pour quelqu'un qui est à moitié mort, avait soufflé Sansoucy.

— Marcel s'est promené beaucoup aujourd'hui, que m'a dit la garde. Il a besoin de se reposer, faut croire. Avez-vous pensé à ce que vous allez lui dire? Et puis, même si on arrive pas à lui parler ce soir, dites-vous que vous allez gagner des indulgences, le père, avait dit Léandre d'un air taquin.

— Parlant d'indulgences, ça va t'en prendre un maudit gros paquet pour entrer au paradis, mon Léandre.

— C'est pas ben grave si je fais un petit séjour au purgatoire. Au moins, j'aurai profité de la vie…

Le regard du quinquagénaire se fixa sur la chaise qui croupissait sous la fenêtre. La clarté qui s'immisçait entre les lattes du store et le froid qui devait s'engouffrer l'avaient porté à la déplacer près du lit. Il se réjouissait qu'on ait mis la couche de Marcel dans un coin de la salle. Les patients voisins n'ayant pas de visiteurs, cela lui permettrait de s'entretenir avec Léandre à l'écart des oreilles indiscrètes.

— Asteure que j'ai congédié Réal Gladu, quand est-ce que tu vas revenir à l'épicerie? risqua-t-il.

— C'est pas demain la veille, le père, vous avez pas voulu de moi, ben vous payez pour, asteure…

— C'est toi qui es parti, Léandre, rectifia l'épicier.

— De toute façon, pour ce que vous avez à m'offrir, je suis ben mieux à *La Belle au bois dormant* avec monsieur Quesnel. Je suis mon propre *boss* puis l'argent coule à flots.

Le visage de Sansoucy prit les traits du scepticisme. Il jeta un regard attristé autour de lui, et ses yeux implorants se posèrent sur Léandre qui fixait l'endormi avec attendrissement.

— Fais donc ça pour ton vieux père…

Léandre s'alluma une Buckingham, s'éloigna et revint près du lit.

— Il faut absolument que je te fasse une mise en garde, mon garçon, déclara l'épicier.

— Vous puis vos conseils, le père…

— Écoute-moi ben avant de m'envoyer promener, Léandre. Il est grandement temps qu'on se parle entre quatre yeux.

Sansoucy raconta qu'il s'était rendu à la caisse populaire d'Hochelaga pour en apprendre davantage sur le refus que son fils avait essuyé auprès de l'institution. Il admit qu'il avait bénéficié d'un privilège en faisant cette démarche, mais qu'il avait agi dans l'intérêt supérieur de son fils… et de la notoriété de son épicerie-boucherie. L'entente – dont il ignorait les conditions exactes – signée avec le dénommé Quesnel sentait la manigance à plein nez. Il instruisit Léandre sur le *Red Light* de Montréal, haut lieu de la prostitution où pullulaient des maisons closes de la ville, en lui rappelant que cinq ans auparavant Fernand Dufresne avait entrepris de nettoyer le secteur au nom de la moralité et de l'hygiène publique. Le chef de police s'était buté à une opposition farouche des tenanciers et des proxénètes, et il avait reçu des menaces de mort, qui n'avaient jamais été mises à exécution, heureusement. Et les activités illégales avaient fini par reprendre de plus belle.

— Mais que c'est que vous voulez qu'il m'arrive, le père? *La Belle au bois dormant* n'est pas dans le *Red Light* de Montréal…

— Tabarnac, Léandre! C'est ben en quoi! Imagine une minute si la police faisait une descente dans ton commerce. T'as beau être un fin finaud, mais…

Les yeux injectés de sang, le jeune homme voulut saisir son père par le collet de son manteau et le secouer. Mais il se ravisa en baissant le ton.

— Vous êtes allé me rapporter à la police, je suppose, dit-il, radouci. Ça serait ben le restant. D'abord l'abbé Dussault avec les condamnations de l'Église, puis asteure la police avec sa moralité publique…

— Tu risques l'emprisonnement ou, au bas mot, de payer l'amende. Qui peut être salée, en passant! Puis là, tu serais acculé à la faillite.

— Et mon nom paraîtrait dans *La Presse* ou *La Patrie* et votre épicerie mangerait toute une claque, le père. Vous racontez des histoires de grands-mères! affirma-t-il avec désinvolture.

— Comment ça se fait que tu veux rien comprendre, maudit bâtard! fulmina l'épicier.

Le quinquagénaire brandit un index pour réprimander son fils.

— Viens pas te plaindre après, conclut-il.

L'épicier sortit promptement de la pièce. Avant de rejoindre son père, qui ne quitterait pas l'établissement sans lui, Léandre actionna le bouton qui se trouvait dans le lit de Marcel. Bientôt, l'étudiante infirmière apparut dans la salle, localisa la petite lumière rouge allumée et se dirigea vers le patient. Elle flaira aussitôt le piège quand elle aperçut le sourire charmeur s'étaler sur la physionomie du jeune homme.

— Vous m'avez fait demander, monsieur Sansoucy?

— Je suis malade de vous, mademoiselle, déclara-t-il.

— Au poste, lorsque j'ai vu la lumière s'éclairer sur le tableau de voyants lumineux, j'ai pensé que c'était vous qui m'appeliez pour votre frère. Sachez que je ne suis pas d'humeur à rire, monsieur.

Néanmoins, elle prit avec affectation le pouls et la tension artérielle du patient, données qu'elle consigna sur la feuille au pied du lit. Léandre détaillait la jeune femme, belle comme le jour : elle avait une croupe saillante et la fraîcheur d'une rose éclose au matin. Angélina paraissait beaucoup plus jolie que Paulette avec ses tresses remontées en couronne sur sa tête, et elle ne connaissait certes pas la vie débridée d'Arlette. Puis il ôta son coupe-vent et roula une manche de sa chemise en regardant l'étudiante de ses grands yeux d'ébène.

— Asteure, c'est à mon tour, garde.

Sans se faire prier davantage, elle céda à la requête du jeune séducteur. Il se retint de la serrer contre lui. Il se rappela que son père devait l'attendre et il jugea que la salle des patients ne favorisait pas les échanges amoureux.

— Vous pouvez me joindre en composant le numéro de téléphone de mes parents que vous avez dans le dossier de mon frère, mais donnez-moi le vôtre, Angélina.

L'étudiante craignit l'arrivée impromptue de garde Bergeron, l'infirmière diplômée qui la supervisait, ou pire celle de la sœur grise qui arpentait le corridor et pouvait surgir à tout moment. Elle parut hésiter, mais devant le regard insistant du beau jeune homme elle céda.

Léandre déroula la manche de sa chemise, remit vitement son coupe-vent et sortit en trombe de la salle.

* * *

L'épicier rentra banalement chez lui, en disant aux siens qu'il n'y avait rien à signaler, persuadé qu'il avait éminemment perdu son temps. L'état de Marcel semblait stable, et ses conversations avec Léandre n'avaient servi qu'à entretenir la hargne que son fils nourrissait envers lui. Après avoir pris un verre de Bromo-Seltzer effervescent, il avait ressenti un bien-être à l'estomac. Puis il s'était écrasé dans sa berçante avec sa pipe et il jonglait maintenant aux dépenses des fêtes. Émilienne sirotait un thé bien chaud avant de se coucher. « Ça a ben l'air que mon Marcel va finir l'année à l'hôpital ! » songeait-elle. Depuis le vendredi 13 décembre qu'il y séjournait, et on était à trois jours de Noël. Elle ressentait un vide immense dans la maison que toute l'attention d'Irène et de ses sœurs ne parvenait pas à combler. Assise sur la banquette derrière la table de cuisine, Alphonsine paraissait bouleversée. Elle ôta ses lunettes d'écaille et s'essuya les yeux avec la paume de ses mains.

— Vous devriez lire le beau conte de Noël, exprima-t-elle, émue. C'est dans *La Patrie* d'aujourd'hui.

Héloïse regarda par-dessus l'épaule de sa sœur.

— Plutôt que de nous faire lire l'histoire chacun notre tour, tu pourrais nous la résumer, ça ferait pareil.

Alphonsine raconta à sa manière le touchant récit de deux amis qui, la nuit de Noël, avaient décidé d'apporter un peu de bonheur à un pauvre. Ils se rendirent au port de Montréal en convenant d'aborder le premier indigent qu'ils croiseraient. En longeant les quais, ils aperçurent un vieux guenilleux sans paletot occupé à fouiller les détritus. Ils lui offrirent de monter dans leur voiture en lui disant qu'ils le ramèneraient chez lui. Mais le gueux demeurait à bonne distance. Après un moment d'hésitation, il accepta. Les deux amis s'observèrent et décidèrent alors d'aller jusqu'au bout de leur dessein. Voilà quatre jours que l'homme était parvenu dans la métropole et qu'il attendait l'occasion de se diriger vers Saint-Robert après vingt ans d'absence. En arrivant à Sorel, le clochard se pencha vers la portière et regarda avec un profond intérêt les rues qu'ils traversaient. Une heure plus tard, l'automobile était aux portes du village natal du vieil homme. Puis elle dépassa une rangée de maisons toutes blanches et s'engouffra dans une rue de boutiques et de magasins. Plus loin, le misérable les fit tourner à gauche et s'arrêter tout près de l'église où devait se trouver une maison de briques rouges. Mais aucune demeure ne correspondait à cette description. Elle avait été remplacée par une nouvelle habitation de bois. Ils progressèrent alors vers un petit restaurant pour prendre un thé et manger un morceau. La tête baissée, le vieux pénétra dans le restaurant. Le tenancier, un gros homme au visage épanoui, reconnut Jos Lafortune. La nouvelle se répandit comme une traînée de poudre. Les gens qui le considéraient comme un brave soldat, et ses fils avec qui il s'était querellé lors de son retour de la guerre, festoyèrent avec lui, et les deux amis qui l'avaient emmené de Montréal allèrent se réjouir avec la famille.

— C'est une splendide légende de Noël, commenta Alida.

— Une belle leçon de générosité, dit Héloïse.

Bouleversée, Émilienne se tourna vers son mari que le récit n'avait pas semblé émouvoir. Elle voulut sonder son cœur.

— C'est aussi une superbe histoire de réconciliation entre un père et ses fils, hein, Théo ?

Sansoucy parut embarrassé. Les femmes le regardèrent se lever et aller près du poêle. L'homme souleva un rond, secoua le fourneau de sa pipe et retourna s'asseoir.

— Ça, c'est ben beau dans les histoires, Mili. Mais dans la réalité, c'est pas de même que ça se passe, faut croire. J'ai tout fait pour me rapprocher de Léandre, mais il s'entête dur comme fer. Une vraie maudite tête de cochon ! J'ai essayé de le convaincre de quitter *La Belle au bois dormant* et de revenir à l'épicerie, mais il voulait rien entendre. Un jour il s'en mordra les pouces ; je l'aurai prévenu, acheva-t-il, presque pathétique.

L'exposé de l'homme avait engendré un silence inconfortable que brisa la sonnerie du téléphone.

— Qui c'est qui peut ben nous appeler le dimanche soir? demanda la mère.

Irène alla répondre. Alphonsine s'en fut baisser le volume de la radio.

— C'est l'hôpital, moman!

Émilienne se sentit défaillir. Elle rassembla ses forces et, les jambes flageolantes, se rendit près de sa fille, qui lui tendit l'appareil. Héloïse lui approcha une chaise pour éviter qu'elle ne s'effondre, mais Émilienne resta debout, l'oreille engluée au cornet acoustique.

— On peut aller le voir? s'informa-t-elle, la voix tremblotante.

Émilienne écouta encore quelques instants l'infirmière qui l'entretenait. Puis elle balbutia quelques mots avec effusion et raccrocha avant de se laisser choir sur la chaise qu'elle avait refusée.

— Marcel va sortir, déclara-t-elle, prise d'une grande émotion. Oh mon Dieu! Un vrai miracle…

— Faut remercier Saint-Joseph aussi, dit Alida.

— Mon doux Jésus! s'exclama-t-elle, la voix altérée. Théo, on s'en va à l'hôpital, annonça-t-elle d'un ton impératif.

— Voyons, Mili, à l'heure qu'il est, ça peut attendre à demain, non?

— C'est tout ce que ça te fait, Théo, ce qu'on vient d'apprendre? s'indigna Émilienne. On va faire venir plusieurs taxis, s'il le faut. Allez prévenir les autres! ordonna-t-elle. Avant qu'ils arrivent, j'appelle chez le notaire Crochetière.

Irène gravit les degrés de l'escalier, rayonnante de joie. Elle frappa chez les locataires. Les couples étaient dans leur chambre pour la nuit. Léandre parut en pyjama, tout surpris de voir sa sœur aînée.

— On vient de recevoir un appel de l'hôpital, annonça gaiement Irène.

— L'infirmière est encore au bout du fil, j'espère! Attendez que je descende…

— Non, elle a raccroché. C'est moman qui lui a parlé. Elle a dit qu'on allait en gang à Notre-Dame.

— Tu te moques de moi, Irène…

— Tu sais ben que non. Marcel va avoir son congé. On est plusieurs à se rendre à l'hôpital, venez-vous?

— Je vais leur en glisser un mot puis ils décideront ben ce qu'ils voudront.

La grande famille s'était répartie en deux taxis. Léandre et David avaient descendu Alida assise sur une chaise avant qu'ils n'engouffrent l'impotente dans la voiture. Malgré l'heure tardive, Émilienne avait retrouvé une incroyable énergie. Mais la tête lourde de son mari battait les secondes dans des hochements réguliers, de sorte que Sansoucy était étranger à toutes les émotions que se livraient les femmes sur la banquette arrière. «On va le ramener avec nous», répétait Émilienne. «Ils vont le garder encore quelques jours», supposait Alida, qui se voulait plus réaliste. «De toute façon, c'est pas nous qui décidons. Les docteurs connaissent ça pas mal mieux que nous autres», conclut Héloïse.

Léandre avait payé la course après que le premier des deux taxis eut déversé ses passagers devant l'établissement. Irène se détacha du groupe des quatre locataires et alla rejoindre Édouard qui les attendait dans l'entrée en lisant l'édition de *La Patrie* du dimanche.

— Maman va être contente de te voir.

— J'écoutais *Le Messie* de Haendel à l'émission des concerts Ford de CKAC avec les Crochetière, mais bon, je me serais couché tard quand même.

Un chauffeur de taxi Boisjoly entra et chercha quelqu'un pour l'aider.

— Ce doit être eux autres! lança Simone. Je vas approcher une chaise roulante pour matante Alida.

Léandre et son beau-frère ressortirent et allèrent leur prêter main-forte.

Quelques minutes plus tard, les membres de la famille suivaient Émilienne. Dans sa hâte de retrouver son fils, elle avait pris la tête du groupe qui s'étirait jusqu'à Théodore, lequel figurait, avec Édouard, dans le peloton de queue.

Une lampe avait été allumée au fond de la salle. Marcel était assis dans son lit, resplendissant dans sa chemise de nuit blanche. Il arborait un air éminemment calme. Un médecin et l'infirmière diplômée venaient de le soumettre à une série de questions. On laissa sa mère s'en approcher la première. Elle s'avança, les yeux ruisselants de larmes, et se jeta à genoux près de lui.

— Mon Marcel! balbutia-t-elle.

Puis elle se releva et l'embrassa.

— Irène, tes matantes et moi, on a beaucoup prié, tu sais.

Tous regardaient le ressuscité avec ébahissement. Il ne manquait que le père, qui avait traîné la patte et qui entrait sur le moment.

— Viens embrasser ton fils, Théo! lança Émilienne.

L'épicier s'approcha du patient et lui tendit une main moite.

— Il commençait à être temps que tu reviennes, mon gars. Il y a beaucoup de clientes qui s'ennuient de toi.

Le docteur, qui avait laissé la mère à ses épanchements, prit la parole:

— J'ai des recommandations à faire, monsieur. Votre fils ne reprendra pas ses activités normales avant le mois de janvier. La période des fêtes sera des plus bénéfiques pour lui.

Angélina, la belle étudiante que Léandre avait rencontrée plus tôt au chevet de son frère, était absente. En tenant la main de Paulette, il pensait à elle. À sa surprise, la jeune femme parut avec un plateau qu'elle déposa sur les genoux de Marcel.

— J'ai accordé une petite faveur à notre patient, déclara le médecin. Il pourra quitter l'hôpital dans deux jours, juste à temps pour le réveillon.

— Comment ça? s'exclamèrent les femmes d'une seule voix. On pensait qu'il sortait ce soir.

D'un regard, les yeux se posèrent sur Émilienne.

— J'ai dû mal comprendre, d'abord, je suis désolée!

Le médecin prodigua quelques conseils aux visiteurs et disparut de la pièce avec l'infirmière diplômée.

Lorsque Marcel eut fini d'avaler son repas léger, Angélina se retira avec le plateau. Léandre, qui n'avait croisé ses yeux que deux ou trois fois, prétexta un besoin d'aller aux toilettes, s'excusa et la suivit dans le corridor.

— Angélina! s'écria-t-il.

L'étudiante s'immobilisa près de la buanderie.

— J'ai cru que c'est vous qui m'appeliez en téléphonant chez mes parents.

— Ce n'est pas moi qui ai appelé, c'est garde Bergeron. Je ne vois pas pourquoi vous courez deux lièvres à la fois, monsieur Sansoucy. Je vous ai vu tenir la main d'une belle brunette.

Paulette apparut dans le corridor et s'aperçut que son Léandre devisait avec l'étudiante. Angélina tourna les talons avec son plateau et disparut vers le poste. Léandre retourna vers la salle des patients et demeura un peu en retrait de l'embrasure.

— Que c'est que tu lui voulais, à la belle blonde?

— Je lui ai demandé si Marcel pourrait travailler le lendemain de Noël, risqua-t-il.

— Ça, le docteur l'a dit pendant que tu lorgnais de son côté. Puis que c'est qu'elle t'a dit, toujours ben?

— Qu'il pourrait à condition de reprendre ben tranquillement…

— T'as menti, Léandre Sansoucy! Le docteur a dit qu'il était mieux d'attendre après les fêtes.

— Ah! J'ai dû mal comprendre, d'abord. Ben, dans ce cas-là, on va faire ce que le docteur a conseillé.

— Ben sûr qu'on va suivre les recommandations du médecin; ta poulette doit pas connaître grand-chose là-dedans, *anyway*.

Paulette essaya de se composer une physionomie plus agréable et rejoignit le groupe avec Léandre.

Chapitre 18

Au matin du lendemain, persuadée que ses jambes sauraient la soutenir sans trop de douleur tout l'avant-midi, Émilienne avait entrepris son chantier de tartes et de tourtières. «C'est maintenant ou jamais!» Elle avait sorti les œufs de la glacière, le contenant de graisse Crisco et le sac de farine Robin Hood étaient sur le comptoir. «T'enverras Simone pour la viande le plus tôt possible, que je mette ça à cuire au plus sacrant!» avait-elle dit à son mari avant qu'il ne franchisse le seuil du logis.

Sitôt la table de cuisine débarrassée, la ménagère déploya son arsenal culinaire et s'attaqua à la fabrication de la croûte avec une ardeur inaccoutumée. En exerçant une pression bien contrôlée sur le rouleau, elle aplatissait également la mixture en lui donnant l'épaisseur recherchée. De temps à autre, elle saupoudrait un peu de farine pour en améliorer l'uniformité de la consistance. Près du poêle, Héloïse regardait sa sœur à la dérobée en brassant la préparation qu'elle déverserait le moment venu dans les assiettes recouvertes de pâte, tandis que dans son fauteuil Alida pelait les pommes en déroulant avec adresse les épluchures qui tombaient sur les mondanités de *La Patrie* du dimanche.

— Si Phonsine était là, ça prendrait moins de temps, puis je pourrais me rendre à l'hôpital plus de bonne heure!

— Veux-tu dire qu'on est pas efficaces, Mili? s'insurgea Héloïse, un tantinet choquée.

— Au magasin de coupons, avec le coin cadeau qui a été aménagé pour le temps des fêtes, c'est une grosse période de l'année, rappela Alida. On pouvait pas lui demander de rester pour nous aider.

Penchée sur son ouvrage, Émilienne se redressa en mettant ses mains sur les reins.

— Si ma fille peut monter avec la viande! soupira-t-elle. Ça serait le temps de faire cuire, là. Mais je peux pas aller plus vite que le violon.

— «Ça va venir, découragez-vous pas!» dirait La Bolduc, railla Alida. Justement, la voilà…

Simone entra avec la commande. Sa mère s'empressa vers elle.

— Il commence à être temps, ma fille.

— Chicanez-moi pas, m'man. Il y avait plein de clientes qui faisaient la file au comptoir des viandes. P'pa a fait ce qu'il pouvait pour vous accommoder.

— On sait ben, je passe toujours en dernier, badina la ménagère. Le bon côté de la chose, c'est que les affaires reprennent. Théo doit avoir le grand sourire. Puis le petit Gladu est-il là, lui?

— Ben sûr que oui. Il est en congé d'école, puis on lui a dit pour Marcel. Il avait l'air ben content de savoir que mon frère reprendrait probablement les livraisons après les fêtes.

Une joie non contenue irradia le visage de la mère. Mais elle réalisa qu'elle tenait les trois paquets demandés et qu'elle se mettait elle-même en retard sur son horaire de la journée. Elle salua sa fille et défit tranquillement ses emballages.

— Veux-tu ben me dire où c'est que j'ai la tête ce matin? s'exclama la ménagère. J'ai oublié de hacher les oignons.

La cuisinière alla dans la dépense et en rapporta quatre gros oignons qu'elle se mit à peler en vitesse. Puis après les avoir coupés en rondelles et finement émincés, elle les fit rissoler dans une immense marmite. Ensuite, elle incorpora le bœuf, le porc et le veau, ajusta l'assaisonnement avec du sel, du poivre et du persil, et en confia la supervision à Héloïse avant de retourner à ses fonds de tarte.

La viande cuisait lentement et dégageait un arôme envoûtant. À tout moment, Émilienne s'approchait du poêle. Héloïse lui cédait la place pour lui permettre de rectifier le goût. Pendant ce temps, avec une adresse incomparable, la gauchère Alida soulevait les assiettes débordantes de pâte et découpait avec un couteau le contour de ce qui deviendrait des croûtes. Les retailles étaient ensuite ramassées, parce qu'elles étaient destinées à une autre vocation : mélangées à de la cassonade, elles se transformeraient en succulents pets-de-sœur que les plus gourmands s'arracheraient dans le temps de le dire.

La cuisinière avait achevé son chantier juste à temps pour le dîner, de sorte qu'elle n'avait pas pu fricoter un bon repas. Son mari, Simone et Paulette étaient venus manger chacun leur tour. À défaut de leur servir une excellente soupe maison, elle avait ouvert des boîtes de conserve Heinz, et ils avaient ingurgité en vitesse un sandwich avec un Coke avant de retourner à l'épicerie.

Paulette venait à peine de se repaître de deux sandwichs, de deux bouteilles de cola et d'une nuée de pets-de-sœur – qu'elle avait eu le privilège de goûter. Le téléphone retentit dès qu'elle descendit au commerce. Elle agrippa son crayon et son calepin pour noter la commande. Penchée sur le comptoir, elle écoutait la voix qui semblait la subjuguer en griffonnant des barbots. À mesure que la conversation se déroulait, sa physionomie s'assombrissait.

— Comme ça, on t'attendra pas ! dit-elle, déçue.

Simone considéra le visage de sa belle-sœur. Elle en finissait avec une cliente qui régla l'addition, empoigna ses deux sacs et amorça un mouvement vers la porte.

— Je vous l'ouvre tout de suite, madame Murphy, proféra Simone.

La fille de l'épicier revint auprès de Paulette qui venait de raccrocher.

— C'est Léandre ?

— Ben oui ! Après son ouvrage à *La Belle au bois dormant*, il va s'en aller directement à l'hôpital. Comme s'il y avait quelque chose qui l'attirait à Notre-Dame.

— Léandre a toujours beaucoup aimé son frère. Et comme il est question qu'il sorte ces jours-ci…

— C'est ben en quoi, rétorqua Paulette. Il pourrait attendre un peu. Pour me faire avaler sa visite à l'hôpital, il m'a dit qu'il se rendait chez Dupuis Frères pour ses cadeaux de Noël. Ils sont ouverts jusqu'à dix heures le 23 décembre et jusqu'à six heures la veille de Noël.

— Tu penses qu'il a d'autres choses à magasiner ?

— Sa petite garde-malade. J'ai ben peur que ce soit pas juste une tocade en passant.

Le téléphone l'avait refroidie. Paulette n'était pas complètement dupe des manigances de son *chum*. Après un épisode de grande exubérance à *La Belle au bois dormant*, Léandre avait-il essuyé quelque rebuffade amoureuse et se tournait-il maintenant vers la chair fraîche d'une étudiante en soins infirmiers de deuxième année ? L'éventualité lui parut moins pire que de le voir s'acoquiner avec des filles de petite vertu, mais la sortie qu'il projetait ne lui inspirait que défiance et jalousie. Quoi qu'il en soit, pour l'heure, il apportait des sous au logis et semblait disposer d'un peu d'argent pour ses achats des fêtes.

Léandre songea à quitter *La Belle au bois dormant* à la fin de l'après-midi. Monsieur Quesnel l'encouragea à magasiner tôt avant la folie furieuse de la soirée. Du reste, depuis quelque temps, ses affaires ralentissaient. L'établissement fermerait tôt après le souper. Maximilien Quesnel avait estimé qu'il ne servait à rien de garder trois filles sur le plancher pour quelques pointes de tarte et quelques consommations quand il savait fort bien que pas l'une d'entre elles ne passerait à l'étage des chambres avec un client. Il songeait même à congédier des employées. Arlette Pomerleau avait déjà senti que le navire prenait l'eau par le fond et elle avait résolu de s'installer dans le *Red Light* – qui ne dérougissait pas – avant qu'il ne fasse naufrage. Les revenus du restaurant n'étaient plus ce que Quesnel avait fait miroiter. Mais Léandre se refusait à croire que *La Belle au bois dormant* ne faisait que traverser une mauvaise passe. Sans poser de questions, il continuait à payer les assurances du commerce et à se prélever un maigre salaire hebdomadaire.

Après le repas du dîner, qui s'était avéré tranquille, Léandre avait demandé des suggestions de cadeaux aux serveuses regroupées autour de lui pour l'aider en leur dévoilant qu'il voulait mettre sous le sapin un présent pour sa mère, un pour sa sœur Simone, et un autre pour sa blonde. Il trouverait tout chez Dupuis Frères pour les quelques étrennes qu'il avait décidé d'acheter. Par la suite, il avait sommairement énuméré les effets qu'il désirait se procurer. En esprit organisé, il avait dressé un tableau en trois colonnes : une première pour le nom, une seconde pour l'objet et une troisième pour le prix approximatif qu'il était prêt à débourser.

Les portes tournantes sitôt franchies, il parut désemparé. Il avait jadis accompagné sa mère dans les grands magasins, mais sa mémoire n'en avait conservé que des souvenirs fort imprécis et surtout une espèce de hantise de ses piétinements dans les rayons, solidement accroché aux jupes d'Émilienne. Il sortit sa courte liste de la poche de son coupe-vent, promena son œil exercé sur les employées et repéra celle qui avait la plus belle taille et les plus jolies jambes. Il l'interpella aussitôt qu'elle se libéra.

— Pouvez-vous me guider, mademoiselle ? l'implora-t-il.

La jeune femme tourna son visage bigleux vers lui.

— Que cherchez-vous exactement, monsieur? s'enquit celle dont les yeux louchaient. Ça va m'aider si vous avez une petite idée.

«En voilà un qui ne veut pas niaiser dans le magasin!» pensa l'employée.

En tant que représentant de la gent masculine, quitte à explorer en solitaire les rayons réservés aux dames seules ou accompagnées, il lui tendit la liste et elle lui indiqua dans quel secteur il devait se diriger. Cependant, le choix s'avérant trop vaste, il résolut d'en finir avec le magasinage en agrippant trois boîtes préemballées.

Ses achats effectués, une fois dans la rue, il héla un taxi et se fit conduire sur Sherbrooke, près du parc La Fontaine, où des restaurants offraient des repas pour une somme très convenable.

Son souper avalé à la hâte, il se rendit à l'hôpital dans l'espoir qu'Angélina soit de garde. Après tout, il ne restait qu'une autre journée avant Noël pour amadouer l'étudiante. Il entra dans la salle des patients et se dirigea vers le lit de son frère. Le rideau avait été glissé pour plus d'intimité. Il déposa son sac d'emplettes au sol et résolut d'attendre.

Des voix qu'il ne reconnaissait pas se faisaient entendre derrière la cloison de la petite pièce temporaire. Une bassine à la main, une infirmière plutôt laide repoussa les plis ondulés. Un gros homme tiraillait le bas de sa jaquette afin de la replacer.

— Marcel est pas là?

— Si vous parlez du jeune Sansoucy, il a obtenu son congé cet après-midi même, déclara la soignante. Vous comprendrez qu'on a besoin des lits et qu'on envoie les bien-portants à la maison avant les fêtes.

Léandre parut décontenancé.

— Mon frère était supposé quitter l'hôpital demain, commenta-t-il. Est-ce qu'Angélina est de garde ce soir ?

— Non, répondit la laideronne, elle a un rendez-vous galant. Vous n'êtes pas le premier à vous intéresser à elle, vous savez.

Fortement déçu, Léandre asséna un solide coup de pied sur son sac, le reprit, sortit de l'établissement de santé et monta dans une voiture-taxi garée devant l'entrée.

Il fit irruption dans son logis en laissant tomber ses emplettes à ses pieds. Ses trois colocataires s'empressèrent vers la porte.

— J'espère qu'il y a rien de cassant là-dedans ! lança David. Sinon ça va être un beau gâchis.

— Marcel est revenu ! s'exclama Simone. M'man puis matante Héloïse l'ont ramené de l'hôpital cet après-midi.

— Quelqu'un aurait pu me téléphoner à *La Belle au bois dormant* avant que je me déplace à l'hôpital, taboire ! Je me suis rendu là pour rien, strictement pour rien.

— C'est pas plutôt le fait que la blondinette était pas de garde qui te met en rogne, mon chou ? gouailla Paulette.

Afin de prouver qu'il était de bonne foi, il alla frapper à la porte du logement de ses parents. Les femmes drapées dans leur robe de chambre planifiaient la journée du lendemain en buvant un thé autour de la table. Léandre fit irruption dans la cuisine. Sa mère paraissait dans un état de grâce qui lui donnait cet air de félicité qu'on ne lui avait pas vu depuis longtemps.

— Chut ! fit-elle. Les hommes sont couchés…

— Marcel est ben là, toujours ? À l'hôpital, on m'a dit qu'il avait eu son congé.

— Ben si on te l'a dit, ce doit être que quelqu'un l'a ramené à la maison, lança sèchement Héloïse.

— Tu reviendras voir ton frère demain, Léandre, proposa gentiment Émilienne. Pour l'instant, il dort comme un ours. Je suis tellement contente qu'il soit avec nous autres pour Noël.

***

Au matin du 24 décembre, Léandre avait attendu que son père descende à l'épicerie pour retourner voir Marcel. Il le trouva en pyjama dans la berçante, faisant doucement craquer les berces de la chaise à côté d'une pile de journaux de *La Patrie* et du *Petit Journal* que sa mère avait accumulée depuis son accident. Il était en train de lire l'histoire de *Tarzan*, la bande dessinée en couleur d'un héros de la jungle africaine dont il avait fâcheusement interrompu la lecture après sa mésaventure.

— Tu vas devenir fort comme lui, assura Léandre.

— Depuis le vendredi 13 décembre, j'en ai perdu des bouts, mais le docteur m'a dit qu'à mon âge on récupère vite puis que je vas péter le feu avant ben longtemps.

— Pour l'instant, j'aime mieux le maintenir ben au chaud avec nous autres en dedans, soutint la mère.

Le corps raide sur une chaise droite, Émilienne tenait une boîte d'épingles à bigoudis et gardait la tête docile pendant qu'Héloïse lui enroulait des mèches de cheveux autour de petits cylindres.

— Puis toi, m'man m'a dit que ça allait bien à *La Belle au bois dormant*, affirma le convalescent.

— T'es pas mal au courant, le p'tit frère, ricana Léandre.

Il avait failli dévoiler que les affaires du restaurant dépérissaient, qu'il s'ennuyait de l'épicerie et qu'il avait même regretté d'avoir claqué la porte du commerce familial. Perspicace, Alida avait perçu les tressautements dans la voix de son neveu.

— Il veut pas nous l'avouer, mais il songe à rentrer au bercail, argua-t-elle.

— J'ai pas dit ça, matante! rétorqua vivement Léandre.

Émilienne inclina sa tête couverte de papillotes. Héloïse manifesta sa contrariété par une moue d'impatience.

— Changement de propos, intervint la mère, je vous attends pour le réveillon.

— Paulette et moi, on va être là, en tout cas.

Léandre embrassa le front de sa mère et partit pour la journée.

* * *

Les serveuses de *La Belle au bois dormant* se dispersèrent comme une volée d'oiseaux effrayés lorsqu'elles virent entrer l'associé du patron. Le café glougloutait dans la cafetière. Léandre accrocha son manteau, se versa une tasse et s'adressa à ses employées.

— Vous avez pas besoin de vous sauver quand j'arrive, les filles.

— Avez-vous fait vos achats hier chez Dupuis, toujours ben? demanda Léonie, éludant la remarque.

— Mes femmes devront se contenter de ce que j'ai trouvé, blagua Léandre. Est-ce que vous avez servi plusieurs déjeuners ce matin?

— Quatre seulement, répondit Aline.

— Pensez-vous que monsieur Quesnel va mettre la clé dans la porte, monsieur Sansoucy? s'inquiéta Marie.

— Vous savez ben que non, se rebiffa Léandre. Ça peut pas fermer de même du jour au lendemain, un restaurant.

— La clientèle a baissé, on se fait seulement quelques cennes de pourboire dans une journée, expliqua Marie. Si ça continue, on va chercher ailleurs, monsieur Sansoucy. On va faire comme Arlette Pomerleau qui s'est ramassée au *Faisan argenté*.

— Vous étiez pas là, vous, quand *La Belle au bois dormant* marchait en grand puis que monsieur Quesnel se faisait aller aux toasts dans la cuisine, rappela tristement Léonie. Asteure, c'est plus pareil pantoute. Puis il paraît que les filles du soir passent leur *shift* à boire du café et à griller des cigarettes parce qu'elles ont rien à faire. Je vous le dis, je vous fais pas une cachette, on a peur de fermer.

L'associé sortait des nues. Le climat de morosité qui régnait au restaurant depuis quelque temps et qu'il feignait d'ignorer venait de se révéler dans toute la profondeur de son abîme. Récemment, Quesnel ne s'était montré que deux ou trois heures par jour, se faisant par le fait même de plus en plus discret. Son associé aurait dû réagir, prendre le taureau par les cornes, afin d'éviter la catastrophe. Mais peut-être était-il encore temps de se ressaisir?

Un jeune homme entra avec un porte-documents et se hissa sur un tabouret. Derrière le comptoir, la cigarette coincée entre les dents, Léandre nouait un tablier autour de sa taille quand il aperçut l'agent d'assurances.

— Je m'en viens réclamer mes dus, dit Surprenant.

— Tu vas prendre le temps de boire un bon café, ricana Léandre.

Surprenant tambourinait déjà d'impatience sur le plaqué du comptoir.

— Je suis un peu pressé ce matin, déclara-t-il, j'ai pas mal de clients à voir pour les mêmes raisons.

— Ben, sais-tu, Hubert, t'as juste à regarder le monde qu'il y a pour te faire une idée de l'argent qui rentre ici dedans. Ça marche pas fort, ces temps-ci.

— Fort, pas fort, t'as des obligations à honorer, Léandre Sansoucy! Tu m'avais dit que tu connaissais ça, la *business*, et que tu avais frappé le jackpot avec *La Belle au bois dormant*. Es-tu en train de me dire que t'es pas capable de payer?

— Eille! Monte pas le ton dans MON restaurant, mon taboire!

— Pour ceux que ça va déranger, nargua l'agent. Il y a personne ici dedans…

— Il y a des filles qui travaillent pour moi puis qui ont pas besoin de savoir, rétorqua-t-il sur un ton rageur.

Les serveuses choisirent de s'éloigner de la conversation houleuse qui semblait dégénérer. Marie se mit à astiquer inutilement une boîte nickelée de serviettes de table, et les deux autres s'allumèrent une cigarette et se massèrent fébrilement à la vitrine en s'efforçant de sourire aux piétons qui passaient tout droit.

Léandre serra les dents et s'étira le bras pour attraper le collet de Surprenant.

— Je vas t'en signer un chèque, mais va pas répéter que je paye pas mes dettes parce que tu vas manger toute une raclée, mon bonhomme!

Hors de lui, Léandre se rendit dans le bureau et revint avec un chèque qu'il lança sous le nez de Surprenant.

— Tiens, le v'là, ton maudit chèque, puis tu peux te le mettre où je pense, s'écria-t-il.

Hubert Surprenant ouvrit son porte-documents, inséra ledit papier de valeur et prit congé. Quesnel entra.

— Tu parles d'un effronté, cracha-t-il entre ses dents saillantes. Ces petits agents-là, ça travaille avec le public, ça se promène en veston-cravate, mais ça a pas de classe pantoute.

— J'ai à vous causer, monsieur Quesnel, dit placidement Léandre.

— On va jaser dans mon bureau, c'est la meilleure place pour régler des affaires.

Maximilien Quesnel prit les devants, entraînant Léandre à sa suite.

Assis sur une pile de feuilles chiffonnées sur son bureau, le propriétaire se croisa les bras. Il afficha un air étrange et envisagea son associé.

— Puis, mon Léandre, qu'est-ce que t'as tant à me dire ? Sors-le, le motton que t'as dans la gorge, qu'on en finisse.

— Vous le savez mieux que moi, monsieur Quesnel, *La Belle au bois dormant* est pas ben en forme ces temps-ci ; elle est même à la veille de pousser ses derniers râlements. Me prenez-vous pour un imbécile, coudonc ? J'ai ben remarqué que l'argent rentrait pas dans la caisse comme avant. On sert moins de déjeuners, les spéciaux du midi sont de moins en moins populaires, on peut compter sur les doigts d'une main les clients du souper, les serveuses se plaignent, les hôtesses du soir s'en vont de bonne heure parce qu'il y a plus personne dans le restaurant, sans parler d'Arlette qui a sacré son camp dans un café du *Red Light*.

Quesnel se leva et alla se poster silencieusement derrière son bureau et commença à rassembler quelques papiers d'importance en disant qu'il avait rendez-vous chez le comptable.

— Il y a toujours un petit creux au mois de décembre, argua-t-il. Les gens vont plutôt garder leur argent pour les achats des fêtes et les commandes d'épicerie. C'est normal en affaires de pas rouler égal : il y a des hauts puis des bas. C'est comme ça…

— Ça fait deux semaines que je suis pas capable de me prendre une paye décente. Moi aussi j'ai eu des achats à faire, puis un loyer à assumer. Pour le commerce, avec la fin du mois qui s'en vient, il y a des factures qui vont rentrer. Puis tout à l'heure, vous l'avez vu, Hubert Surprenant est venu ramasser son chèque pour l'assurance. D'ailleurs, au moment où l'on se parle, il doit plus rester grand-chose dans le compte de *La Belle au bois dormant...*

Le patron émit un ricanement satanique qui effraya Léandre. L'associé sentit qu'il n'avait plus rien à espérer de l'homme et il choisit de redescendre au restaurant.

Un peu plus tard, Quesnel parut sur le plancher avec une brassée de documents, salua courtoisement les rares clients accoudés au comptoir et sortit en souhaitant un Joyeux Noël à tout le monde.

À la fin de l'après-midi, après avoir littéralement perdu son temps, Léandre donna leur congé aux trois serveuses. Puis il attendrait les employées du soir, qu'il renverrait sur-le-champ, en leur accordant un congé jusqu'après le Nouvel An. Quesnel dirait ce qu'il voudrait. «Il faut parfois prendre des initiatives.»

* * *

Émilienne avait procédé à l'emballage des cadeaux une bonne partie de l'après-midi avec le précieux concours d'Héloïse et d'Alida, qui s'empressait d'aller les déposer sous le sapin à mesure qu'ils étaient enveloppés. Elle préparerait un souper léger parce qu'à l'accoutumée on mangeait pas mal lourd au réveillon. Irène était revenue de la Canadian Spool Cotton un peu débobinée d'avoir travaillé si tard la veille de Noël, elle qui ne se plaignait pour ainsi dire jamais. Alphonsine était rentrée du commerce de tissu après une harassante journée à négocier le prix des jouets, dont la propriétaire voulait absolument se débarrasser en décembre plutôt que de les stocker au sous-sol de son magasin pendant un an. Marcel, lui, reposait au salon, à bénéficier de l'enchantement de l'arbre de Noël, et profitait des petits soins que les femmes de la maisonnée lui accordaient. Il ne restait que Sansoucy, qui se démenait seul à son épicerie pour accommoder les clientes qui avaient des demandes de dernière minute à satisfaire.

Il était environ dix-huit heures. La journée avait été bien remplie, des tablettes étaient presque vidées de leur contenu, le téléphone avait résonné souvent et les commandes, livrées à des heures raisonnables. Le boucher avait éteint la moitié des lumières pour signifier que son commerce était fermé, en négligeant toutefois de verrouiller la porte. Fièrement planté devant son évier, il achevait de nettoyer ses couteaux quand la sonnerie du téléphone se fit entendre. Un rictus d'agacement marqua les traits de son visage. D'un pas traînassant, il se rendit au comptoir et décrocha. «Je peux ben prendre la commande, mais pour la livraison, ça va aller au 26», répondit-il. Sur ces entrefaites, deux individus masqués par un mouchoir pénétrèrent dans l'enceinte de son magasin. L'un d'eux demeura près de la porte et surveillait la rue. Il était dans un état d'agitation extrême. L'autre s'avança vers le marchand en brandissant un revolver. L'esprit alerte, Sansoucy s'empara du contenu du tiroir-caisse et engloutit vitement l'argent dans la poche de son tablier.

— *Hands up!* ordonna l'inconnu.

— Je vas t'en faire, un «*hands up!*» rétorqua Sansoucy en lui assénant un formidable coup de poing.

Le malfaiteur s'effondra comme une masse. Bourré d'adrénaline, le cœur lui battant aux tempes, Théodore ramassa le fusil et le lança derrière le comptoir. Puis il se rua vers le comparse, l'empoigna au collet et le projeta dans la vitre de la porte, la faisant éclater en mille morceaux. Celui-ci neutralisé, il retourna vers le premier bandit, qui se relevait lentement en se plaignant de douleurs à la mâchoire. Voulant éviter le poing de l'épicier, le brigand s'élança vers la sortie.

Exténué et encore sous l'emprise de ses nerfs, Sansoucy se rendit à la porte de son établissement. Les deux voleurs sautaient dans un sedan et disparaissaient à vive allure.

À ce moment même, Léandre s'amenait sur le trottoir et remarqua la voiture qui s'éloignait en trombe de l'épicerie. Il tourna instinctivement la tête et réalisa que des débris de verre parsemaient l'entrée du commerce. Il entra.

— Le père ! s'écria-t-il.

La cravate dénouée et la figure marbrée de grandes plaques rouges, Sansoucy s'était écrasé sur une caisse de bois vide et expirait bruyamment, la tête engoncée entre les épaules.

— Ils ont pas eu le fric, les trous de cul ! déclara-t-il.

Le quinquagénaire fouilla dans son tablier et montra fièrement l'argent qu'il avait sauvé.

— C'est donc ça, vous avez été victime d'une tentative de vol !

— Un vol à main armée, mon garçon ! haleta le commerçant. Rien de moins. Je croyais pas vivre pareille histoire dans toute ma carrière.

— J'ai vu la Chrysler noire 1930 ou 1931, qui s'éloignait à toute vitesse. Vous saignez, coudonc ?

Sansoucy avait enroulé une guenille autour de son poing sanguinolent. Léandre voulut appeler une ambulance en pensant qu'il reverrait peut-être Angélina, mais le blessé refusa de se faire conduire à l'hôpital. Il y aurait bien une des femmes de la maison pour le panser adéquatement. Par contre, le marchand jugea qu'il fallait alerter aussitôt la police du méfait.

Léandre s'en fut à la cave pour dégoter quelques planches, des clous et un marteau, et se mit en frais de placarder la porte endommagée pour sécuriser le magasin de son père. Bientôt, trois représentants de l'ordre surgissaient sur les lieux.

L'épicier avait renoué avec un certain calme et il avait terminé de répondre aux questions. Le lieutenant Whitty enveloppait l'arme du crime dans un linge que Léandre lui avait apporté.

— C'est un fusil de calibre 25, dit-il. Impressionnant, ce que vous avez fait, mon cher monsieur ! commenta-t-il.

— Si jamais une chose semblable se reproduisait, ne résistez pas aux bandits, conseilla l'agent Poisson.

— Vous auriez pu tomber sous les balles, monsieur Sansoucy ; la veille de Noël, en plus ! renchérit l'agent Lefebvre. Vous n'avez pas pensé deux secondes à votre famille, à ceux qui vous aiment et qui tiennent à vous…

Un sourire jaune se dessina sur les lèvres de Léandre.

— Croyez-vous pouvoir mettre le grappin sur les malfaiteurs ? demanda le fils.

— Les apaches ont été assez malmenés par votre père qu'ils ont dû aboutir dans une urgence de la ville, répondit le lieutenant. Nous allons prévenir les hôpitaux.

— T'as entendu ça, mon garçon ? Ton père a pas chié dans ses culottes…

— Oui, oui, le père, mais vantez-vous-en pas trop parce que la prochaine fois, s'il y a une prochaine fois, ben évidemment, on donnera pas cher de votre peau.

Un homme muni d'une caméra se pencha dans la vitrine du commerce, faisant des signes insistants pour qu'on vienne à lui.

— Ah ! Ces maudits journalistes, réagit le lieutenant Whitty. C'est pas long qu'on les a collés aux fesses…

Léandre alla entrouvrir la porte pour laisser entrer le photographe et le journaliste qui l'accompagnait. Une petite foule de curieux qui s'était agglutinée à la devanture commença à le harceler de questions.

— On vous expliquera en temps et lieu, professa-t-il. Rien de grave, les crapules n'ont rien volé… Oui, ils étaient bel et bien masqués et armés… Mon père souffre d'un choc nerveux… Une toute petite écorchure à la main…

Le fils de l'épicier referma la porte et alla vers le courageux marchand, qui affichait maintenant un air glorieux devant le photographe de *La Patrie*.

— Un instant, messieurs, s'excusa Sansoucy. Léandre, va donc dire à ta mère que j'en ai pas pour longtemps. À l'heure qu'il est, elle doit être inquiète sans bon sens.

* * *

Après la traditionnelle messe de minuit, l'église s'était évidée d'une partie de ses entrailles, ne laissant que le tiers des paroissiens ensommeillés pour assister à l'office de l'aurore, et le quart des fidèles pour résister à celui du jour. Encore bouleversée par les événements de la soirée, et voyant son pauvre mari éreinté et abasourdi, Émilienne s'était retirée à la maison au premier entracte, entraînant les siens avec elle.

La famille du brave épicier était à présent rassemblée au salon. Le bras en écharpe, le malheureux était parqué dans la berçante que Marcel avait déplacée pour la circonstance. Il avait éprouvé un certain inconfort à se rendre à l'église et à en revenir, ne pouvant se protéger qu'avec un bras valide dans le cas d'une éventuelle chute sur les trottoirs glissants. Les quatre locataires du troisième s'étaient ajoutés aux occupants du deuxième. Madame O'Hagan avait consenti à se priver de son fils, attendu qu'elle se reprendrait pendant les fêtes pour les recevoir, lui et Simone. Les Landreville avaient fait brûler une armada de lampions pour que leur ingrate donne au moins signe de vie avant le Nouvel An. Mais Paulette s'accrochait toujours à Léandre, qui ne pouvait faire autrement que de lui accorder un peu de temps durant la période de festivités. Il ne manquait qu'Édouard et Colombine, qui s'étaient fiancés pendant la messe de minuit et qui devaient réveillonner chez les Crochetière. Quant à Placide, il viendrait faire une trempette avec la parenté d'Ange-Gardien au jour de l'An.

Marcel venait de placer le petit Jésus de cire sur la paille et d'ajouter de l'eau au sapin. Le conifère embaumait l'espace de son odeur résineuse, combattant les effluves des tourtières et des tartes qui réchauffaient dans le fourneau du poêle.

— Vous pourriez nous servir un petit remontant, le père, lança Léandre. Un bon London Dry Gin, ça ferait pas de tort à son homme.

— Pourquoi pas ? réagit vitement Alphonsine.

— C'est pas ben ben commode pendant qu'on déballe les cadeaux, rétorqua Héloïse.

— On trouvera un autre moyen de souligner les exploits de popa, commenta Irène.

— Faut surtout pas oublier la guérison de Marcel, rétablit la mère. Marcel, te sens-tu capable d'ouvrir le premier cadeau ?

— Voyons, la mère, prenez-le pas pour une moumoune, votre Marcel, poursuivit Léandre. Il est fait fort comme son père, badina-t-il.

Sansoucy parut agacé par la remarque de son fils. Le convalescent s'inclina aux pieds du sapin pour saisir une boîte et retourna s'asseoir. Il la secoua pour en deviner le contenu. Puis il la déballa en déchiquetant le papier décoratif.

— Une pioche !

— Si tu veux pogner avec les filles, faut que tu commences à te raser le menton, le p'tit frère, lança Léandre.

— Regarde encore, il y a un tube de savon à barbe avec ça, ajouta Émilienne, j'ai frappé un bon spécial. Asteure, ça pourrait être au tour de Simone. Faut pas oublier qu'elle attend notre premier petit-fils.

— Vous aussi, m'man, vous êtes certaine que c'est un garçon ? s'enquit la jeune femme.

— De la façon que tu le portes, ma fille, c'est sûr et certain.

Alphonsine reluquait l'énorme emballage qui trônait près de la crèche ; Émilienne avait finalement fait mettre de côté la créature de bois qui avait fasciné sa fille au magasin de coupons. Alida demanda ensuite qu'on remette à Simone les cadeaux destinés à son poupon, des petits vêtements qu'elle avait tricotés. Tout le monde semblait se réjouir pour la future mère, sauf Paulette, qui regardait d'un œil envieux les présents qui s'amoncelaient devant sa belle-sœur.

Mais Léandre commençait à trouver que le dépouillement s'éternisait. Il décida que son tour était venu de distribuer ses cadeaux. Il étira ses longs bras et agrippa trois boîtes qu'il remit à Paulette, à Simone et à sa mère, des coffrets beauté de Colgate Palmolive, de splendides assortiments de savons Cashmere Bouquet, de talc, de parfum et de poudre pour la figure. Tout excitée de son présent, Paulette s'élança vers le conifère, débusqua l'emballage étroit qui dépassait sous les cheveux d'ange et l'apporta à Léandre.

— Pour toi, mon amour ! dit-elle.

— Ah ben, je pensais pas ! dit Léandre avec un enthousiasme plutôt tiède.

Léandre déballa la boîte, subodorant la navrante surprise qui s'y cachait. Il exhiba une cravate rayée.

— Ah ! j'en avais pas une de même ! s'exclama-t-il avant de la porter à son cou.

La table avait été dressée dans la salle à manger, et les pommes de terre pelées avant de partir pour la messe baignaient dans l'eau à laquelle on avait ajouté une pincée de sel. Voyant que le déballage s'accélérait, Irène s'en fut discrètement à la cuisine pour mettre les patates au feu et reparut au salon.

— Irène, tandis que t'es debout, prends donc la boîte ronde du côté de saint Joseph, ordonna Émilienne.

L'aînée déficela le paquet, le découvrit et défroissa avec lenteur le papier avec le plat de la main. Elle en tira un chapeau rose un peu excentrique qui lui arracha une légère grimace qu'elle réprima aussitôt. Elle s'en coiffa, alla se mirer dans le petit miroir de l'entrée et revint en souriant.

— Vous avez sûrement payé cher, moman. Vous auriez pas dû…

— Tu mérites ben ça, Irène, commenta Émilienne. Après tout, t'es ma plus fiable ici dedans.

Réalisant qu'elle avait gaffé, Émilienne tenta de s'abriter derrière des paroles moins blessantes pour ses sœurs.

— Changement de propos, j'en profite pour remercier ouvertement Lida, Loïse et Phonsine pour leur aide. Si vous aviez pas été là, des fois…

Irène alla quérir deux minuscules paquets empilés. Elle en remit un à sa mère et s'approcha de son père, qui sombrait déjà dans les bras de Morphée. Émilienne commença à déballer machinalement son cadeau en regardant son mari.

— Théo! c'est pas le temps de dormir, s'écria-t-elle. Regarde ce que t'apporte ta plus vieille.

Sansoucy s'ébroua et s'aperçut qu'on l'observait. Avec la maladresse de sa main gauche, de ses gros doigts noueux, il tenta en vain de déficeler le cartonnage. Irène s'empressa de le secourir.

— Chacun un chapelet neuf, Théo! s'exclama Émilienne. Tu dois en avoir un, toi aussi.

— Joyeux Noël, popa! dit Irène en embrassant son père sur les deux joues.

Pas particulièrement porté sur la prière, l'épicier la remercia pour l'objet de dévotion. Irène alla voir aux légumes. La vue maintenant dégagée devant lui, Sansoucy remarqua le cadeau qui restait sous le sapin.

— Celui-là, c'est pour la blonde de mon fils, déclara-t-il.

Émue, Paulette se leva et alla ramasser la surprise. Elle renifla la senteur qui se dégageait de la boîte et la dépouilla vitement de son emballage.

— Une boîte de bonbons! s'exclama-t-elle. Vous vous êtes lâché lousse, le beau-père…

— Des Laura Secord, en plus, ajouta Alphonsine. J'espère que tu vas en offrir à tout le monde.

— Il y a pas de saint danger! railla-t-elle. Vous connaissez mon péché mignon.

Léandre savait que Simone et David s'échangeraient des cadeaux chez les O'Hagan, mais il constata que ses parents ne lui avaient rien offert. Il réagit à sa manière.

— Bon, ben, le père, asteure que la place est dégarnie, c'est le temps de sortir votre bouteille de London Dry Gin.

Sansoucy se leva et se rendit à son cabinet de boisson. De son bras valide, il en sortit une bouteille de Saint-Georges rouge et retourna en quérir une autre à demi remplie d'alcool. Alphonsine déposa le vin sur la table, se chargea de remplir les petits verres de gin et de les distribuer. Après, on s'attabla autour de la plus belle nappe d'Émilienne, parsemée de dessous de plats et de la grosse bouteille de Kik de trente onces qui tachetaient le milieu de la table.

— T'aurais pas du blanc, Théo? dit la ménagère. Il me semble que ce serait bon avec la tourtière, du blanc.

— Je pensais ben le garder pour la dinde au souper. Mais si tu y tiens, on va en prendre au réveillon. Il doit en avoir une bouteille dans la glacière ou dans la cave.

— Vous récitez pas le bénédicité, le père? observa Léandre, taquin.

Le chef de famille essaya de se signer avec sa main blessée, mais l'écharpe entravait son mouvement.

— Veux-tu rire de ton père, Léandre? intervint Émilienne. Des fois je me demande si tu portes vraiment le petit Jésus dans ton cœur, soupira-t-elle.

La prière d'usage récitée, on leva les coupes à la guérison de Marcel et à l'exploit de l'épicier, qui s'était tiré à peu près indemne d'un incident qui aurait pu s'avérer beaucoup plus grave, finalement. Émilienne tailla en petites portions la tourtière de l'éclopé et s'assit près de lui pour l'aider à manger.

Inévitablement, la question du remplacement du boucher surgit. Une pensée roula dans l'esprit de Léandre. L'occasion d'abandonner *La Belle au bois dormant* et de retourner à l'épicerie-boucherie se présentait. Mais il s'était engagé avec monsieur Quesnel, et le caractère temporaire de la suppléance au magasin le restreindrait. Vraisemblablement, les Gladu père et fils se retrouveraient à l'épicerie, l'un comme boucher et l'autre comme livreur. Il écarta l'idée.

Bientôt le réveillon s'avéra ennuyant pour Léandre et il manifesta le désir de se retirer.

— Tu peux pas nous faire ça en pleines festivités, Léandre! s'offusqua Émilienne. Pour les fois qu'on réussit à se rassembler…

— Vous allez m'excuser, tout le monde, mais je suis un peu fatigué.

Léandre recula sa chaise et s'étira en simulant discourtoisement un long bâillement. Paulette le suivit à l'étage supérieur. Elle se rendit dans sa chambre et réapparut quelques minutes plus tard. Elle avait revêtu sa jaquette, détaché ses cheveux et arborait un sourire enjôleur.

— On a le logis à nous autres, Léandre. Tu penses pas qu'on devrait en profiter ?

— Tu sais ben qu'ils vont remonter bientôt ; Simone est à la veille d'en avoir assez du réveillon, elle aussi.

— Je voulais te remercier pour le parfum que tu m'as offert. Tu trouves pas que je sens bon ? Je viens d'en mettre un peu dans mon cou. Sens…

Elle s'approcha de lui. Il la repoussa avec délicatesse. Elle prit un air offusqué.

— Es-tu content de mon cadeau, toujours ?

— Des cravates, j'en ai à peu près une dizaine. Une de plus, une de moins…

— T'es pas mal plate, Léandre Sansoucy ! s'indigna-t-elle.

— Peut-être, mais c'est comme ça !

La mine attristée, il amorça un mouvement vers la porte.

— Où c'est que tu vas de même ? Il me semblait que tu t'endormais…

— Je m'endors pas pantoute, j'étais juste tanné d'entendre parler de l'exploit du père.

— Admets qu'il a été courageux. D'après moi, t'es fâché parce qu'ils t'ont rien donné en cadeau.

— Ils auraient pu me donner, je sais pas, moi, des boutons de manchettes, de la crème à barbe, un *lighter*. En tout cas, je m'en vas faire un tour au Lion d'Or. C'est sur Ontario, pas ben loin d'ici. Eux autres sont ouverts jusqu'aux petites heures du matin.

— Attends-moi, je t'accompagne, dit-elle, radieuse.

Elle se rhabilla en vitesse.

Sitôt dans la rue, elle s'accrocha à son bras. Sur le trottoir pas tout à fait désert, elle s'amusait à dénombrer les logis éclairés de locataires qui étiraient la nuit de Noël en fêtant modestement autour d'une table qu'elle savait presque vide, dans bien des cas. Elle paraissait heureuse auprès de celui qui l'amenait pourtant contre son gré. Mais il lui devait bien cette petite sortie nocturne dans un restaurant où ils pourraient s'évader tous les deux et danser à s'étourdir au son de l'orchestre.

Il n'avait pas prévu que la nuit tournerait autrement. Cependant, le moment n'était-il pas opportun pour que, sans la mettre dans le secret le plus intime, il lui explique que *La Belle au bois dormant* marchait en somnambule et ne se réveillerait peut-être jamais? Paulette n'avait-elle pas droit à un peu de considération, elle qui, après tout, vivait à ses côtés et tentait désespérément de lui plaire? Qu'avait-il à lui reprocher, au fond, elle qui refusait toujours de voir ses parents et qui s'accolait maintenant à lui comme une sangsue?

— Il faut que tu saches, Paulette! lui dit-il, la mine repentante.

Elle s'étonna de l'affirmation et elle se prédisposa à entendre une confession franche et sincère de tout ce qu'il lui avait caché depuis les débuts de sa fréquentation assidue à *La Belle au bois dormant* et ses accointances avec Quesnel. Il lui en transmit juste assez pour qu'elle comprenne qu'il était dans de mauvais draps avec *La Belle au bois dormant* et qu'il avait pris sur lui de fermer le café jusqu'à nouvel ordre. Ils s'arrêtèrent devant le Lion d'Or. Paulette parut soudainement médusée.

— Pourquoi tu m'en avais jamais parlé, Léandre Sansoucy?

— Un homme a pas à tout raconter à sa femme, tu sauras, Paulette Landreville.

— Ah bon! Monsieur a droit à ses secrets.

— Puis madame aussi. Rappelle-toi l'avortement en cachette…

— Je voulais pas te faire de peine, larmoya-t-elle.

Il sortit un mouchoir de la poche de son coupe-vent. Elle se tamponna les yeux et ils franchirent les portes du Lion d'Or.

Chapitre 19

Léandre et Paulette avaient regagné leur logement, blottis l'un contre l'autre, pétris de fatigue, mais la mine joyeuse et les sens à fleur de peau. La vue de tous ces corps enlacés sur le plancher de danse et quelques verres ingurgités avaient fait renaître chez Léandre la concupiscence de la chair et favorisé ensuite un rapprochement chez le couple qui s'était adonné à de tendres ébats.

Paulette s'était levée vers les quatre heures de l'après-midi. Elle avait secoué son compagnon en lui rappelant l'invitation à souper. Léandre lui avait marmonné avec indolence qu'il déclinait l'offre de sa mère et qu'elle n'avait qu'à se présenter sans lui. Elle n'avait pas insisté. Il lui avait déjà accordé une nuit de tendresse.

La journée soulignant la naissance du Sauveur n'avait pas éreinté Émilienne outre mesure, Simone et David ayant festoyé chez les O'Hagan. Édouard et Léandre brillant par leur absence, la mère de famille s'était retrouvée avec Paulette comme seule invitée. Deux des sources de tension non présentes, d'ailleurs souvent à couteaux tirés entre elles, l'atmosphère s'en était trouvée moins électrisée. Avec Alphonsine, elle s'apprêtait maintenant à se rendre chez Dupuis Frères pour la grande vente d'après-Noël. Mais son mari la réclama avant qu'elle ne franchisse le seuil de la maison.

— Mili, faudrait que tu me refasses mon pansement avant de partir. T'as pas remarqué que ça avait coulé ?

— Bonyenne, Théo, t'aurais pas pu me le dire avant ? Je t'ai aidé à mettre tes pantalons, à rentrer ta queue de chemise dans tes culottes, à mettre ta cravate et à attacher ton tablier. C'est pas assez ?

— T'aurais pu t'en apercevoir avant, batèche ! rétorqua Sansoucy. Il me semble que c'est normal qu'une femme soigne son mari, le gagne-pain de la maisonnée…

Émilienne déposa son sac à main sur le coin de la table, déboutonna son manteau qu'elle descendit sur ses épaules.

— Prends le temps de te déshabiller, tu vas avoir chaud sans bon sens, clama Alida.

— Le tramway nous attendra pas, lui répondit Émilienne. J'ai pas envie d'attendre le suivant, qui doit passer pas mal plus tard ces jours-ci.

L'air dépité, Alphonsine s'écrasa pesamment sur une chaise. Avec un empressement inaccoutumé, Héloïse apporta de la gaze et du Mercurochrome.

Sansoucy sortit son bras de l'écharpe, qui lui pendait maintenant au cou comme un collier, et il tendit son poignet à sa femme.

— Ben, sais-tu, mon Théo, ta blessure a l'air de bien guérir. Pour moi, tu vas pouvoir reprendre ton ouvrage tranquillement.

— Dans un sens, ça adonne ben, les clients se garrocheront pas aujourd'hui.

— Les bandits ont choisi leur moment pour commettre leur méfait, commenta Alida. Dans le temps des fêtes, il y a toujours des événements semblables qui se produisent. On est chanceux, nous autres, de manger trois fois par jour. Peut-être que les malfaiteurs sont de pauvres types sans travail qui voulaient apporter juste un peu de bonheur à leur famille.

— Batèche, Alida ! s'indigna l'épicier. C'est bizarre que tu penses de même. De véritables crapules, ces deux-là : des gibiers de potence, que je te dis !

— Emporte-toi pas comme ça, dit Émilienne. Grouille pas, j'achève.

L'épouse prit l'épingle ouverte qu'elle retenait entre ses dents, la piqua dans la bandelette. Puis elle remit la petite bouteille rouge et le rouleau de gaze à Héloïse.

Les magasineuses parties, Sansoucy s'engagea dans l'escalier en se cramponnant à la rampe pour éviter de dégringoler. Puis il entra par la porte qui donnait directement sur l'intérieur de son commerce. Quelqu'un faisait le pied de grue sur la devanture. L'épicier déverrouilla la porte bardée de planches.

— T'es de bonne heure à matin, Philias.

— Ben j'avais hâte d'avoir de tes nouvelles, j'ai su pour le *hold-up*.

— À l'heure qu'il est, les malfaiteurs ont sûrement été ramassés par la police. Mais, pour en savoir plus, t'avais qu'à venir hier cogner à l'appartement.

— C'était pas le moment, tu devais avoir de la visite le jour de Noël. Puis tu sais ce que pense de moi Émilienne. Surtout depuis les élections de Taschereau. J'ai l'impression que je suis mieux de pas trop me montrer la face devant elle.

Sansoucy rapporta avec complaisance l'infraction des brigands qui s'étaient introduits dans son commerce et sa valeureuse intervention. Terrifié, Demers écouta avidement son ami, le félicita pour sa conduite chevaleresque et lui mentionna, les yeux noyés de tristesse, que sa journée de Noël avait été marquée par un douloureux souvenir. Chaque année, ce temps de réjouissances lui rappelait la disparition de ses deux petits-enfants. En effet, soixante-dix-huit petites victimes avaient péri dans l'incendie du Laurier Palace dans la rue Sainte-Catherine Est, lors de la présentation d'un film, le dimanche 9 janvier 1927.

Les enfants riaient aux courses effrénées et aux péripéties cocasses. Un feu mineur s'était déclaré. De la fumée montait et incommodait graduellement l'assistance. Les enfants – non accompagnés et, dans bien des cas, à l'insu de leurs parents – avaient commencé à évacuer la salle bondée quand une fillette, voulant sortir, emprunta un étroit escalier tournant, trébucha, entraînant une centaine de jeunes spectateurs qui s'entassèrent derrière elle dans une effroyable mêlée. L'ironie du sort avait joué contre eux. Sur les panneaux humoristiques appendus aux portes de la salle, ils avaient pu lire en entrant : « Prends les jeunes ! »

Les pompiers arrivèrent. Des enfants furent enroulés dans des bâches sur le trottoir pendant que des médecins cherchaient un souffle de vie aux petits corps piétinés et asphyxiés. Des ambulances transportaient ceux qu'on croyait sauver. Des prêtres dépêchés sur les lieux du sinistre administraient les derniers sacrements. Des casernes de pompiers étaient devenues des dispensaires, de véritables morgues, des salons mortuaires.

Demers se mit à pleurer quand il évoqua le moment où sa fille et son gendre s'étaient rendus au poste de police du quartier pour identifier leur fille et leur fils décédés.

— Voyons, Philias, arrête, tu vas me faire brailler moi aussi.

Demers sortit son mouchoir et souffla bruyamment dedans. Un jeune homme parut, porte-documents à la main. Il contempla la porte et s'avança vers l'épicier.

— Je suis une journée en retard pour vous souhaiter un Joyeux Noël, monsieur Sansoucy, mais je vois que ce n'est pas le moment non plus. Je me présente : je suis Hubert Surprenant, votre nouvel agent d'assurances de la Sun Life, dit-il en tendant la main. Dorénavant, c'est moi qui vais récupérer les montants que vous me devez. Je vous connais par personne interposée, si je peux dire : je suis un ancien camarade de classe de votre fils Léandre.

— Qu'est-ce que je peux faire pour votre bonheur, monsieur ? demanda l'épicier d'une voix impatiente.

— Bien j'ai appris le petit malheur qui s'est abattu sur votre commerce.

— C'est un petit malheur parce que j'ai su comment réagir, monsieur. D'ailleurs, je m'attendais pas à voir un représentant de la compagnie d'assurances aujourd'hui.

— En fait, pour tout vous dire, j'ai affaire en même temps à votre garçon.

Sansoucy ne releva pas l'information relative à son fils, mais il jeta un regard quelque peu perplexe sur le représentant de la Sun Life. Surprenant posa sa serviette sur le comptoir-caisse. Il en sortit un formulaire qu'il remplit avec les déclarations du commerçant et il alla exécuter un croquis de la porte dont la vitre avait été fracassée, avant d'évaluer les dommages à sa connaissance. Ensuite, il s'excusa auprès de Philias Demers, salua l'épicier et gravit l'escalier qui menait au troisième étage.

Le visiteur ajusta sa cravate et frappa. Les quatre locataires paressaient dans leur lit. Simone enfila sa robe de chambre et se rendit à l'entrée.

— Il y a bien un Léandre Sansoucy qui demeure ici?

— Oui, répondit Simone, un instant.

La jeune femme enceinte alla sonder la porte de son frère. Quelques minutes après, Léandre parut en pyjama, l'air éminemment maussade. Encore engourdi de sommeil, il mit un temps à reconnaître l'étranger qui s'était présenté à son domicile.

— Pas toi ici à matin! T'aurais pu rester chez vous, non?

— Je m'en venais t'offrir mes meilleurs vœux des fêtes, Léandre.

— Ben ça tombe mal parce que j'ai pas le goût de les recevoir...

— Dis donc, on dirait que la jeune fille qui est venue répondre a un air de famille. Coudonc, c'est-tu elle, la *Belle au bois dormant*?

— C'est ma sœur, sans-dessein! Viens-en au fait, Surprenant, qu'est-ce qui t'amène réellement?

Intriguée par la curieuse visite, Simone avait prévenu David, qui parut avec elle dans l'entrée. L'agent délaissa son attitude complaisante et sembla intimidé par la présence de l'Irlandais, qui affecta une humeur belliqueuse. Il poursuivit sa conversation avec Léandre:

— Le chèque que tu m'as remis pour payer ta prime d'assurances n'était pas encaissable pour manque de provision.

— Puis après? tonna Léandre.

— Ben, va falloir que tu craches, mon Sansoucy.

Un air enragé irradia le visage du fils de l'épicier. Il retourna à sa chambre, délibéra de la demande avec Paulette et revint auprès du visiteur en brandissant des billets.

— Tiens, maudit fatigant! Que je te revoie plus me relancer jusque chez nous parce que je vas te recevoir avec une brique puis un fanal.

— Joyeux Noël en retard, mon Sansoucy! On se reverra en 36…

Surprenant passa le seuil et dévala l'escalier.

* * *

Bien malgré lui, Léandre avait dû fournir des éclaircissements à ses colocataires en leur faisant promettre de ne rien dévoiler de l'entretien qu'il avait eu avec l'agent de la Sun Life, un ancien camarade de l'école Baril, après tout. Au demeurant, que pouvait deviner son père de cette histoire de café, lui qui, pour l'heure, dépenserait toute son énergie à se remettre des suites de sa mésaventure?

Deux étages plus bas, Philias Demers quittait son ami. Le téléphone se mit à sonner. Croyant que les commandes seraient rares, Sansoucy s'empressa de répondre : « Épicerie Sansoucy, bonjour ! » Une dame venant de prendre connaissance de la tentative de vol à main armée lui adressait des félicitations quand il aperçut la petite foule qui se gonflait à la porte de son commerce. « Merci, madame ! » dit l'épicier en raccrochant.

Les clients s'engouffrèrent dans l'établissement. Rolande Bazinet se détacha du groupe en brandissait *La Patrie* :

— Vous avez lu ?

— Pas encore ! réagit le marchand, devinant le propos de son interlocutrice.

Elle déplia le journal ouvert à la bonne page et lut avec des éclats de bonheur dans la voix.

« *La série de vols à main armée, commencée comme d'habitude quelques jours avant la fête de Noël, s'est continuée mardi et hier, alors que trois nouveaux attentats ont été perpétrés, les bandits s'emparant de $24.95 au cours de leurs trois derniers exploits.*

Le premier attentat fut commis mardi soir, à 9 heures 30, à l'épicerie de M. Joseph Nantel, 597, rue Mercier, à Tétreaultville, alors qu'un bandit solitaire ordonna à l'épicier de lui remettre son argent. Il s'empara de $17 et prit la fuite pendant que la victime prévenait la police. Un client, M. Arthur Beaupré, dut également se soumettre à l'ordre du bandit [...]. »

Enfiévré par les nombreuses personnes qui avaient assailli son magasin, le commerçant s'empara de la publication.

— Faites-moi voir, madame Bazinet. On parle de moi ensuite, je suppose.

Sansoucy déposa *La Patrie* sur le comptoir pour mieux lire l'article qui le concernait. La décevante photo n'illustre que la porte endommagée de son épicerie. Il s'en offusqua :

— Taboire! Tu parles d'un épais, un vrai débutant, ce photographe! Il aurait pu prendre une partie de la devanture avec mon nom écrit dans la vitrine, au moins.

Sous le regard attentif de ses clients, Sansoucy lut avidement l'article en prenant progressivement un air indigné, comme si sa prouesse devant les apaches qui avaient tenté de dévaliser son magasin n'était reléguée qu'au rang des faits divers et s'engloutissait dans les colonnes marginales de *La Patrie*.

Peu à peu, le commerce se vida de ses admirateurs au rythme des «Bravo encore!» et des salutations respectueuses à l'égard du héros du jour. Sansoucy se retrouva bientôt seul, savourant la popularité qui l'auréolait. Simone et Paulette vinrent le rejoindre. Sa physionomie s'altéra.

— Coudonc, les filles, avez-vous eu la visite d'un agent de la Sun Life, ce matin? Un certain Surprenant, si ma mémoire est bonne…

— Vous me semblez tout énervé, p'pa, dit Simone, éludant la question. On dirait que vous venez de subir un autre *hold-up*.

— Taboire! Si vous aviez vu le nombre de personnes qui sont venues m'acclamer tantôt pour mon geste héroïque, ça donne des frissons. C'est pas ça qui m'énerve, c'est le sapré journaliste et son photographe incompétent qui auraient pu se forcer pour me faire une meilleure publicité. Mais, dites-moi donc, le dénommé Surprenant tenait à voir Léandre à quel sujet?

— Oh! Une simple visite du temps des fêtes. Comme il avait affaire à vous, il a voulu en profiter pour saluer son ancien camarade, c'est tout…

Paulette abaissa les paupières sur le mensonge de sa belle-sœur et s'installa au comptoir, prête à accueillir les clients, tandis que Simone alla vaquer à ses occupations habituelles. Au besoin, elle assisterait son père au bras invalide à la boucherie.

Au début de l'après-midi, Junior Gladu se présenta au magasin. Les lendemains de Noël étant toujours plus tranquilles, les commandes à livrer ne seraient pas trop nombreuses, et ainsi le commerçant pourrait ménager sur le salaire du remplaçant de Marcel. Un peu plus tard, deux femmes poussèrent la porte et entrèrent à l'épicerie les bras chargés, écrasées sous le poids de leur fièvre dépensière. Elles s'acheminèrent au comptoir, sur lequel elles laissèrent tomber chacune deux gros sacs de chez Dupuis Frères. Avec des yeux envieux, Paulette essaya d'entrevoir les trésors qu'ils pouvaient receler, mais elle attendit que l'épicier s'amène avec sa fille.

— Viens voir ça, Théo, ce qu'on a acheté, Phonsine et moi, s'exclama Émilienne.

Sous l'œil circonspect de son père, Simone ficela le petit paquet de viande de madame Mc Millan pour la demi-livre de bœuf haché demandée. Devinant ce qui l'attendait à la caisse, Sansoucy trottina derrière la cliente et sa fille jusqu'au comptoir.

— Bonjour, madame Sansoucy, dit la dame. Vous avez frappé de bonnes occasions chez Dupuis. Chez Morgan, il y avait trente-trois pour cent de rabais sur l'argenterie et des jouets en solde pour le petit que votre fille attend.

— Donnez-lui pas d'autres idées, madame Mac Millan, l'interdit gentiment l'épicier ; des plans pour qu'elle retourne en ville.

— J'en profite pour vous féliciter de vive voix, monsieur Sansoucy, articula l'Irlandaise.

Paulette mit le paquet dans un sac de papier brun. La dame paya rubis sur l'ongle et sortit du magasin. Le regard de Sansoucy se reporta sur sa femme, qui commença à déballer ses sacs et à étaler ses achats sur le comptoir.

— Taboire, il y en a pour au moins dix piasses !

— Un petit peu plus, Théo ! osa Émilienne.

— La petite robe bleue lui fait à merveille, commenta Alphonsine. Elle l'amincit, en plus.

— T'as pas dû payer avec des prières, supposa Sansoucy.

— Si c'était comme ça, je pourrais m'offrir au moins la moitié du magasin, puis ça me coûterait pas une cenne noire, répondit sa femme.

Émilienne rassembla ses achats et regagna son logis avec sa sœur en ce début de soirée.

Le temps s'était radouci et les nuages floconnaient dans le ciel, s'effritant par milliers d'étoiles éphémères qui s'éteignaient sur le collet de fourrure de Simone et le manteau de drap de Paulette. Les deux beaux-frères étaient sortis pour aller consommer de la bière. Son frère n'ayant toujours pas tenu parole pour emmener Paulette à *La Belle au bois dormant*, la fille de l'épicier avait entraîné sa belle-sœur dans la rue Sainte-Catherine. Simone avait assisté son père toute la journée et ressentait un impérieux besoin de prendre l'air, comme si sa grossesse l'étouffait tout à coup et qu'elle pressentait des mois d'enfermement difficiles. Quant à Paulette, elle s'était dépensée à remplir les commandes, à servir au comptoir et à recevoir des curieux qui n'étaient pas venus pour acheter, mais pour s'enquérir *de visu* de l'état du brave marchand éclopé. Une bonne balade ferait du bien à toutes les deux.

Dès que les deux femmes délaissèrent la devanture brun-rouge du 3946, rue Adam, une question affleura à l'esprit de Simone. Et plus elles approchaient de *La Belle au bois dormant*, plus la question lui brûlait la langue :

— Penses-tu que mon frère va te rembourser ?

— C't'affaire ! répondit-elle avec irritation. C'est tranquille ces temps-ci à son restaurant, mais ça va reprendre, puis il va pouvoir me payer avant longtemps. Eh que t'as le don de m'énerver, des fois…

— OK, Paulette, je t'en reparlerai plus, promis, juré !

L'entente scellée, elles avaient accéléré le pas et s'enfonçaient à présent dans un quartier qui leur rappela leur brève incursion dans le faubourg Saint-Henri. Paulette se tourna furtivement pour regarder à la dérobée le ventre que Simone arborait. Elle aussi avait grossi, mais elle ne renfermait plus ce petit être qui s'était niché dans ses entrailles. Depuis lors, elle avait jeté son dévolu sur la nourriture qui remplissait son corps tout entier. Et malgré un éloignement temporaire répréhensible de Léandre, une incartade maintenant pardonnée, elle avait réussi à le ramener auprès d'elle. C'était cela qui importait.

— On est rendues, annonça Paulette.

— Ça a l'air mort, commenta Simone.

À la lueur chétive des lampadaires qui éclairaient la devanture, les belles-sœurs s'écrasèrent le nez dans la vitrine et promenèrent des yeux scrutateurs sur les ombres. L'endroit paraissait fantoma-tique : les chaises avaient été renversées sur les tables et personne ne semblait s'animer à l'intérieur.

— Ça regarde mal, si tu veux mon avis, dit Simone.

— J'ai cru que nos hommes étaient à *La Belle au bois dormant*, laissa tomber Paulette d'une voix étranglée. Tu peux être certaine que Léandre va en entendre parler, se fâcha-t-elle avant de tourner les talons.

Les deux femmes venaient de quitter la rue Sainte-Catherine et remontaient l'avenue Bourbonnière. Accablée par son excès de poids, Paulette marchait tout de même d'un pas décidé vers son logis, entraînant sa belle-sœur à la suivre.

— De grâce, ralentis un peu, dit Simone en se tenant le ventre. Si ça continue, je vas manquer de forces pour grimper l'escalier.

Paulette avait eu pitié de sa compagne. Elles progressaient mainte-nant dans la rue Adam et parviendraient dans quelques minutes à destination. Elles traversèrent l'avenue d'Orléans, passèrent devant chez les Savarin. Soudainement, incapable d'avancer, Simone s'immobilisa devant la buanderie Lee Sing. Paulette, qui l'avait devancée de quelques pas, se retourna.

— On dirait que je commence à avoir des contractions, déclara Simone d'une voix entrecoupée.

Paulette considéra son amie pliée en deux ; elle s'empressa vers elle.

— Tu vas quand même pas accoucher sur le trottoir, s'énerva-t-elle.

Paulette aida sa belle-sœur à se redresser et l'entraîna vers leur domicile en la soutenant. Péniblement, elles gravirent le premier escalier et s'arrêtèrent, exténuées, sur le palier.

— Je peux pas monter au troisième, on dirait que le bébé veut sortir…

Paulette frappa à la porte. Héloïse présenta sa figure hostile devant les femmes désemparées.

— On cogne pas chez les gens à une heure semblable, grogna-t-elle.

Le visage dévasté, Simone se lamentait.

— Le p'tit s'en vient ! Aidez-moi, matante, implora Simone.

— Mili, Irène, Phonsine ! s'alarma Héloïse.

Les femmes de la maison se pressèrent vers la porte. Édouard et Marcel surgirent dans l'entrée.

— Mon doux Seigneur, Simone, s'exclama Émilienne, viens t'étendre au plus vite ! Théo ! s'écria-t-elle. Le docteur, ça presse !

Abasourdi par la journée inaccoutumée qu'il avait traversée, Sansoucy s'était retiré tôt pour la nuit. Au surplus, il se devait de bien paraître le lendemain : les Crochetière les attendaient, lui et sa femme, pour le souper.

Il avança lentement en serrant le cordon de sa robe de chambre.

— Appelle le docteur, Théo, ta fille va accoucher ! proféra Émilienne.

— Batèche ! Pas tout de suite, il est pas dû pour le printemps, ce petit-là ?

— Oui mais, popa, on a déjà vu ça, quand le bébé veut naître avant son temps, expliqua Irène.

Les mains tremblantes, Sansoucy consulta le petit annuaire sur la glacière, décrocha l'appareil et composa le numéro du docteur Joseph Riopelle qui demeurait à proximité, entre l'avenue Jeanne-d'Arc et le boulevard Pie-IX. S'il était libre, il serait sur les lieux en peu de temps.

Le vieux médecin se présenta diligemment au domicile de Sansoucy. Le sexagénaire était reconnu pour être tout dédié au bien-être de ses patients. Malgré l'insomnie chronique dont il souffrait, on pouvait le déranger à n'importe quelle heure du jour ou de la nuit et il accourait à la rescousse, au détriment de sa propre santé.

Il déposa sa trousse sur le guéridon et se dépouilla de son manteau de fourrure qu'il remit au maître de la maison.

— Il a fallu que je réchauffe ma machine, mais j'ai fait au plus vite, monsieur Sansoucy. Où est votre fille ?

— Je l'ai fait étendre dans la chambre de Marcel, informa la mère. Suivez-moi, docteur.

Les contractions avaient diminué en nombre et en intensité. Mais Simone, tout en sueur, dodelinait de la tête en jetant autour d'elle des regards affolés.

— Ça va être long, puis ça va faire mal, docteur? demanda Simone en réprimant une petite grimace de douleur.

— Il est dû pour quelle date, ton bébé?

— Quelque part en avril, docteur, c'est loin encore. Je vas-tu mourir?

— Marcel, va prévenir David! s'écria Émilienne.

— David et Léandre sont sortis ce soir, et ça me surprendrait qu'ils soient déjà revenus, mentionna Paulette, visiblement troublée par l'événement.

— En tout cas, m'man, vous pouvez compter sur moi pour remplacer Simone demain à l'épicerie, annonça Marcel.

— D'après le médecin, faudrait attendre encore quelques jours, mon Marcel.

— Je suis pas une femmelette, m'man. Puis c'est juste pour assister p'pa, pas pour livrer les « ordres ».

— T'es ben fin, mon Marcel! consentit la mère.

Émilienne referma la porte derrière elle et contemplait à présent le visage inquiet de sa jeune fille. Dans la cuisine, les tantes devisaient sur les accouchements difficiles et Irène priait en secret pour la délivrance de sa petite sœur, tandis que Marcel alignait les coussins du salon pour se faire un lit sur le plancher de la chambre d'Édouard, qui distribuait ses recommandations afin qu'on ne chambarde pas sa tanière, et que Sansoucy essayait nerveusement d'allumer sa pipe près du poêle.

Le médecin ausculta sa patiente et cherchait à écouter les battements de cœur de la mère et celui du bébé. Émilienne ne se possédait plus.

— On fait bouillir de l'eau, docteur? demanda-t-elle.

— Je pense que cela est inutile, madame Sansoucy. Je crois que c'est une fausse alerte. L'enfant ne semble pas prêt à naître. Je viens de compléter un examen utérin : le bébé n'est pas assez engagé.

Simone se releva la tête de l'oreiller.

— J'accoucherai pas cette nuit, docteur Riopelle?

— Certainement pas. Cependant, tu devras demeurer allongée presque toute la journée jusqu'à l'accouchement. Et pour l'heure, il est hors de question que tu bouges de cette pièce. Demain, on verra…

— Je vas devoir passer la nuit dans la chambre de mon frère.

— Pour une fois, Édouard va partager sa chambre avec Marcel, décréta Émilienne.

Des bruits inaccoutumés émanaient de la cage de l'escalier.

— Voilà nos deux fêtards, dit l'épicier.

— Laissez-moi ouvrir, le beau-père, réagit Paulette en se précipitant vers la porte. T'étais pas à *La Belle au bois dormant*, Léandre, ragea-t-elle. Viens pas me dire le contraire !

Appuyé au chambranle, Léandre balbutia quelques bribes incohérentes pendant que David tentait de gravir les dernières marches. Paulette crut comprendre qu'il était retourné au Lion d'Or parce qu'il en avait apprécié l'ambiance festive lors de sa sortie avec elle, deux jours plus tôt. « Il y a pas de quoi fouetter un chat ! » dit-il pour sa défense, dans son langage inarticulé.

Sansoucy, qui avait suivi la scène, s'approcha de son fils.

— T'es un irresponsable, Léandre Sansoucy! s'écria-t-il.

— J'ai ben le droit de fêter, le père, répliqua Léandre, la lèvre tordue, avant d'entreprendre l'ascension des degrés qui lui restaient à gravir.

Paulette adressa un sourire reconnaissant à son beau-père et alla frapper à la chambre où se détendait la jeune femme enceinte. Le docteur Riopelle refermait sa trousse en répétant ses recommandations.

— Excusez-moi, madame Sansoucy, je vas monter tout de suite chez moi, décida Paulette.

Elle s'approcha du lit et embrassa sa belle-sœur sur le front en lui souhaitant de bien se reposer. Puis elle prit congé et regagna son appartement.

Chapitre 20

La nuit s'était déroulée sans complications pour la jeune femme enceinte. Sa mère s'était levée quelquefois pour constater qu'elle dormait. Avant de descendre à son épicerie, Sansoucy avait entrouvert la porte de la chambre de Simone et l'avait refermée avec soulagement. Émilienne avait résolu de demeurer à la maison ; elle serait aux petits soins avec leur fille, il n'avait donc pas à s'inquiéter. La veille, l'Irlandais s'était jeté avec inconscience sur son lit sans se déshabiller. Au matin, Paulette l'avait mis au fait des événements. Le front plissé de regrets, il avait apporté des vêtements à sa femme et il repartait à la fabrique de cercueils de son père. Quant à Léandre, il paressait sur sa couche. Un peu plus tard durant la journée, il irait faire un tour à *La Belle au bois dormant*. Pour l'heure, rien ne justifiait qu'il s'extirpât de son matelas. Après l'amour, le sommeil n'était-il pas la plus merveilleuse trouvaille du Créateur ?

Marcel s'était levé de bon matin. Les coussins, qui lui avaient servi en quelque sorte de paillasse, s'étaient déplacés et son corps avait rencontré les lattes froides du plancher lamellé. Il s'était habillé en vitesse et il avait déjeuné avec les femmes pour éviter l'humeur déplaisante d'Édouard, qui réclamerait l'entièreté de son espace vital. Avec l'assentiment de sa mère, il avait décidé de retourner à l'épicerie pour prendre le relais de Simone aux côtés de son père. En ce vendredi précurseur d'une autre fin de semaine de festivités dans les chaumières, il fallait entrevoir une journée achalandée au commerce.

Paulette était au comptoir, prête à recevoir des appels téléphoniques ou des clients qui se présenteraient au magasin. Junior Gladu, qui en était à sa dernière semaine de remplacement, apparaîtrait vraisemblablement dans le courant de l'avant-midi pour éviter l'accumulation des commandes sur le plancher. Persuadé que les gens voudraient faire changement de la dinde de Noël, le boucher avait entrepris de fabriquer de la saucisse. Derrière son présentoir de viande, il avait tant bien que mal mis les tripes à tremper. Le visage convulsé de douleur, il s'apprêtait à remplacer l'eau du bac.

— Je vas vous donner un coup de main, p'pa, proposa Marcel en amorçant un mouvement, sinon vous allez empirer votre blessure.

— Laisse-moi faire, fatigant, bougonna le boucher. C'est juste cette maudite bande-là qui me dérange ; je vas l'ôter.

Sansoucy enleva son écharpe et, les dents serrées, il agrippa les deux anses de la cuve, sous le regard perplexe de son fils. À peine l'avait-il soulevée que son bras droit céda, déversant une partie des boyaux que l'eau charria avec elle sur le plancher.

— Tabarnac ! Tu m'as fait échapper les tripes, Marcel. T'es toujours aussi maladroit. J'aimais ben mieux quand c'était Simone qui m'aidait, aussi. On est pas pour gaspiller. Ramasse-moi ça, asteure…

Marcel se pencha en ravalant sa salive et se mit en frais de récupérer les boyaux gluants.

Mademoiselle Lamouche entra. Son œil de faucon repéra le boucher qui, les mains sur les hanches, supervisait son fils s'affairant à une curieuse activité. Paulette prenait en note une commande téléphonique. La mine méprisante, la résidante du quartier passa devant l'employée sans la regarder et se dirigea à la boucherie.

— Monsieur Sansoucy, vous allez pas nous vendre une saloperie pareille ! lança-t-elle, la bouche dédaigneuse.

— N'ayez crainte, mademoiselle, ça va aller direct dans le corps à vidange.

— Vous avez besoin, parce que je vais formuler une plainte au Département de la santé publique.

— Voyons, voyons, mademoiselle Lamouche, je connais les normes de salubrité et il me serait jamais venu à l'idée de vous refiler des ordures. Que puis-je pour vous, mademoiselle?

Marcel alla quérir une poubelle dans laquelle il jeta tous les boyaux, sous les yeux attentifs de la cliente.

— Je vais prendre deux tranches de jambon très minces, dit-elle. Puis, comme d'habitude, arrangez-vous pour enlever les petits filets de gras. J'ai pas d'enfants à nourrir, moi.

L'opération de ramassage de tripes terminée, Marcel empoigna un torchon pour éponger l'eau souillée. Le boucher se lava les mains et prépara le paquet de sa cliente, qui se dirigea ensuite vers la caissière.

— Puis vous, mademoiselle Landreville, mangeriez-vous ça, de la saucisse qui a traîné sur le plancher? Pas moi, en tout cas.

Mademoiselle Lamouche paya et prit congé. À la boucherie, Sansoucy se retourna vers son fils.

— Dis-moi pas que t'as jeté les tripes qui sont pas tombées à terre, se lamenta-t-il. Du vrai gaspillage! Après ça, qu'on se demande pas comment ça se fait qu'on a de la misère à augmenter notre profit.

Sans mot dire, Marcel accusa les récriminations de son père.

— Coudonc, qu'est-ce qu'il fait, lui, qui arrive pas? marmonna l'épicier. Les commandes vont s'accumuler puis il y aura personne pour les livrer.

— Je vas la faire, moi, la livraison, p'pa. Le petit Gladu est pas fiable pour deux cennes.

Un large sourire irradia le visage de l'épicier. Marcel se rendit dans l'arrière-boutique. Sa convalescence était écourtée, certes, mais il allait démontrer à son père qu'il n'avait rien perdu de sa haute vaillance. Il chaussa ses claques, revêtit son coupe-vent et se coiffa de sa casquette. Puis il sortit fièrement le triporteur du magasin et chargea la petite commande de madame Bergevin.

— Tu devrais t'habiller plus chaudement, recommanda Paulette. Puis oublie pas de mettre tes gants, sinon tu vas te geler les doigts ben durs.

— Tiens! On dirait que c'est m'man qui parle, asteure, rétorqua Marcel. Si je remonte chercher mon manteau plus chaud, je vas être obligé de lui expliquer pourquoi, puis elle va m'empêcher de recommencer à livrer, elle qui croit que je suis seulement descendu pour aider le père dans sa boucherie.

— Bon, ce sera comme tu voudras, Marcel, mais je t'aurai prévenu.

« Il a la tête aussi dure que Léandre! » pensa Paulette.

Sansoucy avait retrouvé un semblant de bonne humeur. La reprise de Marcel à la livraison lui ferait économiser des sous, mais la perte sèche qu'il venait d'essuyer avec ses tripes lui avait laissé un goût amer qu'il prendrait du temps à avaler, et le fait de savoir Simone sur le dos lui coupait littéralement les jambes. Et sa main droite qui l'incommodait et le rendait si malhabile. Les menus irritants ne cesseraient-ils donc de lui gâcher la vie? Il songea à l'invitation des parents de Colombine, que sa femme avait grand hâte de connaître, et à cette rencontre qui devait avoir lieu le soir même. Quant à lui, malgré la fierté qu'il éprouvait à l'égard de son fils instruit et cultivé, son incursion de petit marchand de l'est de la ville dans une maison bourgeoise de Westmount ne le faisait pas frémir d'envie autant que sa femme.

La cloche du magasin tinta gaillardement. Junior parut à l'épicerie, devancé d'un pas par sa mère qui le traînait derrière elle en lui tirant l'oreille.

— Tenez, monsieur Sansoucy, v'là votre commis de livraison ! annonça-t-elle.

— Lâchez-moi, m'man, j'ai l'air de quoi, moi, vous pensez ? se défendit l'adolescent.

Paulette pouffa de rire et tourna le regard vers la boucherie. Sansoucy sortait de la glacière. Il aperçut la mère et son fils qui s'avançaient en tandem au comptoir des viandes.

— Je vous amène votre homme, monsieur Sansoucy, déclara-t-elle. Il était pas levable ce matin.

— Votre Junior peut retourner se coucher, madame Gladu, répondit l'épicier. Comme il retardait, Marcel a repris son travail.

Germaine Gladu délaissa le lobe de son fils. Ses deux bras tombèrent le long de son corps.

— Vous êtes pas en train de me dire que vous l'avez congédié, monsieur Sansoucy ? Ben ça par exemple, je le prends pas.

— Un commerce peut pas fonctionner avec des employés comme votre fils, madame. Viens, viens pas ; rentre, rentre pas ! Il me faut du monde sur qui je peux compter. Il y a assez de ma main qui est pas guérie et de ma Simone qui est sur le dos. Si ça continue, va falloir que je fasse rentrer Émilienne qui a décidé de rester auprès d'elle aujourd'hui.

— Qu'est-ce qu'elle a, votre Simone ?

— Elle doit demeurer allongée la plupart du temps jusqu'à son accouchement. Vous avez pas vu la machine du docteur Riopelle hier soir ? De coutume, de votre poste d'observation, vous ne manquez pas grand-chose, pourtant.

La voisine sembla irritée par la remarque cinglante du commerçant. Son fils se sentait de plus en plus étranger à la discussion, qui avait pris une autre tournure. Cependant, la cliente tenace n'avait pas joué sa dernière carte. Entre-temps, l'arrivée de trois dames entrées à l'épicerie-boucherie acheva de la convaincre de son intention d'offrir ses services.

— Je vas la remplacer, moi, votre femme, proposa-t-elle sur un ton décidé.

— Je veux pas vous faire de peine, madame Gladu, mais on va essayer de s'arranger entre nous autres.

— En tout cas, céda la cliente, hésitez pas à me faire signe. Si vous avez besoin de quelqu'un, je peux rebondir ici dedans assez vite. Envoye à la maison, flanc mou, ordonna-t-elle en poussant son fils vers la sortie. On va aller raconter ça à ton père, asteure…

Émilienne était dans un état d'excitation peu commun. Elle voyait venir le souper avec énervement. Les Crochetière qui, selon elle, flottaient allègrement au-dessus de la populace avaient accepté de se mêler à des représentants de la plèbe montréalaise, dont elle faisait tristement partie. Entre deux visites dans la chambre où reposait Simone, entourée de ses sœurs, elle avait fait le choix d'un vêtement acheté en solde la veille chez Dupuis Frères. Elle avait demandé à Alphonsine de procéder à de petits ajustements d'une robe en crêpe à encolure blanche et dont les rayures verticales jaunes, vertes et mauves l'amincissaient. Un collier de fausses perles ornerait son cou. Et pour compléter, elle balancerait à son bras un sac à main de pécari rouge prêté par Alida.

— Ça va jurer avec tes souliers noirs, commenta Alphonsine.

— Faut ben que les Crochetière s'aperçoivent que t'es pas de leur classe, renchérit Héloïse.

— Faites-moi pas changer d'idée, j'ai déjà assez de misère avec l'agencement des couleurs, conclut Émilienne.

Sansoucy entra pour dîner. Son regard se porta sur Émilienne, parée de ses atours, qui paradait devant ses sœurs en se cambrant le dos. Il avait survécu à l'avant-midi mouvementé sans trop bougonner devant la clientèle. Une paire de bras supplémentaire s'avérait nécessaire, et il entendait en faire part à sa femme.

— Qu'est-ce que t'en penses, Théo? dit Émilienne.

— T'es pas mal *chic and swell*, Mili. Tu vas faire sensation chez les Crochetière, ce soir. Coudonc, vous avez pas faim, vous autres?

— Le temps de mettre la table, ça va être prêt, répondit-elle. Il y a des restes de dinde froide à midi. Faut manger légèrement, on va avoir un festin ce soir chez les parents de Colombine.

Alphonsine et Héloïse se pressèrent pour dresser les couverts. La mère se rappela que son fils avait travaillé au commerce toute la matinée.

— Changement de propos, Théo, Marcel est pas trop tanné de son avant-midi?

— Non, non.

— Grâce à lui, t'as pu ménager ta main blessée.

— Pas vraiment, dit évasivement Sansoucy.

— Comment ça, pas vraiment? C'est pas une réponse, ça, pas vraiment…

L'épicier expliqua que Junior Gladu ne s'étant pas présenté à l'heure au magasin, Marcel avait repris son travail de livreur.

— T'aurais dû l'en empêcher, Théo, s'indigna Émilienne. Je pensais que tu le ménagerais plus que ça. À part de ça, je l'ai vu sortir de la maison ce matin avec son petit coupe-vent pas trop doublé. Des plans pour qu'il retombe malade.

— De toute façon, il est pas fait pour travailler dans la boucherie, il a les mains pleines de pouces, rétorqua le boucher.

— C'est pas fin, ce que tu dis là, Théo. Marcel est pas si pire que tu le penses. Puis qu'est-ce qui va arriver cet après-midi? Le petit Gladu vas-tu finir par rentrer?

— Il a rebondi avec sa mère au magasin. Je lui ai dit qu'il était congédié. Que c'était à lui de se montrer plus tôt, que Marcel était déjà remonté sur son bicycle. Puis voyant que j'avais besoin d'aide à cause de ma blessure, Germaine Gladu m'a offert ses services.

— NON, NON et NON! pesta Émilienne. C'est hors de question. J'aime mieux sacrifier mon après-midi auprès de Simone pour aller t'aider à la boucherie que de la voir se mettre le nez dans tes affaires.

— Tu fais bien de te défendre, approuva Héloïse. Vas-y, à l'épicerie, Mili, va finir ton vendredi, comme d'habitude, on est assez nombreuses ici dedans pour s'occuper de Simone. D'ailleurs, faudrait qu'elle vienne manger en même temps que nous autres, celle-là : le docteur Riopelle devrait venir cet après-midi. Il y a déjà Marcel et Paulette qui vont venir dîner tantôt; j'ai pas envie de terminer la vaisselle à trois heures.

Malgré les événements, l'épicier avait trouvé le moyen de persuader sa femme de l'assister au commerce. Du coup, il éviterait de payer une employée qui aurait nécessité un certain entraînement et il ne s'embarrasserait pas d'une pie bavarde qui lui casserait les oreilles. De son côté, Émilienne s'était engagée contre son gré à se retrouver à l'épicerie-boucherie. Cependant, pendant le dîner, elle s'employa à estimer les avantages qu'elle en tirerait. Au demeurant, le travail d'aide-bouchère ne lui déplaisait pas, et le fait de se retremper dans le commerce avec la clientèle ne la rebutait pas non plus.

Marcel et Paulette étaient allés dîner à leur tour et ils étaient revenus au magasin. Marcel avait mangé comme un défoncé et se sentait d'attaque pour affronter un après-midi de livraison par un temps clément qui le favoriserait dans ses déplacements. En bonne mère, Émilienne avait vu à ce que son fils s'habille plus chaudement avant de repasser le seuil de la porte. Elle pouvait à présent se consacrer à son ouvrage et donner le meilleur d'elle-même. Cependant, elle ne pouvait s'empêcher de penser à Junior, qui avait dû écoper d'une punition et subir les vives réprimandes de son père.

L'après-midi s'achevait. L'automobile du docteur Riopelle venait de se stationner devant le commerce. Émilienne ne tenait plus en place. Elle voulait s'enquérir des conclusions du médecin pour Simone et troquer son linge de bouchère contre sa tenue du soir. Elle regardait l'heure à tout moment, en souhaitant que la cliente qui accaparait son mari décide d'aller faire son souper. La dame avait demeuré dans un quartier de l'ouest de la ville, mais son mari ayant connu la faillite, le couple avait échoué dans celui de Maisonneuve. Émilienne intervint.

— Excusez-moi, madame Bourque. Théo, je dois remonter au logis pour me changer. Faudrait pas que tu tardes à me suivre. Édouard et Colombine sont ben à la veille de venir nous chercher. Faut pas faire attendre le grand monde.

Comme si elle avait tout son temps, la cliente déposa son sac de commissions, déboutonna son manteau et retint Émilienne.

— Est-ce indiscret de vous demander à quel endroit vous allez? s'enquit-elle.

— À Westmount, chez le notaire Crochetière, répondit Émilienne avec une fierté non dissimulée. Imaginez-vous donc que notre fils Édouard est le fiancé de leur fille!

— Ah! Faut pas se laisser impressionner par ce monde-là, madame Sansoucy, ils sont faits pareils comme nous autres, vous savez. La seule différence, c'est que la vie les a gâtés, ces gens-là. Les messieurs se promènent pas en voiture à cheval, asteure. Non, non! Ils s'achètent des automobiles de l'année et fument le gros cigare en nous renvoyant leur boucane en pleine face. Les femmes ont des domestiques plein la maison. C'est pour ça qu'elles ne savent pas quoi faire de leur temps et qu'elles font semblant de s'impliquer dans des œuvres de charité. Puis ça court pas les ventes chez Dupuis Frères et ça s'habille pas non plus à la Saint-Vincent-de-Paul, oh que non! Ça s'habille chez Holt Renfrew, ça se promène avec des manteaux de poil pas achetables, et ça mange dans les meilleurs restaurants, tandis que nous autres, on se paye un hot-dog une fois par année dans le petit stand du bord de la *track* dans la rue Ontario. Puis les seules fois que ça ose nous regarder, c'est pour voir si on ouvre les yeux assez grands pour les admirer…

— Que voulez-vous que je vous dise, madame Bourque, c'est pas notre faute si notre fils a abouti dans le gratin de la ville!

Une Oldsmobile noire se gara en double devant le commerce. Les yeux de Sansoucy se tournèrent vers les vitrines de son immeuble. Édouard en descendit et se dirigea vers la porte qui menait au logement.

— Taboire, Mili! La machine est devant la maison puis on est même pas prêts.

— Je te l'avais dit, Théo, qu'il fallait se grouiller! On va avoir l'air fin, asteure.

— Excusez-nous, madame Bourque, dit l'épicier, si vous voulez passer à la caisse, Paulette va s'occuper de vous.

Émilienne prit congé. Sansoucy ramassa le sac de sa cliente et l'accompagna au comptoir. Il donna quelques directives à Paulette pour la soirée, salua madame Bourque et regagna son logement.

La mère s'était précipitée auprès de Simone. Selon le médecin, l'état de santé de sa patiente nécessitait effectivement un long repos. Mais elle pourrait retourner à son logis le jour même. Le paletot sur le dos et les gants comprimés dans une main, Édouard bourrassait sur le tapis d'entrée. Sa mère sortit de la chambre et raccompagna le docteur Riopelle à la porte.

— Dépêchez-vous, maman, Colombine nous attend dans son automobile ! s'impatienta-t-il.

— Je fais ce que je peux, mon garçon, répondit Émilienne. Ça fait exprès. Il y a une fatigante qui finissait plus de placoter. Prends patience, ton père est en train de se déculotter dans les toilettes. Il va endosser son habit, puis moi je vas enfiler ma petite robe neuve. Après je vas m'arranger les cheveux, puis m'asperger un peu de parfum. Phonsine, viens m'aider à m'habiller ! s'écria-t-elle.

Alphonsine s'enferma avec sa sœur dans la chambre conjugale. Émilienne en ressortit une trentaine de minutes plus tard, la figure empourprée.

— C'est de valeur que le docteur Riopelle soit parti, déclara-t-elle. J'ai chaud comme le mosus, asteure.

— C'est juste un peu d'énervement qui fait monter ta pression, Mili, affirma Héloïse. Tu vas voir, ça va rebaisser, assura-t-elle.

Sansoucy avait enfoui son écharpe dans la poche de son manteau. Boudiné dans son complet serré, il essayait à présent de revêtir son paletot en passant sa main invalide dans la manche.

Vingt minutes plus tard, Émilienne et Théodore descendaient dans la cage de l'escalier à la suite de leur fils et mettaient le pied sur le trottoir. Mais le jour s'était assombri. Les phares allumés, l'Oldsmobile ronronnait, prête à s'élancer sur la chaussée. Édouard alla ouvrir une portière et fit monter ses parents sur la banquette arrière avant de prendre place aux côtés de sa fiancée. Les mains cramponnées sur le volant, visiblement exaspérée d'attendre, Colombine salua brièvement ses nouveaux passagers et elle écrasa l'accélérateur.

La voiture roula dans Adam et tourna à l'angle du boulevard Pie-IX qu'elle emprunta vers le nord jusqu'à la rue Sherbrooke, dans laquelle elle s'engagea vers l'ouest. Déjà Émilienne s'émerveillait de cette grande allée large qui lacérait la ville d'est en ouest et qui était bordée de maisons qui semblaient les regarder orgueilleusement. Un moment, elle admira la femme émancipée qui la conduisait dans le grand monde. Grâce à son fils, elle avait à présent ses entrées dans une société qui lui était demeurée jusqu'alors interdite. Sous peu, elle allait découvrir dans quel milieu il évoluait.

Elle tourna les yeux vers son mari. De légères crispations nerveuses couraient sur le visage du pauvre homme. Elle pensa que sa main droite devait l'incommoder et elle chercha à lui décrocher un sourire qu'il ne lui rendit pas. Mais le malaise était plus profond; la fierté qu'il éprouvait pour son fils ne réussissait pas à étouffer l'appréhension qu'il nourrissait à l'idée de la rencontre. L'homme d'affaires qu'il était se mesurait mentalement au notaire chevronné qui le recevait à sa table. Il pouvait bien faire le jars dans son épicerie-boucherie, sa notoriété était bien pâle et n'avait dépassé qu'une seule fois les frontières de son quartier. Désormais, le fait divers dont il avait été le principal protagoniste appartiendrait au passé. Il n'y avait que sa main blessée qui s'en souviendrait.

Peu après Saint-Laurent, l'Oldsmobile caressa le flanc du mont Royal et pénétra dans le quartier huppé de Westmount. Elle se faufila entre deux rangées d'imposantes demeures dont les formes se modulaient par des jeux d'ombre derrière des arbres majestueux. Les fiancés s'échangèrent quelques mots. Le déplacement avait été tellement silencieux qu'Édouard jeta un regard furtif vers ses parents, comme pour s'assurer qu'ils étaient encore sur la banquette. Sa mère semblait figée dans une grâce exquise après avoir vu défiler les résidences fastueuses, et son père paraissait atteint de spasmes nerveux qui lui soulevaient les moustaches. «Prends sur toi, Théo!» lui dit sa femme.

La voiture s'immobilisa.

— Nous sommes rendus, annonça inutilement Édouard.

— Mmm! réagit Émilienne. On va débarquer. Viens, Théo.

Une profonde déception s'empara d'Émilienne. Elle s'était imaginée roulant lentement sous un porche, dans la cour dallée d'une maison somptueuse, un valet en livrée galonnée d'or ouvrant la portière des passagers, comme dans un film américain au théâtre Granada. Mais rien de tout cela.

Édouard fit descendre sa mère alors que Colombine avait déjà escaladé les trois marches et que Sansoucy se dépêtrait avec les pans de son paletot.

L'épicier referma la portière de sa main gauche et rejoignit sa femme. Ils se délestèrent de leurs chapeaux, de leurs manteaux et de leurs couvre-chaussures qu'ils rangèrent dans la garde-robe d'entrée. L'hôtesse parut, élégamment habillée d'une robe de soie noire sans artifices.

— Je croyais que nos fiancés étaient avec vous, exprima-t-elle de sa voix lyrante. Ma fille doit être allée se changer.

— Excusez-nous pour le retard, dit Émilienne. On a été pris à l'épicerie.

— Rien de grave, rétorqua gentiment madame Crochetière. Nous avons tout notre temps.

L'hôtesse entraîna le couple à la salle à manger. Un homme de haute stature, vêtu d'un complet sombre, se détacha de l'enfoncement de la fenêtre et s'avança vers les invités.

— Heureux de vous connaître, dit-il.

— Tout le plaisir est pour nous, répondit l'épicier.

Le notaire tendit une main chaleureuse.

— Ouch! s'écria Sansoucy.

— Oh! Désolé, mon cher monsieur, dit le notaire. J'oubliais ce qui vous était arrivé. Votre fils nous en a parlé.

— Ah! je savais pas qu'il était si fier de son père, celui-là, commenta Sansoucy, un brin prétentieux. D'ailleurs, je vas mettre mon écharpe.

— Ça vaut pas la peine, Théo, intervint son épouse. Tu devrais être capable de te débrouiller pour manger sans que je t'aide comme je l'ai fait toute la journée aujourd'hui. Tu la mettras après le souper.

La rencontre était bien entamée. Émilienne était déçue de l'aspect ordinaire des lieux, mais en revanche les Crochetière étaient des gens d'une simplicité remarquable. Ils étaient tous les deux à l'aube de la soixantaine, et leur fille semblait ce qu'ils avaient de plus précieux au monde. Avec les parents de Colombine, la soirée se déroulerait dans une ambiance cordiale, dénuée d'affectation et de faux-semblants qui émaillent parfois le discours des nantis.

Une domestique dévouée portant bonnet et tablier achevait de garnir la table sous les recommandations de l'hôtesse. Pendant que son mari devisait avec Sansoucy, madame Crochetière écoutait la visiteuse s'extasier des beautés du quartier. Il ne manquait que les fiancés qui tardaient. Rien ne pressait, mais bientôt madame la notaire commençait à manifester un brin d'agacement. À tout moment, elle jetait des regards soucieux à l'entrée de la salle à manger. Elle demanda aux convives de prendre place autour de la table en poursuivant la conversation.

— Vous avez une belle machine de l'année! commenta Sansoucy.

— Si ce n'était que de moi, j'aurais encore ma vieille Ford, monsieur Sansoucy. Colombine aime les belles voitures, vous savez. Et comme elle est fille unique, je la gâte un peu. Voilà nos fiancés! s'exclama-t-il.

Édouard à son bras, Colombine Crochetière parut dans une élégante robe du soir en lamé de fantaisie bleu et argent dont le corsage produisait l'effet d'une petite cape bordée d'une frange argentée.

— Vous oubliez l'étiquette, mère. Vous auriez pu attendre avant de vous asseoir.

— Ma chérie ! rétorqua faiblement madame Crochetière.

Sa fille prit un air offusqué.

— La convenance la plus élémentaire l'exige, exprima-t-elle. Même lorsqu'on reçoit du monde ordinaire.

— Tout de même, Colombine, les parents de ton fiancé méritent plus de considération ! riposta le notaire.

Les paroles de la jeune femme jetèrent un froid sur les convives. Édouard se racla la gorge et tira la chaise de sa fiancée avant de s'installer à ses côtés. D'un léger signe de la main, l'hôtesse avisa la domestique de commencer le service. Rapidement, monsieur Crochetière aborda le sujet du mariage.

— J'avais songé à recevoir une vingtaine de proches, mais ma fille a insisté pour inviter toute la parenté, expliqua-t-il. Ma femme et moi provenons de familles nombreuses. Je ne vois pas comment on pourrait accueillir deux cents personnes dans la maison ; la noce se tiendra donc dans une salle louée. Bien sûr, je paye tout. Quand on a une seule fille…

— Je pourrais faire ma part, avança l'épicier.

Émilienne allongea la jambe vers son mari et lui asséna un coup de pied.

— Ouch ! cria-t-il. Mais si vous êtes disposé à tout payer…

— Vous avez mal ? dit l'hôtesse. Pauvre monsieur Sansoucy !

— J'ai des élancements dans le bras, ricana amèrement l'épicier. De fâcheuses séquelles de mon aventure au magasin…

Édouard avait saisi la feinte de son père. Mais sa fiancée, déjà à des lieues de sa résidence, se voyait sur un paquebot qui la menait dans les vieux pays.

— Père, vous m'avez aussi promis un voyage en Angleterre, rappela-t-elle. Grand-mère sera contente de nous recevoir, Édouard et moi.

— Tu auras tout ce que je t'ai promis, ma chérie, répondit Crochetière.

Le notaire enchaîna avec des propos sur sa profession, ses perspectives de retraite et la confiance inébranlable qu'il mettait en Édouard. Dans quelques années, son gendre, voué à une belle carrière, assurerait la relève de son étude. En quelque sorte, il serait là pour prolonger le travail déjà entrepris. Et puis, assailli par des émotions, la physionomie du vieil homme s'altéra.

— À l'âge qu'ils se marient, dit-il à l'adresse des parents d'Édouard, on devrait avoir plusieurs petits-enfants.

— Je vous l'ai déjà dit maintes fois, père, rétorqua vivement Colombine, ne comptez pas sur moi pour engendrer une famille.

— T'as ben le temps de changer d'idée, ma fille, commenta Émilienne. T'es pas obligée de te rendre à six comme moi...

— Je pense que Colombine ne se rendra même pas à un, intervint madame Crochetière. Wenceslas devra se résoudre à l'accepter...

Après une pause remplie d'un silence significatif, Sansoucy s'empressa de rapporter ce qu'il vivait dans sa propre famille.

— Il y a parfois des événements qu'on maîtrise pas dans la vie, affirma-t-il. Prenez par exemple le cas de la sœur d'Édouard. À seize ans, ma Simone attend un enfant d'un Irlandais. Heureusement qu'elle a choisi de se marier...

Émilienne allongea un nouveau coup de pied à son mari, qui laissa échapper un autre petit cri de douleur. Cette fois, Sansoucy s'excusa, se leva et disparut quelques instants. Il revint dans la salle à manger, arborant son écharpe. Wenceslas Crochetière proposa qu'on se déporte au salon pour prendre un digestif.

La soirée avait assez duré. Les verres sitôt consommés, Colombine décida de ramener les Sansoucy à la maison.

Chapitre 21

L'année 1935 agonisait sur son lit d'épines et de ronces, et Théodore Sansoucy vivait dans l'espérance pour l'année qui allait naître. Les derniers mois l'avaient accablé d'une écume de soucis dont le ressac du temps le soulagerait incessamment. Quelques jours s'étaient écoulés depuis sa visite chez les Crochetière. L'épicier se remettait de sa blessure. Ses élancements avaient cessé comme par miracle. La porte de son magasin avait été réparée, Marcel semblait renaître de ses cendres, malgré quelques étourdissements passagers, et Simone reviendrait après son accouchement. Encore faudrait-il que sa femme accepte de la suppléer jusqu'au printemps. Pour l'heure, il pouvait travailler sans aide dans sa boucherie, au grand bonheur d'Émilienne, qui devait se consacrer aux préparatifs du souper. Le lendemain, Simone fêterait chez les O'Hagan, et Édouard, chez les Crochetière. Le repas du soir du 31 décembre remplacerait donc le traditionnel souper du Premier de l'an.

À la différence de son père, Léandre voyait sa confiance présomptueuse s'effriter progressivement. L'année s'achevait ainsi sur une note grave. Rien ne laissait présager une reprise des activités à *La Belle au bois dormant*. Quesnel s'était effacé du paysage, et il n'avait pas tenté de le rejoindre. Tous les jours, invariablement, il entretenait la flamme du commerce pour éviter que le bâtiment ne se détériore. Aujourd'hui encore, comme un veilleur de nuit, il vérifierait la nourrice du poêle à huile et ferait sa ronde à l'étage. Pour la dernière fois de l'année, il allait pénétrer dans son restaurant. Il venait de marcher contre le vent, sa tête nue engoncée dans le col de son coupe-vent, se laissant guider par quelques repères de la rue Sainte-Catherine.

Du bout de ses doigts gelés, il sortit son trousseau de clés et déverrouilla. Il entra en se secouant les pieds sur la carpette et referma la porte. Les lampadaires de la rue n'éclairaient que faiblement l'intérieur. Il alluma. L'endroit lui parut étrangement sinistre. Sous les ruses du vent, de minuscules sillons de neige formés par les interstices mal calfeutrés des ouvertures crevassaient le plancher. Des ampoules brûlées, les chaises grotesquement culbutées sur les tables, le dernier spécial du jour annoncé qui datait de plusieurs jours, le juke-box muet. Son esprit se plut à imaginer des buveurs discrets retirés dans les recoins sombres, bavardant paisiblement entre eux. Mais une chose lui pesait plus que toute autre : l'absence de certitude du retour aux bonnes affaires promises par Maximilien Quesnel. Jamais la place ne lui avait semblé aussi désolée, aussi désertique, aussi abandonnée.

Sa pensée courut dans l'escalier et monta aux chambres. Il se rappela la voluptueuse Arlette Pomerleau, ses aguichantes compagnes qui avaient également servi de paillasse à de nombreux clients d'un soir, et le feu brûlant de la passion qui le consumait jusqu'à ce qu'un désir fauve renaisse, aussi fort, aussi féroce, aussi puissant. Soudain, ses souvenirs libidineux se refroidirent. Une humidité malsaine transperça son manteau et l'atteignit jusqu'à la moelle des os. Il frissonna et décida de se faire un café.

« Taboire ! s'exclama-t-il en se déplaçant vers le comptoir, les boissons ont disparu. »

Il songea à appeler Quesnel, mais se souvint que l'appareil de téléphone avait été débranché. Se ravisant, il porta la nourrice de mazout qu'il alla remplir au baril et mit de l'eau à bouillir.

Après le café bien chaud qui l'avait réconforté, il résolut de se rendre chez son associé. Dans les circonstances, une conversation en personne serait plus appropriée. Il se souvenait imprécisément de son domicile, mais il se débrouillerait en s'informant dans le voisinage. À l'abri du vent qui soufflait en bourrasques, il s'alluma une cigarette et quitta *La Belle au bois dormant*.

Déterminé à en découdre avec Quesnel, il rebroussa chemin et remonta Davidson, traversa Adam et atteignit La Fontaine qu'il emprunta vers l'est jusqu'au coin d'Aylwin, où il entra dans un petit café. Une cigarette fumant dans le cendrier posé devant elle, une grosse dame à l'aspect négligé était assise au comptoir et sirotait une boisson chaude. Elle déposa sa tasse et replaça la mèche qui lui fissurait le front.

— Bonsoir, madame. Vous connaissez quelqu'un du nom de Maximilien Quesnel qui habite dans les parages?

La restauratrice éteignit son mégot et posa les yeux sur Léandre.

— De la part de qui, monsieur?

— De son associé. Enfin, une sorte d'associé…

La dame trouva la réponse douteuse et un peu floue, mais elle consentit à livrer ce qu'elle savait au garçon qui lui plaisait.

— Quesnel était un de mes locataires et il vivait dans un petit meublé au-dessus de mon restaurant, élabora-t-elle en dévisageant Léandre avec impertinence. Un bonhomme un peu bizarre, ce monsieur Quesnel! Il n'était presque jamais à son appartement. Il ne parlait à personne dans le quartier. Vous êtes drôlement bien tombé en vous adressant à moi. D'ailleurs, je me suis souvent demandé pourquoi il avait loué. Heureusement qu'il m'a payé son mois avant de partir. Mais, dites donc, c'est quand même curieux que vous me posiez la question, jeune homme…

— Merci infiniment, madame, dit Léandre en amorçant un pas vers la porte.

— Vous prenez pas un petit café avec moi, il fait frette dehors. Je vous l'offre, insista-t-elle.

Il mit la main sur la clenche et se retourna.

— Merci quand même, je suis attendu pour le souper. Bonne année, madame!

Par l'entremise de Paulette, Léandre avait effectivement promis à sa mère qu'il partagerait le repas avec sa famille. Il se rendrait donc chez ses parents. Il sortit. La gifle du vent se faisait moins cinglante, mais le froid était mordant. Il faudrait marcher vitement pour ne pas geler. Il s'engagea dans la rue.

« Que je suis donc cave ! J'aurais dû y penser avant… » se dit-il, après quelques pas.

Il rebroussa chemin. Plutôt que de gagner son logis, il entreprit d'aller chez une ancienne employée : Quesnel avait peut-être emménagé chez Arlette Pomerleau. Il fonça vers la rue Dézéry.

Il s'arrêta au pied de l'escalier spiralé et, prenant son souffle, escalada les marches deux à deux en s'agrippant à la main courante. Sur le balcon, il pressa la sonnette et accéda sans attendre au troisième étage. Derrière la porte de l'appartement où il se souvenait d'être venu livrer des commandes, une fête tapageuse semblait se dérouler. « Si Quesnel est là, il doit pas manquer de boisson, et c'est pas le meilleur moment pour lui parler… », réfléchit-il, désappointé. Il regagna son logis.

Le vieux Fargo de l'oncle Elzéar était garé devant l'épicerie-boucherie. Il ne manquait probablement que Léandre. Sa course effrénée l'avait épuisé et il ne pensait qu'à se réfugier chez lui. « Une promesse est une promesse, se dit-il, mais ils ont besoin de pas être trop plates, parce que je vas sacrer mon camp ! » Lentement, comme s'il gravissait la dernière falaise d'une montagne pour accéder au sommet, il monta la série de marches qui le menaient chez ses parents.

On achevait de réciter le bénédicité quand il entra dans le logement, l'œil hagard, le visage rougi par le froid, tavelé de petites taches blanchâtres. Au dernier signe de la croix, Paulette accourut vers lui. Il donnait cette impression d'égarement de ces êtres pitoyables en quête de soutien.

— Avez-vous une petite place pour moi? demanda-t-il, implorant.

— Mais tu fais ben dur, donc! s'exclama Paulette. J'ai pensé que t'étais allé fêter au Lion d'Or, et j'ai dit à ta mère que tu viendrais sûrement pas, finalement, débita-t-elle.

— Non, non, je t'expliquerai. C'est pas ça pantoute!

Elle réalisa que les doigts gourds de Léandre le rendaient malhabile et elle l'aida à se débarrasser de son coupe-vent léger. Heureuse de voir apparaître son fils, Émilienne s'exclama:

— Bonyenne, Léandre, je gage que tu t'es promené nu tête puis la falle à l'air! Quand est-ce que tu vas comprendre qu'il faut s'habiller quand il fait froid?

— C'est pas le temps de le chicaner, moman, commenta doucement Irène, on était pas certains qu'il soit là! Contentez-vous donc de le voir avec tous ses morceaux et que tous vos enfants soient enfin réunis autour de la table!

Léandre adressa un sourire reconnaissant à l'aînée, échangea un clin d'œil avec Marcel, et salua brièvement Placide et ceux qui l'avaient emmené à Montréal. Tout compte fait, il était content de se retrouver parmi les siens. Cependant le froid l'avait changé en glaçon et il ressentait ce douloureux picotement des mains et des pieds qui s'adaptaient à la température élevée de la salle à manger. Son père demanda à ce qu'on remplisse la coupe du retardataire et proposa un toast à l'année qui venait. En soulevant sa main gauche, il repensa au lourd ballot de petites misères qui l'avaient accablé en 1935 et à l'inquiétude persistante à l'égard de son fils insoumis qui le minait. Soudainement optimiste, il anticipa les événements heureux qui s'annonçaient. Son regard se posa sur les fiancés et se reporta sur Simone.

— Dans quelques mois, on va aller aux noces et on aura un beau petit bébé qui va gazouiller dans la maison.

Un flot d'émotions envahit Émilienne. Florida perçut la réaction de sa belle-sœur.

— Même s'il était pas désiré, tu dois avoir hâte de le prendre dans tes bras, ce petit-là, exprima-t-elle.

Émilienne plissa le front et répondit par une boutade pas très inspirée :

— C'est sûr, Florida, mais en même temps, ça me fait vieillir d'un coup sec !

À entendre les propos qui tournaient autour de la naissance, Paulette avait déjà englouti la moitié de sa coupe de Saint-Georges et elle jetait maintenant son dévolu sur les pommes de terre qu'elle pilait compulsivement dans le bouillon de la volaille.

— Puis vous autres, Léandre, lança l'oncle Elzéar, interrogatif, ça grouille toujours pas de ce côté-là ?

— Faudrait d'abord qu'il ait un emploi stable pour assurer un avenir à ses enfants, coupa platement Édouard.

— Tu peux ben parler, toi, le notaire, rétorqua Léandre, tu l'as, ta *job* garantie à vie puis, d'après ce que j'ai entendu dire, c'est pas de ton bord qu'il faut attendre des descendants Sansoucy !

— Certainement pas, renchérit sèchement Colombine, qui avait déjà réglé la question de la progéniture une fois pour toutes. Ni du côté de Placide, d'ailleurs.

Le taciturne sentit poser sur son insondable personne des regards de profanation. Il rougit.

L'échange corsé fut suivi d'une pause entrecoupée par l'entre-choquement rassurant des ustensiles. Mais le silence absolu suscite parfois un malaise et fait surgir chez certains sujets des paroles inutiles. L'oncle Elzéar se crut obligé de le remplir.

— Comme ça, Marcel, pour toi, l'éducation chez les Sainte-Croix, c'est bel et bien chose du passé, lança-t-il. Moi, tu sais, l'instruction… Finalement, ton accident de bicycle aura été un mal pour un bien! C'est ton père qui va en profiter le plus. Et tant qu'à redoubler des années à l'école puis à apprendre des affaires qui te serviront jamais, t'es aussi ben de te rendre utile. Ça prend pas la tête à Papineau pour travailler dans une épicerie…

— Wô, wô! le beau-frère, s'emporta Sansoucy en déposant sa fourchette avec fracas sur la table, t'as une belle opinion de mon métier d'épicier. Je voudrais ben te voir derrière un étal de boucher, aux approvisionnements, à continuer de satisfaire la clientèle qui, des fois, te regarde avec de gros yeux parce que tu lui demandes de payer à la fin du mois. Toi t'as juste à t'occuper de ton troupeau de vaches puis de ta basse-cour, c'est à peu près tout ce que t'as à faire.

— Choque-toi pas, Théo, Elzéar voulait pas t'insulter, le défendit Émilienne. C'est une manière de parler, voyons donc!

— Non, non! poursuivit l'habitant, j'étais ben sérieux: des poches de patates puis des cannes de petits pois, tu risques pas ben fort de les perdre, tandis qu'une vache ou un cochon, ça peut crever par une maladie, puis c'est pas aisé à remplacer. Sans parler des récoltes qui sont parfois gaspillées par le mauvais temps, la grêle, les vents qui peuvent coucher notre fourrage puis notre beau foin par terre. Des fois, ça fait vraiment des grosses pertes…

Alors qu'Émilienne essayait de tempérer l'atmosphère qui avait dégénéré, les trois vieilles filles Grandbois semblaient soutenir des yeux leur frère contre l'épicier. Mais Héloïse ne pouvait contenir les pensées qu'elle endiguait entre ses lèvres serrées.

— Compte-toi chanceux, Théo, d'avoir une femme qui te seconde encore deux jours par semaine dans ton entreprise et qui accepte maintenant de reprendre l'ouvrage à temps plein en attendant le retour de Simone.

— J'ai jamais dit le contraire, la belle-sœur, je l'apprécie.

— Puis c'est pas tout, les repas sont toujours prêts, tu manges plein ta panse, la maison est propre comme un sou neuf, tes vêtements sont lavés, tes chemises, repassées, débita Héloïse. Lida, Phonsine et moi, on a une grosse part dans la maisonnée depuis qu'on a emménagé chez vous. N'oublie jamais ça, Théo.

— Des fois, je me demande si tu devrais pas retourner d'où tu viens, Héloïse, répondit l'épicier. Ça ferait peut-être pas une grosse différence ici dedans !

— Si Héloïse s'en va de la maison, tu peux être certain qu'Alida et moi, on va suivre, déclara Alphonsine. Va falloir que tu te fasses à l'idée que les sœurs Grandbois sont soudées ensemble pour le reste de leurs jours. Puis peut-être même qu'Émilienne nous suivrait aussi.

— Là, tu t'avances un peu trop, Phonsine. J'en connais des ben pires que mon mari. Des hommes qui couraillent et qui boivent, j'en connais ! Rien que là, sans prendre le temps de réfléchir, je pourrais t'en citer cinq.

Émilienne étendit sa main potelée en écartant les doigts au-dessus de son assiette et commença à se remémorer des noms qu'elle énuméra pour elle-même. Avec un intérêt croissant, chacun essayait de décoder les syllabes que la maîtresse de maison balbutiait du bout des lèvres.

— N'oubliez pas de nommer votre garçon, intervint méchamment Édouard.

Piqué à vif, Léandre repoussa vigoureusement sa chaise.

— Toi, ma maudite face ! éclata-t-il, avant d'amorcer un mouvement vers l'autre côté de la table.

On frappa sans ménagement chez les Sansoucy. Marcel et David s'étaient élancés pour retenir le déchaîné qu'ils maîtrisaient avec peine. Perplexe, Irène se rendit à la porte qu'elle entrouvrit précautionneusement. Elle revint dans la salle à manger.

— Quelqu'un pour toi, Léandre.

Léandre cessa de se débattre. Marcel et David le relâchèrent. Le visage convulsé de colère, l'interpellé tenta de reprendre contenance. Il alla à la porte.

— *La Belle au bois dormant* est en feu ! annonça le survenant.

Remerciements

De chaleureux remerciements s'adressent à Alice et Jacques Gougeon, mémoires vivantes de la période de l'entre-deux-guerres. À Claudine Brodeur, pour ses précieux conseils d'infirmière. Et à Réjean Charbonneau, directeur-archiviste de l'Atelier d'histoire d'Hochelaga-Maisonneuve, qui a grandement facilité et soutenu mes recherches.